望三山·著

- 第5章 楚贺潮的诚意 160
- 第6章 硝石制冰 196
- 第7章 剿匪 230
- 第8章 研发黑火药 277
- 第9章 多亏有了他 317

目录

第 1 章
加入楚家
001

第 2 章
管家之权
042

第 3 章
财神爷
076

第 4 章
战场救援队
125

「那你想要做什么样的官?」
「我想要做保家卫国的官。」

第 1 章 加入楚家

汝阳县三头山。

山脚下稻田秧苗青青，清香宜人。农户们成群聚在三头山下，仰头看着狭窄山路上的少年郎。

少年郎身姿挺拔，穿着一身劲装，腰部被勒出纤细紧实的弧度。一头如墨黑发干净利落地高高束起，腰间别了匕首，背上背了弓箭，显得格外意气风发，英姿飒爽。

农户们时不时低声交谈，言语间满是好奇。

"这是谁家的孩子啊，怎么敢独自进山？"

"看起来有些眼熟，好像是……县令大人家的大公子！我前些日子上街给老娘买药，恰好见过他一次。"

"就是那位仁善聪慧的大公子？他怎么进了三头山？这三头山里可是有吃人的豺狼虎豹啊！"

"咱们这儿的猎户都不敢独自进山！"

窃窃私语不止，农户们聚得越来越多。

忽然，泥路尽头有辆朴素的马车并奴仆十数人匆匆而来，马蹄在泥地上扬起点点泥块，尽数溅在了衣袍上，却没有一个人在意。等马车停稳之后，带头的人面色焦急悲凄，快步上前直接跪在了三头山下。

"大公子，您怎能独自上山啊！"

老奴声音哽咽，抬手擦着眼泪，大声地哭喊："夫人大病，我等翻遍了汝阳县所有药房,唯独缺一味草药,大夫说这草药只有三头山有,但您怎能独自上山啊!"

他身后的奴仆顿时呜呜哭了起来:"大公子,您快点回来吧。"

老奴越发声嘶力竭,字字泣泪:"老奴知晓您孝顺夫人,为了夫人豺狼虎豹也不怕,但三头山太过险恶,还请大公子三思!"

一旁的农户们这才恍然大悟,"原来县令公子独自入山,是为了给县令夫人采草药!"

已经有人目有泪光,"早就听说过县令公子孝顺,没有想到他竟然能为母亲做到如此地步。你们瞧,这些人越叫,县令公子走得越快,可不就是不想让这些人拦下自己!"

有老大爷叹息着道:"我要是有这样的儿子,做梦都能笑醒。"

北周以忠孝治天下,只要是忠孝的人,都是会被百姓敬佩的人。

但无论奴仆们如何呼喊,一身春衫的少年郎还是脚也不停,坚定地走进了密林之中。

马车上传来一道憔悴万分的女声:"罢了,林管事。他非要尽这一片孝心,你们就莫要阻拦他了。"

林管事不再呼喊,只是带着人抱头痛哭。

良久后,这一行人又匆匆离开了三头山。农户们没了热闹可看,也跟着散了。其中有两个身材瘦小的农户对视一眼,轻手轻脚地从小路离开了稻田,来到了一处人迹罕见的路边。

刚刚离开的县令夫人一行人,赫然正停在此处。

农户走上前,低声道:"管事,事都办妥了。"

林管事早已经收起了一脸悲伤,扔给了两个农户一袋银钱,冷冷看了眼他们:"什么该说,什么不该说,你们也是知道的。拿着钱,其他的闲话就不要多说一句了。"

两个农户连连点头,拿着银子小心翼翼地离开。

马车内。

斜靠在软枕上的县令夫人脸色苍白,像是大病初愈的模样,颊边特意抹了增添气色的胭脂,但却更显得憔悴万分。

"夫人，这事瞧着已然妥了，"丫鬟奉茶递给县令夫人，露出几分喜色，"如今这局面总算是没白费您一番苦心。"

闻言，县令夫人睁开了眼，也没忍住露出了几分笑意。她伸手接过茶碗，手腕有力，却不像是生了病的样子："我与夫君为了元里的举孝廉，也是费尽心思了。"

今日这一场"上山为母采药"，便是他们做出的一场戏。

如今想要做官，只能通过被别人举荐孝廉。若是有权有势的人家自然不必担心一个孝廉的名额，但若是权势不足的人家想要为子孙谋个孝廉，可要煞费苦心。

县令夫人姓陈，娘家在汝阳县算是有些势力，但放在外面可就不够看了。她的夫君元颂也是一个普通人，只是拜了个好师父才有了做官的机会，人脉门路还不如县令夫人。

想要让元里做官，首先就要打出个好名声。

丫鬟来到陈氏身后，为陈氏捏着肩膀，宽慰道："夫人放心，以大公子的名声与聪慧，必定能成功入选国子监。"

想要举孝廉，光有名声还不够，还要有学识。如今孝廉名额都被世家垄断，出身不好的人只能想方设法进入国子监，学成后由老师举荐开启仕途之路。国子监收的学生非富即贵，但国子监也收名声远扬、天赋出众之人。若是能入国子监，大公子便已是半只脚踏入仕途了。

陈氏抿了口茶，又显出了几分愁绪："哪有这么容易。哪怕是进了国子监，也要看父祖官爵身份。"

国子监内有三个等级不同的学科，分别是国子学、太学、四门学。

她的相公只是一个小小县令，若是不打通其中关节，只怕一辈子也进不去国子监。

"况且汝阳不止我陈氏一家，还有尉氏与王氏，"陈氏揉了揉额角，"人这么多，孝廉名额却只有一个，尉氏和王氏还是联姻。所幸里儿天资聪颖又勤奋好学，将他们两家的子侄比了下去，否则如今美名传遍汝阳的就不是我们里儿，而是他们两家了。"

丫鬟轻声细语地道："夫人莫忧。不知为何，我一瞧着大公子，就觉得大公子必定能进入国子监，拜得名师。"

陈氏不由被逗笑，元里虽然年纪还小，但事事心有成算，一身的气度已让人刮目相看。这样的孩子,以后的成就岂能小了?

喝了两口茶后,陈氏不忘叮嘱道:"再去提醒下山里的人,让他们小心看护着公子。"

丫鬟笑着应下:"我这就去。"

"等等,"陈氏拦住她,拿手帕轻轻拭去唇上的茶水,白粉一同被抹了下来,露出了红润富有气色的双唇,她闭上眼睛,"你再给我上些妆,务必让我瞧起来是大病过一场的模样。"

"您就放心吧,夫人。"

丫鬟洗净双手,放下车帘,为陈氏仔仔细细地上着妆。

元里快步走到了山中。

他刚刚一走到人迹罕见的地带,丛林后就匆匆窜出了三十多个护卫。带头的人身材精瘦,朝着元里抱拳道:"大公子。"

元里点了点头,笑道:"孟护卫,这几日就辛苦你们了。"

既然是作秀,当然不能只在山上待一天就走,他待得越久,名声就扬得越远,美名就越真。元里已然决定在山中待上三五天了。

想到这儿,元里又看向了脑子里的系统。

万物百科系统已激活。
任务: 入学国子监。
奖励: 香皂配方。

元里有一个秘密,他其实并不是这个时代的人。

在穿越之前,他是一名优秀的后勤人员。穿越之后,他就带着记忆来到了北周,成了一个嗷嗷大哭的婴儿,脑子里还多了一个一动不动的系统。

但系统从激活到如今,根本没有给过元里一丁点儿帮助,只冰冰冷冷地展示着三行字,用奖励引着元里完成任务。

元里对脑子里的这玩意很是防备,但他和系统的目标一样,都是想入学国子监举孝廉为官。他索性打算看一看如果真的入学国子监后,系统又会有什么变化。

不过不得不说,香皂配方对元里确实是比较大的诱惑。

因为在元里发现这个时代即将处于天下大乱的时期时,他的目标就变成了大肆收兵养马,从而在乱世中站稳脚跟。

元里上辈子最常干的便是养兵养马,做好后勤,他深知这里面得耗费多少钱。

问题这就来了,他一个小小县令的儿子,根本就没有那么多钱。

元里可惜地从系统上收回了视线。

三头山是汝阳县最大的山,甚至连绵到了隔壁的三川县。

元里挖了不少草药,一行人不知不觉从三头山的南面走到北面,一入背山的阴面,阴凉感便猛地袭来。元里打了个寒战,往下一看,这处和他们上山那处仿佛两个世界,植被稀疏,地皮裸露,枯枝荒草一片凄凉。

孟护卫面色忽地一变,指着远处道:"大公子,您快看。"

元里顺着他指的方向看去,就看到在密林之中,有一群衣着褴褛的百姓正往山里爬去。

这群人瘦得只有薄薄一层肉,各个手里拿着斧头或是石刀,嘴巴干裂,不断吞咽着口水。只是奇怪的是,这一伙人全是正值壮年的男人。

看上去来者不善。

元里眉头一皱,示意身边人莫要声张,带着人悄声跟了上去。

前头就是汝阳县的农家田地了,元里心想,握了握腰间匕首。

孟护卫看了一会儿这群人,想起了什么:"大公子,汉中去年冬天一片雪花没落,入春以来更是没见到一滴雨。稻田干涸,大旱必有蝗灾,为了逃难,不少人拖家带口地赶往洛阳,看这些人的体貌,应当也是汉中的难民。"

元里思索道:"那他们怎么会在汝阳县内的山头里?"

孟护卫苦笑道:"您不知道。洛阳乃皇城,哪能随意容难民进去?这些百姓走投无路,不少人就逃到了周边的县乡。不过洛阳都不收难民,这些县乡自然也不敢收难民。难民里有的人饿死了,有的人直接上山当了土匪。我看这些人,也像是一群落山的匪贼。"

元里眼眸垂着,忽然叹了口气。

自从知道自己穿越到了古代之后,元里就知道自己将会面临一个怎样残酷的世界。

这个世界只会比未来更加残酷。这也正是他想要在乱世中率先抢占一席之地的原因，元里无法救下所有人，但他想要去尽力救下更多的人。但即便做好了心理准备，乍然看到这一幕，还是难免痛心。

但元里很快收起了这样的情绪。在什么都做不到的时候，再多的多愁善感也只是惺惺作态。

孟护卫道："大公子，如果这些人真的是落山的土匪，我们还跟着吗？"

"跟着。"元里果断道，"但暂且不要伤人。你带着两个人拿上干粮扮演农户去他们面前转一转，看看他们是什么反应。若是他们只抢走粮食不曾伤人，那就把我们的粮食分给他们一半。"

元里神色倏地一冷："如果他们打算杀人抢粮，直接将他们就地格杀，免得祸害我汝阳县百姓。"

孟护卫抱拳："是！"

他带着两个人脱掉外袍，就地在泥地中滚了滚，随后便将干粮水囊和一些银钱放到了行囊中，从另一侧去接近这些灾民。

事实上，这样考验人性的试探，对灾民来说并不公平。

他们正处于极度的饥饿、口渴、贫困之中，而在这种状态下的他们，要比平时更加容易冲动。但元里不可能因为他们的可怜，就无视他们可能存在的危险，让他们有机会祸害其他无辜的百姓。

很快，孟护卫一行人就和灾民相遇了。

同元里想的一样，刚一见到孟护卫三个人身上背的行囊，灾民中就产生了躁动。他们紧紧地盯着孟护卫，吞咽口水的速度越来越快，眼中冒着绿光。

甚至有人提着石刀朝孟护卫伸出了手，孟护卫三个人神经紧绷，即将打算出手时，这些灾民被领头的人拦住了。

领头的是个瘦成皮包骨的年轻人，他眼神犀利，也正在吞咽着口水，威胁道："把你们身上的东西放下，然后赶紧滚！"

孟护卫脸色铁青，他和身后两个属下对视一眼，想起大公子的叮嘱，忍着屈辱地放下了东西，转身准备离开。

领头的人动作迅速地把行囊扯了过来，快速地翻看两下，把干粮和水囊拿出来，又把剩下的东西团成一团扔到了孟护卫三个人的身上："我们只要吃的喝的，其他什么都不要，拿好你们的钱！"

孟护卫三个人反应迅速地转身接住行囊,他们低头看着钱袋子,面面相觑。再一看已经开始分食的灾民们,扭头回到了元里面前。

元里看了全程,他若有所思地看着那个领头人:"走,我们去会会他们。"

难民堆里的人正狼吞虎咽地吃着干粮,但每个人只分得了巴掌大那么一小块。剩下的被他们裹了起来,似乎准备留作其他用处。

听到有人前来的声响后,这一群人全部面色警惕地抬起了头,把武器横在身前。元里和其护卫一出现,这些人表情猛地一变,紧张不安,似乎是把他们认成了其他人,表情中隐隐还带着些仇恨。

站在最中间的年轻人满面的脏灰,看着比其他人镇定得多,他一眼就看出了这里做主的是谁,紧盯着元里率先开口,嗓音喑哑:"你们是谁?"

元里摘下身上水囊扔给他,示意自己没有恶意:"壮士,你们是不是从汉中来的难民?"

年轻人单手接过水囊,没喝,更加警惕:"是又如何?不是又如何?"

"别紧张,我没有恶意,"元里笑了,"水也没问题。说句不好听的话,买毒药的钱比你们的命还贵。"

难民们沉默了,年轻人忽然拔开水塞,盯着元里喝了一口,他的喉咙贪婪地滚动,随后便强行克制下来,将水囊扔给了自己的兄弟们。

元里又扔了几袋水囊给他们,问年轻人:"你叫什么名字?"

年轻人顿了顿:"汪二。"

元里又问:"你们为什么进山?为什么只有你们这几个人?家中的老人孩子没跟着你们一起逃难?"

听见这三个问题,汪二刚刚放松的肌肉又立刻紧绷了起来,一言不发。

元里耐心十足:"如果只有你们这些人,我们会分给你们些粮食,但并不会很多。如果你们还有妻儿老小,那我会为你们提供生计。"

这句话正戳中灾民们在风雨漂泊中受尽苦难的心。不少灾民显然动心了,他们齐齐转头去看汪二。汪二抿抿唇,问:"什么生计?"

"来我农庄做活,"元里道,"除了耕种田地之外,你们男人还要看家护院。除此之外,包吃包住还有工钱。虽钱不多,但吃饱穿暖却是没有问题的。"

汪二犹豫了一会儿:"成为你的部曲[1]?"

若是无事时,他们只是看家护院的家仆,若是遇到了事情,首领振臂一挥,部曲便是私兵。

这个时代,凡世家富商,家中皆养部曲。

元里温声道:"没错。"

灾民们面面相觑,汪二咬咬牙,质疑道:"我们连你是谁都不知道,如何能相信你?"

孟护卫在旁冷哼一声:"这位是汝阳县县令府中的长公子,你们总该信了吧。"

汪二一愣,脸色随即肉眼可见地柔和了下来,对着元里深深一拜:"原来是汝阳元郎,真是百闻不如一见。"

元里眨了眨眼睛,明白了这是他"名声"的作用。

在这个时代,只要忠义孝顺之名远播的人,都不会被百姓认作一个坏人。一个人能如此孝顺父母,他还能坏到哪里去呢?

元里第一次感觉到了名声的好用。

汪二一行人已经相信了元里,于是便将一切和盘托出。据他们所说,还有许多难民被他们安置在了山下躲了起来,那些皆是妇孺老幼,加起来有一百来号人。

元里心中有了底,让孟护卫随同汪二一起将这些人带过来,等到夜色渐深时,再找人将他们带到农庄去。

当天晚上,元里带着护卫队挖了些野菜熬粥暂且给他们垫垫胃,有不少人颤颤巍巍地接过碗筷,唇刚碰到粥,便低声抽泣了起来,不知是欣喜于不用饿死了,还是在悲哀亲人未曾坚持到如今。

汪二也捧着碗野菜粥吃得狼吞虎咽,刘大根凑到他身边,小声道:"汪二,咱们要是跟着县令公子的话,那贪官还劫不劫?"

"当然要劫,"汪二冷笑一声,"汉中大旱,那狗官却送了一车又一车的银子珠宝运到洛阳,不知道是想求谁替他将灾情瞒过去。咱们就算死,也要把那狗官赚的民脂民膏给抢走再死!只是元公子毕竟是县令儿子,我们不能让他为难。这事瞒着元公子做吧,不能牵连到恩人。"

---

1. 部曲,是为家仆。

刘大根重重点头:"我知道了,你就放心吧。"

汪二算了算,那贪官的车队,应当再过个两三日就到洛阳了。

等劫完车队之后,他们才不要那贪官的脏钱,正好将钱送给元公子,再求求元公子多救救他们汉中的难民。

以元公子的仁善,必定会对他们伸出援手。

百里之外,洛阳。

楚王府。

楚王爷与妻子杨氏也正在想着元里。

杨氏眼睛红肿,似是几天几夜没睡过的模样,声音沙哑无力:"认亲信已送往了汝阳,等元府那边同意了后,咱们这就准备起来。丰儿的身体不好,不能参加认亲仪式。还好辞野快回来了,就让他来替兄认亲。"

"楚贺潮能听咱们的话?"楚王爷冷哼一声,"你让他代兄认亲,只怕他会把元家儿郎给吓得立刻反悔。"

杨氏沉默了一会儿:"那又能如何,我们丰儿……"

她哽咽得说不下去。

楚王爷面色灰暗了下去,良久之后,换个话头道:"元家那孩子怎么样?"

杨氏面色稍柔:"是个好孩子,只是家世有些不好。"

楚王爷道:"难为这两个孩子了。"

杨氏摇摇头,不想再多说。她拿出了老皇历,仔细看了遍后,露出了一丝笑容:"老爷,您看这个吉日如何?"

楚王爷一看,惊诧道:"六日后?夫人,这是不是太着急了点儿。"

杨氏轻声道:"老爷,再晚一些,丰儿就撑不住了。"

楚王爷眼中一热,半晌后无声点了点头。

三天后,元家农庄。

管事查看田地的时候,没有看到汪二一行人的踪影。

他找来负责安置新来难民的人:"汪二他们呢?"

"回管事。他们把地里的活干完了,告假出去了,"手下人说道,"这些人来到汝阳县后还没出去过呢,屋里碗筷被褥都说不够用,我就给他们支了些工钱,让他们正好去买东西。"

管事也是随口一问,他没察觉出什么不对,便点了点头。

日头昏黄。

元里风尘仆仆往县令府走去。

好似知道他要回来一样,县令府前已经围了很多看热闹的人,时不时有百姓窃窃私语地指着元里道:"这位就是咱们县令大人的大公子。"

"就是这个少年郎啊,长得真是俊俏,人还这么孝顺,县令大人和县令夫人真是有福分喽。"

元里面对这些夸奖,已经能够做到面不改色。

林管事带着几个仆人匆匆赶来,见到面色憔悴的元里后,眼睛一红,扑通跪在了大门口,哭着道:"大公子,您总算平安回来了!"

元里连忙上前扶起他:"我找到了母亲急缺的那一味草药,母亲如今身体怎样?快带我去见她!"

林管家大喜,忍不住喜极而泣:"太好了、太好了,夫人有救了……"

主仆两人忙不迭回府,县令府门一关,只留下府外感慨不已、交口夸赞的百姓们。

府内。

听着府门外的声音,元里擦去脸上的汗,微微窘迫地松了口气。

一进门,林管事就收起了哭脸,娴熟地擦了擦眼泪:"大公子,老爷在书房里等您呢。"

元里疑惑:"嗯?"

林管事低声道:"老爷昨日收了封来自洛阳的信,看完后就将自己关在了书房里。特地吩咐您回来就去书房,应当有要事商议。"

听到这儿,元里不再停留,快步往书房而去。

轻轻叩响房门,父亲元颂略显疲惫的声音响起:"里儿?进来吧。"

元里推门进去,就见父亲有气无力地坐在书桌之前,眼窝深陷,眼底青黑一片。

"听说您一夜未睡?"元里打趣道,"是什么样天大的事能让您这样折腾?"

元颂幽幽叹了口气:"你先坐下吧,我让人给你送了茶水和糕点,等你填填肚子再说也不迟。"

话音刚落,就有人将东西送了上来。元里也不跟他客气,吃饱喝足顺便洗了把脸后,才舒舒服服地靠在椅背上:"好了,您说吧。"

元颂又叹了口气:"在三头山上待了三日,你可有受伤?"

元里忍不住笑了:"每日晚您与母亲都会派人来瞧我,我受没受伤,您岂能不知道?"

说着说着,他真的好奇起来了:"究竟是什么事,让您开不了口?"

元颂沉默片刻,从桌前公文底下抽出了一封信递给了元里,"昨日正午,洛阳楚王府送来了一封信。"

"就是那三朝出过两位阁老,与开朝皇帝一起打下天下,被封为异姓王之一的楚王府?"元里问。

"正是。"

元里拆开信封,随口问道:"什么信?"

父亲闭目,沉沉地道:"认亲信。"

楚王府的信是楚王的夫人所写,章却是楚王的章,这便是说认亲一事也得到了楚王的同意。信中言辞恳切,几乎是声声泣泪。

元里未曾听清楚父亲这低低的三个字,已经看了起来。随着信中内容,他的神色缓缓从困惑变为震惊,最后彻底愣怔。

父亲道:"楚王府也是病急乱投医了,他们不知道哪里弄来了你的生辰,想让你成为他们家的义子。听着是不是可笑至极?"

他侧头,看着坐在对面仍未回神的大儿子。

还未及冠的少年郎长得唇红齿白,眼似星辰眉似弓。鬓角发丝调皮乱翘,怎么瞧怎么讨人喜欢。

元颂心中复杂。

元里将信封放下,直视着元颂双眼:"我不同意。"

元颂苦笑道:"我也不想同意,但楚王府给出的条件,却让我犹豫不决。"

元里眉头皱起。

元颂平日里最为看中他,将他看作是元家的未来。到底是什么样的条件,能够让元颂也犹豫不决?

信中并没有写明这些条件。

元里问道:"他们给了什么条件?"

元颂闭上眼睛,将早已烂熟于心的话不落一字地说给了他听。

楚王府言明,虽说是"认亲",但元里与自己父母的关系并不会发生实质的改变。元里只是相当于借住在楚王府家,无论认亲之后长子的病好不好,楚王府都会好好答谢元里。

若是元里同意,楚王府即日便动用国子监中的关系,让元里入学国子学或是太学。并且会找来名儒收元里为徒,今后的孝廉名额再也不用担心,他们自会为元里保驾护航。

甚至名声,楚王府都已为元里考虑到了。元里入王府,是为救人,是为心善,如此忠义之举,只会让众人赞不绝口。

信中还提到,元里此番过去,位分还排在楚家次子之上,虽然他尚未及冠,但楚家老二还得尊称他为二哥。

这样的条件,不只元颂难以拒绝,只怕就算那些世族也无法拒绝。

北周民风开放,律法并不严苛,这事虽不多见,但也绝不少见。如元颂这般早已在官场浮沉多年的人看到这封信,必然会毫不犹豫地同意。但元里还是少年郎,意气风发的少年郎,对少年郎来说,只怕会觉得受到了折辱。

"为父不逼你,"元颂艰难地道,"你若是觉得为难,那便拒绝就是。"

元里垂眸,长睫落下一片阴影,他静静地思索着。

乱世将近。

如果按照他的条件,至少也需几年才能当上官,手里才能开始有些资本招兵买马。

但几年后,他就会失去了先机。

元里倏地睁开眼,目中坚定而清明:"爹,答应楚王府吧。"

元里虽有些不乐意,但和楚王府认亲并不需要他做什么,这样既能解决入国子监的问题,又能拜名师,还能让楚王府欠他一个恩情,百利而无一弊,实在没有拒绝的理由。

元里是不信认亲有用的,但如果在这里真的有用,或许还能救一个人。

"你——"元颂一惊,猛地睁开眼睛看他,眼中逐渐湿润,"里儿,你不必为了我和你娘……"

"爹不用多想,"元里忍不住笑弯了眼睛,唇角翘起,"男子汉大丈夫,以建功立业为己任,何必在乎这些小事?"

这话说得豪气万分,元颂只觉得心中郁气尽消,他长吁一口气:"我儿说得对。"

元里笑出了声,将信递给父亲,"楚王府可有定下时间?"

"送信来的人还没走,就等着你的回复呢,"元颂苦笑道,"一旦你同意,他便会在今晚快马加鞭回去,明日楚王府的车辇便会赶来带你前去洛阳,后日,就是认亲仪式的时间。"

元里惊愕:"怎么这么着急?!"

元颂低声道:"楚王府的长子怕是不好了。"

元里了然,也不再纠结:"那便这样吧,我今晚好好陪陪母亲。"

"去吧。"元颂摆摆手,"你放在农庄里的那些灾民,我都会一一按你的意思安排好,你莫要担心。"

"爹都这么说了,我自然不会再操心。"

元里抿唇一笑,朝父亲行了个礼,转身离开书房。

但当他快要踏过门槛时,父亲在身后忽然道:"里儿,为父对不起你。"

言语间满是愧疚与辛酸。

若是他的身份再高一点,又怎么会让孩子去别人家?

元里一愣,随即便挥了挥手,潇洒地往前走。

他在穿越之前从小就没有父母同胞,重活一世,家人对他如此已然补足了之前父爱母爱的缺失。年轻人自然要用自己双手双脚来谋一份前程,挣得自己的功劳,这才不愧于重活一世。

城外,群山重峦叠嶂,高耸入云。

官道上,数具尸体从山中一直连绵到路旁,横七竖八倒了一地。

不远处,有成群的马蹄声快速靠近。不过几个瞬息,一群威武雄壮的士兵就来到了尸体前。

领头人脸色难看地翻身下马,查看这些人的样貌特征后,当即骂出一句脏话:"谁截了老子的胡?"

"大人,这就是汉中那贪官派人送礼到洛阳的车队?"副将瞠目结舌,赶紧下马走了过来,"我的老娘呀,这是谁做的?银子呢!古董呢!丝绸呢！我们要抢的东西都哪儿去了？"

"我哪里知道！"杨忠发骂骂咧咧，"这让我怎么去和楚贺潮交代！就指望这次能补充一下军需呢，结果银子却没见到！要是楚贺潮问我要东西，我上哪儿给他弄去！"

副将擦着满头大汗，苦着脸道："那可怎么办啊大人，将军可是对我们下了死命令，一定要把这批货给截了留作己用。"

杨忠发深呼吸一口气压下火气，走上前查了查。

这些尸体都是一个个背面朝上，像是从山里逃出来时被人杀掉一样。杨忠发走进山里瞧瞧，在山里发现了不少机关陷阱。一个插满了锋利竹刺的坑里，更是有七八具尸体。

截了他们胡的人实力不强，所以才用了上屋抽梯、声东击西之法，将人引入山中，再逐一击毙。

副将带着人在周围转了一圈，找到了几道车辙印。他们顺着一直往山里走去，走到半途，就发现了几辆被毁掉的推到河里的木车。

这些就是贪官用来运银子的车。

杨忠发脸色铁青，到底是谁将这事做得这么绝，到了河边，最后一点儿痕迹也给断了。他们还怎么查？可要是不查，他怎么去跟楚贺潮交代？

他找了几个善水的士兵脱了盔甲跳进河里找。将整条河快要翻了一遍时，终于在下游一块石头缝底下找到了一件染血的外衣。

杨忠发将外衣展开，黑着脸看了片刻，沉声道："查！楚贺潮后日回来，不管是哪个狗贼拿走了我们的东西，都得找出来，在楚贺潮回来后给他一个交代！"

手下人齐声道："是！"

元里还没陪够父母，转眼就到了该去楚王府的时候。

楚王府的人一刻也等不及，天刚亮，马车就等在了县令府外，卸下来了一地红木箱子。

元家也不占楚王府的便宜，楚王府送来了多少东西，元颂也整理了多少东西送回去，态度不卑不亢。

马车启程后，元里掀开车帘，看着父母亲含泪相送的模样，忍下心中惆怅，笑着朝父母挥挥手。

看着他好似少时百般无忧的灿烂笑靥，陈氏不由上前追了两步："里儿……"

元颂拉住了她，忍下别离伤痛，朝着元里摆了摆手。

去吧。

早日去，早日回，为父等着你衣锦还乡的那一天。

马车渐行渐远，直到看不到爹娘的影子，元里才放下了帘子。

他轻轻叹了口气，却很快恢复了精神。

汝阳离洛阳也不过百里，而元里上辈子就从小独立到大，离别之情虽然有，但不算浓重。

他还在想着父亲跟他说过的有关于楚王府的事情。

楚王府的老祖宗是曾经和北周开国皇帝一起打天下的至交好友，北周太祖立国后封了五大异姓王，其中就包括楚王。封王时自然是开怀欢喜，但时间越久，北周太祖越是后悔，五大异姓王成了他心里的疙瘩，于是便开始想方设法地铲除这些异姓王。

到了如今，异姓王里只有两家还在。一家是乖觉地从封地离开，自觉活在皇帝眼皮底下的楚王，另外一家便是在封地拥兵自重的陈王陈留。

有眼中刺陈王顶在前头，楚王反倒是讨了皇帝欢心，乃至如今楚王的长子楚明丰未到而立，便已是内阁次辅，人称小阁老。

楚王膝下有两个儿子，各个才貌双全。长子楚明丰正是需要元里去挡灾的那一个，他自幼身体不好，却聪慧非常，极得皇帝喜爱，年纪轻轻便已是一国重臣。至于二子楚贺潮，元里倒了解得不多，只知道这位战功赫赫，凶名在外，在传说中长得青面獠牙，能止小儿夜啼。

因为楚王府给了元里很多优待，所以元里也拿出了相应的诚意。他专门了解了许多楚明丰的事迹，越了解越是觉得这位身体病弱的权臣极不好对付，之后，他又去询问了从楚王府前来接他的老太监杨公公有关楚明丰的事情。

老太监显然很乐意看到元里和楚明丰能相处得"兄友弟恭"，因此知无不言言无不尽，什么话都往好里说。

但元里听着，又从蛛丝马迹之中，加深了对楚明丰的忌惮。

说完大公子，老太监还意犹未尽地问："元公子可还要听一听我们二公子的事？"

元里诚实地摇摇头："他就不用了。"没什么交集，犯不着浪费时间。

老太监可惜地咂咂嘴，转而跟元里说了楚王府的其他事情。

这一说便一直说到了洛阳，到达楚王府时天色已晚，元里筋疲力尽地从马车里爬出来，觉得坐车可比骑马累多了。

他舒展筋骨，抬头往楚王府看去。楚王府门前已经张灯结彩，门梁上缠着彩色布条。已然一片欢喜热闹。

老太监瞧他看出了神，生怕元里心中反悔，连忙道："元公子，咱们走吧？"

元里回过神，吩咐人拿好东西，跟着老太监走进了楚王府的大门。

护送他来洛阳的护卫里面，有三十余人是元里自己带来的人。不只是护卫，还有三个一直跟着他的小厮。

这些人都是精英中的精英，自小跟随元里长大，对元里忠心耿耿，他们将会是元里在洛阳扎根的基底。

元里为楚王府的每一个主子都准备了精美的礼品。但老太监带的路却不是通向主院，元里疑惑："杨公公，你不带我去拜见楚王与夫人吗？"

"夫人叮嘱过奴才了，"杨公公拎着衣袍，乐呵呵地道，"公子今日要奔波一天，这会儿快要月上枝头，您先休息休息。待您歇息好，明日再见也不迟。"

元里哭笑不得："可是明日就是认亲的日子了。"

杨公公悠悠道："您听老奴的，尽管放宽心吧！"

既然他都这么说了，元里也不再多说。片刻后，杨公公将元里领到一个院落里："这儿就是您今后住的地方，院子还没落名，等着您给起名呢。您瞅瞅有什么不顺心的，小的这就给您安排好。"

"没有不顺心，一切都很好，"元里看了一圈院内，笑着道，"一路走来，看见不远处有个道房，那便叫它为闻道院吧。"

说完后，元里让杨公公代为向楚王及夫人道谢后，就让杨公公离开了。

他带来的人飞快地整理着行李物品，排查着院内死角，没过多久，小厮郭林就端上来了一杯冷热正好的清茶。

"大人，今日一早，农庄里传来了一个消息，小的还没来得及告诉您。"

元里脱下外袍,解开箍得头发疼的束带:"什么消息?"

郭林道:"前几天刚来的汪二求您再收留一批难民。"

元里笑了,披散的黑发落到他的背上,烛火中床帐影子明明暗暗,映得他白皙如玉的脸庞上:"你回信告诉他,让他数一数到底还有多少难民,这些难民现在又在哪里,里面有多少还能干活养家的人。如果这些难民已经往汝阳县来,一定要让他们莫要声张,静悄悄地从山路横穿过去,不要被其他人看见。另外记住,如果有生病的灾民,一律放在汝阳县外安置。"

郭林一一记下,又问:"公子,这些难民如果只有千人还好,若是再多,咱们该怎么办?"

元里道:"汝阳县还有那么多没开荒的田地,只要让他们活到秋收,自然变成了汝阳县的人。"

郭林为难道:"公子,如果人数过多,我们没有足够的存粮让他们活到秋收。"

元里解开床帐:"我问你,家中存粮有几何?这些灾民在秋收之前难道没有其他用处?你担忧存粮不够,你看看父亲可有拒绝难民进农户之事?"

这一连串的问题将郭林问蒙了,他仔细想了一会儿,惭愧地摇了摇头。

"你只瞧见我们拿着粮食送给难民,却未瞧见以后能获得什么。"元里慢悠悠地道,"人力、粮食,这可是如今最值钱的东西。汉中大旱,难民逃到洛阳却被堂而皇之地拒之城外,怕是皇帝也……"

他的话越来越低,没让郭林听清。但郭林已经不敢再问了,他紧接着道:"公子,小的还有一事。汪二想要和您见上一面,他说他有非见您一面不可的理由,管事问过他是什么事,他却说除了您不会告诉任何人。"

元里来了兴趣,"之后还有回自己家的日子,你提前做好安排,让我和他见上一面。"

郭林应是,老老实实地退下去写信。

房内寂静,元里身穿雪白里衣站在床前,忽然叹了一口气。

恐怕父亲也知道这世道不容易,所以才对难民来者不拒。

这些灾民一旦被他们收留,就会成为他们的家仆,元里倒没有愧疚不安于此。

每个时代有每个时代的生活方式和价值取向，对这些灾民来说，能成为县令家的家仆是一件值得欢欣鼓舞的大好事。如果元里让他们什么都不做，只接受每日的米粮，他们只会不安忐忑，忧心明日、后日是否仍然有粮可吃。人心不定，便会发生躁动。

元里再次看向脑内的系统。

万物百科系统已激活。
任务：入学国子监。
奖励：香皂配方。

皇帝年龄大了，对天下的掌控，已经一日不如一日。
他要加快速度了。

第二日，元里被一阵吹弹拉唱的乐声吵醒。
天色还未亮，一众仆人便如水一般涌向了元里的卧房，推着元里去换洗。
一个时辰后，元里已经被束好了头发，穿上了一身新装。
这一身新装穿起来英姿飒爽，层层叠叠好几层，每一层都要换上许久。但再好看，也阻止不了元里被折腾得肚子咕咕叫。
元里吃了些糕点垫垫肚子，努力配合他们，不知道过了多久，才有人叫了一声："好了！"
元里回过了神，低头看了看自己，新奇地扯了扯衣摆。
一身新装上身，整个人好似多了一层明珠溢彩的光辉，他自己瞧不见自己是个什么样。丫鬟小厮们却看了他一眼又一眼，元里长得白皙，俊美之姿犹如玉树，发如浓墨，眼如点漆，偏偏一张唇红润而健康，活脱脱一个英英玉立的美儿郎。
两位绣娘忙着查看衣服还要改动何处，时不时低声交谈。
"衣摆有根金丝出了头，直接再补一补就可以。"
"哎呀，这腰带还要再系一系。公子瞧着不弱，怎的如此瘦？"
元里倒是想要解释自己时常锻炼，并不瘦，但这话也说不出口。
这些问题都是小问题，甚至没让元里将衣服脱下来，刚过午时不久，绣娘便已经将衣服修改完毕。

傍晚才是举行仪式的时间。元里在屋里不知道发呆地坐了多久,那一丝即将成为楚家人的忐忑都变为了困乏时,终于,杨公公眉飞色舞地来了:"元公子,快到吉时了,您快跟我来!"

元里猛地清醒过来,他抹了把脸,待眼神清明后深呼吸一口气,起身:"走吧。"

楚王府已经淹没在一片喧闹之中。入眼能看到的树上都挂满了彩色丝带,透着喜意。

吹吹打打之声不知道从何处传来,听不甚清。

认亲仪式的地点在楚王府的大堂,今日已高朋满座,热火朝天。

楚王府长子难得露面,满朝文武多半都得赶来贺喜,再看上一眼楚家义子为谁。能进大堂的人都是和楚王有过交情的人,更多的人是在外头坐着,送上贺礼,喝上一杯喜酒,都见不到楚王府主子的面。

大堂内时不时传来阵阵欢笑,只是因为楚王府长子的身体不好,这热闹也多了一层克制。

元里一走进大堂,迎上了许多目光。

"哟,"有武官咂舌道,"王爷,您家这孩子真是俊哪!"

楚王摸摸胡子,哈哈大笑:"那可不是,比你儿子要好看多了。"

又是一阵哄堂大笑。杨氏嗔怒地看了楚王一眼,朝着面色微红的元里招了招手:"好孩子,快过来让娘好好瞧瞧。"

元里听着楚王妃的自称,更加不自在。他规规矩矩地走上前去,一靠近便被杨氏握住了手。

杨氏面容有些憔悴,但因为上了妆,精神气瞧着很不错。她细细地看着元里,抿唇笑了:"先前就听闻过你的名声,如今一见果然让我喜欢得不行。我知你来楚家是委屈了些,但你放宽心,我们家绝不会亏待你。"

元里笑道:"夫人言重了。"

杨氏嗔怪:"还叫夫人?"

元里只笑了笑,便岔开了话题。"娘"这个字,他实在叫不出口。

底下忽然有人奇怪问道:"吉时都快到了,怎么没见长公子出来?"

杨氏和楚王对视一眼,正要说些什么,外面忽然有人惊声高呼:"二公子回来了！"

楚贺潮？

这一声惊呼，犹如一道惊雷划破长空。有武将立刻站起身，又惊又喜地道："楚贺潮回来了？！"

门外仆人的呼喊还在一声声传来。

"各位大人，求求你们快快下马，府内不能纵马出入啊，前面就是客堂了！"

"将军们、将军们！大好日子不易见开刃兵器，还请将兵器放下吧！"

紧张焦急的声音越来越近，马蹄声已经近到耳边。

元里跟着别人一起往外看去。

一群身披盔甲的战士骑着高头大马，迎面朝众人奔来。

这几人有说有笑的，面容刚毅。为首之人长得更是英俊无比，笑容透着股戏谑劲，和旁边的人笑闹着，眼底却没什么笑意地往屋内看去。

他身材高大健硕，背部挺得很直，身着盔甲，如高山般巍峨。驾马的双腿肌肉饱满，线条漂亮，两只手上戴着紧紧贴着手掌的黑色牛皮手套，手指异常修长。

此时，这人一只手正攥着缰绳，猩红的披风在脊背身后微微飘动，另外一只手拿着马鞭轻轻敲着长靴，鞭子慢悠悠在小腿边晃悠着，带着煞气。

和传闻中青面獠牙的模样差得远了。

元里一愣，他还以为这群人里最丑的那个才是楚贺潮。

还好没有闹出笑话。

刚刚这么想完，元里就和楚贺潮对上了目光。男人唇角下压几分，有点儿不善的冷意。他忽然勒住马匹下马，大步直朝元里而去。

几步就走到了面前，浓厚的血腥味和尘土味扑面而来，有汗珠子顺着男人的喉结滑到衣领之中。元里眉头轻蹙，心头一紧，明白这是个危险人物。

男人注意到了他皱起的眉，分明知道他的不适，却还偏要更进一步。阴影袭来，笼罩着元里，楚贺潮似笑非笑："你就是我的二哥？"

他语气中带着情绪，说不清是欣喜还是愤怒："真是多谢二哥，在我没入洛阳之前，就让人送了我一份大礼。"

楚贺潮日夜疾驰，甫一到洛阳，便收到了杨忠发的上报。

他让杨忠发盯了小半个月的货，竟然被另一批人给抢走了。

楚贺潮差点一刀将杨忠发斩于马下，他强忍怒火，冷冷听着杨忠发找到的线索。

杨忠发从汉中便开始盯着这批货物，一路除了灾民外便没有见到其他的人。即便再不可置信，杨忠发断定这批货物是被汉中逃难的灾民所劫。

但普通灾民可没有这么大的本事，这批人身后定有主使。他们很有可能和杨忠发一样，从汉中开始便盯上了这批货物。但汉中的灾民实在是多，且奔往四处，犹如泥鳅入河，难以捉到其踪影。

不过这两日，杨忠发发现了一个奇怪的情况，有许多灾民慢慢在赶往汝阳县。

上一日货物刚丢，下一日灾民便有异动。杨忠发不信其中没有联系，他派人潜入汝阳县中，果然在汝阳县的市集上发现了几匹来自汉中的布匹。

这几道布匹色彩艳丽，金丝勾勒双面纹绣，极其珍贵。想必劫走货的人也知晓这些布匹必定不能留予己用，才用极低的价格将其卖到了布店之中。

这样狡猾且不露痕迹的做法，简直让杨忠发恨得牙痒痒。不过也正是因为如此，杨忠发也确定了抢走他们货物的人便在汝阳，但汝阳内有三方势力，陈氏、尉氏、王氏，还有一方县令元府。一个小小的县，各种势力盘根交错，任凭杨忠发如何探查，都探查不出幕后主使究竟是谁。

楚贺潮将他杖责三十，煞气沉沉地带人直奔楚王府而来。

在见到堂中的元里时，楚贺潮便想起了他汝阳县令公子的身份。这样的巧合无法不令楚贺潮多想，因而从第一句话起，他便开始有意试探起了这位"二哥"。

楚贺潮来者不善。

元里心中不解，措辞谨慎："将军想必记错了，我与将军不过初识，哪里送过你什么大礼。"

楚贺潮勾唇："二哥真是贵人多忘事。"

元里长着一张瞧着便会让人放下戒心的脸。他的气质温和，眼神清亮，笑起来时如春风拂面，充满着旺盛的生命力。

但这样的笑容，非但没有洗去楚贺潮的怀疑，反而让他更加防备。

元里嘴角笑容变得僵硬。

楚贺潮长得健壮，三月的天气，还有汗珠顺着他的鬓角滑落，这张脸的眉眼深邃，轮廓清晰分明，虽然在笑，却没有丝毫笑的模样，俯视看元里的眼睛冷得如同腊月寒冰。

元里收起笑，直接道："将军有话不妨直言。"

楚贺潮冷冷一笑，转身朝着楚王与杨氏行了个礼。杨氏已经很久没有见到二儿子，她眼中一红，正要说上几句话，身旁的丫鬟低声提醒道："夫人，吉时快要到了。"

杨氏连忙用手帕擦拭眼角，勉强笑道："辞野，你大哥卧病在床，就由你来代兄认亲。"

楚贺潮沉默几秒后道："我倒是可以。"说罢，他转过身，又是一阵血腥味浮动，他居高临下看着元里，"二哥应当不会介意？"

元里脑袋隐隐作痛，道："自然不会介意。"

他开始怀疑自己是否得罪过楚贺潮了。

但自从穿越至今，元里从未离开过汝阳县。他和这位凶名在外的将军本应该毫无瓜葛才对。

这么一看，就只能是楚贺潮脑子有病了。

杨公公在一旁赔笑道："二公子，奴才带您去沐浴再换身衣物？"

楚贺潮身上还穿着盔甲，配着刀剑，一身的风尘仆仆，将这认亲的好事也硬生生染上了一层煞气。哪有这般认亲的模样？

"不必了，"楚贺潮撩起眼皮，"再晚，就误了吉时了。"

他每次一叫"二哥"，元里便微微皱眉，听得浑身不舒服："将军唤我名字就好。"

楚贺潮笑了："二哥，这于理不合。"

"二哥"两个字被他特意念重，好似从舌尖硬生生挤出来一般，带着股恨不得将其咬碎成肉块的凶狠。

元里被挑衅得升起了些内火，淡淡道："既然如此，我便托大叫将军一声弟弟了。"

北周的习俗便是如此。即便元里比楚贺潮小上许多，但叫上这一声弟弟却是没有出错。

只是放在楚贺潮身上，被一个还没及冠的小子叫弟弟，这就有些滑稽好笑了。

楚贺潮的笑逐渐消失。

旁边看热闹的人群里却有人没忍住扑哧笑出了声，又连忙欲盖弥彰地变成了咳嗽声。

"都是一家人，别客套来客套去了，"楚王没听懂他们话中藏着什么机锋，不耐烦地催促道，"楚贺潮，收收你的臭脾气！赶紧开始吧。"

礼生开始唱贺，元里与楚贺潮走到正堂中央。元里刚端起酒杯，便见身旁的楚贺潮举起酒杯，冲他扬了扬下巴，一饮而尽后，凑到他耳边说："二哥，以后多多关照。"

元里是一个跟人有距离感的人，他并不在乎比他弱的同性靠近，但当另一个攻击力更强的同性靠近时，元里会感觉很不舒服，甚至想把楚贺潮一脚踹开。

但他忍住了。

认亲后便是宴席，杨公公凑到元里身边，低声道："元公子，小的领您去见见大公子？"

元里微微颔首，他低垂着眼，睫毛落下一片影子，遵守着礼仪对着楚贺潮行了一个无可挑剔的礼后，便跟着奴仆离开了客堂。

楚贺潮扶住腰间佩刀，裹着黑皮手套的手指有意无意地摩挲着刀柄，看着元里的背影，神色不明。

杨忠发一瘸一拐地走到他身边，苦着脸卖惨："将军，您看出什么来了吗？到底是不是您这位新哥哥的人？要真是他的人抢走了那批货，咱们这可真是自家人打自家人了！直接让他把东西还回来不就成了？"

楚贺潮道："你确定那批人就在汝阳县？"

杨忠发脸色一正："我杨忠发拿项上人头担保，绝对就在汝阳县！"

楚贺潮敲着刀柄的手指一停，又不紧不慢地敲了起来："真是看不出来……"

"对啊，我也没看出来什么，"杨忠发啧啧感叹地看着元里的背影，"如果真是他的人，那可了不得。看着才十几岁的年纪，做事已经这么成熟老到。如果不是我带着人日日夜夜排查，根本发现不了汝阳县集市上的蛛丝马迹。"

楚贺潮直接笑了，冷冷道："如果不是你因为喝酒耽误了两个时辰，这批货也不会被别人抢走。"

杨忠发擦了擦额头的汗："将军，我错了，我再也不敢这么混账了。当务之急是拿到那批货，北疆十三万将士就指望着这笔钱吃顿饱饭了。"

"你也知道，"楚贺潮语气发凉，"刚刚那声笑是你发出来的？"

杨忠发："……"

楚贺潮转身走向酒桌："既然你说在汝阳县，那你就去把东西找回来。如果找不回来，就用你的人头来替这十三万军饷。"

杨忠发脸部肌肉抽搐："是。"

吵闹声越来越远，杨公公轻声细语地道："您昨日进府太晚，大公子已经睡下。但今日这日子，最好还是见上一面为好。"

元里颔首，安静地跟在他的身后。

楚明丰住的地方极远，不知道走了多久，终于见到了一个偏僻精致的院落。

院落前还守着两个护卫，杨公公走上前说了两句话，其中一个护卫点点头，走进院中通报。

但没过多久，护卫便面带歉意地走了出来："杨公公，你们来得不巧，大公子刚刚才睡下。"

"又睡了？"杨公公叹了口气，"罢了罢了，你们莫要惊醒大公子，我们等之后再来吧。"

护卫抱拳行礼，又回到门前站立。杨公公转过身满面羞愧，跟元里请罪："元公子，这是奴才的错，让您跟奴才白跑一趟了。"

元里看着门房紧闭的院落，摇了摇头："无事。"

楚明丰多智近妖，能少和他见面，便少和他见面。

再次回到闻道院时，天已然擦黑。小厮已经备好了热汤与茶水。

三月份的天气，即便温度适宜，元里也热得出了一身的薄汗。他进屋就脱去了新装，让人给他端来了一盆温水，自己在房中用毛巾草草擦了身。

看着自己紧实、线条漂亮的腰腹，元里嘴角弯起，对自己持之以恒训练出来的成果很满意。他将里衣带子系好，朝外唤了一声："林田，将布尺拿来。"

林田是专门负责元里衣食住行的小厮，他将元里专门做的布尺拿来，元里量了量身高，愉快地发现自己又长高了两厘米。

不枉费他每日晨起跑步健身，照这个速度成长下去，即便是在营养不够丰盛的古代，他也能有个一米八的好身高。

门外忽然有护卫跑来，低声提醒："公子，有人过来了。"

元里挑眉，将布尺扔给林田，拿起衣袍披在身上，套上鞋袜："来的是谁？"

"一群人，看不甚清，"护卫道，"不过瞧着他们的样子，似乎是端着酒水来的。"

元里一愣，随即神情变得微妙："与谁喝？"

"自然是和我喝，"人群身后传来一道懒洋洋的声音，众仆从让开，露出拿着一瓶酒壶倚靠在门上的高大身影，楚贺潮笑了笑，目光带着审视，"二哥是想和谁喝？"

他不知何时脱去了盔甲，只穿着薄薄玄色春衫。高大健硕的身形暴露无遗，甚至能够看到臂膀上漂亮的肌肉线条。他的背部挺着，肩宽腰窄，手上的黑皮手套却没有摘下来，像是紧贴着他的双手再长出来的皮肤一样。

元里见着他就头疼，皮笑肉不笑地应付道："没想到连端酒这种小事都要劳烦弟弟。"

楚贺潮从门边走了进来，元里这才看到他腰间还挂着把大刀。他眼皮轻轻一跳，楚贺潮已经拉开了他旁边的凳子，双腿屈起地坐了下来："确实麻烦，既然你知道麻烦了我，那就赶紧喝完了事。"

刀柄晃荡，碰了下桌面。

下人小心翼翼地递了杯酒到元里手中。

元里看了杯中酒水一会，抬手接过酒杯，笑意温和："将军请。"

暖黄烛光下，杯中浊酒摇晃。

元里唇角翘起，眼眸低垂，模样温顺。握着酒杯的手指从袖中探出，青葱如玉。

楚贺潮抬起手端起另外一杯酒水，与元里手中酒杯轻轻一碰，将酒水一饮而尽。

元里也正要喝下这杯酒,脑子里的系统却突然有了异动。

万物百科系统已激活。
入学国子监任务已完成,奖励已发放,请宿主自行探索。
任务:拜师。
奖励:白砂糖炼制方法。

元里手一抖,酒水全部洒在了楚贺潮大腿上。

楚贺潮当即站起身,脸色铁青地冷笑:"元公子,你这是什么意思?"

元里已经顾不上他了,原来就在刚刚,楚王府已经替他获得了入学国子监的名额。但比这更加让他惊讶的是,他的脑海里竟然真的出现了有关香皂的制作方法。

草木灰加入清水与石灰粉过滤成碱水。碱水混入猪油,最终可以成为洁白滑腻的肥皂,提炼花中精油融入,便可制作香皂。

这些知识中并不单单包含如何制作香皂,甚至还包含如何提炼精油。

元里心中掀起滔天巨浪。

他看着脑海中的系统,目光停留在"白砂糖炼制方法"这七个字上。

他曾怀疑过系统是否存在和其目的,但系统此刻竟然真的给了他有关香皂炼制的知识。而下一个任务奖励,竟然是白砂糖的炼制方法。

如果拜师完成,难道真的会有白砂糖的炼制方法吗?香皂和白砂糖,这两种东西无论做出来哪一种都能获得万千财富,而有了钱,他还怕养不起兵?

真正获得系统的奖励后,元里就知道,哪怕系统的来源不明、目的不明,他都不能舍弃这个"金手指"而不用,否则他就是蠢,是因噎废食。

元里紧紧抿着唇,额头沁出细细的汗珠。

正当他越想越入神时,身侧阴森森的声音响起:"元、公、子。"

楚贺潮将手搭在了元里的肩头,硬生生将元里的身子扭了回来,他眼神冰冷,示意元里看他的裤子:"你不解释解释?"

"……"元里恍惚地回过神,下意识歉意地笑了笑,"第一次与将军喝酒,我有些紧张,还望将军不要见怪。"

楚贺潮勾唇，没说话，但意思明确：你觉得我会信？

元里干脆又倒了一杯酒，干脆利落地一饮而尽，他拿着空杯子递到楚贺潮眼前，坦然地看着楚贺潮："我所言非虚。将军，您快回去换身衣衫吧。"

屋内一片寂静，没有人敢说话。

旁边端着酒水的婆子汗水都要滴了下来，吓得身体微微颤抖。

楚贺潮忽然动了，他缓慢地站起身，俯视元里。

"二哥又送了我一份礼，"他薄薄的唇勾着，眼睛微眯，"等有机会，我一定会一样一样还给二哥。"

说完，他转身离去。

元里看着他的背影。

大刀横在楚贺潮的腰间，那刀柄一晃一晃的，很是显眼。

忽然，楚贺潮停住了脚步，他猝不及防侧过身，对上了元里的眼神。

楚贺潮的双眼冰冷得如同古井寒潭，他似乎笑了，最终消失在了夜色之中。

身材真好。

元里羡慕得思绪飘飞了一瞬，随即便皱起了好看的眉头。

他敏锐地捕捉到了楚贺潮对他的怀疑。楚贺潮到底在怀疑他什么？

月亮被乌云遮盖，闻道院一片寂静。三月的夜间不比冬末冷，小厮看着元里被吹得发红的鼻尖，轻手轻脚地关上了门。

吱呀一声，让元里回过了神。

元里怎么也想不通他和楚贺潮有过什么交集。他今年不过十八，距离及冠还差两年。即便他在汝阳县暗地里搞了不少事情，但也绝对没有到引起楚贺潮怀疑的地步。况且楚贺潮才回洛阳，他们哪有机会交恶？

元里名声极好，并且愿意照顾他即将病逝的大哥。在名义上元里也是楚贺潮的二哥。

元里百思不得其解，但楚贺潮目前并不重要，重要的是脑子里的香皂配方。

想起香皂配方，元里便有些激动。

他道："林田，关门落锁。"

林田快速跑了出去，很快，闻道院的大门便紧紧关闭了起来。

卧房内点着灯火，元里驱散了旁人，一个人就着灯火将香皂的配方在纸上默写了一遍。等默写出来后，他又将纸放于火上点燃。

系统给的奖励很人性化，都是当前时代就可以做出来的东西。有制作简单的肥皂，也有需要多费心思的香皂，制作的每一步都介绍得极为详细。

即使在现代看来最普通的肥皂，在这个时代，都能完胜民间广泛使用的草木灰与皂荚。

纸张变为了黑灰，掉落在了桌上。烛火旺了一会，又渐渐弱了下去。

元里轻轻呼出一口气，吹灭了烛火，怀揣着一颗火热的心，躺在了床榻上。

香皂带有清香，洁白而细腻，只需要将其雕刻成精美的模样，比如梅兰竹菊四君子，必然能在风流名士与世家贵族家中盛行。

只是对现在的元里来说，无论是香皂还是白砂糖，都不是能轻易拿出来的东西。

如今世道太乱，在没有保障的情况下，有这些制作技术无异于小儿抱金过闹市。

罗纱织成的双层床幔轻轻飘动，床架四角挂着的香囊清香宜人。

元里毫无睡意，打了两巴掌蚊子，盯着床顶想事情。

如今最好的选择，就是和楚王府合作。

他已经进了楚王府，这是不争的事实。即使楚明丰之后死了，他和楚王府之间的关系也不会轻易断掉。

在外人眼里，他已是楚王府的一分子。

元里自己也知道，他和楚王府合作是最好的结果。互相利用，彼此成全，没什么不好。

但楚贺潮对他的态度，却让元里有些犹豫。

不过元里很快反应了过来，无奈笑着拍拍自己的额头："元里，你真是魔怔了。"

楚王府做主的人又不是楚贺潮，而是那位体弱的小阁老，他名义上是来帮楚明丰的。即使楚贺潮看他再不顺眼又能怎么样？

只要元里一天是他二哥，他就得一天乖乖叫二哥。都说长兄如父，万一楚明丰真的不行了，楚贺潮也得对他毕恭毕敬！

位分在这儿，还担心什么？

元里心气神一瞬间畅通无比，他唇角扬起，伴着清风心满意足地陷入睡梦。

次日一早。

生物钟准时将元里叫醒。元里洗漱之后，出门进行每日的晨跑。

楚王府极大，府内小桥流水、竹林庭院应有尽有，花红柳绿，叠石疏泉，有天然画意。元里只绕着闻道院附近跑了一圈，便出了一身的薄汗。

这里的空气凉意中带着清爽，含氧量不低。元里站在水池旁舒展着筋骨，秀气面容被潮气打湿，发丝上凝着点点细小露珠。

神清气爽地绕着湖水走了不久，元里就听到了几声兵戈相撞的清脆响声。

他循着声音走到了练武场。

宽大平整的练武场中，有人正对着木桩练刀。

他热得将上衣缠在了腰上，背部肌肉随着动作紧绷又松弛。

是楚贺潮。

听到脚步声，楚贺潮握着刀柄懒懒抬眼往后看去，眼中含着凉意。

看到元里之后，他眼神变都没有变，波澜不惊地再次转过身拔出插在木桩中的刀，继续刚刚的动作。

元里对他来说不是什么重要的人。

元里也不在意，饶有兴趣地计算着这能被称为北周"战神"之人的训练量。

他管理后勤的时候偶尔也会负责队伍的训练，能够清楚地知道每一种人该怎么训练，最佳训练量是多少，极限又是多少。不管是什么样的人才，在统一的训练课程上都有优有劣，战术好的耐力不好，耐力好的平衡不行。

一旦出现一个十项全能的全才，便是众人哄抢的对象。

楚贺潮被称为北周战神，战功赫赫，元里料到了他的体能会很惊人。在刚开始时，他的神情很淡定，但随着时间流逝，元里脸上也藏不住惊愕。

这太夸张了。

如果是一个正常人，此时应该已经到了极限。但楚贺潮却好像没有任何变化，他只是呼吸粗重了些，汗水浸湿了裤腰，但每一次挥动的动作还如刚开始时凌厉而疾速。

时间不知不觉过了半个时辰，元里已经看累了，他觉得再看下去只会打击自己的自信心，转身准备离开。

"噔——"

一柄闪着寒光的钢刀直直插入元里脚前的泥地中去，砍碎了冒头的青草，半把刀埋在泥地里，刀身嗡嗡轻颤。

元里停住了脚步。

楚贺潮的声音从背后传来："二哥站在那里看那么久，是在看什么？"

元里不想在这时和他起争执，当作没听见一般绕过刀便快步离开。

没走几步，一只大掌突然落在了他的肩上，用力得仿佛要捏碎元里的骨头。

"二哥，"楚贺潮审视地看着元里，"这么着急走去哪儿？"

元里下意识抓住这只手臂来了一个过肩摔，楚贺潮表情变了一瞬，反应迅速地勾住了元里的脖子，当他摔在地上时，元里也被巨大的力量带倒，一起摔在了地上。

他的牙齿直接磕到了楚贺潮的手臂上，直接磕破了楚贺潮的皮，弄得满嘴都是血。

"嘶。"

元里的牙齿被撞得生疼，鼻梁也撞了上去，一瞬间牵扯得鼻子发酸。

一只手大力地拽着元里的后领，将他拉了起来。楚贺潮脸色铁青，正要说些什么，就看到元里脸色发白地捂着唇，点点血迹缀在他的唇上和下巴上，疼得眼里都似乎蒙上了一层水汽。

楚贺潮表情怪异："二哥这是磕破了嘴，疼哭了？"

元里嘴上的血都是楚贺潮的，他擦擦嘴巴，闷声道："没有。"

楚贺潮却不信，他定定看了元里一会儿，轻轻嗤了一声，懒得再找元里麻烦，提着刀回到了练武场。

元里莫名其妙地看着他的背影。

他吸了吸鼻子，鼻梁的酸软逐渐过去之后，眼里的水汽顿时消失得一干二净。元里又揉了揉鼻梁，低头呸了两口血沫，实在忍不了嘴里的血腥气，转身快步回到闻道院漱口。

傍晚。

杨氏派人来叫元里用膳，元里到达大堂时，里面已经坐了两桌人。

正中一桌坐着的正是楚王与楚贺潮两人，另外一桌则用山水屏风隔开，坐着的是以杨氏为首的三位夫人以及三位年龄各不相同的楚家小姐。

元里只看了一眼便规矩地收回了目光，在楚王的招呼下坐在了他的身边。

在元里对面，楚贺潮正低头晃着茶碗，宽肩脊背挺得很直，长腿快要横跨整个桌底，听到元里的动静，懒洋洋抬头看了他一眼，眼神还含着戏谑的嘲弄。

元里嘴角抽动。

他实在不知道楚贺潮想了些了什么，手臂被自己磕破了一块皮，还有脸在这里嘲弄他？

楚王是个武夫，行事也是直爽鲁莽，见人齐了，直接招手道："赶紧上菜，老夫快要饿死了！"

元里闻言，歉意道："王爷，都怪小子来晚了。"

"里儿，这事不怪你，"坐在另一侧的杨氏轻描淡写地说道，"都是管家的人办事不力，忘了咱们府中的大公子昨日已认了亲，咱们府也多了一个名正言顺的主子。没派人及时通知你，你自然来得迟了。"

她身侧的赵夫人脸烧得通红，半是抱怨半是委屈地道："夫人，我这几日实在忙晕了头，咱们晚膳的时辰都是定好了的，我真是忘记还有元公子不知道了。"

"你这几日确实颇为劳累，"杨氏转头看向她道，温声道，"正好丰儿也认了亲，之后的管家之事便交给里儿，你和我一起享着清闲吧。"

赵夫人一惊："夫人！"

元里又不真的是楚明丰的弟弟，她好不容易趁着杨氏照顾楚明丰的时候掌握了管家权，怎么能甘心就这么送出去？

她立刻提高声音："王爷，您——"

楚王不耐烦地道："就按夫人说的办。"

赵夫人噤声了。

031

无辜被卷入进来的元里苦笑道:"夫人,我并不适合……"

"里儿,莫怕,"杨氏缓和了声音,却坚定无比,"你既已入了我们家,早晚都要学会这些,我陪着你一起,这些都简单得很。"

对元里来说,管理一个王府并不难。

话都说到了这个分儿上,元里只能先暂且应下。杨氏不会不知道他和楚王府的交易,他需要上学,需要为官出仕,杨氏既然在明面上这么说,只怕是借着他的名头来拿回管家权。

楚王见话落一程,道:"动筷子吧。"

桌上菜肴丰盛,这时还没有用铁锅炒菜的方法,饭菜多是用瓦罐蒸和煮,贵族世家也会吃一吃烤食。

但无论是蒸、煮、烤,味道都差不多。因为调料稀少,基本只有酱与盐,盐还泛着一股子苦味,所以处理食材的方法也都差不离。

元里刚来到这个世界时,一切都适应得很好,唯独在吃食上许久才习惯。楚王府的饭菜和寻常的饭菜味道并没有什么区别,只是因为材料的珍贵,处理得更为细腻而显得适口一些,也算别有一番美味。

尤其一道貊炙、一道肉羹,还有一道腊肉,此三样味道极好,元里也多吃了一些。

吃饭时,元里也见识到了楚王与楚贺潮父子俩风卷残云的吃饭方式。

楚王吃饭从不讲究贵族世家那一套,一碗粟饭合着肉三两口便卷入肚中,再让仆人接着盛饭。而楚贺潮看着慢条斯理,动作竟然不比他的慢。

他们父子俩是十足的荤口,筷子动得飞快,菜碟转眼就见了底。

在他们两个人的身边,元里因为发育期而比常人大上一些的胃口,竟然也显得稀松无常了起来。

一顿饭吃到七七八八时,楚王才放慢了速度,有心思说话了:"元家小子,你可曾见过我大儿子?"

楚贺潮安静地吃着饭。

元里摇头:"我至今还未曾见过大公子。"

楚王摸着胡子,苍老面上有慈爱怅然交织:"他身体不好,自从病倒之后便没有出过院子。你若是有空,不妨多去他那里看一看。丰儿喜欢和年轻人说话,他那里也有不少经书可看。你们读书的,知道经书有多么珍贵,我也不再多言。昨日，我已经为你讨到了入学国子监的名额，在你入学之前，多去看看他那里的经书，只会对你大有益处。"

元里认真地听完，浅浅一笑道："小子晓得。"

屏风另一旁的杨氏笑着问道："里儿，这顿饭你吃得如何？"

"夫人，我用得很好。"元里轻轻放下了碗筷，身旁立刻有奴仆送来了温热的巾帕擦手。

"那便好，"杨氏舒展眉眼，"明日便是你回自家的日子，我已为你准备好了东西。丰儿无法陪你回汝阳，便让辞野陪你回去一趟吧。"

元里愣了一秒，才反应过来辞野说的是楚贺潮。

他眼皮一跳，当即果断拒绝道："将军昨日才风尘仆仆回来，这两日应该好好休息才是，哪能让他再陪我辛苦一回？洛阳到汝阳不过百里，我一人回去便好。"

杨氏不赞同道："这可不合规矩。"

楚王哈哈大笑地指着楚贺潮道："你莫要担心他，这小子身体壮实得很！千里奔袭只给他一夜便能缓得过来，闲着也是闲着，他既然叫你一声二哥，你就尽管使唤他！"

楚贺潮表情冷然。

楚王与杨氏两人，对待楚明丰和楚贺潮的态度相差极大。

不过也是，长子身体病弱又足智多谋，自然会让父母更忧心一些。

元里默默期待着楚贺潮能够拒绝："将军应当有事，不便与我同去汝阳吧？"

楚贺潮抬起头，眼眸深沉，唇角压了压，又忽然笑了："巧了，我早就想去一趟汝阳县了。"

第二日一早，楚王府门前便停放了三辆马车。

楚贺潮驾着马等在最前头，结实的臂膀圈着缰绳，唇角冷硬。

杨忠发穿着一身粗布衣衫，也驾马跟在他的身后，眼睛时不时瞥向楚王府大门，低声道："将军啊，您哥哥怎么还不出来啊？"

楚贺潮懒得说话。

杨忠发嘿嘿一笑，正要再说些什么，精神忽然一振："出来了！"

楚贺潮往大门前看去，就见元里一身劲装，满面笑容地牵马从府中走出。

他黑发被一道鲜红束带高高束起,两侧鬓角调皮地翘起,显出几分喜意。元里腰间挂着一个水囊和一把匕首,手中还拿着一条黑红马鞭。

"哟!"杨忠发稀奇道,"洛阳离汝阳百里之远呢,快马也需一天,他确定不坐马车,要骑上一整天的马吗?"

这可不是一两个时辰,而是一整天,没那么好体力的人只怕最后下马都合不拢腿了。

话音刚落,他就看见元里干净利落地翻身上马,右手娴熟地缠住缰绳,身形称得上一声漂亮!

"……"杨忠发咂咂嘴,"瞧上去是能一口气骑上百里的样子。"

元里驾马走到了他们的身边。似乎是因为今日要回家,他格外神采飞扬,眼中清亮,笑意盈盈,少年勃勃的生气尽数显现:"将军,咱们什么时候启程?"

楚贺潮淡淡道:"现在。"说完,他扬鞭便率先离开。

元里拉紧缰绳,轻轻拍了拍马屁股,压低声音道:"走吧宝贝,养你千日用你一时,今天好好跑起来。"

棕马低低叫了一声,慢悠悠地迈步跑了起来。

洛阳城内不可纵马,元里趁着这个机会也好好看了看洛阳城内繁华的景象。

皇都不愧是皇都,人群熙熙攘攘,城墙高大巍峨,路面也平整而干净,没有乡下随处可以见到的粪便与污泥。

在路过国子学时,围墙内侧忽然抛出来了一个蹴鞠,元里下意识伸手接住。下一刻,就有个青衣少年从围墙里探出了头,头发里混着几根杂草,朝着元里喊道:"这位兄弟,可否帮忙将鞠扔回来?"

元里回道:"你让一让!"

少年连忙侧过身子,元里抬手投球,球在空中划出一道完美的弧线,精准地被少年接在了手里。

"好身手!"少年惊喜地看向元里,爽朗地道,"在下京兆尹府詹少宁,兄台是?"

元里笑了,抱拳道:"在下汝阳元里,少宁兄,我先行一步了。"

马匹逐渐远去,詹少宁眨了眨眼睛,忽然"啊"了一声,才想起来,"原来他就是汝阳元里啊。"

自从元里为母孤身进深山待了三日只为摘得救命草药后,他的孝顺之名便传到了洛阳。

詹少宁和父亲都听说过元里的传闻,他们知道这是元里为自己扬名的手段,但没有人会觉得有什么不对。就像是詹少宁自己,在他什么都不懂的小时候,因为祖母去世而被家人哄着哭了两天,之后便传出了他因祖母去世悲伤恸哭三十天的传闻,从此之后人人见了他便夸一句孝顺。

其实詹少宁没跟祖母相处过几天。

前日楚王府认亲,汝阳元郎不忍拒绝楚王妃恳求,为救其长子而入楚王府一事又传遍了洛阳。街头小巷将此事当作茶余饭后的闲谈,聊得津津有味,因着元里本来的好名声,绝大多数人也只夸他这是仁义之举。

詹少宁又探头看了一眼元里的背影,从围墙上跳了下去。

这人感觉不错,可以处一处。

出了洛阳城,众人快马疾驰,毫不停留。一直到午时饿得饥肠辘辘,才找个有溪流的地方停下休整。

仆从将干粮拿出来分给众人,元里坐在树下石头块上,嚼着生硬的饼子,热得满头大汗。

蝉鸣蛙叫,叫得人心烦意乱。

他吃一口饼子就得咽下去五六口水,没过多久,水囊就空了。

元里提着水囊到溪流边打水。

溪流挺宽,水也挺深,潺潺流着,波光晃得眼晕。

溪旁蹲满了喝水的人和马匹,马也口干舌燥,头埋进水里就不愿意抬起来,这里太挤,元里往上游走去。

上游杂草生得更是旺盛,淤泥里还有小水洼。元里走了一会,就看到了楚贺潮和杨忠发。

杨忠发把衣服扯得七零八乱,光着膀子蹲在水边捧水喝,口里骂着这破天气。楚贺潮坐在树影下,他也脱了外袍,轮廓分明的脸上坠着水珠,领口处湿了一大截。

瞧见元里,杨忠发热情招呼着,"元公子也来喝水啊。"

元里眉头皱了皱,走到旁边蹲下,"嗯。"

杨忠发道:"这鬼天气,早上冻得老子直哆嗦,正午就热得出了一身汗,马都快要吐白沫了。"

元里也热得满头大汗,他把袖子卷起来,先洗了把脸。

山泉清澈,透着股凉意。被热气堵住的毛孔顿时通畅了许多,元里这才把水囊拿过来,装上了满满一水囊的水。

杨忠发眼睛转了转,搭话道:"元公子这骑术真不错,什么时候开始学的?"

"五六岁开始学的,先是骑小马,熟练了之后才换成骑大马,"元里笑道,"是跟一个并州老兵学的骑术。"

"那怪不得骑得这么好,"杨忠发道,"元公子身手也不错吧?"

元里谦虚道:"比不上大人。"

杨忠发洗了把脸,大大咧咧地道:"元公子莫要自谦,我年纪大了,比不得你们年轻人有力气。等哪日有时间,咱们可以练上一练。"

元里欣然应下,又和杨忠发聊了几句。

楚贺潮在旁边听着听着,不由皱起了眉。

杨忠发本是为了试探元里,谁知道聊着聊着就跑偏了题,还聊到了自家的爱子。

"义宣是我老来得的子,没想到我都四十多岁的人了,老妻还能再给我生个儿子,"杨忠发抚着胡须,得意之色难掩,"宣儿虽只有五岁,但天资聪颖,能说会道,看着就是个会读书的好料子。"

元里低头捧水,语气真挚地奉承道:"虎父无犬子,令公子长大后必定文武双全。"

杨忠发乐得大笑不已,激动地拍着元里的脊背,"那便多谢元公子吉言。"

元里被水呛到,本就重心不稳,猝不及防之下,一下子被他拍到了河里。

杨忠发蒙了,他看了看手,"我的娘哩!"随即就慌了,"将军,元公子掉水里了!咋办啊,老子是旱鸭子!"

元里入水的瞬间也蒙了,冰凉的水四面八方压来,瞬间没过了他的头顶。他听到杨忠发的叫声后心中想笑,想回他一句"别慌,我会水"。正准备调整姿势从水里冒头时,一个水花猛地溅起,一只大掌拎着元里的后领,粗暴地将他从水里提了出来。

元里露出水面一看,楚贺潮正紧绷着下颚,浑身湿透地带着他往岸边蹚去。

到了岸边,楚贺潮将元里扔到岸上,自己大步走了上来。

元里嗓子里还有点痒,他侧躺着咳嗽,咳嗽完了后难掩惊讶地看着楚贺潮:"你也不会水?"

楚贺潮虽然跳下水把他救了上来,但完全是仗着个子高大,脚踩着河底一步步走上来的。

元里低头,果然看到了楚贺潮长靴上厚厚的淤泥。

楚贺潮脸色不怎么好看,他脱掉上衣拧着水,结实的背部肌肉紧绷着,全是细细密密的水珠,头发也湿了大半截。

杨忠发吓得腿都软了,一屁股坐在草地上:"咱们北方的兵就没多少会水,善水的兄弟又没跟着来。还好这水不深,将军能把你给捞起来,元公子,你可真是吓死我了。"

元里浑身也湿透了,他坐起身,没在意自己,反倒率先皱起了眉,忍不住忧心忡忡地道:"这不行啊。你们不会水,以后怎么打水仗?"

杨忠发像是听到什么笑话:"咱们打的都是游牧民族,他们那地比我们还缺水,哪里用得着打水仗?"

元里站起身摘掉腰带,把外袍脱下来:"但一旦真要打起水仗,你们岂不是必输无疑?"

杨忠发张张嘴想说什么,却找不到反驳的话。他的思路被带偏了,顺着元里的话往下想了想,顿时起了一身冷汗:"就算会水,咱们打水仗也占不了什么便宜,北方水少,坐船的机会也少,没地方练,上了船照样晕乎乎的,站都站不起来。"

元里也知道这是北方硬件条件的缺失。论水师,南方比北方强,陆师与其正好相反。可陈王陈留就驻守在江东一带,以后天下一乱,势必要与江东来场水仗。

杨忠发忽然激动地一拍双手,想到了好办法似的:"有了!到时候将船只都连在一块儿,众船相连,这不就能减少晃荡,如履平地了吗?"

元里心想，你和曹操还挺有共同话题——"那如果有人用火攻，恰好风向对你们不利，岂不是将你从头烧到了尾？"

杨忠发哑然："这……"

楚贺潮侧头看向元里："你会水？"

元里已经将束发带摘掉，潮湿的黑发散落在背上。他辛苦地拧着头发里的水，把身上带出来的小蝌蚪扔到溪水里："会。"

楚贺潮若有所思。

浑身湿透了的楚贺潮和元里两个人待在原地，杨忠发去给他们拿干燥的衣物。

元里学着楚贺潮的样子，将外袍搭在树枝上滴着水。又解开了里衣的衣带，正要脱下时，余光瞥到了楚贺潮的上身。

肌肉饱满，腹肌清晰可见。

元里本还算漂亮的身形在他面前，反倒显得有些单薄，元里默默地又系上了腰带。

很快，两人的小厮便拿来了衣物。

楚贺潮极其坦然，连躲都不打算躲，就坐在树荫下大大咧咧地脱下湿掉的衣物。元里脸皮比他薄，抱着衣服往林子里躲了躲。

等楚贺潮换好衣物后，元里还没出来。

因为他们两人意外落水，休息时间延长了半个时辰，要等到他们头发干了后再上路，免得感染风寒。

元里一身清爽地走回了人群中，折腾了这一会儿，他更加饿了。既然有半个时辰的富余，元里也不想再啃生冷的饼子。他让孟护卫带人去打猎，喊着林田堆起了火堆。

其他人嫌热，纷纷躲得远远的。只有跟着元里打过牙祭的几个人难掩兴奋，动作利落地处理着食材。

孟护卫收获颇丰，打来了一头小鹿和一只野鸡。他将东西处理好，又按着元里的要求找来了一片芭蕉叶。

小厮将配料拿出。

北周做菜用的调料虽然只有盐和酱，但地大物博，元里在药铺中找到了不少能用的调味品。实在馋得厉害的时候，他便带人打个猎给自己解解馋。

如今处理食材，元里已经驾轻就熟。他用姜片给鸡肉擦拭一遍去腥，再用盐和酱将鸡肉浸泡片刻。待孟护卫将鹿肉穿好后，又把茴香、八角和葱姜蒜塞入了野鸡肚子。

"酒呢？"

林田双手送上酒壶，元里将酒水尽数灌下了半壶。

附近的树上长着尚且发青的果子，元里让人采了几颗下来，拿起其中一个尝了尝，被酸得眉头紧皱。

然而这样的涩果，恰好能做一味调料。

元里用力，将果子汁水挤出滴在野鸡的皮肉上，将其用洗净的芭蕉叶裹住，用黄泥包起，放在了火堆下方。

鹿肉也是如出一辙的处理方法，只不过是架在火边烧烤。很快，令人口齿生津的香味便缓慢地传递了开来。

杨忠发咽咽口水，先前觉得元里处理食材的手法奇怪，现在却厚着脸皮凑了上来："元公子，能不能分我一块？"

元里是个大气的人，他不只分给了杨忠发，还给了其他人每人一块滚烫鲜嫩的鹿肉。

所有人吃得满嘴流油，眼冒金光，烫得吐着舌头也不肯放慢速度。

楚贺潮三两口咽下一块巴掌大的鹿肉，慢悠悠地走到了火堆旁坐下。

元里不计前嫌地将一只鹿腿递给了他，笑眯眯地问道："不知我先前是否得罪过将军？"

杨忠发清了清嗓子，接过话头："元公子，你有所不知啊。"

元里看向他："嗯？"

杨忠发道："我们这次从北疆回到洛阳，是专门为了我北疆十三万战士的军饷而来的。"

十三万战士的军饷？

元里心中一动，不动声色地侧耳细听，黑发从他肩头滑落，衬得他表情柔和。

柴火噼里啪啦作响，鹿肉滋滋冒着油光。

杨忠发本是做戏，话说着说着却不由带上了几分真实情绪："戎奴狼子野心，虎视眈眈在北部觊觎我中原大地。他们三番四次来侵犯我边疆，杀我北周百姓，抢我北周土地，我北疆十三万战士便是另一道毅然耸立的城墙，将这些胡人尽数挡在北周之外！其中艰难只有我们自己知晓，可如此功绩无人记得不说，北疆十三万战士的军饷还一年晚于一年。今年已到了三月，军饷的影子却见都没有见到，乃至这些士兵，已经许久连顿饱饭也未尝吃过……"

几句话说完，杨忠发已然是老泪纵横："我们将军作战前方，军饷全靠后方补给。先前朝中还有小阁老在，小阁老至少每年能准时为我们送上军饷。但自从小阁老病重之后，朝中竟无一人还记得我们北疆的十三万战士啊。我等上书朝廷，可朝廷左拖右拖也没正面答复。边疆粮食已然见底，日日只有清可见底的米粥，喝到肚子里转眼就没了影子，孩童尚且受不住，将士们如何受得住？元公子，我们实在是饿啊。"

元里想起了以往自己做后勤的日子，每个士兵辛苦训练一日能吃下多少东西他晓得。一万人需要的粮食已经是难以想象的数量，而十三万人一日又该需要多少粮食！

那是一个令人心惊胆战的数字。

但在古代，很少有士兵能每日能果腹。

元里知道训练后饥肠辘辘的滋味，那滋味并不好受。他感同身受，眼眶微红。

古时候参军的人多是流民。流民参军，不过是为了一口饱饭，一身暖衣，命比路边的稻草贵不了多少。

保家卫国，衣锦还乡——这是绝大多数人从来没有想过的东西，他们连饭都吃不饱，连自己年岁几何都不知道，哪有心思去想更多东西？

边疆的这些战士，怕是自己都不知道自己做的是保家卫国的大事。

元里心中的某个想法越发蠢蠢欲动。

他能够听出来，楚贺潮缺少一个稳定的后方。以往为楚贺潮提供军饷的人是楚明丰，然而楚明丰快要不行了。元里缺少兵马，却有为军队兵马提供服务的经验。楚贺潮有兵有马，却少了一个优秀的后勤。

这岂不正可以彼此合作、互相共赢？

但这只是临时升起的一个想法，元里将这些想法压在了心底，没有在面上泄露分毫。

杨忠发抹了把泪，幽幽叹了口气："元公子，咱们都是一家人，我也就和您直说了。朝廷如今自顾不暇,国库空虚,不一定会给我们拨粮。前些日子,我们好不容易有了一批货物可以充当军饷,可没想到啊,这批货竟然在半路被一伙灾民给劫走了。"

元里有些意外:"被灾民抢走了?"

杨忠发看着他浑然不知情的神色,心中也开始犹疑:"正是。说起来也有趣,那批货物被劫走的地方,恰好离汝阳县极近。"

元里眉头缓缓皱了起来,一直带笑的唇角收敛:"大人查到这批人是谁了吗?"

杨忠发苦笑:"实不相瞒,我还没有查到。"

元里叹了口气:"若是汝阳县周围真有这样的灾民,我心难安。杨大人,若是你发现了什么蛛丝马迹,尽管告诉我,我愿为你效一臂之力。"

杨忠发一愣,余光看向了楚贺潮,挤了挤眼。

将军,你这哥哥好似真的什么都不知道。

楚贺潮看不出什么表情,淡淡开口道:"底下的东西熟了。"

元里这才想起火堆底下还有个叫花鸡。他将火堆扑灭移开,用木棍挖出来底下的叫花鸡,用力敲碎了上方裹着的黄泥。

周围围了一圈探着脖子看热闹的人,黄泥甫一碎开,一股浓郁的香气便蔓延了开来,极其霸道地侵占人们的鼻腔。

不少人咽了咽口水,肚子又开始叫了起来。

杨忠发擦擦嘴,还没吃就已经感受到了美味:"元公子这手艺绝了,我闻着比洛阳那家一品斋还要香得多!"

元里哈哈大笑。

芭蕉叶已经被汁水浸得快要烂了,野鸡肉更是已然软烂。香味浓郁,鲜美多汁,果子清香更是解腻。只是一只鸡实在是少,除了元里和楚贺潮,其他人才分到了一两口。

楚贺潮吃得风卷残云,在元里瞠目结舌的注目中,一只鸡被他一人吃了大半,下肚后瞧着还意犹未尽。但事不宜迟,吃完饭后,众人再次踏上了前往汝阳的路。

第 2 章　管家之权

一日的快马加鞭，当夜色笼罩山头时，一众人终于来到了汝阳县。

县令府灯火通透，早已等着他们到来。

元里回府之后就犹如鱼入海水，比在楚王府自在数倍。他自觉承担起照顾客人的重任，妥帖安排好了楚贺潮一行人。

等到拜见完父母亲后，元里才拖着疲惫的身子回到了卧房。

一回到卧房里，他便收起了笑容。

元里是个爱笑的人，眼型也偏圆，一旦笑起来便显得真诚亲切。

但他不笑时，气势却压得人心中沉重，点点锋芒暴露在眉间。

在他面前的三个小厮都不由心中惴惴。

元里忽然道："郭林，汪二说想要见我？"

郭林道："是。这是四天前农庄管事传来的消息。"

元里又问："他说他有一件事要告诉我，除了我之外不会告诉其他人？"

郭林不明所以，还是点了点头。

元里又看向赵营，赵营胆大心细，向来负责替他探听消息、暗中处理事务，他问道："汪二来到农庄后可有什么异动？"

赵营谨慎地道："并未有什么异动。唯独初四那日请了半日的假。"

元里揉着额角，终于露出了一丝苦笑，自言自语道："糟了。预感越来越不好了。"

中午杨忠发刚开始试探他时,他确实没有察觉不对。但等杨忠发提到那批货物是在汝阳县附近被劫时,元里便瞬间升起了警惕,并在短短一刻内联想到了许多事情。

面上,他佯装不知地和杨忠发继续说说笑笑。

楚贺潮甫一见到他便显得来者不善,恐怕是对他心存怀疑,所以故意试探。再加上前不久汪二非要见他一面的请求,元里总觉得那批货说不好就是被汪二一行人截走的。

元里又开始揉眉心:"郭林,你明天安排一下,我要去农庄见汪二。"

府内都是楚贺潮的人,汪二不宜主动来见他。

郭林应是。

第二日一早,元里没有立即去往农庄,而是去书房找了父亲元颂,将昨晚写好的创办香皂坊的计划书拿给他看。

元颂不明所以地接过,低头看了起来。片刻后,他噌地一下站起来,满面掩饰不住的惊愕:"这、这是,里儿,你真的有这种叫'香皂'的东西?"

元里点点头,元颂顿时变得呼吸急促。他快步走到门边,打开门查看左右,又疾步将窗户关上。

做完这些,他回到桌旁压低声音,面色通红,胡须颤抖:"这'香皂'当真洁白润滑如玉,自带清香,使之可清除污秽,肌肤变得光滑细腻,令人焕然一新?"

元里再次颔首。

元颂深呼吸数次,惊异之后便是大喜袭来。

这香皂无论是效用还是模样都与现在使用的草木灰与皂荚截然不同,元颂虽说出身寒酸,但见识却决然不少。他可以肯定,即便是那些世家贵族,也绝对没有见过这样的"香皂"。

在这份计划书上,元里不只写了如何制作香味不同的香皂,还写了如何建设香皂坊,再如何包装贩卖香皂。

等以后产量提上来了,普通的肥皂或许可以售卖给平民百姓,薄利多销。但现在主销的还是针对上流人士的香皂,香皂需要精心包装,以高昂的价格卖给贵族世家,以满足贵族世家高高在上的虚荣心。

元里打算将第一个香皂坊秘密建在汝阳，用自家值得信赖的家仆为员工，试着生产第一批香皂。

等香皂出来后，元里再拿着成品去找楚明丰谈合作。等谈成合作之后，再借着楚王府的背景，大肆推出香皂。

元里不能将这件事放在洛阳做，他唯一放心的便是早已被自己摸透的汝阳，以及和他站在同一阵营的父亲母亲。

元颂拿着纸张的手指微微颤抖。

元里提醒道："爹，您千万记得，香皂的配方一定要小心谨慎地保管好，绝对不能泄露出去。不是可以信任的人，不能让其进入香皂坊。"

"我晓得，"元颂神色一正，眼中有厉色划过，"里儿，你放心，为父知道此事的重要。"

说着说着，他又忍不住摸着胡须感叹，心生自豪："怪不得你从小就要在农庄里养那么多猪，我本来以为你只是偏爱猪肉，没想到还有这一出。你那会儿就已经在为今日做准备了吧？"

元里笑而不语。

自从知道系统给的第一个奖励是香皂配方之后，元里确实开始有意饲养家猪。但那时的他并不知道系统的奖励是真是假，这么做也只是因为性格谨慎使然。

"香皂只需要猪油或者脂膏制作而成，并不会浪费肉，"元里道，"调制香皂的时候，这些猪肉也不会浪费，就拿来给部曲护卫们加餐吧。"

元颂笑道："你总是这般仁善。"

谈完事情后，元颂实在待不下去了，他将香皂配方小心翼翼地收起，急匆匆地立刻出门着手办理这件事情。

元里也跟着离开了书房。郭林已经等在门外，低声道："大公子，农庄已经安排好了。"

元里看了看天色："用过膳再去吧。"

正常的百姓平民一日其实只用两顿饭，一是早膳，一是晚膳，中午并不吃饭。但这样的规矩对富裕的人家却并不适用，只要有钱有粮，别说一日三顿，即便是一日五顿都没有人在意。

用过午膳之后，元里便准备前往农庄。然而郭林刚刚将他的马匹牵到府外,就迎面撞上了从外回来的楚贺潮与杨忠发一行人。

元里动作一顿,面上带着笑地和他们问好。

这一行人一早便在汝阳县内探查,但一个上午过去,他们却毫无收获,不免精神恹恹。

杨忠发有气无力地回应:"元公子,您这是要出去呢?"

元里笑着应是:"瞧诸位的样子,是在汝阳县逛累了?"

杨忠发叹了口气:"可不是,汝阳县说起来小,逛起来可真是够大。"

元里和他客套几句,握着缰绳翻身上马。正要不动声色地离开,楚贺潮突然开口:"元公子是准备去哪里?"

他的语气算得上和缓,称呼也变成了客客气气的元公子,似乎是因为昨日元里的表现对他减少了怀疑,也或许是因为那只叫花鸡。

元里侧头,他勾唇笑了笑,眉目清朗柔和:"好不容易回来了汝阳县,趁此机会去农庄看一看。"

楚贺潮的目光在他身上移动着,突然掉转马头,驾马来到元里身侧:"听着有趣,不如带我一个?"

元里有种果然会如此的感觉。

他在心里苦笑一声,干脆利落地答应下来:"自然可以。只是农庄简陋脏污,还请将军莫要介意。"

杨忠发疑惑道:"将军?"

楚贺潮挥了挥手,让他们继续探查。

杨忠发抱拳应是,带着其他人回到了县令府内。

农庄在乡下,距离县令府骑马需要半个时辰。越往乡下走,道路越是坎坷崎岖,水洼浅坑随处可见,马蹄要是一脚踏到了坑里,连人带马都得摔个惨烈。

这条路元里走过数回,他驾轻就熟。稀奇的是楚贺潮第一次来,却也如履平地。

元里有心想要试一试他的骑术,特意往难走的小路上走。他带头飞驰如风,楚贺潮紧紧跟着。不知不觉间,跟着元里的小厮护卫却逐渐吃力,渐渐消失了踪迹。

"元公子,"男人越靠越近,呼吸带着股热气,声音阴恻恻的,"差不多得了。"

元里勒住马缓缓停下，他脸庞热得发红，伸手给自己扇扇风，顺便给男人竖了一个大拇指："将军，厉害。"

楚贺潮看着他的大拇指，半眯了眼睛，汗珠子顺着他的脸庞滑到下颚。他虽然没看过这个手势，但大致理解了什么意思，也懒得和元里继续计较。

长长一段小路，比正常的路起码绕了一大圈。两匹马跑得出了一身热汗，慢悠悠地小步走着。

马尾巴摇来摇去，把追上来的蚊虫不耐烦地打到一旁。

田埂里几个正给秧苗捉虫子的人抬头瞅着他们，瞅了两眼又低头继续侍弄庄稼。

元里很招蚊子咬，他拍了一掌心的血蚊子，纳闷地看着楚贺潮："将军，怎么蚊子都不来咬你？"

楚贺潮似笑非笑，斜睨元里白得宛如冷玉的皮肤："大概是因为楚某不如元公子娇嫩。"

元里："……"

一刻钟后，两个人才到了农庄。

这会儿，被他们甩在身后的其他人已经顺着大路早就到了。元里从马上下来，看向了郭林。

郭林不着痕迹地点点头。

元里嘴角的笑意一晃而过。

他特意带着楚贺潮多跑了那么一圈，就是为了让郭林提前到农庄里把事情处理好，顺便告诉农户们有洛阳的贵客远道而来，让这些人做到心中有底。

管事的上前道："大公子，热水和饭菜已经准备好，您要不要先换身衣服？"

元里点点头，立刻有人过来牵走了他和楚贺潮的马，去给它们喂食马粮加洗马。

这并非是元里太过爱干净，而是每次来农庄的必备操作。

古代的农村远远没有想象之中的干净，这里没有污水处理系统，没有公共厕所。粪便与污水随处可见，路上更少不了猪牛羊的秽物。走路来还好，一旦骑马一定会溅上脏东西。

　　元里管理的农庄已经很好，每日有人清理卫生，粪便会被做成肥料。他经常叮嘱管事的每日监督农户饭前便后要洗手，三天一日沐浴，这才能将农庄保持得干干净净、味道清新。

　　但这并不是说农家人不爱干净，他们只是没有能力爱干净。

　　富人可以每日热水沐浴，早晚柳枝蘸盐漱口，偶尔洗个花瓣浴，用澡豆搓澡，但穷人不行。

　　沐浴出来后，元里神清气爽，他往旁边一看，楚贺潮也走了出来，换上了另外一身不太合身的衣服。

　　看着有点紧。

　　管事的赔笑道："已经派人去县里取大人的衣服，还请大人勿要见怪。"

　　楚贺潮黑着脸，扯扯紧绷的领口，嘴角下压。

　　元里忍住笑："管事，带我们去用饭吧。"

　　管事点头哈腰："是，是。"

　　农庄的晚膳和县令府的味道没什么差别，甚至要更简陋一些。元里总觉得楚贺潮在吃饭时看了他一眼，还没等他琢磨出这一眼是什么意思，楚贺潮已经大口吃起了饭。

　　元里不久前才用过饭，并不是很饿。他看着楚贺潮一碗又一碗的模样，嘴角抽搐。

　　能吃是福。

　　吃完饭，仆从将碗筷一一收拾了下去。楚贺潮看了元里几眼，冷不丁道："元公子来农庄里就是为了洗个澡吃个饭？"

　　元里让管事将账本拿过来："哪能？我还有账本要看呢。"

　　楚贺潮勾了勾唇，眼里没什么笑意："是吗？我以为农庄的管事会每月将账本送到主人家中，而不是主人亲自来农庄自取。"

　　元里在心中感叹，楚贺潮真是一头养不熟的白眼狼，明明昨日才吃了他的东西。他本以为楚贺潮不怀疑他了，谁知道一旦遇到一丁点儿的疑点，这人直接冷酷无情地恢复了原样。

即使这个疑点根本就不值一提。

元里觉得,他大概是知道为何楚王与杨氏对大儿子与二儿子的态度差别如此之大了。

就楚贺潮这臭脾气,谁要真心待他,只怕他立刻就会让人从里到外冷了心。

还好,元里早就已经做好了楚贺潮翻脸的准备,他根本就没期待楚贺潮能真的不怀疑他。

他们二人来回试探,就看谁能更高一筹了。

"自然不单单为了看账本,"元里慢悠悠地道,"父亲平素喜欢下田。这农庄里便有父亲的一块田地,如今正是插秧的时候,只是父亲身体劳累,政务繁杂,为人子女的自然要为父母亲解忧,我这番来农庄便是为了替父亲种田。正好家父喜欢用这乡下湖里的鲫鱼,我不日就要回到洛阳,也好为他钓几条鱼回去。"

忠孝在北周是永远正确的主流思想,只要拿出这两个字当借口,天王老子来也不能说他什么。

男人英俊的脸上看不出其他表情:"二哥真是孝顺。"

元里虚伪地和他互相夸奖:"比不上弟弟。"

屋内气氛有些凝滞,林田送了两杯茶水进来,打破了沉默。

元里扬了扬账本:"我还要看会儿账本,弟弟若是无聊,不若派人带你在农庄里四处看看?"

楚贺潮掀起眼皮,唇角勾起:"不用了。我就在这里看着你,二哥。"

说完,他极其自在地将眼前的矮桌推开,双手枕在脑后便躺在了地上,闭上了眼睛,似乎是睡着了。

但元里知道他不可能睡着。他招手让林田下去,趁着太阳还未落山,就着夕阳余晖翻看着账本。

屋内一时安静了下来,只剩下了纸张翻动的声音,以及一轻一重的两道呼吸声。

大半个时辰过去,楚贺潮好像真的睡着了。

人有三急,元里合上了账本,站起身往外走去。

才走一步,一直闭着眼的男人猛地睁开了眼,双目锐利地盯着他:"你去哪儿？"

元里眉头抽抽："茅房。"

楚贺潮坐起身："一起。"

元里："……"

去茅房的一路上，元里时不时余光往后瞥去，看着不远不近跟着他的楚贺潮。

他确实想要找个机会去见汪二，只是楚贺潮采取了最麻烦但却最有用的一个办法，时时刻刻地跟着他，彻底阻止了他去见汪二的可能。

元里眉头皱了皱。

烦。

但让他烦躁，楚贺潮已经算是成功了。

元里埋头走进茅房，楚贺潮没有跟着进来。解决完了生理需求后，元里平复了心情才走了出去，却看到楚贺潮正屈膝蹲在路旁，小了一圈的衣衫紧紧包裹着他的强健身躯，不知道在做什么。

元里反应迅速地往后藏了藏，躲在墙角处探出头。

这次他看清了楚贺潮在干什么。

楚贺潮在泥水里挖着什么。

他面无表情，毫不在乎地将泥团和恶心的爬虫扫开，从泥水里捡起了一枚肮脏的铜钱，仔细擦干净表面的脏东西后，将其收在了腰间。

元里头一次见到楚贺潮这么认真。

像是那不是一枚铜钱，而是能救他手下士兵的灵丹妙药。

回去的路上，元里三番五次转头去看楚贺潮，专盯着他腰间的深色腰带看。

楚贺潮被看得火大，冷笑地捉住元里的目光："二哥在看什么？"

元里实话实说："看你的腰带。"

一枚铜板都会被珍而重之地捡起来，楚贺潮比他想象中的还要穷。

男人宽肩窄腰，标准的倒三角身材。腰带束缚下的腰身结实，充满着力量。

说完这句话，元里便感觉到楚贺潮的目光变得更加冷厉，他才后知后觉地发现楚贺潮对这句话似乎有些误解。

好像被看作挑衅了。

元里摸摸鼻子,补救道:"将军腰带花纹不错。"

楚贺潮勾唇:"这是二哥的人准备的衣服。"

说完,他的目光移向了元里。这位还未及冠的二哥还是个少年郎,四肢修长,说不上体弱,但放在军营里完全不够看。楚贺潮戏谑地看着元里的身形,嘲笑道:"比不上二哥的好看。"

"哪里哪里,"元里客气道,"你的更好一点。"

两个大男人,在这里讨论谁的腰带更好看实在有些尴尬。楚贺潮嗤笑一声,没再接着说下去。

当夜,两个人住在了农庄。

农庄蚊虫多,也吵闹。蝉鸣蛙叫,鸡鸣猪嚎,元里到半夜才睡着,第二天醒来时,眼底泛着一片青色。

今日要去插秧,元里吃完早饭后,照样劝了楚贺潮一句:"家父的田地在农庄边缘,深入林中,路远偏僻,弟弟不如就留在农庄里。"

楚贺潮笑了,他戴着黑皮手套的修长手指摩挲着缰绳,软硬不吃:"元公子这说的是什么话?身为一家人,兄长又不在,我怎么能看着你独自干活?"

这是元里第一次从楚贺潮嘴里听到"兄长"这个词。

他这几天也打听到了一些消息,传闻中,楚贺潮和楚明丰的关系并不怎么好。据说楚贺潮曾经快要死在战场上的时候,楚明丰还在上京城中请同僚喝酒吟诗,服用五石散。消息传来,小阁老神色变也未变,叹着气同友人笑道:"是生是死,那都是他的命。"

言毕,一杯酒水一饮而尽。

人人都说多亏了楚明丰与楚贺潮都是一个爹娘,楚明丰才会尽心尽力为楚贺潮凑够军饷运向北疆,如果不是一个爹娘,他绝对不会管楚贺潮的死活。

自从元里来楚王府后,他时常能在楚王与杨氏的脸上看到悲痛凄凉的痕迹,但楚贺潮却从来没有因为他快要病逝的哥哥而露出悲容,甚至显得格外冷漠,无动于衷。

然而此刻提起楚明丰,楚贺潮的语气倒还算平静。

元里若有所思:"既然将军这么说了,咱们就走吧。"

元里深知说话的艺术,七分真三分假混在一起才真假难分。他所言父亲喜欢种田不假,在农庄有块田地也并不假。只是这块田是元里所属,处于静谧山野之中,四处群山环绕,泉水叮咚,在田野旁,还有一个简单粗陋的小木屋。

颇有几分闲云野鹤的悠闲。

田里已经引好了水,到达地方后,元里脱掉鞋袜,便卷着裤脚下田栽秧。

楚贺潮看着他熟练的动作,眯了眯眼睛,走到了树下坐着休息。

元里手里抓着一把秧苗,插完一看,秧苗板板正正,排成一道直线,看着就漂亮极了。元里心里升起了成就感,精神百倍地继续干活,但干着干着,成就感就变成了疲惫。

昨晚没睡好的后遗症跟着显露,元里时不时站起身捶捶腰,埋头干到了眼前发黑。他站起身抹去头上的汗珠,转头一看,好家伙,一亩的田地他才栽了二分。

如果要他一个人干,干到天黑都干不完。

元里低头看着水面,晃了晃脚,水田荡开了几道波纹。有几只虫子在水面上飞速掠过,趴在秧苗上静静看着元里这个傻蛋。

正午的阳光被厚云遮住,天气燥热得令人口干舌燥。

元里口渴,他一步步走到了岸边,拿过地上的水囊,看着头顶的大太阳叹了口气。

累倒是可以忍受,只是这热度,真是让人心中烦躁。

来的时候,元里只带了林田一个小厮。因为他跟楚贺潮说过自己这是为父尽孝,所以也不便让仆人帮着他一起下田种地。这会儿快到正午,林田知道他有中午吃饭的习惯,已经回农庄给他拿午饭了。

偌大的山野之中,只剩下他和楚贺潮两个人。

元里一口喝掉了半个水囊的水,瞥了一眼树底下悠闲躺着的楚贺潮。

他顿时不爽了。

元里走到树底下,用满是泥的脚踢了踢楚贺潮的腿。

楚贺潮睁开眼,低头看着裤子上的泥点子,眯着眼看向元里,眼神有点吓人。

元里皮笑肉不笑:"都是一家人,将军,起来给我干干活?"

他一张白净俊俏的脸蛋这会儿也被晒得通红,汗珠子挂在眼睫上,刚刚才揉过的眼睛发红。头发丝粘在脖颈脸侧,显出几分想请兄长帮忙的委屈可怜。

楚贺潮刚想嘲笑地说以孝顺扬名的元公子就是这么给父亲尽孝的?但话没说出来就被他不耐地咽了下去。男人起身,往田地里走去。

元里本来还以为他会拒绝,愣了愣,目光追着他的背影,楚贺潮已经下了地。

楚贺潮种田的手法要比元里想象之中的更为老练,元里站在埂上光明正大地休息偷懒,但楚贺潮看了他几眼,竟然也没说什么。

元里舒舒服服地在埂上坐了一会儿,差点就这么睡着了。等到楚贺潮栽了快一半,他才慢悠悠地又下了泥地,跟在楚贺潮的身后偷懒。

低头插上一个秧苗,抬头就会看到楚贺潮汗湿的后背。

汗珠从发丝滴到后脖颈,衣服浸湿了一大块,透着股汗臭味。元里眼睁睁地看着一只虫子飞了过去,趴在了楚贺潮背上。

啪的一声巴掌声,楚贺潮脸色铁青地回头:"你干什么?"

元里眨了眨眼:"有虫子。"

楚贺潮嘴唇动了两下,还没说什么,天边忽然传来两声闷雷,猝不及防的,天地猛地暗了下去。

下雨了。

田里的两个人匆匆跑到了小木屋里,刚跑进去,骤雨猛然降下。雨下得气势磅礴,在泥地上砸出一个个水泡。

疾风骤起,吹得木门猛地撞上了墙壁,泥灰簌簌落了一地。

刚刚的燥热浑然不见,冷意霸道地袭来,元里不由打了个寒战。

楚贺潮拖着个桌子过来抵住门,皱眉走到窗前看着外头的瓢泼大雨。

"春日的天,孩子的脸,"元里也走过去,窗户是用竹子编的,雨从窗户口斜着灌进来,差点扑了他一脸,"这么大的雨,估计只会下一会儿。等一等吧,一刻钟后说不定就停了。"

然而一刻钟后，雨势非但没有变小，反而还越来越大。

楚贺潮似笑非笑地盯着元里看。

元里面不改色："这雨没想到还挺能下。"

楚贺潮嗤笑一声，从椅子上站起身，但刚刚站起来，他肚子里就传出了响动。

他停住了脚步，回头看向元里，并不觉得饿肚子是什么丢人的事，慢条斯理地道："二哥，我饿了。"

元里也饿了，他想了想，走到门边看了看门前一片菜园子，说道："你去摘些韭菜来。"

楚贺潮没说什么，拉开桌子就走进了雨中，片刻后快步回来，人已经被淋湿了，英俊的脸上满是雨水。

元里用现有的东西处理了一下食材，准备做简单的韭菜鸡蛋面。

还好农庄的人知晓他要来种田插秧，在木屋里准备了不少东西，否则他们困在这里，就只能空着肚子等雨停了。

这么大的雨，想必林田也无法赶过来。

楚贺潮被湿衣服弄得浑身难受，他把外袍脱下，将上身的衣物全部缠在腰间，露出精悍健壮的上半身。瞧见元里拿着斧头去劈柴之后，他皱眉，走上前直接从元里手里抢走了斧头。

他力气大，结实的双臂肌肉紧绷，一斧头下去轻而易举将木柴劈成了两半，吧嗒摔在了地上。

雨水从男人背脊上滑落到腰间。

狭窄的木屋里，元里专注弄着手里的东西。

火堆很快烧了起来，热意驱散了屋内的凉气。

吃完饭后，暴雨竟然还没有停止。

这一下，竟然就下到了晚上。

窗口和门缝拿着东西堵住，防止雨水漏进。一个小小的木屋彻底成了水中孤舟，甚至瞧不清窗外雨下得如何。

元里实在是困，抱着旧被褥躺在床榻上睡了过去。再次醒来时，入眼便是一片深不见五指的黑暗。

他睡蒙了，茫然地坐起身，被褥摩擦发生细微响动。

黑暗之中，忽然响起一道微哑的声音："醒了？"

元里循着声音看去，但夜色太深，他什么都看不见。

"楚贺潮？"他试探地叫道。

楚贺潮懒洋洋地应了一声。

元里松了口气。他有些口渴，摩挲着下床去找水喝。脚却不知道绊到了什么，重心不稳地往前摔去。

下一秒，闷响声传来。元里直直摔下，撞到了楚贺潮，脑袋不知道撞到了哪里，他和楚贺潮齐齐发出一声闷哼。

元里的左手撑着，右手揉着脑袋，因为这被撞的一下，整个人瞬间从困意中清醒了过来。

楚贺潮语气阴森不善："起来。"

屋子里气氛凝滞。

过了许久，像是故意要打破这沉默一般，楚贺潮忽然开口。

"二哥，"黑暗中，他声音冷冽，"杨忠发丢的那批货，你到底知不知道在哪里？"

楚贺潮声音平静，但却像窗外乍然响起的惊雷一般，锋芒直逼元里。

黑暗之中，楚贺潮的目光好似紧紧凝视着元里。

这个问题问得很好。

好就好在，元里并不知道他知不知道。

元里无声苦笑，很快就冷静了下来。

杨忠发丢的货，元里确实不知道在哪儿。

托楚贺潮步步紧随的福，他虽然怀疑汪二和那批货可能会有关联，但根本没有时间来查证是否如实。

"杨忠发丢了什么货？"元里的声音带着刚睡醒的沙哑柔和，和着雨声，如泉水入春溪，"将军与杨大人总与我说丢了批货，但是货是什么时候丢的，怎么丢的，货物又是什么，却一概没有告知我。杨大人说这批货是军饷，按我朝律法，盗劫军饷、拦截百里加急信件乃是死罪，甚至会株连九族，连累旁人。我实话实说，将军，我没有那么大胆子派人劫取军饷。"

元里叹了一口气："将军既然军饷被偷，怎么不上报朝廷，带着兵官大肆搜寻？"

这正是元里想要瞒着楚贺潮独自去见汪二的原因。

如果汪二真的带着灾民劫持了军饷，那必然就是死罪，甚至连收留灾民的元里一家人都会受到牵连。

但明明可以光明正大地去查,可楚贺潮却偏偏选择秘而不发,暗中探查。

要么他是确定截货的人与元里相关,看在元里是他楚家人的分上,他才选择如此低调行事。要么就是这一批货物根本就不是什么军饷,且来路不明。哪怕是楚贺潮,也只能窥间伺隙。

按照楚贺潮这冷酷无情的脾气,怎么看怎么都像是后一种。

元里心中甚至升起了一个大胆的想法。

楚贺潮没准也是和那些灾民一样,是准备做一次抢走这批货充作军饷的土匪行当!

狭窄的小木屋中,角落屋檐漏着雨水,滴答滴答。

元里看不清楚贺潮是什么表情,寂静之中,男人的手指好似在轻轻敲着大腿,思索着他所说的这些话。

良久,楚贺潮终于开了口,他淡淡地道:"那批货是古董字画,黄金绢布。"

这绝对不会是正常的军饷,楚贺潮告诉元里这句话,相当于已经承认被劫的不是军饷了。

元里微不可见地松了口气,更加从容:"我想问一问将军,这批货若是运到北疆,能供北疆十三万士兵多长时间的口粮?"

楚贺潮道:"勒紧裤腰带,够吃两个月。"

"那两个月后呢?"元里追问。

楚贺潮冷声道:"我回洛阳便是为了军饷而来,朝廷即便是拖,也不会再拖两个月。"

元里步步紧逼:"如果朝廷当真不拨粮呢?"

楚贺潮冷笑一声,刚想要说些什么,又听元里道:"或者是拨了粮,却又只有以往军需的三四成呢?"

楚贺潮沉默了。

"将军,您身处北疆,比我知道千里馈粮的艰难,也知道后勤运输补给有多么重要,"元里琢磨着从哪里切入,一字一句都格外慎重,"车辆盔甲都需要保养补充。军队十三万将士的口粮、物资的供应、军官的用度,光这些每日就要耗费千金。"

元里顿了顿,沉声继续道:"军饷运送北方,兵器、车辆、扎营物资、牛马草料……从装车开始,一路运送的护送队伍与马匹牛羊等畜生同样会耗费一部分的军需,而送粮之路也并非一帆风顺。车辆的损坏,马匹的疲病,敌军的骚扰,盔甲、箭弩、戟盾都需要及时补充。最终运到军前的军需,至少要损失十分之六。即便一年只为北疆送军需一次,耗费也极为巨大。而这,还不包括各级官员一层层中饱私囊,以及军需官监守自盗。"

最后一个字落下去时,元里的声音已经压得极低,若不仔细听,恐怕要被风雨所掩盖。

楚贺潮眼中闪过惊异的光彩,他不由坐直了一些,在黑暗中沉沉盯着元里的方向:"你怎么知道这些?"

元里把早已准备好的借口拿出来道:"家父为我请了一位并州老兵做武师父,他曾经做过千里馈粮的护送队伍。"

楚贺潮不知信没信:"你想告诉我朝廷不会对我北疆的军需如此上心?"

元里忍着没翻白眼,楚贺潮明显是明知故问:"您觉得呢?"

楚贺潮笑了两声,含着嘲讽之意,没有说话。

"将军若是觉得朝廷会上心,就不会紧抓着那批货物不放了,"元里道,"您是位好将军。可我要在这里仗着是兄长说上将军两句。"

楚贺潮意味不明地嗤笑了一声,慢条斯理道:"二哥请说。"

元里清了清嗓子,就听到对方拿起了杯子,喉结吞咽茶水的声音接着响起。他本来就渴,忍不住跟着咽了咽口水:"将军,劳烦递给我一杯水。"

楚贺潮摸了摸桌上,倒了一杯水递给了元里。

等喝够了水,元里抹抹嘴,摆正姿态:"将军,你如果没有做好以后的打算,就算找到了那批货也只是拆了西墙补东墙。如果这批货充作军饷用完了,之后还是不够,将军还准备再抢一次吗?"

"二哥说得是,"楚贺潮难得很有耐心地摆出了洗耳恭听的姿态,"弟弟愚笨,二哥可有妙计?"

元里没说有还是没有,而是改口问楚贺潮楚王封地在哪儿,食邑多少户,一年能生产多少稻谷。

楚贺潮吐出两个字:"幽州。"

元里眼眸倏地睁大。

楚王的封地竟然在幽州！

幽州是天下最东北的地方，地处偏远，地形又极为险要，因此朝廷政令难以在此处传达，极易滋生地方割据势力。又因为幽州与北部接壤，所以经常会受到来自森林和草原的少数部落的侵犯。在北周中原百姓们的眼中，幽州只是一个落后贫瘠，偏远而危险的地方，是朝廷罪犯流放之地，不比阴曹地府好上多少。

幽州是楚王的封地，与北疆相邻，这分明是绝好的养兵条件，但看楚贺潮的困境，显然幽州完全无法供出给他的军饷。

但元里却知道，只要翻开地图，就能明白幽州是一个得天独厚的形胜之地。

幽州北部就是燕山山脉以及坝上高原，西部则是关沟与太行山，东边就是资源丰富的渤海。

向东北方向穿过辽西走廊，就是一望无际的东北大平原。

幽州虽有山脉天险，但内里却有一块很大的平原，且又有巨马、桑干等河流，既可以种粮食，又可以畜牧，更重要的是，这是一块非常重要的养马地。

只要能够利用得当，幽州完全可以成为一个国家的大粮仓，绝对不会出现缺少粮食的情况。

中原人不了解幽州，因此而轻视了幽州，但幽州却有着撼动中原政权的力量。如果是忠臣良将，利用好幽州的这些条件，那幽州绝对是一道很好的防护墙。但如果天下一旦大乱，幽州就是一个绝佳的谋反的好地方。

能利用天险防御，又有物资供应，此地非常适合和关外那些人打长久战。

有这么好的地方，楚贺潮竟然还落魄到了要上洛阳来要粮，元里顿时有一种使宝物蒙尘，恨铁不成钢的急切，都开始替他着急了。

"你……"元里欲言又止，叹了一口又一口气。

不过也不怪楚贺潮。

幽州虽好，但现在却是一个没有被开发出来的贫困地。再加上楚贺潮常年驻守北疆，楚王府一家又留在洛阳，又怎么能发现幽州的种种好处？

不过元里想和楚王府合作的心却更加坚定了。

他想要成为楚贺潮军队的后勤主管，从而在楚贺潮的军队中拥有话语权。此时天时地利人和，元里毫无疑问要把握机会。

楚贺潮被他叹得皱起了英挺的眉头："二哥？"

"……将军所说的那批货，我会帮将军留意。"元里道。

楚贺潮眉头紧锁，元里的话明显还没说完，他还想要问些什么，就听见元里小小地打了几个哈欠，团着被子又回到了床榻上。

窸窸窣窣的动静里，楚贺潮的视线虽然蒙在一片黑暗之中，但听觉却格外敏锐。他能够从这些声音中"看到"元里的一举一动。

楚贺潮才想起来，他的这个二哥如今还没及冠，还缺着觉呢。

屋内逐渐安静了下来，有几只蚊子嗡嗡地在楚贺潮耳边飞着，声音吵闹得楚贺潮心烦意乱。

元里还要团着被子盖得严严实实，楚贺潮却觉得屋子里闷热而潮湿。

本来就火气大，现在更是热得出了一身汗珠。

楚贺潮平静地坐在椅子上，面无表情。

元里的呼吸声缓慢平和，一声接着一声，比蚊子声还要让人心烦。

两人将就在木屋里过了一夜，晨起雨停时便策马回到了农庄。楚贺潮一回农庄便让人烧水沐浴，速度之快让元里都有些摸不到头脑。

奇怪，他都还没动手支开楚贺潮呢，楚贺潮怎么就自己离开了？

不过这显然是个好机会。元里没浪费时间，喊来郭林就让他带自己去见汪二。

郭林带着他往农户住处走去，低声道："大公子，自您回来后，难民营里这两天就不怎么太平。"

元里皱眉："嗯？"

"前几天救灾粮停了，按照您以往的吩咐，管事的让难民以工代赈，让他们修路开荒以换得粮食工钱。本来一切好好的，但是这几天里难民营里突然多了不少抱怨，"郭林道，"有人不满要做工才能有粮食，说县令府明明这么有钱，还是父母官，却连这点粮食都不舍得拿出来。还说……说您是假仁善。要是再不制止下去，恐怕难民营里要发生小暴乱。"

元里脚步一停："里面有人在故意挑拨？"

郭林点头："昨天晚上，赵营抓住了五个带头闹事的人。他让我来问问公子，这些人该怎么处置？"

"逼问出来幕后主使，"元里眼神一冷，"问出后在难民营前就地格杀。"

难民里面不缺少心怀叵测的人，元里见识过不少升米恩斗米仇的事情，若是没有足够的威慑力，留下来的隐患只会更大。

正好让这些人看一看，元里并不是什么心软到没有底线的冤大头。

汪二早就接到了元里要见他的消息，天还没亮便起了个大早将家里仔仔细细地打扫了一遍，把仅有的几件家具擦拭得透亮干净。做完这些，他便翘首以盼着元里的到来。

一看到元里，汪二便立刻站起身，心情澎湃地道："见过大公子。"

经过数日的休养生息，汪二虽然仍是瘦成皮包骨的模样，但精神气却足了许多，脸色红润，眼神亮堂，已然不见初见时的戒备凶狠。

元里笑道："汪二，管事的说你想要见我？"

汪二点点头，谨慎地四下看了看，关上木门走到元里身前，低声将他带人劫了汉中贪官贿赂洛阳高官的赃款一事和盘托出。

元里没有想到他会这么干脆地将一切告诉自己，面上闪过几分惊讶，随后便静下心慢慢听着汪二的话。

但这时，一向很少有动静的系统忽然出声了。

万物百科系统已激活。
任务：获得汉中郡守钱中升送给洛阳监后府提督太监张四伴的贿款。
奖励：母猪的产后护理系列书。

元里："……"
母猪的产后护理系列是个什么鬼。
元里忍不住吐槽了一句，随即便将注意力拉了回来。

系统给他的上一个任务是拜师，元里没有想到上一个任务还没有完成，系统竟然还会再发布新的任务。不过这个问题只在他心中一晃而过，他将视线移到了任务栏中的字上。

这短短一行字，却给了惊人的信息。这批赃款原来是给监后府提督太监张四伴的贿款吗？

监后府是与内阁一同建立起来的机构。内阁由五位皇帝信重的国之重臣组成，而监后府，则是皇帝用以和内阁平衡、操控政权的太监群体。

监后府中一共有十二位太监，又称为十二监，提督太监张四伴正是太监之首，皇帝最为亲近和信任的人。

汉中的贪官竟然能勾搭到最大的宦官头上，这有些出乎了元里的意料。

汪二还在说着截取贪官一事，说到最后，已是咬牙切齿："那狗官拿着我们汉中百姓的民脂民膏来贿赂洛阳高官，试图隐瞒汉中灾情。我实在受不住这口气，即便是死我也不会让那狗官如愿！但大公子放心，您若是觉得我们会连累您，我们今天就可以连夜离开汝阳县，只是剩下的那些灾民，还请大公子代为照顾。"

说完，他抱拳对元里深深鞠躬。

元里欣赏这样敢作敢当的好汉，他扶起汪二："你们做的是好事，我又怎么会把你们赶出去？"

汪二难以置信地抬头看他。

元里抿唇一笑，轻描淡写的话语却拥有强大的让人信服的力量："你放心吧，不会有人查到我的身上，也不会有人查到你们的身上。但那批货物，我要去看一看。"

明明元里这么年轻，但汪二却不知道为何一下子安下了心，他感动又坦诚地道："实不相瞒，那批狗官的赃款我们本来就打算交于公子的。"

汪二并非视金银财宝为粪土，他只是更为清醒而已。这批货物放在他一个流民手中只会是一把双刃剑，一不小心就会要了他的命。且元公子为他们这些灾民提供了粮食和生计，汪二又极不屑使用狗官的赃款，如此一来，将赃款交于元里才是最正确的选择。

元公子心善，且心有大志，汪二也有一些从未说出口的野心。他不甘心一辈子只做一个种田的农夫，他想要跟在元里身边做事，这些赃款也可以说是他的投名状。

元里看出了汪二的真心实意，他不傻，就算没有系统的任务要求，他面对这种好事也不会将其拒之门外。他连犹豫都没犹豫，就欣然接受了汪二的投诚，跟着汪二前去查看这批货物。

只是意外的是，在他同意接管货物之后，系统并没有提示任务成功。显然，在系统的判定中，这批货物还不算真正到了元里手里。

难道是因为他还没有真正拿到这批货物？

元里暗忖。

货物被汪二等人藏在了农庄边缘的密林之中，埋在了地下。林中地形复杂多变，若不是汪二带路，哪怕元里知道这里面藏着金银珠宝怕也挖不出来。

过了许久，汪二才停下脚步。他四下看了看，肯定地点点头道："公子，我们到了。"

郭林和他一起挖地，很快，一个宽大的箱子便暴露了出来。元里打开箱子一看，入目便是金光闪闪的金子！

哪怕元里并不缺钱，也不由露出了诧异的神色。

金子和粮食是这个时代的硬通货。名士贵族以互送金子为美，金子大多流通在贵族之中，就连元府也没有多少金子。但这一箱子金子看起来就有二十斤的量，已经不是一笔小数目。

汪二道："公子，光放有金子的箱子就有十来个。"

元里轻轻吸了口冷气。

十来个，这就是二百多斤金子啊。

"除了金子，还有……"汪二话还没有说完，突然脸色一变，猛地拉过元里就地一扑。

元里反应迅速地拔出腰间钢刀，往后看去。

三四个凶神恶煞身穿粗布衣服的人藏在树木之后阴森森地盯着他们。他们手里或拿着石斧或拿着大刀，最前方的一人手拿弓箭，箭端对准了元里。

这些人看起来有些眼熟，元里凭着出众的记忆力想出了他们是谁："汪二，他们就是当初和你一起劫货的人吧？"

汪二脸色沉重地点点头，大声对这几人喊道："你们要干什么！"

拿着弓箭的人神情阴狠："汪二，这批货是我们兄弟几个舍命抢来的，凭什么你说给他就给他！"

汪二太阳穴一鼓一鼓："当初咱们都说好了，这批货就交给元公子当作救济灾民的银钱，李宏，你们当初都是同意的！"

他眼神锐利地在这些人身上一一看过，李宏身后的三个人不由露出了些许心虚的神色。

李宏冷笑道："但我后悔了！汪二，我真想不通你在想什么。你知道元家多有钱吗？他们有权有势，救助灾民对他们来说就是轻而易举的事情。元家大公子还仁善呢，我呸！没吃几天的饭就让我们开始干活，还把我们当成了他的家仆。你要把这么多钱给他，你愿意我们都不愿意！天底下哪有给人钱再给人当奴才的事。我们抢的那么多东西，随便一块金子就够富贵许久了，你甘心把东西送给别人，我们可不甘心。"

汪二手握成拳，气得脖子上青筋绷起。

元里谨慎地站起身，冷声道："难民营里的骚乱是你们弄出来的？"

"没错，"李宏拉开了对着他的弓箭，神色带着嫉恨，"还好你带的人少，杀了你们，我们拿着货就跑，这样就谁都不知道那狗官的货是被我们劫走了。"

"别激动，"元里缓缓说道，右手做出一个安抚的手势，忽然神色一变，直直看着李宏等人的身后，"那也是你们带来的人？"

李宏下意识回头往后看去，元里趁机快步上前，猛地擒住李宏双手往后一掰，咔嚓声响起，李宏的两只手当即脱臼。

李宏惨叫出声，痛得在地上打滚。另外三个人大惊失色，拿着石斧和大刀就冲上来砍向了元里。

元里将钢刀猛地刺中了其中一个人，又狠狠拔出，毫不犹豫地砍断了另外一个人的手臂。

三个人里转瞬倒下去了两个，最后一个人惊恐地看着元里，软着腿往后退去，转身就要逃跑。

元里的手轻微地颤抖着。

他猛地握了握拳头，用钢刀穿过了李宏的肩膀，将他钉在地上后，捡起掉落在一旁的弓箭，对准了最后逃跑的人。

箭头瞄准了他的膝盖。

嗖的一声后，逃跑的人哀号着摔在了地上。

这一切事情都发生得极快，几乎就在眨眼之间形势发生了逆转。汪二和郭林心脏怦怦剧烈地跳动着，他们看着满身鲜血的元里，在后怕惊惧之中又升起了深深的敬佩。

元里今年才十八岁，还没及冠，身手已经能这样干脆利落了。

元里面上看着很冷静，他站起身，从李宏身上拔下钢刀，李宏又是一声惨叫，直接疼得晕厥了过去。元里置之不理，转头看向汪二和郭林："把黄金埋起来，郭林，你去叫人来。"

郭林脸色难看地擦擦嘴，勉强道："是。"

楚贺潮沐浴出来后，就发现元里不见了。

站在浴房门前的是元里的小厮林田，他恭恭敬敬地道："将军，公子吩咐小仆带您看一看农庄。"

楚贺潮掀起眼皮看他，笑了，眼里却没有笑意："没兴趣。"

林田头低得更低："公子说昨日没跟将军说完的话，就藏在农庄之中。"

楚贺潮终于正眼看向了林田，他盯了林田几秒，直把林田看得流出满头大汗才道："带路。"

楚贺潮对种田畜牧并不感兴趣，刚开始看元里的农庄时，他还漫不经心。但待着待着，楚贺潮的心中却翻起了巨浪。

元里的农庄和寻常的农庄并不相同。

耕田农具楚贺潮闻所未闻，土地异常肥沃，秧苗长得比寻常田地还要高上一寸许，长势喜人。就连猪圈里的猪，也一个个长得异常壮硕。

乍看没什么异常，细看之下却是样样不一样。楚贺潮嘴唇紧抿，眼中精光闪烁。

正在这时，他看到一群人匆匆从林中走了出来。

走在最前方的正是他不知道跑到哪里去的二哥。

楚贺潮半眯着眼睛，大步走上了前，等到走近了，他才发现元里身后的仆人正抬着几个血淋淋的人。

楚贺潮脚步站定，等元里走过来，他道："二哥这是……"

后面的话咽下，楚贺潮微微低头，看着元里身上的斑斑血迹。

除了血迹，还有一股浓烈的血腥气。

楚贺潮上下打量了一番元里，表情变得古怪起来。

"杀人了？"

元里侧头，对着他抿唇一笑。

还是平日里温柔亲和的笑容，眼神依旧清澈明亮。只是脸侧溅着的滴滴点点殷红的鲜血,却给这张俊俏轻柔的脸增添了几分危险。

元里耐心地道:"将军莫要胡说,我可没有杀人。"

郭林在旁道:"公子仁善,只是重伤了这几个匪贼。"

元里笑了笑,看向了林田:"我先行一步去换身衣服,你好好照顾将军。"

林田恭敬应是。

这一行人绕过了楚贺潮,几个受重伤的人从楚贺潮面前抬过。其中一个人的手臂被利落地一刀斩断,光看伤口的平整,便能知晓下手的人多么果断。

楚贺潮侧身看向了元里的背影,黑皮手套包裹着的修长手指摩挲着刀柄。

本来以为是兔子,没想到还是带刺的荆棘。

这位二哥,着实了不得。

元里洗去身上的血迹,换了一身干净整洁的衣物。

整个过程中,他都很平静。

下午,元里便准备和楚贺潮回县令府。

临走时,他将汪二叫到面前,问道:"你的友人们伤势很重,即便他们得到了医治也可能会失血而亡,你会因此而埋怨我吗?"

汪二心神一紧,连忙抱拳表示忠心:"大公子说的哪里话,我汪二知道是非对错,他们忘恩负义在先,我没有这样不忠不义的朋友,他们就算死了也不足惜。"

元里审视地看着他。

在他的目光下,汪二竟然冒出了一头细密的汗珠,手心也因为紧张而变得滑腻。这种感觉,甚至比他当初截杀那狗官财物时更为忐忑。

片刻后,元里收回了眼神,扬唇笑道:"汪二,你忠肝义胆,有侠义之心。我身边正缺少你这样的有识之士,不知道你是否愿意跟在我的身边?"

汪二一愣,随即便是大喜,刚刚的紧张全被喜悦冲走。他强忍住欣喜,竭力镇定地道:"我自然愿意追随公子。"

元里当即让管事的送来一匹马、一副玄甲以及一盒金银珠宝,他将这些东西尽数交给汪二，出手大方。

这三样东西中，最普通的反而是金银珠宝。马匹与玄甲都不常见，马是重要的战略物资，并不会被平民所接触，而玄甲更加珍贵，这可是铁质盔甲，极为难得。元里筹备了许多年才搞到买马的渠道，但到了如今，他手里也不过只有二十匹马和五副玄甲。

汪二激动得面色通红，他受宠若惊之余，又羞愧地道："公子，我并不会骑马。"

元里看向了林田。

林田牵住了马的缰绳，控制住马匹教汪二上了马。汪二坐在马上被牵着走了一圈，他逐渐适应了骑马的感觉，低头一看，下方的同伴们望着他的眼神正含着羡慕或嫉妒，汪二心中缓缓升起了股兴奋自豪之意。

元里含笑看着这一幕，忽而似有所觉，侧头看去，和楚贺潮四目相对。

楚贺潮弯唇："二哥大气。"

军中只有精锐部队的军士和军官才有玄甲可穿，可元里却出手就给了一个连马都不会骑的人。

元里朝他温和地笑了笑，便转过了头。

处理好汪二的事情后，元里将郭林和赵营留在了农庄，让他们夜中转移那批银钱货物后，便快马加鞭带着有可能发现不对的楚贺潮回到了县令府上。

当晚深夜，元里收到了系统的回馈。

万物百科系统已激活。
获取汉中郡守赃款任务已完成，奖励已发放，请宿主自行探索。

元里就知道那批银钱已经转移好了。

虽然对"母猪的产后护理"这个名字很有吐槽欲望，但元里还是忍不住好奇书中内容。他静静等着知识填充着大脑，但几秒钟后却毫无动静。

"嗯？"

元里从床上坐起身，确定自己没像接收到香皂配方一样接收到其他信息。

他反复看了几遍系统,写着的字确实是任务奖励已发放啊。难不成系统还把书的实体版给他了?

元里站起身找了找,但一无所获。这一找就找到了天边隐隐透着光,郭林风尘仆仆而来。

郭林将货物统计的单子交给了元里,并告诉元里白日被他重伤的四个人都已经死了。

"赵营抓住的五个人也已经处置完了,"郭林道,"难民营里的人变得听话许多。"

元里淡淡道:"如果有人不满以工代赈,就让这些人离开难民营,赶出汝阳县,之后也不必再管他们的死活了。"

元里经过此次,也明白自己想得太过简单。

除了农庄里已经成为他们家仆的灾民,其他的难民营中,绝大多数的灾民都懂得感恩,用以工代赈的方法会让他们获得粮食时更加安心。但也有些市井无赖油滑至极,至死不改。人心难测,灾民并非是没有思想的提线傀儡。

这没什么伤心和不伤心的,元里只是又学到了一些东西,并想要把这些东西化作经验,杜绝此类事情再次发生。

郭林应下,又神情兴奋地从怀里掏出一个行囊,将声音压低:"大公子,我们在那绢布中发现了几本藏起来的书。"

"书?"元里诧异,连忙伸手接过。

在北周,书是比金银财宝更难得到的东西。知识和绝大部分的经书都被士人贵族所垄断,能送书给旁人绝对称得上是大手笔的豪气。

这几本书被布包裹得很严实,这么珍重的态度让元里心中不由升起期待。

他心里暗暗祈祷,如果能是几本孤本就好了。

很快,布被拆开,元里满心期盼地看过去,笑容下一瞬就凝在了脸上。

这是三本书,分别是《母猪的产后护理》《母猪高产高效饲养技术》《新农村养殖技术大全》。

元里:"……"

郭林疑惑道:"公子?"

元里深吸一口气:"你先出去吧。"

这系统厉害。

原来这就是"请宿主自行探索"的意思,系统借用那批货,将奖励合情合理地送到他的手里。

元里一言难尽地打开书看了几眼,却没想到一不小心就看得入了迷,越看越是精神。看得他连连点头,时不时露出思索之色。

虽然名字不怎么高级,但内容是真的管用。

元里看着看着,甚至无比想亲手试一试给猪接生是什么感觉。

等天色大亮后,元里才意犹未尽地将书给收了起来,同楚贺潮一行人踏上了回洛阳的路。

路上闲得无聊,他找个感兴趣的话题问杨忠发:"将军此次回洛阳,身边没带着人吗?"

杨忠发咧嘴一笑:"怎么可能不带着人?我们这次回洛阳,身边可带着一千骑兵!"

一千骑兵,别看数量少,这实则已经是一股不小的势力。甚至很有可能是因为楚贺潮打算来京中要粮,直接将粮食护送回北疆,才带了这么多人回到了洛阳。

就像是洛阳中央军,常年驻守的五个大营中满打满算也不过一万多人。

一个骑兵能顶数个步兵,北疆的骑兵骑术精湛,战斗力只会更加强大。

元里若有所思:"那怎么没见到这些骑兵?"

"他们都被安置在屯骑大营里了,让屯骑校尉照顾他们一段时间,省了我们耗费粮食。元公子自然瞧不见。"杨忠发嘿嘿一笑,搓着手道,"元公子对我们北疆骑兵感兴趣?不如等有空闲,我带你去屯骑大营里瞅一瞅!"

元里笑容体面。心想,你以为我信?

或许北疆的骑兵确实被安置在了屯骑大营里,但绝对不是全部。元颂曾和元里说过这几日在汝阳县看到了很多生面孔,恐怕这些生面孔就是楚贺潮的人。

楚贺潮虽然跟着他离开汝阳了,但明显还没放弃寻找那批货。

关于狗官的钱财,元里并不准备据为己有。但他有合适的打算将这批货物尽其用,并不准备现在就拿出来。

在这之前，绝对不能让楚贺潮的人发现货物在哪儿。

元里笑眯眯地说道："那就先行多谢杨大人了。"

这一路回程，众人中途并没有歇息，倒是比去时更快地回到了洛阳。元里先行下马，还仍有余力，精神奕奕地大步走入了楚王府中。

杨忠发在楚贺潮耳边啧啧感叹："将军啊，元小公子真是天赋异禀。年纪轻轻就已经很不错了，若是好好教导，以后不难成为一代名将。"

他也听闻了元里以一敌四的事情，若是让杨忠发说，他还觉得元里有些心软，就应该当场处死那四个人才对。不过元里还小，他有这样的表现已经令人鼓掌叫好，让杨忠发一时也有些惜才之心。

楚贺潮干净利落地翻身下马，拿着鞭子轻轻敲着腿侧，嗤笑一声："恐怕他还不仅如此。"

说完，他抬步进了府中。

杨忠发看着楚贺潮的背影，纳闷，将军这是什么意思？

他摸着下巴琢磨着这句话，半晌没琢磨出来，索性掉头往自己家走去。

元里在府里休息了一日，次日便被杨氏抓着开始管家。

元里推拒不成，便暂时接过了手。他用了半日时间翻看完楚王府的账本后，楚王府的财政之乱简直让他瞠目结舌。

楚王府在洛阳有许多铺子和田地，封地每年也有税收，按理来说也是钟鼎之家，应该家财万贯、毫不缺钱才对。但看了账本才知道，楚王府上上下下全是漏洞，每年的税收更是被幽州地方豪强和上下官员中饱私囊，竟然只能维持表面上的繁荣了。

元里喝了一杯浓茶，起身拿着账本就去找了杨氏，委婉地将楚王府的情况说给了她听。

杨氏面色却出乎意料地镇定，她拉着元里坐下，拍拍元里的手："好孩子，你看这些账本辛苦了。娘就知道以你的聪明，一定能看出这些问题。"

她轻叹口气："自从丰儿病了，我无心掌管府内事务后……情况便越发严重了。里儿，我知晓你心有大志，不会长留府中。但试着掌管一个王府，对你来说也有益处。这些富贵人家、风流名士，你若是想要结交他们，总要知晓他们吃什么、穿什么，每日又做些什么，交谈些什么。娘说得对不对？"

元里抿唇笑了:"夫人说得是。"

杨氏轻声道:"这账本上,税收怎样无妨,只要能让府中安好,那便是帮大忙了。"

元里是个聪明人,他听懂了杨氏的暗示。恐怕杨氏也知道他们位于洛阳,与幽州离了十万八千里,哪怕有心想要整治也毫无办法,只能放任不管了。

元里颔首,又含蓄道:"府上有不少老奴和家生子,我初来乍到,恐怕不好处置他们。"

杨氏语气淡淡,却坚定极了:"你尽管去做,我看谁敢?"

得到了杨氏的支持,元里便彻底放开了手脚,雷厉风行地开始整顿楚王府内外。

没过几天,楚王府的各个主子便感觉到了明显的变化。

府内的奴仆做事变得更加勤快,每个院的奴仆申时一过,绝不在其他院子中乱转,伺候人时低眉顺眼,规规矩矩,府内各处也变得干干净净。铺子和农庄的管事各个绷紧了弦,恭恭敬敬地重新上交了账本。

乍然一看,楚王府仿若焕然一新。

就连楚王在用早膳时,看着手脚利落的奴仆,也不由偷偷和杨氏说道:"夫人,咱们家认了一个好儿子啊。"

杨氏捂唇笑道:"老爷,您这话可别让里儿听见。"

楚王摸着胡子小声道:"我知晓。"

整治好了楚王府后,元里便打算将管家权还给杨氏。可是这日一早,闻道院却收到了楚明丰派人传来的口信。

楚明丰想要见一见他的义弟元里了。

楚明丰住的地方极为偏僻。

元里到时,院落门前已经有个白发苍苍的老奴在等着他。见到元里后,老奴沉默地将他带到了卧房内。

一入卧房,视线被暗了下来。屋内点了烛火,元里闻到了浓郁的药香味。除了药香,他还闻到了一股似有若无古怪的味道。

元里抿紧了唇。

那是将死之人才会传出来的,由内而外的腐烂味道。

门窗紧闭，不见丝毫阳光与微风透进。

元里目不斜视，一直被带着走到了床榻前。床的四面被白色双层纱幔遮挡，影影绰绰的白色之间，有一道模糊的身影正卧在床上。

在床旁地上，还跪着一个瑟瑟发抖的奴仆。

元里看到这个奴仆后，不由得微微惊讶。

这人正是楚王府中负责采买的刘管事，他已经在府上待了二十年。这两日元里管家时，他仗着资历不听元里的吩咐，甚至私下埋怨元里太过严厉。被元里捉住当众惩罚后，他才安分了下来。

这人怎么会在这儿？

老奴低声道："大人，元公子来了。"

床上响起了两声咳嗽，一道虚弱却含着笑意的沙哑声音响起，促狭道："原来是元弟来了，我这就起身，还请元弟稍等片刻。"

说罢，床上当真响起了窸窸窣窣的声响。

元里一愣，随即便忍俊不禁道："大人不必如此客气，还是好好躺着歇息吧！"

楚明丰这才停了下来，叹息道："我身子不好，倒叫元弟看笑话了。"

元里没有想到这位小阁老竟然会是这种性格，明明是将死之人，还能如此乐观地和旁人谈笑风生。

他对这样的人一向欣赏敬佩："大人如今该好生修养才是，怎么将我叫来了？"

床帐内又是一阵短促的咳嗽，那阵势像是要将肺一起咳出来似的。过了片刻，楚明丰才止住咳嗽，他从床幔中伸出一支瘦削、手指修长的手，指了指床旁跪着的刘管事。

"这刁奴不满你的管束，来找我告你的状，"楚明丰语气淡淡，"他说你心存私心，对下打压仆人，对上欺瞒父母亲为自己牟利，阖府上下都对你有所不满。"

楚明丰顿了顿，忽然轻笑一声："自我病了后，总有人以为我什么都不知道了，什么谎话都敢递到我的面前。"

他声音越来越低，字却吐得清晰。刘管事听得止不住发抖，汗如雨下。

最后，楚明丰侧了侧头，朝元里看了过来："这刁奴便交给元弟处置了，元弟想怎么罚他？"

元里看向了刘管事。

刘管事浑身一颤,神情变得惊恐惧怕,他咬咬牙,没有在这时转为向元里求情,而是急促地膝行上前,砰砰磕着头,涕泪横流地咬死元里:"大人,小仆说的都是真的啊,没有半字虚假!小仆为楚王府尽心尽力二十年,求大人看一看小仆这颗为楚王府尽忠的心吧!元公子是外男,楚王府如此基业怎可交在他手中,他会谋取您的家产啊!"

元里静静听着,不由笑了一声。

刘管事哭号的声音猛地停了,他不敢置信地回头看向元里。

元里像是听到了什么好笑的东西似的,失笑摇头:"你为何会觉得我会图谋楚王府的家产?"

刘管事看着他的双眼满是怨恨,语气笃定:"楚王府名下单是铺子便有米粮铺、油铺、肉铺、布帛铺等诸多铺子,又有良田上万,如此家业,你怎能不贪心?"

元里哑然失笑,在他看来只能维持表面繁华的楚王府竟然在刘管事看来如此惹人觊觎吗?

"不一样,真的不一样,"他感叹地道,"我与你看到的东西完全不一样。你觉得这些已然是无法想象的财富,觉得所有人都会为此而动心。但在我的眼里,这点东西,当真值得我去图谋吗?"

他看着刘管事,俯下身,双眼里好像跃动着火:"天下之大,功业之伟,我眼中看到的,不是这一亩三分地。"

刘管事愣住了。

元里直起身,看向了楚明丰:"我只是暂代管家之权,这人就交给夫人处置吧。"

楚明丰不再多言,轻轻拍了拍手。有人上前,拽着浑身瘫软、目光呆滞的刘管事离开了卧房。

楚明丰让人扶着自己坐起,又令人将床帐束起,慢吞吞地问:"元公子不喜欢管家?"

随着他称呼的变化,元里也明白谈话正式开始了:"并非不喜欢,只是并不想在此事上多浪费时间。"

奴仆在楚明丰肩上披上一道外袍,楚明丰这才朝元里看去。他长着一张风流名士的面孔,眉如春山,眼中含笑,和楚贺潮有三分相像,透着股文雅洒脱之意。只是他脸色苍白，格外消瘦，脸颊瘦得甚至微微凹陷，笑起来的唇也透着股不健康的青色。

任谁看着他，都会觉得此人已经时日无多，药石无医。

"在下病后便胃口不好，恐怕消瘦良多，形貌丑陋。"楚明丰微微一笑。

元里抿唇一笑，也跟着开玩笑道："还好，别有一番风流。旁的不敢说，在大人面前，显得我又俊俏了几分。"

楚明丰低低笑出了声。

透过昏暗烛光，楚明丰早已看清了元里的模样。

少年郎身姿笔挺，唇红齿白，眉清目朗。这孩子不过十八，却被认到楚家处理这些琐事，着实算得上委屈。

楚明丰靠在床柱上："元公子既然觉得浪费时间，又为何要接下管家之权？"

元里道："自然是要来见大人您。"

楚明丰"哦"了一声，好奇道："见我？"

元里道："不是大人让夫人将管家权交予我，想要借此来试探我的能力吗？"

楚明丰惊讶一瞬，忍不住笑了："元郎聪慧。"

元里先前还以为杨氏只是借他的名头从赵夫人那里拿回管家之权。但之后又发现不对，因为杨氏想将管家之权交给他的态度太过坚决。

元里很难理解杨氏为何要这样做，他与楚王府的关系本质不过是一场交易。杨氏认识他也不过几日而已，怎么可能会如此相信他？

杨氏不是个蠢人，她这么做，背后总要另有原因。

猜出来背后有可能是楚明丰的授意后，元里便毫不藏拙，用最快的速度整顿好了楚王府，充分展现出了自己的实力。

楚明丰笑道："你我二人也算是不谋而合，我想要见见你，你也想要见见我。若是我身体尚好，定要和你把酒言欢。"

元里正要说话安慰他，楚明丰已经看出了他想说什么，微微摇摇头："不必再说什么宽慰我的话了，我已经听得足够多了。人生来哪个不会死？我都不再介怀，你们也无须再为我忧心。"

元里余光一瞥，看到角落里那白发苍苍的老奴在默默擦拭着眼泪。

楚明丰紧了紧肩上的衣物："元郎又为何想见我？"

元里让林田上前，捧着个精致的盒子走到楚明丰眼前。

盒子中摆放着四块放在模具里的梅兰竹菊四君子模样的香皂，各个婴儿拳头般大小。四块香皂雕刻精美，栩栩如生，乍一看，好似白玉，透着细腻温润的光泽。离得近了后，还有隐隐清香传来。

楚明丰不由伸出手想要触碰，香皂却被林田拿走了。林田低声道："大人，这香皂还需风干上一个月，此时未到时候，还不能碰触。"

楚明丰收回手，稀奇道："这东西名为'香皂'？"

元里掏出一份详细的计划书交给了他。

楚明丰接过计划书看了起来，不久之后，他的笑意渐渐消失，神情变得严肃，完全沉浸在了计划书之中。

这份计划书上并不只是香皂的包装贩卖计划，还有元里总结的一些整改幽州、饲养兵马的计划。但这份计划书他并没有写得很深入，属于旁人能看懂，并知道可以行得通，但没有元里就会卡在重要环节上的程度。

许久后，楚明丰看完了。他下颚紧绷，并没有和元里说话，而是让老奴拿了烛火来，将计划书一张张纸燃烧殆尽。

火光骤亮，又匆匆暗了下去。灰烬飘落在白纱上，染上一层灰。

楚明丰缓慢地擦过手："元公子想要什么？"

还未及冠的少年郎表情平静，眼神明亮。他一字一顿地道："我要全权负责北疆十三万军队的后勤。"

楚明丰动作一停，轻叹："元公子的野心真大啊。掌控一个军队的后勤，无异于把控了整个军队。"

元里不置可否。有句老话说得好，在冷兵器时代，打仗靠的并不是战术和人数，还要靠后勤。

北周因为朝廷财力不够，除了一些常备军外，其他的兵马都是战完就散，甚至有时让将军自己征收兵马来为朝廷出力。北周的绝大部分兵力都布置在了边防处，但因为皇帝并不放心楚王府，所以牢牢把控了边疆大军的军饷。

对军队来说，谁给粮食就听谁的。

楚明丰道："掌管十三万大军的后勤可不是一件嘴上说说就能做成的事。"

元里扬眉,难得露出了点点胸有成竹的自信笑容,反问道:"如果我不负责北疆军队的后勤,那你又打算将后勤交给谁呢,是内阁中的其他大人,抑或是监后府,还是天子?"

元里压低了声音:"你生了病,而我又与楚王府绑在了一起。只要我不想背上不忠不义的名声,和楚王府的立场就会永远一致。你用楚王府的管家之权来考验我,不正是为了楚贺潮北疆大军的后勤一事吗?"

楚明丰沉默了一会:"你说得对。"

他让人拿出了三封信封交给了元里,轻轻笑了,又叹了口气:"元公子,让你来楚王府为我挡灾,委屈你了。"

元里不在意地笑了笑。

楚明丰低声咳了咳:"我楚明丰一生问心无愧,却唯独对不住你,你且安心,等我去后,我会吩咐家人让你自由。"

元里默默听着。

楚明丰声音越发虚了:"只是在辞野面前,我会告诉他我把你当作我真正的兄弟看待,让他将你当成亲哥哥。他那脾气也就肯对家人退让几分了,无论是我还是他,也只放心将筹办军饷一事交给自家人。我死后,有他护着你,替我看你儿女成群,也算是一桩幸事。我所求不多,只求你帮我看顾着点楚王府,帮我护好幽州和北疆边防,绝不可被旁人拿走。"

"好,"元里终于道,"我答应你。"

楚明丰所说的骗过楚贺潮的建议直戳元里内心。

去往汝阳县的时候楚贺潮为何下水救他?为何愿意帮他下田?又为何只有言语上对他进行冲突和试探?

还不是因为元里是他名义上的哥哥。

为了以后共同合作掌控军队,元里肯定不能摘下"楚贺潮的哥哥"这个名头,只有顶着这个名头,楚贺潮才会听他的话。

这些话说完,楚明丰便精神不济地闭上了眼睛。

有仆从端药上前,轻声细语地劝道:"大人,吃药吧。"

楚明丰轻轻摆了摆手,手背上青筋暴起,仆从欲言又止地退了下去。老奴从柜子中找出一份包着的五石散展开喂给了楚明丰。

察觉到元里的目光后,楚明丰侧头微微一笑,吐出两个字:"止痛。"

元里心中复杂,他带着林田告辞离开,等走出院子后,他又回头看了一眼幽静的院落。

楚明丰在等死。

或者说,他是在故意活活熬死自己。

元里不明白他为什么要这么做。他收回目光,将楚明丰给他的三个信封打开,发现这是三封给当朝大儒高官的拜帖。

印是楚明丰的印章,内容则是对元里的夸赞。

这是三封含蓄地托人收元里为徒的推荐信。

第3章　财神爷

元里在见过楚明丰之后，就将管家之权还给杨氏了。

杨氏这次欣然接手。并且在得知楚明丰给了元里三张拜帖后，专门令楚贺潮陪着元里去拜见大儒名臣。

楚贺潮这几日钻到了五大军营里，找了不少同僚钻研要粮的门路。接到杨氏的消息时，他正在校场看中央兵的训练，闻言不耐地带着一身汗从军营里回到了府中。

元里清清爽爽地站在府门檐下等着他，见到他时眉眼轻轻一弯："将军回来了。"

高大的男人快步走到他的面前，汗珠子往下颚上流，眉头潮湿，他低头看了眼元里手中的信封，漫不经心地问："都有谁？"

元里道："少府尚书周玉侃，太尉张良栋，司隶校尉蔡议。"

北周的官制有些复杂，有些类似于三公九卿制，却又在其上加了一个内阁制约三公九卿，后又建立了监后府与内阁相互制衡。

内阁中的五位大臣均由皇帝亲命或群臣推举，权力极大。但在皇帝建立监后府后，宦官更得皇帝信任和纵容，内阁便被一步步制约打压。

而这三位大人，太尉乃三公，少府尚书乃九卿，司隶校尉专职审查在京百官，都是响当当的大人物。

"楚明丰倒是对你极为用心，"楚贺潮笑了一下，抬眼，"二哥想先去哪位大臣那里？"

元里从信封中抽出给"太尉张良栋"的信:"我只打算拜访太尉一人。"

太尉张良栋是内阁首辅,管理全国军事,在三人中官职最高。乍然一看,元里选择太尉理所当然,但太尉实则并没有实权,名义上说得好听,其实只是个替皇上"背锅"的职位。一旦出现什么天灾人祸,皇帝就会撤掉太尉来请罪。但少府尚书和司隶校尉可就不同了,官职虽不高,但实权一个比一个厉害。

元里并非是目光短浅之人。他只是越想越觉得楚明丰病重一事藏着不少东西,在这个节骨眼上,他还是少和手握实权的高官打交道为好。

况且太尉虽然是个没有实权的职位,但张良栋这人却是当世大儒,通经史、善辞赋,每天都有数不胜数的人想要求见张良栋。如果能得到张良栋的一句夸奖,那人便很快就能名扬洛阳了。

楚贺潮深深看了眼元里,抬手将大刀扔给仆人,回府中换了一身衣物。

他们到达太尉府上时,远远就看到府前排着一条长队,这些都是想来拜访张良栋的人,里面还混杂着不少国子监的学生。有两个仆人熟练地在门前摆了四个箩筐,等着这些人排队将拜帖和诗文放在筐里,这会已有两个箩筐被放满了。

元里叹为观止,正要去后方排队。楚贺潮就带着他走到了那两个奴仆面前,递上了拜帖。

两个奴仆本以为楚贺潮是想插队,面上已经带上了愠怒,低头看到楚贺潮手中的拜帖后,神色立刻变得恭恭敬敬,他们请楚贺潮和元里两人在此稍等片刻,拿着拜帖回到了府内。

池畔凉亭里。

张良栋接过拜帖看了看,哈哈大笑地将拜帖递给了另外两位好友:"都来看看,这是楚明丰的拜帖,信中这个被他夸得天花乱坠的少年郎,就是给他挡灾的那个汝阳元里吧?"

汝阳元里?

跟随父亲做客,在一旁无所事事的詹少宁听见后,看了过来。

任司空一职的欧阳廷与京兆尹詹启波都看了看拜帖,摸着胡子露出了会心的笑容。

"楚伯远这意思是想让你收这孩子为徒呢。"

张良栋颇为得意："那就见见这孩子吧。"

不久后,仆人带着楚贺潮和元里走了进来。

亭子里的人看着他们走近,欧阳廷最先看到楚贺潮,忍笑道："楚辞野也来了?"

张良栋脸色一变,到处转身找着东西。

詹少宁好奇问道："太尉大人,您在找什么?"

张良栋哭丧着脸道："老夫在找地方躲起来!"

詹少宁不解,他的父亲笑眯眯地解释道："太尉负责全国军事,执掌天下军政事务。楚将军来洛阳要粮,要找的首当其冲的就是太尉。张大人,我听说他先前已经找过你几次,但都被你称病躲过去了?"

张良栋苦笑一声,也不找地方躲了:"我倒是想给他调军饷啊……"

可满朝都知道,他这个太尉只是一个虚职,实权握在皇上手里呢。

欧阳廷叹了口气:"罢了罢了,北疆十三万士兵的口粮重中之重,待回头,我们再一起上书天子帮帮他。"

说话间,元里和楚贺潮已经走了过来。

三位大人早已认识楚贺潮,他们对元里更为好奇,三双眼睛同时朝元里看去。

元里面上带笑,容貌俊秀,英气勃发,却没有肆意外露锋芒,内敛得令人心生好感。第一眼看过去,三位大人便对元里的印象极好。

在他们的注视下,元里表现得镇定大方,不卑不亢地朝诸位行了礼,抬头一看,就对上挤眉弄眼的詹少宁。

詹少宁可算是找到一个同龄人一起遭罪了,他笑容满面:"元兄。"

元里也有些惊讶:"少宁兄。"

詹少宁示意元里坐在自己身边,坐下后两人寒暄了几句。

"你也是国子学的学生吧,"詹少宁道,"元兄,你什么时候来国子学听讲啊?"

元里笑道:"应该不过几日就会去了。"

他们两个闲聊之余,也在听几位大人的对话。

楚贺潮出乎意料地没有提起军饷一事，只是端着酒杯慢条斯理地品着酒，与其他人说说笑笑，若非他身形高大，这么看起来倒更加像个雅士。

话题又慢慢地移到了元里的身上。

"汝阳元里，我倒是听说过你的名声，你是个孝顺的好孩子。楚伯远在拜帖中说你才德兼备，有雄才大略，倒不知这是真是假？"

伯远便是楚明丰的字。元里笑道："楚大人所言夸张了。"

"好小子，不必自谦，"张良栋摸了摸胡子，楚明丰很少会给别人写推荐信，更别说是这样话里话外难掩欣赏的推荐信，他相信楚明丰的眼光，心中不由对元里升起了几分期待，"那我便来考考你。"

张良栋拿了几个问题考问元里。顾及现下读书很难，他问的都是极其简单的问题。元里对答如流，并且总能举一反三，答案更是新颖有趣。

张良栋兴致起来了："你今日来拜见我，是想要拜我为师吗？"

元里眼中一亮："是，学生仰慕太尉大人久矣。"

张良栋名下有许多弟子，是名副其实的天下之师。元里觉得他多一个徒弟不多，少一个徒弟不少，他还是有很大的把握能拜入张良栋名下的。

果不其然，张良栋露出了思索的神色，半响后，他问道："你想拜我为师，是想从我这里学到什么呢？"

"学得五经，懂得礼乐书数。"元里道。

张良栋又问："你学这些，是想要做什么？"

元里道："为了出仕为官。"

张良栋并不喜欢满心功名利禄的人，但元里回答得却很坦诚，他的眼神清亮，闪耀着光芒。张良栋非但没心生厌恶，反而喜欢他的诚恳，继续问道："那你想要做什么样的官？是位列三公内阁，还是地方官员？"

元里抿唇一笑："我想要做保家卫国的官。"

张良栋皱了皱眉："你想入军队？"

元里点了点头。

张良栋叹了口气，有些不喜年轻人的好高骛远："你可知道带兵有多难、军政又多么繁杂？我问你，你可知道军法怎么制定？如何让士兵信服于你，听从你的指令？一个万人军队需要多少马匹、车辆？他们每日又能吃掉多少粮食？盔甲、箭弩、戟盾又该如何计算？若是遇上敌人、暴雨、山崩、地陷又该如何处置？军中奖惩又该以何为准则？"

这一个个的问题问下来，张良栋的语气越发急切和严肃。詹少宁被绕得头都晕了，紧张得鼻尖冒汗，他不敢抬头去看张良栋，低着头用余光瞥了元里一眼，在心中直摇头。

大兄弟啊，好好的你说什么大话啊，看，太尉大人都生气了。

张良栋倒是谈不上生气，他见过太多急于求成的人，只是先前对元里有诸多好感，此时难免有些失望："这些你都不懂，何谈保家卫国？"

元里没有生气，他平静地道："正是因为学生不懂，所以才要老师教导。但您所说的这些问题，学生并非不会作答。"

张良栋一愣，欧阳廷和詹启波也不由露出了意料之外的神色。而此时，元里已经开始条理清晰地回答张良栋之前所提出的问题。

"若是远征，则有五难。一是买马难，二是筹粮难，三是行军道路难，四是转运难，五是气候难。无战时按每人每日四两发粮，有战时按每人每日六两发粮，人数越多，消耗越多，粮食用得越快。即便没有敌人可打，每日的行军、安营扎寨、挖渠建塔同样会耗费许多，如果士兵吃得少，连拿起刀和盾牌的力量都没有。因此，在行军前备好足够的粮草，计算上人与马匹必备的消耗，这是极为重要的。至于军法与奖惩规定，同样至关重要。令行禁止，赏罚分明，使军令能够顺畅地传达，'勇者不得独进，怯者不得独退，此用众之法也'，这便是军队的团结一致性，也是取胜的关键。然而许多将军可以做到令行禁止这一点，军令传达顺畅却是自古以来行军作战的难点……"

元里说得很慢。

他需在心中构思着措辞，再一一说出来，这样慢条斯理的速度反而给了旁人理解他的话并跟上他思维的时间。

张良栋已然是一脸惊愕，欧阳廷也不遑多让，他双目紧紧地盯着元里，时不时露出或沉思或恍然大悟的表情。即便是对远征军了解并不多的詹启波，也听得连连点头。

楚贺潮眼皮半垂，静静听着。

詹少宁猛地抬起头，不敢置信地看着元里。看到几位大人的表现后，他努力镇定下来，想要跟上元里说话的思路，但却极其勉强，听得半懂不懂。等到最后，詹少宁也不为难自己了，他佯装能听懂的样子，别人点头他也点头，看着元里的目光满是敬佩。

即使他听不懂,他也能看出元里对行军一事了如指掌,才能够出口成章,且句句有理。

"……若做到如此,长此以往,那便可以获得更大的胜利了。"

元里说完后,抬头一看,就对上了数道火热的眼神,差点把他吓了一跳。

但他很快反应了过来,这眼神他很熟悉,就是见到好苗子时迫不及待想把人抢走的眼神。

张良栋幽幽长叹了一口气,心绪复杂万千:"我不如你。"

元里连忙说不敢,心中有些惭愧。他的这些知识都是站在巨人的肩膀上获得的,是后世的总结和分析。

欧阳廷目光灼灼:"你所言有理有据,令我醍醐灌顶。只是不知,你于兵法一道可有研究?"

元里想了想:"略知一些。"

欧阳廷立刻看向楚贺潮:"楚将军乃我北周战神,战功赫赫,带兵一绝,可否请将军与元郎手谈一番?"

楚贺潮似乎就等着这句话一般,干脆利落地同意:"可以。"

欧阳廷立刻让人准备棋局,想要以棋子为兵,以棋盘为战场让元里与楚贺潮厮杀上一盘。但元里并不擅长下棋,他叫停了欧阳廷,转身吩咐了林田几句。

林田匆匆离去,不久后,他带着两个元家护卫回来了。

两个元家护卫合力抬着一个箱子,到了凉亭前,他们将箱子放下,取出了里面方方正正的沙盘。

甫一见到沙盘,欧阳廷便"蹭"地一下站了起来。

沙盘被放到了凉亭石桌上,护卫取来清水,小心翼翼地填满了沙盘上的河流。

顷刻间,山川河流,城池丛林栩栩如生,山脉悬崖一眼看去清清楚楚,全纳于眼中。

欧阳廷激动得胡须乱颤:"这是什么?"

"沙盘,"元里言简意赅,"学生得闲时候做出来的东西,这沙盘中的地形正是汝阳县的地形。"

张良栋倒吸了一口气,小心翼翼地抚摸着沙盘,喃喃道:"竟然能够如此逼真……"

在所有人目光凝聚在沙盘上时,元里拿出了三面不同颜色的小旗帜:"将军选一面颜色,代表自己带领的军队,我们便在沙盘上来上一局吧。"

詹少宁一看还有多余的旗帜,立刻兴奋地道:"我也要!我和你们一起!"

三面旗帜放在了三个人的手中,詹少宁选择了守方,将军队安置在了城中。楚贺潮要了攻方,而元里则要了江河以南的山脉平原。

张良栋三人不由走到桌边,凑近去看。

城中粮食充足,詹军依托结实的城墙死守,楚军强攻无效。詹少宁不由露出得意的笑容,他就知道守城容易攻城难,楚军军马虽多,但粮食却不多,只要他守好城,谁也赢不了他!

但很快,楚军便换了另外一种方式,不断从东西南北四面骚扰城池,詹少宁焦头烂额,忙得手足慌乱。等他反应过来之时,楚贺潮已经引江水灌入城中,不久之后,汝阳城便被江水浸没,城墙失守,詹军灭亡。

"哎呀,可惜了!"张良栋急得拔掉了几个胡子,恨不得自己顶上,摇头叹气道,"他那是声东击西啊!"

詹少宁沮丧地垂着头退出了战局。

楚军占领了城中,将詹军的粮食和士兵全部拿来补充了自己,休养生息后,便准备出征讨伐元军。而在他们两军对战之时,元里已经依托地势开始屯田种粮,建设新的城池了。

两军在大江两畔相遇,楚军多次挑战,元军按兵不动。因为士兵不善水战,楚贺潮无法硬过江河,他皱眉,直接兵分两路,从后方山脉偷袭元军后方。

但这一偷袭,却中了元军的上屋抽梯、暗度陈仓之计。

元军早已兵分三路,等楚军一有动作之后,便立即行动了起来。一路诈败,将从后方入山的楚军引到山谷之中,用巨石堵住了前后两方出口,活活将这部分的楚军困在了谷底。另一方则用山中所伐树木建造的船只偷渡过江,烧了汝阳城中楚军所剩粮草。

等楚军反应过来之时,他已经没了粮食供给。且一半士兵被困于江水一侧,另一半士兵被困于山中,长此以往,楚军只会被活活拖到饿死。

元里抬头，朝着楚贺潮抿唇一笑："将军，我兵法不好，只好从后勤方面下手，慢慢拖死楚军了。"

楚贺潮看着沙盘，放下了旗帜，忽然笑了："二哥厉害。"

这句话只有元里一人听见。其他人还沉浸在精彩绝伦的"对战"过程之中。

"妙啊，"詹启波感叹不已，"将军就败在江水之上啊。"

张良栋叹息道："是啊。"

良久，众人才回过了神。

欧阳廷直接道："张良栋，你不适合做他老师。"

张良栋张张嘴想要反驳，却是一声苦笑："是，我确实不适合做他的老师。但你欧阳廷，却很适合做他的老师。"

欧阳廷任司空一职，乃是三公之一，负责水利工程、城防建筑、宫室营建等事务。他同样也是当世大儒，不仅仅是大儒，欧阳廷还是北周有名的将领，他曾平定过南方战乱，是个为国为民、文武双全的人，只是极少收徒。

正是因为他很少收徒，所以元里从未想过能够成为欧阳廷的弟子。

但此刻，欧阳廷却摸着胡子大笑起来："张良栋，你这句话可算是说对了。"

随即，他目光如电地紧盯着元里，问道："元郎，你可愿拜我为师？"

元里当然愿意。

欧阳廷虽然曾经带过兵，但现在手中却没有兵权，只有三公的虚名在身。元里拜他为师和拜张良栋为师都是一样的效果，元里大喜，当即行了拜师礼，声音清亮："弟子拜见老师！"

欧阳廷笑得眼角皱纹深深，忙扶起了元里。他已经许久没有这么高兴了，张良栋和詹启波也在旁朝他道喜："恭喜欧阳大人收了一个好徒弟。"

"欧阳大人与元郎的师徒缘不可谓不浓厚，来太尉府中喝杯酒都能拐个徒弟回家，"詹启波打趣道，"瞧，太尉大人脸都绿了。"

张良栋苦笑两声，心中还是极为可惜。

不过比起他，欧阳廷确实更适合成为元里的老师。张良栋感叹地想，他和元里终究是差了点缘分。

元里从地上站起来，笑容满面。这时，他脑海里的系统也响了一声。

万物百科系统已激活。拜师任务已完成，奖励已发放，请宿主自行探索。

任务：出仕。

奖励：棉花。

想到今日不仅多了一个厉害的老师，还多了白砂糖的炼制方法，元里忍不住露出了些雀跃神色，没了先前纵谈沙场、从容自若的模样。

欧阳廷不由露出了笑："里儿，明日开始你便来我府中，我要好好教导你，你可不要临阵脱逃啊。"

元里神色一变，坚定地道："老师放心，弟子必定准时前去。"

欧阳廷欣慰地点点头，忽然清了清嗓子："里儿啊，这沙盘……"

楚贺潮突然拍了拍手，对元家两个护卫道："还不把沙盘收起来？"

他语气太过强硬，两个护卫下意识听从了他的命令，上前将沙盘中的水引出，抬起沙盘放到了箱子里。

楚贺潮看着箱子落锁之后，才勾起唇，故意看向欧阳廷："司空大人想说什么？"

欧阳廷："……无事。"

"无事那我们便回去了。"楚贺潮笑着告辞，带着元里和沙盘离开。

欧阳廷三人盯着那木箱，齐齐可惜地叹了一口气。

元里回到楚王府后，还沉浸在喜悦之中。等走到闻道院后，他才发现楚贺潮也跟了过来。

他稍稍一想就知道怎么回事了，故作不解地问道："将军这是？"

楚贺潮客客气气的，说话都缓和了许多："二哥这个沙盘，可否送给我？"

元里道："这个沙盘是汝阳县的地形，将军拿走没什么用处。"

楚贺潮很有耐心："无妨，那便留作观赏。"

可一向大方的元里却眨了眨眼，看上去有些无辜地道："可我并不想送给将军。"

楚贺潮的表情僵硬了一瞬，眉峰耸动，元里都能随便把玄甲送人，他不觉得自己比那个叫汪二的差到哪里："为何？"

"将军难道真的不知道？"元里轻轻叹了口气，似真似假地露出感伤的神色，"自我来到楚王府，将军总是处处针对我，还说要找机会——将'大礼'还给我。将军如此对我，我难免也对将军心存几分惧怕，难以与将军亲近。"

楚贺潮勾唇，带着看戏的心情，似乎在看元里还能再说些什么。

但少年郎眉眼低垂，长睫落下阴影。鲜红束发被风吹得向后张扬飞起，侧脸柔和，几分难过真真切切地传递了出来，与先前那意气风发的模样相差甚远。

楚贺潮忽然想起了他与自己共饮的模样，他眉头微微一动，想说你伤心了关我什么事，但这句话还是被咽了下来，略显不耐地开口："二哥想如何？"

说完，他突然笑了，英俊面容上有几分冷冰冰的戏谑："不如我与二哥道个歉？"

元里慢吞吞地道："好啊。"

楚贺潮顿了几秒："二哥，前些日子多有冒犯，我向你赔个不是。"

元里听得神清气爽，听完后才假惺惺地道："我们都是一家人，弟弟不必客气。"

说完，他就神采飞扬地走进了闻道院，转身就要关上院门。

楚贺潮伸手抵住了木门。

他异常修长的手指一下下敲着木门，声响如鼓点般令人紧张急促。

"你是不是忘了点什么？"楚贺潮高大的身躯弯着，隔着门缝与元里对视，令人不适的侵略感袭来，"二哥。"

他下巴朝元里身后的木箱子上扬了扬："沙盘。"

元里也不再捉弄他，豪爽地让两个护卫将木箱子抬给了楚贺潮。

楚贺潮语气缓和："多谢二哥。"

他现在倒是觉出来元里的好了。

虽然元里与那批货物的关系仍存疑点，但这样一个能拿出沙盘、对行军了然于心，还能将农庄治理得井井有条的人，无疑比那批货物的价值更大。

楚贺潮眸光一闪，令人抬着箱子离开。

之后每日，元里都准时去往欧阳廷府中学习。

欧阳廷不仅教元里五经史书，还训练元里上战场杀敌的功夫。元里学习得很勤奋，每日天不亮就赶来了欧阳府，待太阳落山后再大汗淋漓地回到楚王府，从没在欧阳廷面前抱怨过一个字。

欧阳廷虽然面上没说，但心中对元里极其满意，没过几日，他已经将元里当作自己子侄般看待。

且元里资质非凡，遇事冷静果敢、心有成算，欧阳廷觉得，元里以后未必不能位列三公内阁，成为一代名臣。若是元里当真有如此作为，那他们师徒俩便是一门两公，这传出去就是一则令人艳羡的佳话啊。

正是因为抱有这种期待，欧阳廷在教导元里时更是严肃万分，以至于欧阳廷的夫人吕氏都有些看不过去，经常派人来送些水果吃食。

没过几日，除了要在欧阳廷这里学习，元里也要去国子学读书了。

在去国子学的前一天，元里正要去欧阳廷府上时，楚明丰忽然派人给元里送来了一封书信，让元里将这封书信代为转交给欧阳廷。

元里就把信交给了欧阳廷，欧阳廷看完之后手指一颤，他沉默良久，对元里道："你白日要在国子学中学习，下学后已没有时间来我这里。这样吧，你每旬休沐，再来我府中跟我学习，其他时间就不用来了。"

"老师，不必……"

元里正要拒绝，但看着欧阳廷肃然的神色，他还是老老实实地点了点头："弟子明白了。"

次日，元里便去了国子学。

詹少宁也在国子学中，元里一入国子学，他便极其热情地将元里介绍给了其他人。元里出身不好，但背靠楚王府，又有詹少宁的看重，自身也格外豪爽大方，忠义两全，倒是混得如鱼得水，短短几日内便结交到了几位人品不错的友人。

尤其是在知道他师从欧阳廷后，国子学中来找他结交的人更多了。

连詹少宁都极为羡慕："欧阳大人很少收徒，元里，你可要珍惜这段师徒情谊。不过你这么厉害，能拜欧阳大人为师也不足为奇，那些嫉妒你的人可比不上你一二！"又语重心长地道，"但他们结交你不是真正想和你做朋友，而是想要借你的人脉与大儒名臣结交，你可千万不要被他们给骗了。"

元里哭笑不得，他自然知晓这个道理，但还是感谢詹少宁的提醒，之后又被詹少宁磨得同意给他做一个沙盘。

然而没过多久,元里便听闻欧阳廷上书天子,却惹得天子大怒,被罢黜司空之职,贬为徐州刺史的消息。

元里听到这个消息时,已经是好几天之后。他大惊失色,匆匆告了假跑去欧阳府,还没到府门前,就见到欧阳府前已经停了数辆马车,仆人来来回回往返于马车与府中,正在搬着东西。

元里心里一沉,快步走进欧阳府中找到了欧阳廷。欧阳廷正坐在客堂前的台阶上,衣袍凌乱,头发不整,怅然地看着一院匆忙搬着行李的仆人。

有几个空罐子从仆人怀中掉落,叮叮当当地在地上滚了几圈,怎么看怎么寥落。

"老师,"元里眼中一酸,忍不住道,"怎么这么突然……"

"里儿,你来了。"欧阳廷回过神,看向了元里,他苦笑道,"也不算多么突然,我早就料到了会有这么一天。"

他让元里来他身边坐下,师徒两人一起看着乱哄哄的场面,半晌后,欧阳廷才道:"如今宦官当政,迫害朝臣。天子只图享乐,天下万民陷于水火之中,这天下,只怕一日要比一日乱。"

他的声音苍老无力,只有元里能够听到,也让他听明白了欧阳廷语气中的苍凉和无可奈何。

欧阳廷道:"你可知我为何会被罢黜三公?只因为我带头上书请天子为北疆下拨军饷,天子不愿,我忍不住争辩几句,这才惹怒了天子啊。"说着,欧阳廷已经是老泪纵横,"罢黜我只是一件小事,北疆军饷却是一件大事。北疆之外,蛮族对我北周虎视眈眈,戎奴狼子野心。北疆可是我北周最为重要的最后一道防线啊,哪怕宫殿不建、徭役增加,也要先把北疆十三万大军的口粮供出来。可恨那群宦官却遮住了天子的双眼,他们蒙蔽了天子,用谗言误导了天子。这群宦官究竟知不知道,一旦没了北疆边防,那便是亡国之灾!"

欧阳廷恨恨拍了拍大腿。

"老师……"元里叹了口气。

建原帝哪里是被宦官所把控,他分明是自己不想拨粮。只怕欧阳廷心中也明白,却不肯承认天子如此无情。

欧阳廷又情绪激昂地骂了宦官几句，骂得元里心中也翻滚起了怒火。而后又叹息着道："如今我离开洛阳已经是不可更改的事实了，里儿，在我离京之后，你要多加小心。我会与你书信来往，时常考察你的进度。即便我无法在你身旁教导你，你也千万不能懈怠。"

元里应是，犹豫一会，还是低声问道："老师，您怎么走得这般着急？是不是……"

是不是和楚明丰写的信有关？

这一连串事情发生得太过突然，但细究起来不是无迹可寻。

欧阳廷是在看了楚明丰的书信后，替楚贺潮上书和皇上要粮，才被贬为了徐州刺史。现在又走得这般着急，不像是匆匆急着赴任，反而像是要逃离危险之地一般。

欧阳廷打断了元里的问话，意有所指地道："里儿，你莫要多想这些事。"

元里抿抿唇，换了一个话题："老师，徐州土地丰饶，人口众多，自古以来都是兵家必争之地。您虽然从三公变为了一州刺史，但也有了更多实权。"

三公秩万石，刺史秩两千石，落差不可谓不大。但刺史乃是一州之长，可以任免州内官员，兼领军事，有些像巡抚或者节度使，管辖地域辽阔，位高权重。

就元里认为，当一州刺史可比做个没实权的三公要好得多。

欧阳廷苦笑两声，低声教导弟子："徐州就在陈王封地之旁，陈王和朝廷早已面和心不和，我这个徐州刺史，说得好听点是一州刺史，说得难听点便是去和陈王抢地盘的靶子。若是徐州当真那么好，天子又怎么会把这份差事留给我？"

元里若有所思："原来如此。"

欧阳廷道："里儿，我原本想要慢慢教导你为官之道。同你讲明朝廷和天下局势，但我即将要离京，时间所剩不多，之后我所说的话，你都要牢牢记在脑子里。"

元里沉声道："是。"

欧阳廷摸了摸胡子，低声讲起了北周局势。

自古皇权旁落，宦官和外戚总是争执不休。当今天子建原帝年少登基，外戚掌权，他培养出了宦官势力对付外戚，宦官势力也正式登上了政治大舞台。之后，建原帝纵容宦官势力壮大，又用宦官来对付士人贵族。

俗话说"上品无寒门，下品无世族"，能做到大官的都是世族出身。朝政和察举制已被士人贵族所把控，皇帝自然无法忍受这种情况，因此宦官便打压士人打压得极其厉害。而士人自然也不乐意被宦官打压，双方之间的摩擦变得越来越大。

宦官除了皇帝就没有其他的倚靠，他们是皇帝身边最忠诚的刀，皇帝需要做什么，他们就做什么。士人越是反抗，宦官做事便越发凶狠，名声也越来越臭不可闻。

"楚明丰的病，就是被宦官所害，"欧阳廷胡子动了动，手都抖了抖，声音压得极低，"那可是小阁老啊！他们连小阁老都敢害！自从小阁老一病，士人都被吓住一般，皆消停了下来。士人一消停，宦官也跟着停下了手，小阁老病重这段日子，洛阳城真是难得的平静。"

但实则，所有人都在盯着楚明丰的病。

包括士人，包括宦官，包括天子。

所有人都在等着看楚明丰是生是死。

欧阳廷不知道会是什么样的结果，结果又代表着什么样的意思，但他能够察觉到洛阳城暗涌的波涛。在收到楚明丰令他尽早离开洛阳的信后，他便决定信楚明丰一次，趁早离开洛阳。

他这次因为帮楚贺潮要粮就被罢黜三公，也让欧阳廷心中有了数。恐怕只有楚明丰死了，北疆十三万军队全部由天子一人把控，天子才会往北疆拨粮。

欧阳廷闭上了眼睛，心中突生一股兔死狐悲之情。

这天下……怎么变成这般模样了。

元里听完欧阳廷的话后，便被欧阳廷赶回了家。第二日，元里便在洛阳城外送别了欧阳廷。

欧阳廷这个做老师的，临走之前留给了元里二十匹战马，十副玄甲，以及三十斤的金子，还有五本经书。

他拍了拍元里的肩膀，目露期许："里儿，记得为师告诉你的话。你如今还未及冠，不急出仕为官。待到两年之后，我会为你举孝廉为官，那时你已及冠,必定能做出一番事业!"

元里郑重地点头:"老师,您就放心吧。"

他也觉得他需要在洛阳多磨炼上一段时日,等到有了足够的名声、人脉之后再入仕途,这样起点高得多。更重要的是,他需要这些人脉与时间去积攒身家,然后逐渐拿到楚贺潮的军队后勤的控制权,在乱世来临之前做好准备。

欧阳廷与众人告别后,极为不舍地登上了远行的马车。他看着逐渐远去的洛阳城,不由惆怅地叹了口气。

等再次见面,也不知要过去多久啊。

元里很好奇楚明丰给欧阳廷的信里到底写了什么,才会让欧阳廷如此行色匆匆地离开了洛阳。但就像是连锁反应一般,在欧阳廷离开后的第三天,楚明丰的病情忽然加重,一下到了弥留之际。

谁也没想到楚明丰的病会突然告急,杨氏每日以泪洗面,面容越发憔悴。楚王也日日食不下咽。偌大的一个楚王府无人敢在此刻冒头管理,元里就从国子学告了假,照顾整个楚王府。

不过不知道是不是元里想多了,他总觉得楚明丰突如其来的病重,隐隐像是被人为动了手脚似的。

元里日日去见楚明丰,可楚明丰已经虚弱得每日大多时辰都在沉睡之中,清醒时刻变得寥寥无几。

元里去看望了楚明丰四次,只有一次遇到楚明丰醒着。

"元弟来了?"楚明丰声音气若游丝,却还带着笑意,"正好有几件事要交代你。"

元里上前倾听,楚明丰说话说得断断续续。只说了短短几句话,他已没了精力。

"我知晓了,"元里忍不住在心中叹口气,"大人,您尽管放心吧。"

说完,元里就不再打扰他休息。

但走出卧房的时候,元里却好像听到了楚明丰在轻轻哼着曲子。

声音沙哑,却难掩愉悦。

元里转头看去,从撩起的床帐之间看到了楚明丰嘴角翘起的弧度。

楚明丰……在期待着死吗?元里一瞬间心中升起了这个不可思议的

想法。

但等元里再次看去时，哼曲声已经没了，楚明丰也静静地睡了过去，刚刚那一幕好像只是他的错觉。

元里迟疑了几秒，转身离开。

"系统，楚明丰还有救吗？"路上，元里再一次问道。

在第一次见到楚明丰后，元里就已经这样问过系统，但系统却没有回答元里。

这一次也毫不意外，系统没有给丝毫回应。

元里垂着眼睛，忽然感觉有些难受。他知道，楚明丰没救了。

或许连几天都熬不了了。

深夜，万籁俱寂。

楚明丰从病痛之中醒了过来，就见窗旁立了一道高大健硕的黑影。

他认出了是谁，无声笑了几下，艰难地从床上坐起，靠着床柱道："辞野。"

窗旁身影侧了侧身，居高临下地凝视了他许久，语气漠然："楚明丰，你快要死了。"

"对啊，"楚明丰咳嗽着道，"也就这一两日的事了。"

楚贺潮走到了床旁，掀开衣袍，大马金刀地坐在了床边椅子上。

楚明丰揶揄道："我还以为直到我死，你都不会来见我。"

楚贺潮勾唇，没有多少笑意："怎么会？你可是我的二哥。"

楚家兄弟俩对外表现出来的关系并不好，是连天子都知道他们不合的地步。虽然这关系有几分表演出来的夸大，但楚明丰与楚贺潮也确实没有多少兄弟之情。

楚明丰从小便身体不好，楚王与杨氏将大部分的关爱都放在了他的身上。等到楚贺潮出生后，身体健康的二儿子更是让父母亲对楚明丰感到更加亏欠。

楚明丰是天之骄子，早熟得很，但他年少时思想却有些偏执，恨自己的身体孱弱，也恨弟弟的身体硬朗，对楚贺潮做了不少错事。

楚贺潮这身硬骨头在面对家人时总会多容忍几分，这一容忍，便忍到了少时离家去了北疆。

楚贺潮离家后，楚明丰反倒逐渐清醒了过来。他不再魔怔，长大之后更是对楚贺潮有诸多愧疚。

然而这时，他们兄弟俩已然生疏。

但同为一家人，即便内里有诸多不和，他们还是天然站在一个阵营，是能够彼此信任的人。

"等我死后，你带着人马即刻离开洛阳城，"楚明丰语气忽然严肃道，"不得停留！"

楚贺潮沉默地听着。

楚明丰将所有的打算和盘托出，缓了好一会儿，最后道："辞野，还有一件事。"

楚贺潮抬起眼。

"是我求了娘让元里来府中给我挡灾，"楚明丰笑了笑，"可怜他还未及冠，我便要死了。虽与他认亲时日不长，但我却把他当我自家人看待，他是楚家的义子，也是你的二哥。元里有大才，以后便让他代我为你掌控好后方一事。"

楚贺潮在嘴里琢磨着"二哥"这两个字，眯了眯眼，沉默不语。

楚明丰悠悠叹了口气："等我死后，你多听他的话，也要多护着他。等我服丧期一过，他若是有更远大的抱负，也可让他自由随心。你替我看着他功成名就，我死后也能心安了。"

楚贺潮没想到楚明丰能够这么大方，可见楚明丰也是喜欢极了他的这位二哥。

楚贺潮满不在乎地道："好，我会为你看他功成名就。"

楚明丰微微颔首："元里还未及冠，他想要在洛阳国子学多待上几年。等他从国子学出来后，再让他去幽州不迟。"

"几年？"楚贺潮突然嗤笑一声，忽然问道，"是你让欧阳廷离开的？"

楚明丰不答。

楚贺潮像是嘲弄道："因为他成了元里的老师，所以你也为他指了一条明路。楚明丰，我从未想到你有朝一日会为另一个人思虑到如此地步。"

楚明丰笑而不语。说完元里的事，他也没了力气，合上眼睛休息。楚贺潮在旁默默坐了良久，忽然低声道："你非死不可吗？"

楚明丰竟然也未睡，他没有睁开双眼，只是轻轻地道："我有非死不可的理由。"

楚贺潮突然站起身，大步往外走去。

楚明丰喉间一片腥味，他喉结滚滚，低声道："辞野，我对不住你。

"……你勿要伤心。"

楚贺潮冷笑几声，步子没停留一下，转瞬就没了声响。

楚明丰胸口闷闷地笑了几下，笑着笑着，低笑就变成了大笑，仿佛拿躯体仅剩的生命在最后时刻去放肆宣泄一般。

"世间哪来两全法……"

元里一夜难眠，第二日起了大早，出门散心。

走到练武场时，他看到了楚贺潮。

楚贺潮不知道是什么时候来到练武场的，身上流着汗。背部肌肉时而耸起时而凹陷，带着股压抑浓厚的煞气。

元里目光移动，楚贺潮黑发上凝着水珠，好似一夜未睡。

听到声响，楚贺潮转头看了过来。他双目泛着通宵未眠的血丝，更显锋利逼人。

看到是元里之后，楚贺潮收回眼睛，猛地朝木柱挥刀，早已千疮百孔的木柱霎时间被拦腰砍断。

元里看了一会，缓声问道："你还好吗？"

"二哥，"楚贺潮答非所问，"等有机会，你教教我如何下水。"

元里干脆利落地点头："好。"

从练武场出来后，众人一起用了早饭。

饭桌上气氛压抑，楚王与杨氏食不下咽。两人眼眶皆红着，发丝染白，像是一瞬间苍老了许多。

饭用到一半，忽然有仆人脚步踉跄地跑了过来，满脸惊慌："王爷、夫人，大公子他、他突然变得很有精神！不止下了床，还让人送了饭烧了水，现在、现在正在沐浴更衣！"

这分明是一件好事，但这仆人却满脸绝望。因为谁都知道，病成那样的人忽然有了精神，只有一个原因，那便是回光返照。

杨氏手里的碗筷倏地掉落,她顿时头晕目眩。

饭桌上一阵人仰马翻。

等众人匆匆赶到楚明丰的住处时,楚明丰已经换上了一身崭新的华服。两个奴仆正在他的身后为他擦拭着滴水的长发,楚明丰端坐在桌旁,正饮酒吃饭。

病气好像短暂地远离了他,让这位小阁老重现了名士风流。他脸色红润,眼中有神,嘴角噙着微微笑意,楚王与杨氏一见到这样的楚明丰,眼泪当场就落了下来。

"爹,娘,大好的日子,你们哭成这般做什么?"楚明丰微微一笑,抬箸食了口肉,"这会儿正是用早饭的时候,爹娘请坐。夫人,辞野,你们一同坐下来,陪我用完这一顿早饭。"

四人依言坐下。

楚明丰一一为楚王和杨氏夹了筷他们喜爱的菜肴,感叹着道:"自我入了内阁,倒从未为您二老夹菜了,现下回想起来,却是诸多悔恨和遗憾。爹,娘,以后儿子不在了,你们可要记得儿子为你们夹的菜。"

楚王连连点头:"记得,记得……"

杨氏已经哽咽到不能自已。

楚明丰转而看向了楚贺潮同元里,他笑着为二人斟了杯酒:"我不晓得你们爱吃些什么,索性咱们三人便共饮一杯吧。"

他端起酒杯,吟吟笑着地对元里道:"元弟,在下便祝你锦绣前程,一帆风顺。"

元里认识楚明丰才不过半月,却已经将他当成了朋友,他不发一言,直接将杯中酒水一饮而尽。

楚明丰道了声"好"。

随后,楚明丰便看向了楚贺潮。

楚贺潮拿起酒杯与他相碰,下颚紧绷。

楚明丰轻笑,低声道:"辞野,二哥便祝你长命百岁吧。"

楚贺潮猛地捏紧了杯子,呼吸好像变了变,与楚明丰一起抬杯饮尽酒水。

此时,杨氏已然哭得晕厥过去。

楚明丰唤人将父母亲搀扶走,对楚王道:"儿子想要一人上路。"

楚王眼含热泪，脚步踉跄地带着妻子离开。

楚明丰同样让元里和楚贺潮离开了房间。

清晨的日光缓缓照进屋内，尘埃在日光中起起伏伏。

楚明丰举杯独酌，静静看着门外嫩芽破土而出。

当天晚上，楚明丰病逝了。

楚王府刚刚挂上的红绸换成了白绸，半个月前还是一片喜意的楚王府，如今已一片白色。

门前白马素车，无数人前来凭吊。杨氏和楚王强撑着为楚明丰下葬，葬礼当天，宫中派宦官前来慰问，却遭到诸多士人责骂。

这些人差点在楚明丰的棺材前大打出手，最后还是楚贺潮出面，在北周战神的威慑下，宦官才讪讪离去。

此刻整个楚王府的担子，一下落到了元里的身上。

本来还能有杨公公帮帮他。但杨公公毕竟也是个太监，即便和监后府没有牵扯，也不适合在这种时候出面。

葬礼依照楚明丰的遗愿，并没有铺张浪费，等按照送葬仪节让楚明丰入土为安时，元里生生瘦了一大圈。

晚上，元里勉强用些饭菜，靠着座椅休息了片刻。

赵营却在这时匆匆求见："大公子，我探查到了一些不对的消息。"

元里睁开眼，抹了把脸："说吧。"

原来不知道从什么时候起，民间开始流传起了汉中灾情一事。

在传言之中，汉中贪官送了一批银钱给提督太监张四伴，张四伴收了贿赂，将汉中灾情隐瞒不报，并怂恿天子将汉中灾民拒之洛阳城外。

这个传言一起，百姓立刻群情激奋，恨不得一口一个唾沫将宦官给淹死。

元里猛地坐起身，双目锐利地盯着赵营："这个传言是从什么时候开始流传的？"

赵营隐隐有些不安地道："从小阁老死去便开始隐隐有些苗头，但因您太过忙碌，这些传闻前些日子又没有大肆传出，我就没将这个消息报给您。"

元里紧紧抿着唇。

不对劲。

关于这批货的来源，元里都是在系统的帮助下才知道的。就连汪二他们都不知道这批货是送给张四伴的贿赂，汉中郡守和张四伴也不可能蠢到自爆，那这消息究竟是谁放出来的？

而且这批货已经被他们截走，根本没到张四伴手里，为什么传闻中却丝毫没有提及这一点？

"还有一事有些古怪，"赵营低声道，"布铺的管事说，这些日子白布卖得尤为多。多到有些不正常的地步。"

元里皱眉，问道："这些白布都是被什么人买去的？留作何用？"

赵营道："都是平常百姓买走的，并不知道留作什么用处，不过经过查探，买走白布的百姓并不是将其留作丧事之用。"

元里的眼皮子跳了好几下，他敏锐地察觉到这里还隐藏着什么东西，当即下命令道："你们明日无论如何都要想办法查到这些白布的用处，戌时之前回来告诉我。"

赵营抱拳："是。"

第二天，赵营果然带来了新的消息。

这些消息多是从一些市井无赖或是游侠儿嘴中获取到的，这些人走南闯北，与他们交好，往往能获得许多情报。

店铺发现，这些人最近总会聚在一起，活跃兴奋得仿佛有什么大事要发生了一样，试探询问后，他们只说最近即将会有好事，但究竟是什么好事，他们却闭嘴不言。

而这些白布被百姓买回家后，用处也极其奇怪。这些人会将白布裁成一小块系在门上，含义不明。赵营在洛阳城中一数，发现有不少人家都在门外系上了白布。

并且越是贫困的地方，系白布的人家就越多。

元里想了许久也想不通这代表着什么意思。他一看到白布，只能联想到丧事，一联想到丧事，就只能想到最近的楚明丰之死。

他皱着眉头，市井无赖和游侠儿说的快要发生的好事，能是什么好事？

元里隐隐有些不安。

他揉着额角，不断思索着。白布、百姓、好事……这都是楚明丰死了之后的动静。

欧阳廷说过，楚明丰一病，所有士人都被吓得停了手。

官宦也跟着停了手。

洛阳迎来了久违的平静，但这平静，真的是真正的平静吗？

那些士人真的是被吓到停了手吗？

元里动作一停，他倏地睁开了眼。

还是说他们已经觉得威胁已经到了眼皮底下，上一个被害的能是楚明丰，下一个被害的谁知道会是谁。宦官分走了他们的权力，皇帝试图打压他们。他们积攒着怒火，准备给皇帝和宦官一个教训。

一旦楚明丰死亡，那便是给所有士人敲响的警钟。

他们会甘愿受威胁下去吗？

元里觉得不会。

他倒觉得，士人会群起而反抗。

皇帝不是想要打压士人吗？那就换个皇帝坐上皇位。

天底下只有铁打的世家，流水的皇帝。如果天子不想被推翻政权，那就将宦官打压下去，重新重用士人。

就像是历史上的蓝巾之乱一般。

参与起义的民众头绑蓝巾为记号，在门上写"甲子"二字为记，作为众人起义的信号。而这一幕，和此时的白布系门多么相像。

有专家猜测过，蓝巾之乱虽是农民起义，但背后黑手实则为士人。士人作为推手，暗中推动起农民起义，用百姓为棋子，试图威胁皇帝。皇帝受到威胁后，无可奈何地解除了党锢之争，重用士人对付起义之人，士人一举解除了困境，还获得了与之前相比更大的权力。

而现在，会不会是历史的重现？

这些士人，如今是不是正在暗中推动一场起义？而这些门上系上白布的百姓，是否是起义的一分子？

元里胸腔内的心脏跳得越来越快。

怦，怦怦，怦怦怦。

他说不清是在紧张还是在害怕，或者说是兴奋，抑或期待？

如果真的是他想的那样，那就代表着——

乱世提前了。

而楚明丰就是让士人下定决心提前起义的导火线。他用自己的死，搅乱了政局，要么让皇帝让位，要么让那群害了他的宦官倒霉。

元里鼻尖冒着细密的汗珠。

但这也只是他的一个猜测。

不过为了以防万一，元里还是让赵营派了两队人马出去。一队暗中监视门上系白布的百姓，一队快马回了汝阳县，看一看汝阳县内有多少门户上系着白布的人家。

汝阳县是元里的大本营，哪里都能乱，汝阳县却不能乱。

他再令赵营给父亲元颂传了话，隐晦地表明这些人家有可能会有异动，让元颂从农庄调动二百部曲安置在府中，以防万一。并让元颂将香皂坊暂且停了，将风干好的香皂另找地方藏起。派人随时待在香皂坊附近，一旦有异动，立马一把火烧了香皂坊。

元里有条不紊地一项项命令布下，原本有些激动的心情也逐渐恢复平静。

至于楚王府，元里并不担心。即便真有起义，洛阳内的起义军一定会是规模最小、被镇压最快的一方，况且还有楚贺潮在呢，即便没有楚贺潮，楚王府这等富贵人家所养的部曲绝对不在少数。

接下来的几天，元里表面上不动声色，暗地里却一直在收集消息。

等真正有了眉头之后，所有的线索看起来便清晰了很多。元里越看，越觉得就像是他猜测的那般。

按照元里原来的计划，乱世最起码还得三四年才能到来。结果如今一下提前那么多，他有些没有准备好。虽然内心深处有着隐秘燃烧着的雄心壮志，但也有诸多担忧。

元里整日皱眉苦叹，叹得杨氏都强打起精神，握着他的手来劝慰他："好孩子，你莫要这么伤心。丰儿打小身体便不好，如今这般也是他的造化。娘不会怪你，你也不要太过责怪自己。"

元里一听就知道她误会了，但也没法解释，含糊地应道："我会的，夫人。"

杨氏轻轻拍了拍他，疲惫地让丫鬟扶着离开。

元里也回到了闻道院,在院门前,他见到了曾在楚明丰那里见过的老奴。

白发苍苍的老奴恭恭敬敬地给元里行了一个礼:"元公子,我家大人让我带两个人给您。"

元里一愣,老奴已经让开,露出了身后的两个人。

这两个人一个长得雄壮威武,好似佝偻着脊背的野熊。面相老实,皮肤黝黑,像田地里最普通的农家汉子。另外一人倒是笑眯眯的极为和善,眼中时不时闪过精光,长得一副端正又精明的模样。

两个人一齐抬手对元里行礼,"见过元公子。"

元里回了礼:"二位是?"

面相精明的人率先开口道:"在下刘骥辛,此后仰仗元公子了。"

另一个人接着道:"在下邬恺,许昌人士,公子有事尽管吩咐。"

元里看向了老奴,老奴道:"邬恺是许昌襄城县的人,家世清白,家中只有一个失明老母在。他相貌虽丑陋,但天生神力,勇武非常,大人觉得他是块做武将的料子,便让他跟在大人身边好保护大人。"

邬恺自卑地低下了头。

元里皱眉,有些不悦地道:"既然是武将的好料子,何必浪费在我身边当个护卫?英雄不问出处,更何况是样貌?你把他带到你二公子那里去看看吧。"

邬恺耳朵噌地一下红了,不安地抬头看了元里一眼。

刘骥辛若有所思地念着这句"英雄不问出处",越琢磨越是觉得这短短六个字让他热血沸腾。在北周,举荐制度被士人贵族把控的北周,县令子弟出身都得被叫作寒门,资源牢牢被世代承袭的人家把控,谁能说上一句"不论出身"的话,绝对会被士人贵族群起而攻之。

这话从元里嘴里说出来实在匪夷所思,但这话听起来却让人心中豪气油然而生,乃至对这位元公子都升起了不少好感。

刘骥辛看到邬恺惴惴不安的模样,看在以后会是同僚的分上,好心为他解释:"放心吧。二公子是北周战神,响当当的名将。元公子不是嫌弃你,是想给你找一个更好的出路。"

邬恺松了口气,默默点了点头,又摇了摇头。

老奴倒是笑了,慈祥地看着元里:"大人便料到元公子会这么说。大人说，正是因为他是个武将的好料子，才要将他放在元公子身边。"

元里一愣，随即细细思索起来。

楚明丰不会说废话，他既然这么说一定有他的理由。元里只能想到，楚明丰是希望他能够训练邬恺，将邬恺调教成一名合格的武将。

但问题来了。

元里眼皮一跳，楚明丰怎么知道他会训练人。

"那你便留在我身边吧。"元里最后道。

他又看向了刘骥辛："这位先生也是要跟在我身边的吗？"

老奴道："这个刘骥辛是洛阳本地的人，曾先后做过少府侍中、京兆尹府的谋士。此人足智多谋，能说会道，不过刁滑奸诈，有两次背主之嫌，由元公子决定是否将他留在身边。"

哪怕被人当着面说自己刁滑奸诈，刘骥辛也是笑眯眯毫无动气的模样，不紧不慢地道："哎，张伯何必这么说我？"

他朝着元里又行了一礼，道："良禽择木而栖，贤臣择主而事。我只是为了找到更好的贤主而已，不曾说过旧主的闲话，哪里算得上背主？"

元里扶起了他，哭笑不得地道："所以你就找到了楚明丰？"

"并不，"刘骥辛顺着他的力道起身，"元公子，我找的是你。"

元里露出惊讶的表情。

老奴在旁道："这两人虽是大人派来要交给您的人。但大人结交他们时，特意说过是为您所收揽，他们既然还同意前来，自然是奔着您而来。"

元里不由好奇了。

他虽在洛阳有了些名声，但不过是从汝阳传过来的孝顺之名，以及靠楚王府与老师欧阳廷得来的名气。一个小小的汝阳县令之子，哪里来的能力能吸引别人来投奔呢？

刘骥辛似乎看出了他在想什么，开口道："能让欧阳大人迫不及待收为弟子，又让太尉大人与京兆尹大人也满口称赞的人，属实让刘某极为好奇。今日一见公子，刘某更是折服在公子风采之下。还请元公子莫要拒绝刘某，容刘某待在您的身边吧。"

元里自认为自己尚未扬名，没有足够亮眼的表现。却不知在无数人眼里，他已经小有名气了。

尤其是他拜访太尉大人反而被欧阳大人收为弟子的事情，更是引起了不小的轰动。刘骥辛做过京兆尹詹启波的谋士，那日詹启波回府后不断感叹着什么"后生可畏……沙盘……三路分击"，或是"千里馈粮，护送队伍人数几何？马匹几何？"，这些话都让刘骥辛有了浓厚的兴趣。等他听到太尉大人毫不吝啬地在大庭广众之下对元里公开赞扬时，这股好奇便立刻转化为了行动力，当即找了门路搭上了楚明丰的线。

元里心道果然，这人是因为他老师才来投靠他的。

他在心里叹了口气，不过还是欢迎人才的投奔，笑着道："能得两位相助，是我之幸事。"

见元里收下了这两个人，老奴才道："元公子，将军不日便要回边疆了。届时，府中便拜托您了。"

元里立刻转身看向他："楚贺潮要回去了？"

老奴点头应是。

元里的表情变得微妙。

楚贺潮连泥地里的一个铜板都要捡起来，因为怀疑他和那批货有关硬是跟了他好几天。结果现在连粮都没要到，就准备走了？

这里面说没古怪他都不信。

这更加让他确定，乱世即将到来了，所以楚贺潮才要在彻底混乱之前离开洛阳这个大染缸。

他不动声色地问："将军已经将军饷要回来了吗？"

老奴道："北疆有急情传来，将军准备提前回去。至于军饷，将军已经求来了一部分。"

楚明丰一死，楚贺潮便再次上书向天子要粮。天子应当也对楚明丰的死感到满意，也或许还有几分可惜，这一次给粮给得分外痛快。但因为朝廷财政的问题，这一批粮最多只能撑三个月。天子似乎准备秋收后再给北疆下半年的粮食。

楚贺潮没说什么，带着粮就准备走人。

元里不得不赞上一句这两兄弟够狠。

表面看上去，朝廷只给了三个月的粮打发楚贺潮，楚贺潮着实太过委屈。但实则乱世将至，一旦天下乱起来，各地都会拥兵自重，拼命囤粮留作己用。朝廷本身就已贫困，到时候自顾不暇不说，他们回头一看，发现还把仅剩的粮都给了楚贺潮，这不就是损自己之粮，补他人之库吗？

那个时候，建原帝恐怕要后悔死了，他别说再去关注幽州与边疆了，只怕连中央军五大营中的这一万多人都养不起了。

元里忍不住闷声笑了。

够坏，他喜欢。

这么一看，楚贺潮还是现在走了好。乱世之前将粮食运回北疆，到时候哪怕建原帝后悔了想要将粮食要回来，也无能为力了。

元里心中有些艳羡。

如果可以，元里也想要尽早脱身。乱世将临，找个远离京都的地方屯兵囤粮才是正道。俗话说得好，广积粮，高筑墙，缓称王。

但身为楚家义子，楚明丰刚死他是怎么也无法拍拍屁股就跟着楚贺潮离开的。更何况元里还未及冠，还未出仕。对天下人来说，他元里什么都不是。没个正儿八经的举孝廉出身，还想要和各位群雄在乱世并肩而立？

说笑呢吧。

元里需要做的，就是留在洛阳稳住后方，敛财囤粮，等待两年后及冠出仕，正儿八经地站在大舞台之上。

想到这里，元里也不再可惜。他笑着点头："那我便去给将军准备送行的东西吧。"

元里将邬恺与刘骥辛安排在了闻道院，吩咐林田好好照顾他们之后，就去准备给楚贺潮的东西。

很快，就到了楚贺潮出行的那一天。

骑兵和大军粮食已运到洛阳城外。楚贺潮和杨忠发又穿上了他们来时穿的那身风尘仆仆的盔甲，他们坐在高头大马之上，经过一个月的休养生息，这一匹匹战马洗去了血迹和尘土，蠢蠢欲动地刨着地面，想撒开蹄子就跑。

盔甲刀枪闪着锋利的寒光。楚贺潮穿上盔甲之后更显高大冷厉，威势骇人。他牢牢牵住缰绳，绳子在他手掌之中缠绕了几圈，殷红的披风托在马背之上，楚贺潮侧身看着王府门前的众人。

太阳从东边冒头，让这一群人斜斜投下肃杀的影子。

刚刚送走了一子，又要送走二子。杨氏低头擦着眼角，强撑着露出笑颜："辞野，你要多加小心，一路平安。"

楚辞野低头看着她眼角的皱纹和鬓角的白发,薄唇紧抿,忽然俯下身子,凝视着杨氏低声道:"母亲,不如您和父亲跟我一同回幽州。"

杨氏毫不犹豫地道:"不,丰儿死在这里,我怎可抛下他去往幽州……"

这句话说完,杨氏才回过神来,眼神闪躲地避开了楚辞野的视线。

楚贺潮一动不动。

在元里以为他被杨氏的话伤透了心时,楚贺潮缓缓直起了身,面上的神色变也未变,平静地朝元里看来。

眼神古井深潭般幽深。

元里收回心神,对他抿唇一笑:"将军一路顺风,我为将军准备了不少东西,将军经过汝阳县时便能看到,想必将军能够用得上。"

楚贺潮问:"什么东西?"

元里笑得神秘,"将军看了便知道了。"

楚贺潮摩挲着缰绳,忽然问道:"二哥想在洛阳多待上几年?"

元里颔首:"没错。"

楚贺潮突然笑了,这个笑意难得没有冷嘲之意,他慢条斯理地说着:"可是,我却觉得我还差一样东西,二哥没有给我带上。"

元里沉思良久也没想出来没带上什么,他困惑地问道:"将军,是什么?"

春风忽地袭来。

簌簌风声吹起衣袍,鼓起将军猩红披风。尘土迷人眼,元里的长发被后风猛地吹向身前,他闭上眼睛,任由黑发与束带拍打在脸侧。

但下一刻,腰间忽然缠上来了一根粗黑的马鞭。元里一阵天旋地转,忽地鼻尖抵住了坚硬的胸膛。

马匹忽然兴奋地嘶叫一声,抬蹄子就跑。

剧烈的颠簸传来,楚贺潮身上的铠甲特有的味道跟着传来。

马匹直奔洛阳城外而去。

楚王府门前的所有人都被这突如其来的一幕给吓到了,目瞪口呆地看着楚贺潮掳着元里箭矢离弦一般远去。

杨忠发最先回过神,他喃喃道:"我的老娘哩,直接把人给掳走,您可真有出息啊将军。"

"赶紧，"他浑身打了个激灵，提高声音，扬鞭抽马，"随我追上将军！"

一群身披盔甲的士兵高声应是，策马奔腾，扬起一地泥尘远去。

楚王与杨氏愣了许久，转过头面面相觑。半晌，反应过来之后，楚王脸色陡然变得铁青，他恨恨拍着大腿，气得浑身颤抖："孽子！孽子！楚贺潮这个孽子！"

二哥刚死，他便敢大庭广众之下直接掳走义弟，楚王被气得火上心头。

这事传出去让旁人该怎么想！

郭林和林田也惊呼一声："大公子！"

他们匆匆从府中牵出来了马，刘骥辛眼睛一转，连忙拉住林田："把我们也给带上。"

马上。

元里从一脸疑问变成了面无表情。

马匹一颠一颠，楚贺潮胸前的盔甲在他脸侧压上一道深深的印子。元里知道他这是被楚贺潮掳上马了。

楚贺潮这是在干什么？

脑子抽了？

闲得没事捉弄他？

"将军，"元里被架在楚贺潮的身前，侧坐在马匹之上，这个坐姿很不舒服，屁股硌得疼，还有种随时都能滑下去的危机感，元里皮笑肉不笑道，"还请您把我放下来。"

大风将他的话吹散。

下一刻，殷红披风兜头将元里蒙住。楚贺潮的声音隔着层布，懒洋洋地传来："嗯？二哥说什么，大声点。"

元里额角一鼓一鼓，提高嗓音："楚贺潮，把我放下去！"

楚贺潮干脆利落地道："不行。"

元里再好的脾气这会儿也绷不住了，他完全不知道楚贺潮此举是什么意思，有什么目的。

是报复他，戏谑他，还是作秀给其他人看？

总不可能是带着他跑去幽州北疆吧！

元里冷笑着，抬手就要扯掉披风，楚贺潮握住了他的手腕，凉凉道："二哥莫非是想让全洛阳的人都知道你被我掳走了？"

白皙修长的手指毫不停顿，元里一把扯掉了蒙住面部的披风，一向带笑的漂亮面容上此时却重现了农庄那日对敌时的决绝，他抬眸看着楚贺潮，眼中全是被强压着的怒火："楚将军，您以为您给我披上个披风，其他人就不知道您掳走自己的二哥了吗？"

语气越来越重。

楚贺潮薄唇勾起："这正是我想要的结果。"

元里敏锐地问道："你什么意思？"

楚贺潮笑了，意味不明。

元里看着他硬朗的下颚，眉头逐渐皱了起来。

先前楚贺潮试探他时，至少是为了麾下士兵，情有可原，元里并不会因此而生气。但此时此刻，他却知道自己必须要生次气，发一次怒了。

楚明丰已经不在，楚贺潮敢在光天化日之下当着楚王和杨氏的面带走了他，可见楚王和杨氏也压制不了楚贺潮。如果元里也压制不了楚贺潮的话，以后他们还怎么合作？他还能在楚贺潮的军队中拥有话语权吗？

元里知道，他想要借二哥这个身份压制住楚贺潮，就必须要在楚贺潮面前具有威信力。他需要让楚贺潮认真地听取他的话，尊重地对待他，将他当作亲长兄般看待，而不是做出这样奇怪的举动却对他一言不发。

而调教不逊的天之骄子，树立起足够的威信，元里可有不少经验。

元里什么都不再多说，他直接掰开楚贺潮的手，飞速地转身，长腿跨过马背，潇洒利落地从侧坐变成了跨坐在了马上。

他拍了拍马的鬃毛，心道委屈你了。

这句话一说完，元里立刻蓄力猝不及防地往后肘击，另一只手快如闪电地去抢楚贺潮手里的缰绳。

但手肘却被楚贺潮的手掌挡住，楚贺潮还是牢牢地抓住缰绳，在元里头顶哼了一声。

元里极为冷静地接着开始下一道攻势，和楚贺潮在马上拳头碰拳头地过了几招。

楚贺潮曾经被他摔过一个过肩摔，知道不能小瞧元里，也知道元里的弱点是力气不大，擅长用巧劲取胜，他便反其道而行之，用强势而蛮横的力气压制着元里的反抗。

元里的力气和长久驰骋沙场的将军相比，处于劣势。马上的空间又太过有限，元里屡战屡败。但他又不屈不挠、屡败屡战，抿着嘴唇一声不吭，好几次差点挣脱束缚获得缰绳的控制权，搞得胯下战马焦躁不安，好几次差点摔倒在地。

"够了。"楚贺潮猛地抓住了元里的胳膊，语带威胁，"二哥，消停点儿吧。"

此时已经走出了洛阳城外，身后的杨忠发驾马追了上来，一见到他们俩，顿时愣了一下，直接把心里话秃噜了出来："哟，将军，你这是在欺负元公子？"

楚贺潮不敢放开元里，他嘴上虽然说得轻松容易，但制伏元里也出了一身的汗。楚贺潮浓眉略显不耐地皱起，瞥了杨忠发一眼："给后面追着的人找点儿小麻烦，你们也离远点儿。"

杨忠发心领神会地点点头，拽马转身离去。

少年郎被楚贺潮制住，他年轻而富有朝气的身体紧缩着，仿若一只被逼到死角的年幼的豹子，身形弓着，充满着力量。楚贺潮的声音却很沉稳："元公子，不如听我说两句？"

洛阳城外人迹稀少，树影婆娑。黄沙漫天扬起，吹得人一脸都是尘土。

元里认出了这条路，这是通向屯骑大营的路。而楚贺潮的人马和粮食就被放置在屯骑大营之外。

元里也折腾得出了一头的汗，呼吸加重。闻言，他气极反笑地问道："将军把我带走，就是为了说两句话？什么话不能在楚王府说！"

楚贺潮见他不再挣扎，谨慎地放了手臂，淡淡道："不这么做，怎么让你合情合理地跟我前往幽州。"

"……"元里感觉自己好像听错了，他问道，"跟你前往幽州？"

楚贺潮极有耐心："二哥莫非是不想去幽州？"

元里："……"

哪怕是素质极好的元里，都忍不住在心里骂了一句脏话。

他当然想！

如果是在几天前，得知楚贺潮要离开时同他说这句话，那元里必定会欢欣鼓舞地跟楚贺潮一起离开。但他此刻想法已经转变，确定了自己近两年的目标，并且做了一系列留在洛阳后准备要做的计划——在这个时候，楚贺潮又要他一起去幽州？

有病吧！

元里拳头捏紧，指骨咯吱作响，深呼吸数次平复心情。

楚贺潮抬眼看着路旁黄沙与盘根错节的老树，语气忽然变得规矩尊重极了："二哥，弟弟该跟你请个罪。我是不应该这么直接掳走你，但二哥如此大才，待在洛阳岂不是浪费光阴？"

元里冷声："将军这话说得好笑，国子学名声远播的有才之士多不胜数，我可以和他们学到许多，哪里称得上浪费光阴。"

"二哥应当也看出来了，天下即将有大事发生，"楚贺潮压低身子，冷硬的盔甲靠近，低声像说着秘密一般在元里耳边道，"否则二哥也不会派一批又一批的人马前往汝阳，让汝阳元府提起戒心了。"

元里头皮一紧，楚贺潮知道了？

他很快又缓缓地放松了下来。楚贺潮虽然不管楚王府之事，但他身为北周赫赫有名的名将，自然不缺少这点洞察力。此时楚贺潮说出这句话，也是另一种形式上肯定了元里的猜测。

楚贺潮又恭维道："二哥胸有大志，又天纵奇才，上能对军营之事了然于心，下能掌管后勤、心有成算。在这方面，二哥已然称得上是大家。拜欧阳廷为师尚且有东西可学，但待在国子学中耗费两三年，就为了结交那群还未成事的小子，岂不就是白白浪费时间？"

楚贺潮会说话时，真当说得让人心情舒畅，奉承得令人笑容满面。元里的语气也不由缓了缓，耐心地同楚贺潮道："我还未及冠，未到可以出仕做官的年纪，即便这个时候跟你去幽州，那些豪强士族也不会将我放在眼里。没有出仕，那些人并不会服从我的管理。如今待在国子学磨资历是最好的选择。国子学中的博士个个学识渊博，我哪怕待上两三年，也学不到博士们的十之一二。"

能做官的都是士人。

有权力在乱世中逐鹿中原、夺取天下的也都是士人豪强。在北周，只有举孝廉出身，才会被众人认为有资格登上大舞台。

即便是元里，也是一个寒门士子。但若是没有正统的举孝廉出身，旁人不会认同元里。

他们会想，你连个孝廉都没有，你是否是个孝顺的人、你是否是个有才的人、你是否是个值得追随的人？

如果只是单纯的出身问题，元里毫不在意。但别人要是不认同他，就会认为他不值得被追随，不会前来投奔元里，认为他没有资格同他人在乱世中并肩而立。

长此以往，元里即便能够招兵买马，用后勤牵制楚贺潮的军队，也只是一个无名氏而已。他名不正言不顺，根本无法建立自己的班底。

偶尔元里也想过，做一个无名氏不好吗？

他的目标不是只是想在乱世中站稳脚跟，力所能及地救更多百姓吗？

如果只是这样，他完全不需要浪费时间千辛万苦去走在这个时代中众人眼中的正统路子，他只要安安分分，在楚贺潮的后方隐姓埋名就好了。

但是……

元里抬手放在了胸膛上。

胸腔里的心脏有力地跳动着，一声又一声，清晰而响亮。

楚贺潮听出了他话里的意思，若有所思道："二哥留在洛阳，是想要举孝廉出仕？"

元里回过神，他轻轻点了点头："老师让我在洛阳待两年，多扬名，多结交人脉，两年后他会为我举孝廉。"

"等你及冠后，是该有个孝廉出身。即使在乱世，正统也很重要，"楚贺潮淡淡道，"欧阳廷确实很为你着想。如果天下大乱，洛阳却还不会乱，你待在洛阳尚可。只是二哥，你是否忘了一件事？"

"无论是父亲，我，抑或是杨忠发，乃至北疆随意一位将领，"楚贺潮话锋一转道，"都能为你举孝廉出仕，让你获得正统出身。"

元里眼眸猛地瞪大。他立刻回头不敢置信地看向楚贺潮。

……是啊。

楚贺潮继续道："哪怕你身处北疆，也可照样让你获得朝廷认可的官职。你莫要忘了，幽州是楚王府的封地。"他低头看着元里，戏谑地笑了，"幽州内的官吏都可由父亲或我亲自指派和罢免，只是举孝廉而已，到时候直接递到朝廷就好。你身为楚王府之子,在未及冠之前大可行主人之权管理幽州。一旦及冠,我便封你为幽州刺史。二哥与我是一家人,你在后方让我没有后顾之忧,我在前方作战杀敌,岂不比你待在洛阳更美?"

楚贺潮愿意谨遵楚明丰的遗言办事,但唯独在对待元里这一点,他并不同意楚明丰的看法。

楚明丰和元里接触得不多,他没有足够了解元里的价值。

但楚贺潮却看明白了,无论是农庄里的新奇物、沙盘、自身能力,以及为十三万大军提供后勤支持的自信,元里都是不可多得的人才。

这样的人才让他留在洛阳两年,只会是浪费。

元里轻轻咽了口口水。

……对啊,还可以这样啊。

他完全忘记他已经是楚王府的人了,可以名正言顺地管理幽州。他忘记楚王和楚贺潮都是幽州的主人,能够完全掌控幽州的官吏任免权。

蒙在元里心头的浓雾忽地被一只大掌拨开,元里仿佛被迎头一击,彻底醒了。

对啊,他怎么没想到呢?他之前思虑这么多到底在思虑什么。

元里使劲揉揉眉心,质疑道:"即使你这么说,我也没法现下就前往幽州,我什么都还没来得及准备……"

"那就今日准备好,"楚将军雷厉风行的武人作风暴露无遗,他道,"二哥来洛阳的日子短,洛阳中想必没什么事情值得安排。在屯骑大营领完兵马和军饷后,我们会途经汝阳县,二哥的根基都在汝阳县中,要准备的东西应当都在汝阳县吧。"说着,他勾唇,"我正好也瞧瞧二哥为我准备了什么东西。"

元里无法反驳,又挣扎着道:"你当众掳走我,楚王与夫人定会派人来追,你——"

"我给父亲留了封信,"楚贺潮淡淡道,"楚明丰刚下葬不久,只能如此行事才能将你带走。我不便久留洛阳,就暂且委屈二哥了。"

元里彻底没了反驳的理由。

半晌,元里低着头,无声地笑了。

虽事发突然,但元里坦然地直视自己的内心,他当真不想去幽州吗?

他当真不想立刻去往那个还未开发出来的幽州,摩拳擦掌地大干一场,

109

将北周百姓眼里的贫瘠荒凉之地变得富饶安乐，变成有底气供出士兵口粮的大粮仓吗？

以十八岁之龄统治整整一州，回到那熟悉而又陌生的战场上，元里不想吗？

他想。

很想很想。

既然想，又为何管它仓不仓促、踏不踏实呢？

但他即使心中想，也并不能这么轻易地答应楚贺潮。

他需要让楚贺潮听他的话，就要让楚贺潮有求于他，习惯于小心待他，明白元里是个珍贵的人才，需要对他让步才行。

元里静默不动。

楚贺潮本很有把握，但随着时间的流逝，他也有些不确定了。他低着头，只能看到元里的一头黑发和白净的耳朵。

"二哥？"楚贺潮催了催。

元里如同被推了一下才往前爬上几步的乌龟一般，慢吞吞地道："将军，还是算了。你今日能干出掳走我的事，万一我哪日在幽州得罪了你……"

他的话戛然而止。

楚贺潮颇有些心烦意乱。

元里听到楚贺潮声音低沉，在他耳侧似乎有几分咬牙切齿地道："二哥，我求你。"

元里眼尾弯了弯，慢悠悠地道："好，那我就答应将军了！"

杨忠发千辛万苦拖慢了追着元里而来的人的步伐，等他们到达屯骑大营时，就看到元里和楚贺潮正有说有笑。

元里对着楚贺潮笑意温和，举止有礼。稀奇的是楚贺潮对元里也是尊敬有加，进退有度，显得很有耐心。这么一瞧，人家果真是好兄弟，杨忠发刚刚看到的他们在马上打起来的那一幕倒像是错觉一样。

杨忠发使劲揉了揉眼，被楚贺潮的模样惊得合不上嘴，他挠挠头去找袁丛云和韩进："这是什么情况？"

韩进是杨忠发的副将，袁丛云则是杨忠发的同僚，他们同属楚贺潮麾下。这两人被楚贺潮派到了屯骑大营里看管兵士,一是日常督促士兵训练免得懈怠,二是免得士兵被屯骑大营的校尉拐走。

韩进比他还茫然,两手一摊:"大人,属下也不知道。将军带着元公子一过来就是这副样子,我都没见过几次将军这么礼贤下士的模样,吓人。"

袁丛云咳了咳,朝元里扬了扬下巴:"那就是给小阁老挡灾的人?"

"是,但元公子喜欢别人叫他公子,"杨忠发咂咂嘴,"你们赶紧改口,好好称呼,将军说了,以后就指望着元公子给咱们提供军饷呢!"

袁丛云感慨万分:"没想到小阁老死后,接着顶上去的就是这位。杨忠发,我并非不喜这位元公子,只是有些事我必须要问问你,你老老实实地答。这元公子到底能不能担起这么大的担子?这可是十三万大军的后方,是十三万士兵的命!可不是什么儿戏!"

"丛云啊,看将军那态度,你还不明白吗?"杨忠发拍拍袁丛云的肩膀,"这位若不是有真材实料,咱们将军能这么彬彬有礼?"

说完这句话,杨忠发的表情微微有些古怪,低声补充道:"也不是多彬彬有礼吧……将军没经过元公子的同意,直接把人给掳来了。"

另外两人吸了口子冷气,同样低声道:"当真是掳来的?"

杨忠发一言难尽地点了点头。

袁丛云,"……将军这事做得可真是,唉。"

朝廷把给楚贺潮的军饷都放在了屯骑大营前,因为知道楚贺潮自己带了一千兵马过来,竟然只把粮食放下,却没派一个民夫前来运粮。

军饷不是汉中贪官运的那些古董字画、金银绢布,而是实打实的一袋袋粮食,十三万大军一个月的口粮也要不少,这些粮食装车后便是长长一条队伍,对一千骑兵来说,运送起来着实有些困难。

但楚贺潮像是早已猜到会这样一般,命令一下,所有骑兵便将不重要的辎重拆下,扔在了屯骑大营前,带着能带动的所有东西上了路。

浩浩汤汤一行人便往汝阳县赶去。

元里回头可惜地看着那些被抛掉的东西:"将军来洛阳的时候怎么没多带些骑兵?"

杨忠发叹了口气:"元公子,不是我们不想带,这已经是我们能带来的所有了。"

"战马难寻,骑兵难训。北疆粮食不丰,找出这些身强力壮的骑兵与战马，已经很不容易。"

如今的马具还没有脚蹬，练习骑马的士兵常常会死于马蹄之下。元里早已想着等有了足够的后勤支持后，将能够大幅度提升骑兵战斗力的脚蹬搞出来。等到了幽州，这便可以提上日程了。

元里问楚贺潮："将军麾下骑兵一共有多少人？"

楚贺潮："五千。"

五千啊。不错，比元里想的要多一点。

没过多久，郭林与林田分别带着刘骥辛和邬恺追上了大部队，见到元里平平安安的模样后，他们才松了一口气。

元里向他们表明了自己将会前往幽州，温声询问刘骥辛和邬恺："两位若是不想跟我前去北方，我自会为两位找好去处。"

邬恺与刘骥辛对视了一眼。

刘骥辛转头看向队伍拉得极长的运送车辆与骑着战马的骑兵，眼中精光一闪，当即行礼道："刘某既然跟随了公子，自然会随公子赴汤蹈火。"

邬恺反倒犹豫了好一会儿，最后挣扎一般地看向元里："公子，若我走了，家中老母无人照料，我心难安。"

元里当即道："你若是放心得下我，我这就派人将你的老母接到汝阳，由我家中供养，定会让她衣食无忧，安享晚年。"

邬恺大大松了一口气，抱拳坚定道："我也追随公子同去。"

刘骥辛趁机请求带着妻子儿女同去，他妻子儿子身体康健，可以承受得住路途跋涉，元里便准了。

路上，刘骥辛有心想要展露几分能力，他骑着马绕着长队转了几圈，回来后就对元里道："公子，那批粮草不对。"

闻言，不只是元里，楚贺潮及其大小将领一起朝刘骥辛看去："哪里不对？"

刘骥辛半点不慌，不卑不亢道："粮里掺杂了不少陈谷。"

袁丛云紧绷的神经顿时松了下来，他道："这事我是知道的。虽是陈谷，但那些谷子没有发霉，还可以吃。朝廷如今也拿不出新粮了，即便有新粮，也不会给我们。"

刘骥辛掏出一把粮食给他们看："非也。若是只是陈谷，刘某自然不会特地拿出来说。但请公子与诸位大人看,这陈谷并非寻常的陈谷,而是用水泡过的陈谷。"

众人一惊,杨忠发脸色骤变,抢过一小把他手中的陈谷就送入了口中,转瞬便黑着脸道:"他说的是真的。"

袁丛云不敢置信,他也拿过陈谷尝了尝,接着沉默了一会,眼睛都要烧红,当即怒骂一句:"老子去找朝廷!"

杨忠发阴沉地道:"我和你一起去!"

两个人掉转马头就要走。

"站住。"楚贺潮面无表情道。

袁丛云和杨忠发猛地停在原地,他们咬牙良久,才转身驾马走了回来。

"你们去找朝廷,找谁?"楚贺潮勾唇冷笑,"朝廷能给你们换粮?你们有时间和朝廷耗?"

袁丛云压低声音咬牙切齿:"这些粮食是我亲自检查的,将军,末将甘愿受罚。"

楚贺潮道:"回去再罚你。"

说完,他看着洛阳的方向,握着马鞭一下下漫不经心地敲着另一只手的手心。

树影落在他高挺的鼻梁和薄唇上,鞭子击打黑皮手套的响声让杨忠发几个将领瞬间头皮发麻。

"二哥,"楚贺潮突然道,"你说会是谁下的手。"

元里跟着朝洛阳的方向看去,嘴里吐出两个字:"宦官。"

他不能仅猜出是宦官,他还能猜出宦官这么做的原因。

宦官并非是猜出了汉中贪官的货物是被元里所劫,抑或是猜出楚明丰暗中一手推动的针对他们的行动。而是单纯地只是因为在楚明丰下葬那日被楚贺潮落了面子,才用这种办法坑害楚贺潮出一口气而已。

他们只是想要出一出气。

多么可笑又多么荒唐的理由啊,但这就是现实。

元里眼神逐渐沉重。

以往在书里看到类似的事情时,他只觉得着实可笑滑稽,觉得这些宦官实在是蠢笨贪婪,鼠目寸光。但当真实遇到这种事时,元里才知道这是一种什么样的感觉。

滔天的愤怒，和深深的无力感。

只是因为他们想要出气，所以北疆十三万战士的口粮不知有多少被泡了水。

可笑，当真可笑。

楚贺潮倏地抓住了马鞭，指骨发出声响："二哥高见。"

杨忠发怒道："那群阉人……"他猛地握拳愤愤地砸了大腿一下。

元里表情平静，他看向了刘骥辛，主动询问："刘先生可有什么办法能阻止这些粮草的损害？"

刘骥辛自谦道："刘某不敢当。阻止损害说不上，却有一个弥补的好法子。"

楚贺潮侧头，也看向了刘骥辛。

刘骥辛神秘地一笑："既然这陈谷路途中便会发霉，那便在它发霉之前换给他人，岂不两全其美？"

杨忠发粗声粗气地叫道："这怎么能换得出来！这些粮食少说也有十几万石，这要是一家家地换，那得换到明年去了！"

"哎，大人慢慢听我说，"刘骥辛摇摇头，笑眯眯道，"我们要换，自然不找普通百姓换粮，要换，自然是和宗族豪强换。"

宗族豪强和门阀世族可不一样。宗族豪强有雄厚的财力、大量的土地和为他们干活的佃农，他们是真正的土财主，却不一定是有知识和官身的人。而门阀世家则是财力、权力、知识集于一身的政治官僚团体。刘骥辛不敢动世家，却敢怂恿楚贺潮去欺负豪强宗族。

自古打仗，缺钱缺粮了都是从豪强那里搜刮而来的，这是谁都知道的事。不过也得有个由头，否则他们真跟土匪无异了，于名声无益。

刘骥辛侃侃而谈："诸位大人都是北周的将领，北疆士兵也是我北周的士兵。如今国之边防重军无粮可吃，拿着还能吃的陈谷去与他们换一些尚可存放久一些的陈谷或新粮，这有什么为难的？家国大义在前，想必这些宗族豪强也晓得体谅诸位大人与边疆大军，定会欣然与我等交换新粮。咱们一路前往北疆，途经邺州、冀州等地，豪强宗族数不胜数，我等直接经过他们门前时短暂停留片刻换粮，如此省时又省力，不会耽误多少时日，岂不美哉？"

把兵马拉到人家门口敲门换粮？这跟武力逼迫、明着抢有什么区别！

但袁丛云不由赞道:"好主意!"

杨忠发也哈哈大笑:"你们这些文人啊,做事非得扯个由头。强买强卖都能说成国家大义,哈哈哈哈,不过我甚喜欢!"

刘骥辛但笑不语,捻着胡子看向元里和楚贺潮。

他很担心会在这两位脸上看到不喜或者拒绝的神色,但还好,元里和楚贺潮都不是迂腐之人,见他们两个人都是微微笑着的模样,刘骥辛也就放心了。

楚贺潮一锤定音道:"就这么办。"

次日上午,一行人终于到了汝阳县。

赵营正带着人等在汝阳县门前,远远看见军队前来便打起了精神。只是军队快要走到他面前时,他却看到了混迹在其中的自家公子。

赵营惊愕,连忙上前行礼。元里让其余人暂且在城外等他,一人下马吩咐了赵营几句,赵营匆匆离开。

元里又招呼汪二过来:"你是否愿意与我同去北疆?"

汪二毫不犹豫道:"大公子去哪儿我就跟着去哪儿,绝无二话。"

"好!"元里道,"那就去把你的马匹和玄甲一起取来吧。"

事不宜迟,元里用将近一天的时间征集到了他所有要带走的东西,又将需要吩咐的事情一一告知给了元颂。

所幸汝阳县在元氏父子的管理下,百姓们过得足够安宁,从没想过起义造反。经过排查,并没有发现多少门上系白布的人家。

元里最后匆匆拜别父母亲,回到了汝阳城外。

这时,早已在城外等了一天的将领们已然等得不耐烦了。

袁丛云很着急,每多浪费一日工夫就要多损耗许多粮食,他对元里不甚了解,也不怎么信任,急得嘴上起泡,不满地问道:"元公子怎么还没来,这都已经快一日了啊!什么事需要吩咐这么久!"

杨忠发也等得心中焦躁:"对啊,元公子怎么还不出来。"

话音刚落,他们就看见元里带着一众车辆和民夫走出了汝阳城门。

众人起身走过去,抱怨的话还没说出口,就看见车上装的一袋袋鼓囊囊的粮食。

一些米粒撒落在车板上,白胖的大米粒泛着莹白的光。

众人直接看直了眼。

这竟然都是一车车的粮食，还是新粮！

当几辆车与几十人走出来时，袁丛云和杨忠发还能维持冷静。但等十几辆车和几百人走到他们面前时，两个人彻底说不出来话了，呆愣愣地看着车辆上的大米和后面跟着的人。

"我的老天爷啊。"副将韩进喃喃道。

元里慢悠悠地走了过来。

众人顿时目光灼灼地看了过去，想问这些粮食是不是一起运向北疆的，却因为刚刚的焦躁抱怨，臊得一个个不好意思开口问。

但楚贺潮问了，他声音柔和极了："二哥，这些粮食是？"

"一同北上的粮食，家中能挪用的余粮我都拿出来了，"元里轻描淡写地笑了，双手背在身后，身姿笔挺，"又调了三百部曲与我等一路护送粮食到北疆，北疆战士们也能轻松一些。"

袁丛云做了个深呼吸，忽然大步上前，认认真真地俯拜道："元公子大义，袁某佩服。"

元里扶起他："袁大人不必着急，这之后还有东西呢。"

袁丛云不由往汝阳城中看去。

元里随意地拍拍手，片刻后，嗒嗒的马蹄声响起，三十匹被养得油光水滑的骏马悠悠走出了城门。

这三十匹骏马各个俊美矫健，一看就是用绝好的马料喂养而成。

杨忠发不由眼睛一亮地赞道："好马！"

元里道："杨大人既然喜欢，我便送杨大人一匹，大人尽管上前挑去。"

杨忠发大喜，连忙谢过元里，大步跑向了马群。

韩进也厚着脸皮凑过来道："元公子，不知道末将可否去挑一匹马？"

元里哈哈大笑："大人自取便是。"

他如此大方而爽利，让韩进既乐得笑出了牙花子，又后悔先前等待元里时对他的诸多不满。他认认真真对着元里行了一礼，举止恭敬，也跟着上前挑马去了。

元里还主动跟袁丛云道："大人若是有看中的马匹，也尽管去挑上一匹。"

袁丛云脸皮滚烫，连忙摆手。等走远了之后，他又忍不住跟其他人夸道："元公子真是高义啊。"

元里对他越是热情，他便越是愧疚，就越是觉得元里人品高洁，对其赞不绝口。

楚贺潮见状，走到元里身侧，看着在马群中挑来挑去的杨忠发与韩进二人，低声道："二哥厉害。"

元里侧头，对着他心照不宣地笑了。

战马还不是最后的东西。

当赵营汪二一批人将汉中狗官的货物拉出来时，众人才真真正正是大惊失色。

金银财宝、绢布字画，样样珍贵的东西被藏在木箱之中，每一样都价值万千。元里带着他们看过这些东西，把几个将领给看得连连吸气。等看到那十几箱金灿灿的黄金时，袁丛云腿都软了。

几位将领的心中同时升起一个想法。

财神爷，这绝对是财神爷！

怪不得将军对待元公子如此客客气气，他们也恨不得将元公子给供起来啊。

知道一些内情的杨忠发目光呆滞，他不敢相信这批货竟然真的在元里这儿："我的娘哩。"

他立刻去看楚贺潮，登时看到楚贺潮冷冷勾起的唇角。

像是隐隐有些怒火，又强忍着不发作。

杨忠发打了个寒战，连忙转过眼，心中更加佩服元里了。

连将军都能糊弄过去，糊弄过去了还敢在此刻大大方方当东西拿出来，元公子此人实在是厉害。

也实在是勇猛。

元里不忘试探楚贺潮的底线，他故意问道："将军，这份大礼你喜不喜欢？"

"喜欢，"楚贺潮嘴角下压一瞬，又勾了起来，皮笑肉不笑，"二哥真是让我刮目相看。"

但他能说什么？还不得乖乖感谢元里将货拿出来。

至此，元里终于整理完了所有行囊，日头西斜。

收拾好东西，元里翻身跨上马背，众人踏上了前往北疆的路。

在残阳只剩最后一丝余晖时，元里转过了头，看着路尽头的城墙，以及城墙上两个小篆：汝阳。

再见了，汝阳、父亲、母亲。

等我再次归来时，望那时已是平定天下之日。

有了元里拿出来的东西，诸位将领只觉得肩上的担子卸下去了许多，赶路时不再那么着急，也有心情说说笑笑了。

路上，楚贺潮时不时看一看元里。

元里气定神闲，骑着马一晃一晃，颇有几分闲散。

他嘴角噙着笑，隐隐约约透着狡黠。

郭林上前来，跟他汇报后方跟上来的人家。

刘骥辛的妻子儿女就在洛阳，他们很快便赶了过来，远远跟在军队之后。

除了刘骥辛的家人，其他想要带着家人一起前往幽州的家仆，在确定他们家人的身体可以承受住长途跋涉后，元里也允许他们跟着队伍一起离开。

除了三百部曲之外，元里还带走了香皂坊的匠人和已经风干好的香皂成品，而这些匠人大部分都选择拖家带口地离开。

如果可以，元里也想要将父母亲带在身边。

然而这并不现实。

不说元颂是汝阳县的县令，无故不得离开。光说元颂与陈氏的身体都并不一定能够经受住迢迢千里的长途跋涉，况且带他们去幽州，并不会比在汝阳更安全。汝阳县内有田有粮，有部曲有城墙，离洛阳又极近，可谓是乱世中能保全自身的好地方。

元里颔首记下，让郭林好好照顾这些家眷。

郭林退下后，汪二又迟疑地来到了元里身边。

"公子，"汪二时不时回头看邬恺一眼，神色犹疑，"您认识那位壮士吗？"

元里回头看了一眼，邬恺老老实实地跨在马上，身上、马背上满了东西，叮叮当当像是逃难。

他反问道："你认识他？"

汪二压低声音道:"公子,我劫走那狗官的货时,这位壮士曾帮过我们。"

元里转过头看向他:"他帮过你们?"

汪二应是:"那日我们埋伏在山中,我们人少狗官人却多,寡不敌众。这位壮士及时带着二十多个兄弟出现,和我们一起击杀了狗官那帮人。我们本以为他们也是看中了这批财物,但杀完人之后,这位壮士却带着人一声不吭地走了,我今日才算是第二次见到他。"

元里待他说完后,就把邬恺叫了过来,和颜悦色地问:"你先前是不是帮他劫过货?"

邬恺看了汪二一眼,有些羞愧地点头,低下了头。

元里道:"是不是楚明丰派你去的?"

邬恺又是沉默地点了点头。

元里让他退下了,又问了汪二一个奇怪的问题:"我与你在三头山上碰见那日,是谁告诉你让你进的三头山?"

这话似乎已经笃定有人这么跟汪二说过一般。

汪二想了想,还真想起了这么一个人:"是个路过的猎户,他告诉我三头山上很容易就能打到猎物,山里猛兽也少,我听了就动了心思,问他进山的路后便带着弟兄们进山打猎了。"

元里了然地笑了,放他离开。独自沉思片刻后,元里驱马上前晃悠到楚贺潮身侧,抬眸看着前方道路,马蹄声杂乱。他过了一会儿才道:"将军,你的兄长真是算无遗策。"

楚贺潮淡淡道:"那也是你的兄长。"

元里低低一笑,喃喃叹了口气:"楚明丰啊……"

他说楚明丰怎么会这么信任他,这么轻易地就将军队后勤与楚王府托付给了他。原来早在掌管楚王府管家之权这一道考验之前,元里已经被楚明丰考验过一次了——那便是让他遇见汪二这批难民,看他如何处置这些难民。

考验他是否真的仁善能够收留难民,再考验他是否具有能力能够合理安排难民。

而在此之前,怕是更长更早的时间里,楚明丰已经在暗中观察元里许多年了,才会因此来考验元里。

所以楚明丰才知道元里会训练武将，所以他才知道元里心有大志，所以来自楚王府的求亲信才会在元里安置好难民后的第二天送到，所以信上给出来的条件才会条条直戳元里的痒处。

原来那批货也是在楚明丰的帮助下被汪二等人劫走，最后沦落到元里名下的。这么说，楚明丰也知道汉中贪官的货是被他拿走了，那么洛阳那则张四伴拿了汉中郡守的贿赂隐瞒灾情不报的不实传闻，恐怕也和楚明丰有关。

元里悠悠问道："将军，你觉得兄长还能做出什么事？"

楚贺潮转过头看向他，笑了："元公子认为呢。"

元里眨眨眼："说不定汉中郡守钱中升那批货，也是在他的指点下才送到洛阳给张四伴的。"

这个想法就值得推敲了。

如果……

如果张四伴根本不知道汉中郡守运送了一批金银财宝打算贿赂他呢？

如果汉中郡守发现灾情闹大，在惊惧交加之时，有人给他指了一条明路，令他拿出家产贿赂提督太监张四伴。汉中郡守如抓住救命稻草般照做，赃款在半路却被这个人设计，落到了元里手里，间接留作守护北疆之用。

之后，这人又用"汉中郡守贿赂宦官"这个理由散布谣言，剑尖直指宦官与贪官，给士人推动的百姓起义多了一个完美无缺的造反理由。

内里是士人想要打压宦官夺权的野心，但从表面上看，却只是百姓们因为汉中灾民一事揭竿而起，不满宦官当政、朝廷官员腐败的一场起义。

这么一想，似乎一切都理顺了。

楚贺潮手指一动，转回去了头，懒散地道："谁知道？"

对啊，谁知道呢。楚明丰已经死了，谁也不能再把楚明丰抓出来问他答案。

元里闭了闭眼，感受着微风吹拂脸庞。

但如果真是这样的话，楚明丰……真是可怕啊。

"将军，"元里开口，声音轻得仿佛被风一吹就散，"你说接下来还会有多少平静日子？"

楚贺潮抓紧了缰绳，语气平静。

"半个月。"

接下来的半个月,民间传言愈演愈烈,百姓激愤。这样的情况本应该很快被朝廷注意到,但朝廷就像是被蒙了眼似的,对此毫无反应。

终于,建原三十九年五月二十日,汉中兵卒杜聂、梁舟、王戬不忍替汉中郡守欺压百姓,一举杀死了郡守钱中升。杜梁王三人据说因汉中郡守与宦官勾结,朝廷无视汉中灾情,愤而率领百姓起义。

因为朝廷腐败、宦官干政,又因全国多处大旱,颗粒不收而赋税不减,走投无路的百姓们响应号召,纷纷揭竿而起,发生暴动。

起义军遍布全国各地,来势汹汹。各地急报纷至沓来,呈送至建原帝桌前。

建原帝大惊失色。

他心里害怕至极,被起义军搞得焦头烂额。在臣子的建议下,他无可奈何地开始重用起士人,并允许各地召集兵力攻打起义军,又为了平息民愤,下旨斩首了张四伴,将其头颅挂在洛阳城门前以平百姓之怒。

这样还不止,建原帝又下令斩首了京兆尹詹启波全家。

据建原帝所说,他曾令内阁拨款给京兆尹,令京兆尹好好在城外安置难民。谁知京兆尹竟然将赈灾银据为己有,不仅没有安顿好难民,还抹黑了天子名声。

这个消息传到元里耳朵里,已是数日之后,连同这个消息一起传来的,还有京兆尹之子詹少宁携旧部叛逃出京的消息。

元里猛地站起身:"詹少宁逃走了?!"

赵营道:"是。詹少宁带着二百旧部在斩首那日突出重围,一路逃离了洛阳。"

元里被这两条消息震得心神动荡,久久没有回过神。

他和詹启波相处不多,但欧阳廷和詹启波的关系却不错,欧阳廷甚至在离开洛阳之前,交代过元里若是有事求助可以去找詹启波。

欧阳廷信任的人并不应该如此啊,单看詹启波的作风,也不像擅自会挪用赈灾款的人。

而元里更是把詹少宁当作友人……

121

想起詹少宁在国子学里护着他的模样，元里就心中一痛。

楚贺潮冷笑一声，阴恻恻道："天子可真有脸说出来这种话。"

元里连忙转头看去："将军是何意思？"

"内阁是拨了一笔款留作赈灾，"楚贺潮勾唇一笑，"但那批款被监后府过了手，其中有二分之一归到了天子的私库之中，剩下能有多少到詹启波的手里，谁也不知道。詹启波既然紧闭洛阳城门对汉中灾民不管不问，那他接到的命令就不一定是赈灾了。"

比如表面上是赈灾，实际却又收到了来自监后府的命令。监后府为了不被天子发现自己私吞了剩下的银两，便令詹启波将难民赶出洛阳，让他们不得在洛阳城外停留，营造出已经安置好难民的假象。

剩下的话楚贺潮没有明说，但元里却顷刻间听明白了。他一瞬间怒火直往心头上蹿，张张嘴，反而不知道该说什么，最后气极反笑："堂堂天子，竟然……"

楚贺潮跟他一同笑了起来。

驿站窗外，天色暗沉了下来。

黑暗宛如一块巨大无比的布，从上至下罩住大地，只有幽幽烛火洒下一圈昏黄的光。

元里看着这个火苗，眼中有火苗的倒影在跳动。

有风从门扉间吹进，将火苗吹得摇曳起来。

但在风吹之后，火苗反而骤然拔高了身形。

山间小河旁。

詹少宁跪在水旁，紧紧抱着怀中褴褛，布满灰尘和鲜血的脸上泪水横流。

他死死咬着牙，脊背弯曲着，痛苦地不断发出断断续续的声音，压抑着泪意，身体不断颤抖。

谋士肖策走到他的面前蹲下，递给他一张饼，看到詹少宁怀里的褴褛时，满是疲惫的面上露出几分悲切："……公子，小公子已经去世，你就将他埋了吧。我们只有片刻的休整，休整后还要继续赶路，不能被朝廷的人马追上。"

詹少宁的眼泪一滴滴地落到襁褓上，他颤抖着手掀开襁褓，襁褓里露出了个五六个月大小的男婴，已经脸色铁青没了呼吸。

全家被判斩首，紧急关头父兄将活着的机会让给了詹少宁。詹少宁拼死带走了大哥五个月的幼子，他一路奔走一路将小侄儿紧紧护在胸口，而在刚刚下马休整后他才发现，他竟活生生地捂死了自己的小侄儿。

捂死了大哥唯一的血脉。

詹少宁从咽喉发出悲鸣："肖叔……"

肖策眼睛湿润："公子，詹家如今只剩你一人。不论怎样，你都要振作起来。只有这样，我们才能有报仇的机会。"

詹少宁的手指掐入了掌心肉里，嘴里也满是血气，但这痛不及他心中痛苦的万分之一。

"你说得对，"他一字一句地道，抬手狠狠擦干眼泪，抱着襁褓站起身，"肖叔，我一定要给家人报仇！"

说到最后，他咬牙切齿，恨不得生吞了那狗皇帝的肉。

肖策叹了口气："公子，送小公子上路吧。"

詹少宁沾着泥土和鲜血的手摸过小侄儿的脸颊，眼中又是一热，他将小侄儿埋在了河岸上，回到马旁石头上坐下。肖策又把饼子拿给了他，詹少宁硬逼着自己吃下去。

肖策轻声说着天下如今的局势，这些都是曾经詹启波对詹少宁说过无数遍的话。詹少宁边吃边流眼泪，眼泪全都滴在了饼子上，越吃越咸。

等他吃完后，肖策问道："公子，你觉得我们如今该投奔哪里？"

詹少宁握拳，咬定牙根地想了想，忽然道："去幽州。"

肖策："幽州？"

詹少宁面色神情转变为坚毅，他点头道："去幽州，找我的好友元里。"

楚贺潮将元里从洛阳掳走的事詹少宁也知道，如今天下大乱，去谁那里他都觉得心中惶惶。变故发生没有几天，但詹少宁却尝遍了人情冷暖。

从前的好友对他避之不及，将他当作蝼蚁臭虫般唾弃。父亲的好友更是无一人敢为他说话，唯一为父亲说上两句话的太尉大人都因此而被罢了官。

前路不定，后方官兵追杀，詹少宁一时竟然觉得天下之大竟没有可容身之处。

就在此时,他想到了元里。

詹少宁和元里认识的时间不长,满打满算不过一个月。但不知为何,一想到如果是元里的话,必定不会嫌弃他,还会助他一臂之力。

元里不是那些虚伪的士人,他与传闻中一样坦诚而忠义,总是给人一种值得信任的感觉。元里是可以倚靠的人,这仅仅是詹少宁的直觉,可他愿意相信自己的直觉。

况且天下已然大乱,幽州处于最东北之地,偏僻而荒凉,远离了中原混乱,逃往那里去无疑是一个好选择。

肖策思索着:"公子,元里此人值得信任吗?"

詹少宁沉默了许久,苦笑着道:"除了他,我不觉得还有其他人会帮助我。"

毕竟不管是在百姓眼里还是其他士人眼里,詹少宁都是贪官罪臣之子,是名声有污点的人。

与他交好,或者收留他,只会弊大于利。

詹少宁已经没有了让人利用的价值了。

肖策看着他坚定不移的神色,无奈地笑了:"那便听公子所言,我们去往幽州吧。"

第 4 章　　战场救援队

袁丛云和杨忠发本以为去往北疆的一路，所携带的粮食只会越来越少，最后运到战场上的能有五成就算不错。但他们谁也没有想到，一路走来，粮食不仅没有减少，反而变得越来越多。

一路上，他们按照刘骥辛的办法，每到达一座城池，便率先找到当地的宗族豪强，半强迫半请求地与他们换了粮。

他们将军本想要将元公子的那批古董书画也换成粮食，却被元公子阻止。元公子不知道从哪里拿出了叫作香皂的东西，这东西洁白细腻，散发淡淡清香，一拿出来便令不少宗族豪强心生好奇。

但元公子每到一个地方却只卖仅仅一两套，一套之中有梅兰竹菊四种模样，件件雕刻得栩栩如生，精美华贵。一套中的每块才掌心大小，却卖出了令杨忠发他们瞠目结舌的价格。

尤其是当地宗族豪强越多，这香皂越能卖出令人大跌眼镜的价格。

香皂是个稀奇东西，又是从洛阳带出来的。这些豪强本来只是看在军队的面子上才想花钱买下，省得招惹麻烦，但等看到香皂的成品之后，却一个个倍觉新奇喜爱。

尤其是，元里卖得很少。

宗族豪强们有钱，有钱到一顿饭花费无数，却还会埋怨饭食不佳、无处可落筷的地步，有钱到上个厕所也有十个婢女伺候在一旁，精美玉雕随意摆放，就是摔了也不心疼。

在宗族豪强之间，炫耀自身财力已成常态。元里每到一个地方都会让赵营和刘骥辛去打听当地豪强的势力关系，再根据这些信息进行饥饿营销。

谁跟谁有仇，那就在这两户豪强中只挑一户贩卖。谁与谁有姻亲，那便只挑一家售卖。

元里努力在让香皂变成宗族豪强间新的炫富工具。

最后的成效很不错，元里也因此赚到了相当于香皂成本数百倍的钱。

他当然没有要钱，而是把钱都换成了粮食、布匹、药材、酒水与战马。

其中，只有酒水不是乱世中的必需品，却绝对是乱世之中的高奢品。

这样的高奢品，会在特定的时候发挥出绝妙的效用。

元里并没有交换猪牛羊等畜生，因为这里离幽州还有一段距离。一旦猪牛羊在路上生病染了瘟疫，那连马匹都要被牵连，只会损失严重。

在这些交换的东西中，战马能换到的数量最少，宗族豪强都拥有私人武装，他们同样缺少马匹，知道马匹是重要的战略物资。不过除了马匹之外，其他的东西倒是轻易就能换到。

这就是他们这一路下来，粮食不见少，反而越来越多了的原因。

杨忠发一行人对元里佩服得五体投地，他们已经习惯在私底下用"财神爷"一词来代称元里了。

他们同样对元里手里的香皂很是好奇，看着香皂备受宗族豪强喜爱，他们心中也是痒痒的，但却不敢奢求。然而元里好似知道他们在想什么一样，等获得了足够的军饷后，在离开城池的前一天晚上，他给几位将领与他的身边人每个人都送上了一套香皂。

拿到香皂的人都很手足无措："元公子，这怎么使得？"

"没关系，本来也不是多么贵重的东西，"元里笑道，"如果你们用完了，我那里还有一些。"

杨忠发与韩进面面相觑，韩进忍不住问道："元公子，既然还有这么多香皂，为什么不拿出来全卖给那些豪强宗族呢？"

一想到手里的香皂能卖出来的价格，韩进就紧张得手脚僵硬。

这话一出，其他人也盯紧了元里，对啊，为什么不卖了呢？卖出来的钱那么多，总比给他们用要有意义得多。

郭林三个小厮更是小心翼翼地捧着香皂递到元里身前，道："公子，您给我们我们也不舍得用，就把我们这份也卖给他们换成银两吧。"

"给你们了你们就用着，"元里哭笑不得，"即便我还有许多香皂，也不能拿出来卖给他们。"

袁丛云不解地问："为何？"

元里耐心地解释道："物以稀为贵。"

刘骥辛恍然大悟，忍不住赞道："妙极！"

见着其他人一副极其心疼的模样，元里含蓄地催促道："明日便要出城，我们要加快行军速度，到幽州之前不会再停留于城镇之中。趁着今晚有时间，诸位便用一用这香皂，看看效果如何吧。"

越往北走，天气越热。这些大老爷们每日风尘仆仆，汗流浃背，每日聚在一起，那味重得元里都被熏得脸色发青。

但将领们没听出他话里的潜台词，一听这话，再看看手里模样精致散发清香的香皂，立即便心动了起来。当天晚上，他们把院门一关，两三人搬着一个大木桶，就着月光直接在院子里搓泥洗起了澡。

元里也端着一盆温水拿着香皂施施然走了过去。

凑近就听到这些人正在说说笑笑。

"将军，这香皂真的还透着股香气！"杨忠发凑到香皂上猛地吸了一口，爱不释手，"元公子这到底是怎么做成的？"

袁丛云舀着凉水往身上泼，劝告道："你管元公子怎么做出来的干甚？能给你用就不错了！"

"我这不是好奇吗？"杨忠发咂咂嘴，又瞥了眼楚贺潮，酸溜溜地说，"这么些天咱们跟着元公子吃了这么多好吃的，一个个都胖了不少，怎么唯独将军你不见多一点肉？"

韩进挤眉弄眼道："那些小娘子就喜欢我们将军这样的。"

其余人轰然笑开。

"哈哈哈哈。"

元里忍不住在他们身后笑了出声。

几个人转头一看，见来的是元里，也露出笑容，热情道："元公子也来洗洗呢？"

经过这几个月的日夜相处,他们已摸清了元里的脾性,对元里越发亲近和信服,做事说话间也带上了将元里看作自己人的亲热。元里朝他们笑眯眯地点了点头,走到了楚贺潮旁边将木盆放下。

楚贺潮瞥了他一眼,嘴角笑容还没有落下,犹语带戏谑地继续调笑:"二哥,大家没那么熟,就一起沐浴,这不好吧?"

元里在夜色的遮掩下翻了个白眼。楚贺潮这人虽冷厉,但自小混迹军营,兵油子的痞性一个不落,说混账的时候那是真的混账极了。

但元里又不是没在军营里混过。

"将军和我不熟,见了我也不躲起来,也不怎么好吧?"

他用同样的语气还道,余光还瞥了一眼楚贺潮。

楚贺潮的身材很好,宽肩窄腰,精悍高大,漂亮的肌肉紧实饱满,不过更引人注目的,是身躯上大大小小的伤痕。

伤疤中的大部分都是刀伤和箭伤,已是全部愈合的模样。伤痕遍布胸口、腰腹、后背、大腿,或深或浅,都是楚贺潮战场杀敌留下来的勋章,显得有些狰狞。

元里还在楚贺潮身上看到了一个致命伤。

那是接近胸口的位置,可以想象这道箭伤有多么凶险,想必这道箭伤就是曾经让楚贺潮差点死在战场上的那道伤。

元里忽然有些感触,他在心中想,楚贺潮确实是个英雄。

楚贺潮被这句话给堵住了,他眯了眯眼,迅速用冷水冲刷掉身上的泡沫,拿起衣袍扬手一挥,整个人便穿上了衣服。楚贺潮随手松松垮垮地系上了衣带,似笑非笑地对元里道:"我现在穿了。"

元里:"……"

他选择收回上一句话。

杨忠发几人在旁边憋笑憋得脸红脖子粗,生怕笑出来惹得将军生气,连忙加快速度,洗完披上衣服就跑了。

楚贺潮还在等着元里的回话,元里故意无视他。低头洗着头发,还将楚贺潮当成了"工具人"用:"将军,帮我拿一下头发。"

楚贺潮上前帮他拎起了发尾,元里在头发上打着香皂,淡淡的花香味伴随着水汽在院中弥漫。

楚贺潮若有所思："这东西也能洗发？"

"自然，"元里理所当然地道，他上辈子洗澡从来都是用一块香皂解决，"一块香皂能用上许久，将军觉得香皂在幽州可有销路？"

"有，"楚贺潮言简意赅，"这东西难不难做？"

元里慢悠悠地道："说难也难，说不难也不难。但我带来了做过香皂的匠人们，只要给足他们东西，再做出来就比第一次要简单得多了。"

楚贺潮道："什么东西？"

元里忽然一扬眉，回头朝楚贺潮看去。元里嘴角弯着，揶揄道："将军，你这是在套我的话？"

楚贺潮不说话了。

元里低头洗着头发："将军与我是一家人，自然要多信任我几分。你若再这么试探我，我早晚也会生气的。"

楚贺潮勾唇一笑："是吗？"显然不以为意。

元里若有所思地垂下了眼，洗掉发上污浊。

他觉得他应该找个机会借机与楚贺潮生一回气了，这一路太过平和，怕是楚贺潮已然忘却在洛阳的点点滴滴了。

既然要在楚贺潮面前树立威信，自然要让楚贺潮知道元里一旦生气会有什么后果，只要给楚贺潮留下一个足够深刻的印象，楚贺潮才能记到骨子里，才会知道不能招惹元里生气，知道什么是怕。

元里意味深长道："等你到了幽州，你就知道是什么东西了。"

元里洗完头后，又拧了拧头发上的水。等元里准备洗澡时，楚贺潮懒洋洋地离开了。元里一个人更自在，他慢悠悠地洗好了澡，第二日干净清爽地和众人踏上了前往幽州的最后一段征程。

越往幽州走，越是荒凉。

他们是从涿郡进入的幽州，一入涿郡，前方探路的斥候便匆匆骑马回来："将军，前方发现有起义军正在劫掠北新城县，人数约有两万人！"

"两万人？"杨忠发诧异地道，脸色难看，"幽州怎么也有如此多的白米众！"

楚贺潮皱眉："情况如何？"

"他们正在北新城县里烧杀劫掠，"斥候道，"县令府已被烧毁，门口插上了杜梁王的白旗!"

起义军的总领是杜聂、梁舟、王戬三人,被称为杜梁王起义军。又因百姓以门系白布为记号,旗帜也是画着米粒的白布,起义军又被称为白米众。

幽州虽是楚王的封地,但楚王府一家却没管理过幽州。时间一久,地方官员和豪强便成了土皇帝,兼并土地、私增税收之事屡见不鲜,在杜梁王三人造反之后,幽州不少百姓应召而起,纷纷加入杜梁王的大军。

元里勒住马,嘴唇紧紧抿着,转头直视着楚贺潮:"将军,两旁高山巍峨险峻,军饷无法从山中偷运,我们只能往前走,经过北新城县进入广阳郡蓟县。"

而广阳郡蓟县,便是他们要去的终点。

若是后退折返,只怕要在路上再耽搁一月时间。

众人一时僵在了道路中央。

他们一路走来,并非没遭到白米众的围攻。但因为一千骑兵的威慑,白米众并不敢靠近。但这次他们遇到的不是零零散散的起义军,而是有足足两万人的起义军。

一千骑兵对两万步兵,哪怕这些步兵都是在田里种地从来没有经过军事化训练的百姓,骑兵也会因为人数悬殊而活活被拖死。

楚贺潮思索了片刻,很快便下了决心,他抬手果断地道:"袁丛云,你率五百骑兵在此护住军饷,记住,军饷丢了你的命也别想要了。"

袁丛云神色肃然,抱拳道:"末将听令。"

"杨忠发,你随韩进与我另率五百轻骑兵暗中进入北新城县,"楚贺潮语气冷静,"让他们放下行囊,脱下盔甲,只拿着弓箭和大刀。"

杨忠发、韩进一齐铿锵有力道:"是。"

元里立刻道:"我同你同去。"

楚贺潮知道他有杀敌能力也有统筹能力,便颔首同意。元里转身对着刘骥辛与汪二道:"这里就交给你们两人了。刘先生,你足智多谋,劳烦你照顾好众人。"

刘骥辛与汪二一同道:"请公子放心。"

很快,五百轻骑便集合完毕。楚贺潮带着众人从山中小道往北新城县赶去。

北新城县四面环山，他们绕着山中骑行两刻钟，停留在了一处地势极高、极其隐蔽的地方，从上而下地俯视着北新城县内的情况。

战争，无论是在古代还是现代，无论是冷兵器时代还是热兵器时代，它都是残酷的。

北新城县内已是一片兵荒马乱，尸横遍野。

起义军正在屠杀百姓。

百姓们哭号着被斩杀，草屋着火，多处黑烟滚滚。

风从北新城县内吹来，血腥味浓郁得令人反胃恶心，北新城县内百姓们的惨叫声和哀求声顺着风声传来，远到元里他们也能听得清清楚楚。

白米众挥着白旗在县中四处分散，他们脸色狰狞，衣服被血浸透，衣兜里都是金银财宝，显然已经杀红了眼。

而在被烧毁的县令府前，一个穿着崭新玄甲、拿着钢刀，看着富贵非常的人正被众多白米众围聚在中间护得严严实实，应当就是这批白米众的头领了。

"我认得他！这人叫马仁义，是涿郡有名的豪强，他曾经托人给我府中送礼，想要借我之口找将军买官，"韩进认出了这个领头人，沉着脸道，"那这两万白米众里，估计有不少他的部曲与亲信。"

元里冷冷看着眼前的这一幕。

古代屠城之事很多，但往往在最开始，很少会有人明确地下令屠城。一是因为屠城于名声不好，二是攻城不是为了屠杀。

每个人都想要钱，但百姓的钱并不是源源不断的。给了前一个人，后一个上门来要的人就没了钱，没钱的人不甘心，就会滥下杀手。

僧多粥少，所以白米众们很快便明白，他们可以用杀人来威胁百姓，以最快的速度得到百姓们全部的财物。

给钱，不给钱就死。

抢完这一家，再抢下一家，一定要比其他人抢到更多的钱！

这些起义军是被逼反的百姓们，缺少银钱粮食支撑作战，所以他们烧毁官府、杀害吏士、四处劫掠，扫荡了豪强地主的农庄，当他们对其他百姓也举起屠刀时，他们已经变成了加害者。

而这些，是在起义军背后推波助澜的士人们能够预料却不会在乎的情况。

　　这些世族门阀知道死的人会有百姓、会有豪强,也会有士人。但他们还是决定引导起义,用绝大部分百姓、少部分豪强士人的牺牲,来改变他们的困境,夺回权力。

　　他们不是真正的为国为民,他们是为了自己。

　　站在顶端的那些士人才不会去管百姓们的死亡,哪怕死上一万、十万、一百万的百姓,北周还能活下来其余千百万的百姓。

　　打仗又不会把土地给打没了,只要土地还在,百姓不就可以重新变多了吗?

　　元里看着眼前破败的城墙、满街的尸体,久久没有说话。

　　韩进喃喃地道:"这都比得上阴曹地府了吧?"

　　元里忽然道:"阴曹地府可怕吗?"

　　韩进道:"自然可怕。不只我怕,百姓怕,王公大臣怕,天子也怕。"

　　"是吗?"元里的声音平静极了,"百姓们总以为阴曹地府最为可怕,可最可怕的难道不是乱世的人间吗?"

　　韩进突然愣住,侧头看着元里。

　　元里道:"如果我能……"他戛然而止。

　　元里茫然地抚上胸口。

　　心脏剧烈地跳动着,好像有什么他还不明白的东西已然开始滋生。

　　如果我能……

　　我能干什么?

　　我想干什么?

　　杨忠发在旁边道:"将军,我们该怎么做?"

　　元里回过了神,跟着看向楚贺潮。

　　楚贺潮面色冷硬,他下颚紧紧绷起,道:"白米众都是乌合之众,只要拿下马仁义,他们便会一哄而散,两万人不足为惧。杨忠发,你与韩进每人带领一百骑兵从东西两侧佯装出击,虚张声势,将动静弄大一些。一旦白米众前来追击就虚晃一枪,将他们诱走,防止敌人回头援助。邬恺,我分你二百骑兵,等两方白米众被吸引离开后,令你从东南方向顺着狭道突击,你敢不敢?"

他似乎很了解邬恺。

邬恺抱拳，低着头闷声道："敢。"

以二百骑兵对众多白米众，虽说是从狭道突击可以率先占领先机，但白米众反应过来之后，邬恺他们无疑会陷入险境。

不过白米众少有骑兵，都是没有多少战斗力的步兵。一旦抢占先机，二百骑兵勇猛起来也能杀对方一千多人。将对方杀怕了后，这帮非正规军队便会鸟散鱼溃，会忌惮着不敢靠近，给邬恺他们留下能够拖延的时间。

楚贺潮捏了捏手，指骨咔嚓作响，他淡淡道："剩下的人随我去取马仁义的首级。"

"将军，我也去，"元里冷静跟上，"我的箭法不错，可以试一试于千军之中取他性命。"

楚贺潮侧头凝视他："当真？"

元里道："当真。"

神枪手与神箭手一样，千人之中也出不了一个。一旦出了一个，必然是军队中的王牌。

楚贺潮深深看了他一眼，转身带着人离开，从山脚边缘缓缓靠近县令府后方的山林。

这处离马仁义及其身边大军还有极其遥远的距离。

楚贺潮和元里带着一百骑兵静静等待着。他们在等待着杨忠发和韩进的发难。

一旦他们发难，马仁义身边围聚的大军便会分出两队人前往应敌，只要他们闹出的动静够大，马仁义就会派更多的人过去抵抗敌军。

之后，便是邬恺行动的时间。

三方来袭，营造四面八方被包围之感。马仁义必定会逃，他只要开始慌乱逃跑，便是取他性命的时机。

一片寂静中，楚贺潮忽然开口道："二哥，你只有一次机会。"

元里正在活动着手腕，检查着弓箭，他低头摩挲箭端，道："我知道。"

一旦失败，马仁义必定会察觉有人要杀他，这之后想要再杀他那就难了。

楚贺潮信他，不再多说，只是耐心等待着机会。

终于，混乱开始了。

有人着急忙慌地跑到了马仁义身前，指着东、西两侧说了几句话。马仁义脸色大变，立刻派人前去迎敌。

派完人之后，他紧张地翘首以盼，期待着胜利的消息传来。但胜利的消息没有传来，反而又等来了不知道从哪里杀来的凶猛骑兵。

那可是骑兵！

马仁义瞧着也慌了，在属下的保护中打算转移阵地。而这时，元里已经在楚贺潮和骑兵的遮掩下，来到了县令府后方。

燃烧着的滚滚浓烟成了遮掩他们身形的利器，也成了蒙蔽元里双眼的弊端。

楚贺潮皱眉看着呛人烟雾："有这浓烟，还可不可以？"

汗水从鬓角滑下，有几根黑发粘在脸颊侧方。元里神情无比专注地看着前方，目光穿过烟雾，在起义军中扫视。

闻言，他忽然露出了一抹轻松笑容。

"将军，"元里目光凝聚，他侧了侧头，瞄准了那个惊慌地藏在起义军中的首领，声音很轻，"你可不要小瞧后勤人啊。"

弓满了。

元里果断地松了手。

嗖的一声破空声，利箭急速飞行，穿过了滚烟与火光，冲入了人群。

马仁义眼皮突然一跳，心慌到双腿发软。他似有所觉地抬头看去。

一根利箭越来越近，在起义军首领不敢置信的表情中毫不犹豫地穿过了他的眼睛，将其一击毙命。

马仁义被击杀了！

元里露出点点笑意，立刻转头去看楚贺潮："将军。"

楚贺潮眼中闪过惊异光彩，随即便忍不住勾唇，他派人将马仁义已死的消息送往邬恺那里。随即便俯下身扬鞭，提高声音道："马仁义被击杀，尔等随我去取他首级！"

百人骑兵杀气腾腾地喊道:"是!"

这一队骑兵迅猛地冲了出去,反手便砍杀数人。他们不断高呼着"马仁义已死""尔等还不束手就擒",凌厉的语气与杀敌的勇猛令白米众瞬间吓得扔下武器转头就跑。

元里反手抽出背后的箭矢,正要一同冲上去的时候,系统忽然有了动静。

万物百科系统已激活。
任务:平定幽州起义军。
奖励:土豆。

土豆?

元里眼睛一亮。

和香皂、白砂糖不一样,土豆可是实打实的主食。产量高,耐饥饿,吃法多样,完全是利民之物。有了土豆在手,哪里还怕粮食不够?

元里握紧手,目光放在任务栏中"平定幽州起义军"这一行字上,已然对此势在必得。

前方。

邬恺得到了消息,他也带着骑兵开始高呼"马仁义已死!""我们胜了!"的话,让许多正在抵抗他们的白米众茫然地呆愣住了。

首领死了?这是真的吗?那首领都死了,他们该怎么办?

四面八方都在呼喊着"马仁义已死",喊得白米众们心中惶惶。

他们没了主心骨之后,后知后觉的害怕涌上心头,这些乌合之众好似瞬间从刽子手又变为了被欺压的可怜百姓。有人开始逃跑之后,剩下的人全部作鸟兽散。

但也有一些人还在顽强反抗,试图号令其他人一起反抗。

"别跑啊!跟着我们一起杀回去!"

"我们人多,不怕这些骑兵!他们都是朝廷的狗贼,我们怎么能跟狗贼认输!"

可跟着他们造反的百姓们不懂得什么叫大局,他们只是想要吃一口饱饭，所以才跟着马仁义起了义。他们不懂要为推翻北周朝廷而将生死置之度外，不懂骑兵都到眼前了，他们为什么还不能跑。

于是跑的人越来越多了。

如楚贺潮所猜测的那一般，只要擒住首领，白米众便会陷入混乱。

而在一片慌乱之中，楚贺潮如一把锋利长枪一般率先冲向马仁义的尸体。马仁义身边的部曲和亲信还算得上是精锐，对马仁义也很忠心，即便马仁义死得太过突然，他们也咬牙护着马仁义的尸体，齐齐围在了马仁义的周围，竖起钢刀对准着楚贺潮。

楚贺潮面无表情，直直向前冲去，非但没有降低速度，反而再次扬鞭。

即将靠近这些人时，楚贺潮拔出环首刀猛地往外斩去，顷刻间斩杀了四五个人，鲜血喷涌。短暂的交锋中，这些人犹如蚍蜉撼树，根本无法阻挡楚贺潮的马蹄前进。楚贺潮眼也不眨，握着缰绳压低身体，冲到马仁义尸体前，抓住时机挥刀斩下了马仁义的首级，而后反手夺过敌人手中长枪，行云流水地挑起马仁义头颅后高高扬起。

"马仁义已死，投降不杀。"楚贺潮一手拿枪，另一手拽着马匹绕着尸体转了一圈，居高临下看着众人。

身后奔袭而来的骑兵有人趁机扯着嗓子喊："放下兵器，投降者不杀！"

"投降者不杀！"

喊声传得越来越远，听到这句话，白米众们目露茫然，他们朝声音传来处看去，就看到马仁义的头颅。

不知道谁第一个扔下了兵器，最后，越来越多的白米众们扔下武器，跪在了地上投降。

北新城县内的战斗很快结束，投降的人被收缴武器绑了起来。仍然选择抵抗的，就被骑兵围堵杀死。

被杀死的人惨叫声凄厉，令人不寒而栗。

元里静静地在一旁看着这一幕。

他知道这是楚贺潮有意为之，目的是震慑已经投降的白米众，让他们不敢再生出多余的心思。

还活着的白米众已经有不少人直接吓得昏厥过去，抑或者吓得屁滚尿流，捂着头瑟瑟发抖。

他们很惨吗？很惨。

但还活着的北新城县剩下的百姓们却更惨。

元里心中有团东西压着。

他看着白米众，看着忙碌的骑兵，又望着被祸害得只剩下十分之一人口的北新城县。

这就是乱世。只有亲眼看过之后才会知道乱世有多么残酷。

元里忽然冒出了一点疑问。那些士人真的做得对吗？他们的心里考虑过百姓吗？

不，肯定没有。

因为即便是我，在那些世族的眼里也不过是路边的小石子而已。他们可以随意践踏，甚至会嫌弃这个小石子踩着不舒服，硌了他们的脚。

如果我可以拥有这些士人的身份、地位，如果我能够拥有权力，如果我可以指挥利用人数庞大的起义军，我并不会像他们这么做。

如果我能够——

元里猛地惊醒，他鼻尖出了细密的汗珠。

心脏再一次剧烈跳动。

但是这一次，元里好像明白了自己在想什么。

如果我能够指挥起义军，我不会让他们的屠刀对准普通百姓。

如果我能够让那些士人低下高傲的头颅，让他们看清底层的众生百态……

如果我能够……

能够一步一步往上爬。

"二哥，你在想什么？"

楚贺潮的声音忽然响起。

元里倏地抬头，对上了他探究的目光。

"我在想怎么安置这些白米众与北新城县的百姓，"元里面不改色地笑了笑，"将军，将他们带到蓟县如何？"

楚贺潮随意道："一切由你安排。"

等北新城县内的白米众被收押之后，楚贺潮便带着邬恺等兵马前去东方支援韩进。与韩进一百骑兵会合击杀白米众分部两千余众后，又带着人埋伏在西侧白米众回程的必经之路上。

杨忠发果然带着白米众绕了一大圈，等绕得足够远了之后，他带人就跑没影了，被派来追击他们的白米众们只好掉头回城，却惨遭楚贺潮埋伏，又被击杀了千余人。

等一切平定下来之后，天已经黑了下来。

楚贺潮带着人审问马仁义身边的亲信，元里也正在统计着此战俘虏人数。

这场作战大获全胜，他们总共杀敌四千余人，俘虏了敌人一万三千人。虽然还有一些白米众逃跑了，但那些人已成不了气候。

五百骑兵取得了这样的战果，堪称是一场酣畅淋漓的胜利。因为面对的是一群乌合之众，能有如此成绩不足为奇。

己方也有损伤，五百骑兵死亡二十六人，受伤五十四人，马匹损伤三十四匹。

这些骑兵都是军中精锐，每一个都经过了无数场战争的洗礼，相比白米众的死亡人数，这个数字已经很少，但杨忠发等人仍然快心疼死了。

而元里击杀马仁义的那一箭更是这一场战斗的重头戏，直接奠定了胜局，可谓是价值万金。

杨忠发、袁丛云听闻了这件事后，都激动地跑到了元里面前。

"元公子，听说您一箭射中了马仁义的眼睛？"袁丛云略带兴奋地问道。

杨忠发搓搓手，期待地问："我们还去看了马仁义那头颅，真真是一箭毙命！元公子，您还有这么一手呢？也是跟那个并州老兵学的？这得练不少时间吧，您练了多少年啊？可有什么诀窍吗？"

元里正要回答，余光瞥见了一旁走过来的楚贺潮。他思考了片刻，改为对杨忠发二人笑而不语。

马上就要到蓟县了，元里想要取得在幽州的绝对话语权，楚贺潮必须要全权信任他。此时此刻就是一个很好的机会，他只要避而不答，一定会引起楚贺潮的多疑。如果楚贺潮能够光明正大地问出疑点，那元里就觉得没有必要多此一举树立威信了。如果楚贺潮还是选择试探，元里正好借机发挥，发怒立威。

看他不说话，袁丛云两人还想要再问，楚贺潮走了过来。

楚贺潮的余光似有若无地瞥过元里，淡淡道："马仁义的亲信交代了，幽州内还有两支这样的队伍，一共四万余人，回到北疆后，我会派人清除幽州内的乱子。"

杨忠发与袁丛云都没有说话，因为他们知道将军这话并不是同他们说的。

元里想到了系统给予的任务，他刚想欣然答应，又立刻警惕了起来。

系统给他的任务是"平定幽州起义军"，若是他没有参与，只让楚贺潮平定，还算是完成任务吗？

元里并不确定，他也不敢在"土豆"上赌失败的可能性，于是果断开口请求："将军，如果您征讨起义军，还请带上我一起。"

楚贺潮深深地看了他一眼，点头同意："你击杀了马仁义，记你一军功。"

元里笑了："谢过将军。"

楚贺潮余光瞥过周围的人，杨忠发很有眼力见，连忙拉着袁丛云离开。

等人不见了，楚贺潮面色忽然缓和起来，他拱手微微弯着腰："多谢二哥助我一臂之力。"

这话说得极其真诚，态度也极好，元里扶起了楚贺潮："将军客气。"

夜色渐深。

两人并肩走在北新城县中。路上的尸体已经被骑兵扔到了县令府前等着火化。

火把四处点着，浓烟遮住了天空。

楚贺潮闲聊似的说道："二哥的箭法委实厉害，哪怕我北疆十三万士兵，都找不出如二哥一般厉害的人。"

来了！他果然开始试探了！

元里自谦道："若是其他人也如我这般十年如一日地勤学苦练，也会做到我这种程度。"

从上辈子到现在，元里做事都有极强的计划性，他不是天生这么厉害，自从来到这个世界，他一直在尽力掌握更多的技能。骑马、练箭、养马……因为以往的努力和汗水，才能在今日一箭了结掉马仁义。

楚贺潮耐心地道:"哪怕是勤奋,也还需要诸多天赋在身。"

他今日当真好说话极了,先是不动声色地奉承了元里一番,又赞叹元里人品之优秀。元里被夸得心里有些发毛,更加好奇他会怎么做了。

最后,楚贺潮邀约道:"一直说让二哥教我游水,但一直没有机会。恰好北新城县内便有一条河,不如二哥辛苦一些,现下陪我练一练?"

元里眨眨眼,看着暗下来的天色:"将军,现在?"

大晚上的学游泳,你不怕淹死自己吗?

楚贺潮颔首:"就是现在,正好也能洗去一身污秽。"

元里叹了口气:"那就依将军所言。"

河边一片黝黑。

楚贺潮将兵器和衣服整齐叠放在一旁,只穿着一条裤子独自下了水。

大晚上的,元里不想下水。他偷懒蹲在岸边用语言指导:"将军,双脚绷直并拢,再往外打开,双手也要打开,手掌外翻。"

楚贺潮一一照做,但没有一次能做对。元里最后看得无奈,也只好脱掉外袍跟着下水,亲自上手教导楚贺潮。

他双手扶着楚贺潮:"将军,我扶着你,你再按我说的试一试?"

楚贺潮好脾气道:"好,多谢二哥。"

他作势要开始,但下一刻,元里却觉得一股力量猛地将他拉入了水里。入水之后又倏地被拽出水面,嘴唇上捂上来了一只大掌,楚贺潮捂着元里的口鼻大步带他蹚着水走到竹林草木遮掩后的暗处躲藏起来,将元里制住。

"二哥,"楚贺潮低声,他强壮的身形笼罩着元里,带来浓重的压迫感,"我心中有一事不解,想要请教一番。"

元里眼神变了又变,冷中带怒,瞪着楚贺潮。

这一刻,元里庆幸自己和林管事学了不少作秀的表情,才能在这一刻不露出破绽。否则定会暴露他其实期待着楚贺潮向他发难的想法。

"你一旦掌管后方,那便是十三万士兵连同我的命都握在了你手里,"楚贺潮审视着元里的表情,"你只是一个小小的县令之子,所学却诸多且样样精通。你的箭法厉害,对军队打仗更是了然于心,能做出来沙盘、香皂还有那些我从来没见过的农具,有办法弄来战马和玄甲,在我眼里,二哥着实深不可测。"

他说完,缓缓松开了捂住元里嘴唇的手,忽然很是诚挚地低声道:"我与二哥是一家人,二哥有什么秘密大可同我说,我必定会助二哥一臂之力。比如……二哥,你究竟所图为何?"

所图为何?
元里一瞬间想起了白日所看到的惨状。
战乱、鲜血,百姓的哭号和绝望的眼神。
但元里很快回过了神,立刻转变成了一副怒容,低声喝道:"楚贺潮,你什么意思!"
"我并无恶意,只是这种事还是要谨慎些谈论才好,因此才出此下策带你躲到了此处,"男人无声笑了,英俊的脸上是一道道湿漉漉的水痕,"二哥如此大才,若是有所图谋,只要开口,我楚贺潮必定会为二哥赴汤蹈火,半个'不'字都不会说出口。"
你以为我信?元里冷笑一声:"我已经说过一次了,我想要保家卫国!这就是我最大的图谋。楚贺潮,你明明知晓我的抱负是如此,现在把我堵在这里说上这么一番诱劝我的话又是做什么?哪怕你是北疆的大将军、未来的楚王,响当当的一方诸侯,也不该如此行事吧!"
说话间,他的声调越来越高,却必须要压着声音,显露出怒火。元里也有些上头了,先前被屡次试探隐忍下来的烦躁这会儿尽数朝楚贺潮发泄。
男人皱眉,不晓得他怎么忽然变得这么激动:"二哥,你这话就严重了,我……"
"够了!"元里打断他的话。
一向好脾气的人收起了笑颜,绷紧的脸上面无表情。哪怕是少年郎,也有了几分令人心生慌张的威严。元里浑身湿透,与楚贺潮相比,他显得有几分单薄,但气势却生生压过了楚贺潮。
双唇紧抿,眼中烧着熊熊怒火。
这张清风霁月的面孔,倏地变得生动鲜活了起来。
"楚贺潮,"元里抬眸,纵然睫毛挂着水珠,仍眼神凌厉地与楚贺潮对视,铿锵有力地说道,"是你把我带来幽州的,是你求我来为你稳住后方的!可你一边有求于我,一边却又不断试探我,今日我那一箭是射错了吗?"他脸色一沉,"是我让你少死了诸多骑兵,所以你觉得还不够吗?你既然说我们是一家人，可你有把我当家人看待过吗？你既想让我改变幽州，又怕我图谋不轨。楚贺潮，你扪心自问，你做得过不过分？"

他一句句问话，一句比一句尖锐。

楚贺潮低着头。夜色下，元里看不清他是什么表情，但楚贺潮不说话了。

元里推开了楚贺潮，冷冷地道："没想到立功之后反而会被将军如此对待。若是将军实在放心不下我，大可以直言说出来，我自回洛阳便是。只是还请将军莫要再来用这种方法来试探我，毕竟将军不把我当家人，我却把将军当弟弟看待，这么做，反倒伤了我的心。"

说完，他冷哼一声，神清气爽地挥袖离开。

半晌后，河岸。

楚贺潮独自站在石头前。

"十个人说了保家卫国的话，能有一个人做到就是好事。剩下的人，都是借着保家卫国的口号在为自己牟利。"楚贺潮忽然低声道，像是在解释。

过了片刻，他又喃喃自语道："哪怕是跟了我八年的杨忌发，我也会怀疑他。"

他侧过头，平静地看着元里离开的方向。

楚贺潮向来习惯一个人，他知道自己的脾性并不讨喜，哪怕是亲生父母也并不喜欢他，对此，楚贺潮已然习惯了。

他在摸爬滚打中长大，经过了诸多背叛与死亡。北周的边防压在他的身上，边防之外就是虎视眈眈的戎奴们。

楚贺潮无法抛下对任何人的怀疑，一旦有任何风吹草动，他都能够立即翻脸无情。

楚贺潮转而看向远方的火把与火堆。

不可否认，他欣赏元里，却又深深忌惮元里。

这个突然冒出来的汝阳县县令之子，一夜之间进入楚家，父母亲对他极好，二哥也对他极其信任。但楚明丰对元里信任，并不意味着楚贺潮也对元里完全信任。

楚贺潮和楚明丰并不是同一类人。楚明丰是纯粹的士人，楚贺潮却不是。楚明丰敢将后方和楚王府交托给元里，但楚贺潮却不行。

楚王与杨氏不喜欢次子，不是没有原因。

但活着的人总要担着更多的担子，无数人的性命像大山压在身上，思虑就要更多。

楚贺潮收回视线，独自浸入水里，想着元里所说过的话，一遍遍地训练自己。但练习着练习着，他哗啦一声从水中站起，沉着脸大步走上了岸。

护送军饷的队伍没在北新城县耽误时间，带上俘虏与存活的北新城县百姓后，就一路加快速度往蓟县赶去。

十天后，他们一行人总算到达了目的地。

这十天里，元里从未看过楚贺潮一眼，也未曾和楚贺潮说过一句话。面对楚贺潮时总是冷着脸无视他，上一秒能对楚贺潮冷若冰霜，下一秒就能和旁人说说笑笑。

楚贺潮本觉得元里并不会生气许久，他曾经当众将元里掳走，最后只是求了元里一句元里便原谅了他，总不至于他试探元里的行为比掳走他更加严重吧。

刚开始时还好，楚贺潮并不着急去请元里原谅。但元里三番两次地无视了他之后，楚贺潮却不由将注意力更多地放在了他的身上，一日之中目光数次扫过元里，眉头越皱越深。

被无视了三天之后，楚贺潮抿着唇，忍着脾气去找元里致歉，但元里却不愿意见他。

一直到今日走到蓟县，楚贺潮都没得到元里一个正眼。

连杨忠发都发觉出了不对，他看着面无表情情绪低沉的楚贺潮，又看了看前方同刘骥辛说说笑笑的元里，小心翼翼地凑过来问："将军，您是不是和元公子闹别扭了啊？"

楚贺潮嗤了一声，似笑非笑："闹别扭？"

杨忠发打了个寒战，别过脸捂住眼睛道："将军，您别这么笑，末将害怕。"

楚贺潮："……滚过来。"

杨忠发凑近，苦口婆心地劝道："将军啊，元公子这么好的人轻易可不会生气。您能和元公子怄起气也真够厉害的，数一数，元公子都有五六日没搭理过您了吧。"

楚贺潮勾唇一笑,眼里没有一丝笑意:"十日。"

杨忠发倒吸一口凉气:"十日啊!"

他这一声有些高了,周围的将领齐齐转头看着他。

楚贺潮一脸寒气,低声一字一顿:"闭嘴。"

杨忠发清了清嗓子,朝着周围骂道:"滚滚滚,都滚远点,我和将军有要事要谈!"

等其他人离远了,杨忠发才压低声音继续问道:"将军,您到底做了什么事,能和元公子闹得这么僵?"

楚贺潮看着元里的背影,嘴角下压,懒得回话。

杨忠发猜不出他的心思,他想了想,试探地道:"要不我把元公子叫过来,您和元公子好好说说话?"

楚贺潮余光扫过他。

杨忠发瞬间明白了,他转身就朝元里大喊道:"元公子!"

元里闻声,朝后一看,便看到了杨忠发笑眯眯地凑在楚贺潮的身边,朝他扬着马鞭打招呼。

楚贺潮正直勾勾地看着元里,神色不明。

元里不动声色地驱马过去,直视着杨忠发,将楚贺潮彻底忽略了:"杨大人有事要同我说?"

杨忠发下意识看了楚贺潮一眼:"元公子啊……是这样的。"他搓了搓手,清了清嗓子,"我有一件事正想同您和将军一起商量。"

元里微微侧头,看着楚贺潮牵着缰绳的手:"何事?"

他身着一身素服,笔挺地坐在马上。发束得高高的,一手牵着缰绳,垂着眼帘,连杨忠发也听出了他话语中的冷意。

杨忠发看向了楚贺潮:"这……得问一问将军。"

元里终于看了楚贺潮一眼。

这轻飘飘的一眼,却让楚贺潮下意识泛起了笑容,他缓声道:"二哥……"

一句话只说了两个字,元里已然拽着马匹掉头,留给他们俩飞扬的灰尘。

楚贺潮的面色猛地冷凝下来。

杨忠发恨不得给自己两巴掌,他讪讪地远离楚贺潮,生怕被楚贺潮给抓住泄愤。

说话间，他们已经进入了蓟县，除了躲在道路两旁看着他们的百姓之外，广阳郡内早已得到消息的官员们也已经恭恭敬敬地候在了城池门前。

蓟县是幽州的中心，楚王在幽州的住处正在蓟县。

楚王府已经许多年没有住人了，府内也没有杂役。如今还是蓟县的官员得知洛阳来了人，才急匆匆派家仆将楚王府洒扫了一遍。

这支千骑长队停在了楚王府之前，元里的三百家仆训练有素地解开车辆上的绳子，往下卸着东西。

人们来来往往，一片忙碌的景象。元里站在府门前，吩咐家仆该将东西放到哪里。

没过多久，韩进匆匆过来找他："元公子，书房内正在讨论要事，请您过去。"

元里将身上的兵器卸下交给郭林，跟着韩进快步走到了书房。

书房内坐着广阳郡的各级官员，分别是广阳郡的郡守、郡丞、都尉、功曹等诸多官员。除了他们之外，还有杨忠发袁丛云两位将领同在。

元里一进来，楚贺潮便淡淡对官员道："这位是我二哥。"

广阳郡的官员们连忙起身热情地朝元里行了礼，元里同样热情地以礼相待，最终坐在了楚贺潮下首左侧第一的位置上。

见他坐定后，楚贺潮便直奔主题，言简意赅地表明想平定幽州内的起义军。

谈起平定起义军，幽州的官员自然欣然赞同。年逾五十的郡守蔡集行礼道："起义军如今正在上谷郡与辽西郡这两地肆虐，将军若是准备带兵攻打这些人，不知军饷是从广阳郡运去，还是由这两地郡守负责呢？今年因为这些起义军，各地都被糟蹋了不少收成，我看将军却带来了不少军饷……"

楚贺潮冷笑几声，转头看向元里："二哥，你觉得呢？"

元里微微一笑，话锋一转："年初，幽州送了去年一年的账簿到了洛阳。我看着总有几分不对，于是便全都带了回来。我以后便要在幽州长待了，这账目上的东西自然还是要一一过目才是，免得这么大一个幽州却供不上北疆十三万士兵的口粮，郡守，你说是不是？"

一众官员的脸色猛地一变，齐齐低下了头。郡守蔡集额头沁出细汗，正要说些辩解的话，元里就拍拍手令人送上了账簿。

账簿被包裹在行囊之中，元里慢条斯理地打开了行囊，果然露出了几本厚厚的账本。

没有人想到他刚到蓟县的第一日便会当场发难，还是如此针锋相对、一针见血的发难。瞧着上位坐着的面无表情的楚贺潮，官员们头上的汗珠子已经滑到了鬓角。他们抬袖擦着脸，眼睛死死看着这些账簿，十分恐惧。

幽州官员的任免大权都由楚王府掌控，楚贺潮又带着千人军队停驻在外。武力加上权力，在乱世之中就是话语权。

先前他们敢在幽州造次，无非是仗着幽州无楚家的人，还需靠着他们管理才行。但谁能想到，新入楚家的这位元公子能直接来到了幽州坐镇！

而谁又能料到会有起义军四处冒头，天下能大乱！

乱世之中，楚贺潮有十三万军队傍身，完全能够踏平幽州。只怕追究起来，他们这些官员等的就是一个死字，毫无反抗之力。

瞧见他们的窘态，袁丛云和杨忠发冷笑连连，只觉得大快人心。

当初十三万大军没有粮食之后，他们率先便是向幽州各郡守要粮，可要来的粮食数量却极其有限，勉勉强强够十三万大军撑到他们从洛阳要粮回来边疆。

但即使如此，他们虽心中恼火，却也万般无奈。因为没人坐镇后方，他们根本不好出手对付这些官员，免得彻底撕破脸皮，幽州大乱。

但没想到元公子一来便这么勇猛，直接给了这些人一个难堪，他们看得简直笑出了声。

楚贺潮眼里也浮现几分笑意："没想到二哥竟然连账簿都带来了，不知道二哥发现的不对是哪里不对？"

这话一出，官员们头低得更加低了。

他们害怕。

他们当然害怕。山中无老虎，猴子称大王，但大王都回来了，他们能不瑟瑟发抖？

元里知道他们在想什么，这也是他故意当着楚贺潮的面用账簿发难的原因。

他从行囊中拿起一本账簿摩挲，侧头看向各个官员，一一扫视他们脸上的神色，最后将目光定在了郡守身上，忽然嘴角勾起，温柔一笑，"洛阳司隶校尉名为蔡议，与郡守可是本家？"

郡守蔡集人老了，精神不济，被元里这么一吓，已然头脑发昏，听到熟悉的名字，他愣了一会儿才连连点头："对对对，司隶校尉与我都是蔡家的人。"

"在下长兄与司隶校尉有几分交情在身，在离开洛阳前，我与司隶校尉也喝过几杯茶，"元里微微一笑，面不改色地撒着谎，"既然是司隶校尉本家的人，自然要留情照顾几分。"

说完，他让林田端个火盆来。

林田依言而去，将火盆放在元里身前。元里笑着将账本拿起，悬于火盆上方，定定直视着官员们："既然我才来幽州，那就不溯及过往了。这些账簿烧了即可，不是什么大事。但这之后，将军平定义军时，我相信诸位大人都能及时为军队送上军饷，绝不拖延半分，对不对？"

诸位官员咬咬牙，立刻站起身拱手道："元公子放心，我等必定竭尽全力。"

"竭尽全力还不够，"元里慢悠悠地扔了一本账簿到了火盆里，又拿起另一本在手中把弄，"是各方都要准量准点才可。"

官员们面面相觑，他们看着还未烧的几本账簿，深呼吸一口气，齐齐弯下了腰："必不负公子所托。"

"好！"

元里赞道，直接将剩下的账簿扔到了火盆里，一一扶起这些官员。郡守喘了口气，又颤颤巍巍地对元里行礼感谢。

蔡集这会儿已然明白过来，元里应当是早就准备将账簿烧掉以换得他们为军队准备军饷的承诺，故意提起司隶校尉，只是多此一举，借机光明正大地给了蔡集一个恩情。

事到如今，蔡集也很糊涂，他心中懊悔不已，怎么莫名其妙地，他就欠了元里一个恩情了呢？

这恩情还必须要还，否则就是忘恩负义，一旦传出去，蔡集人品有瑕，都不用做人了！

经过这么一出，官员们也不敢多留，匆匆行礼告退。

元里双手背在身后看着他们仓皇的背影，抿唇露出笑容，身后忽然传来声音："开心了？"

元里顿时收起了笑，板着脸大步走了出去。

楚贺潮："……"

他脸色阴晴不定，一不小心，捏碎了手中的茶杯。

楚贺潮沉着脸看着元里的背影消失在门外。

本来还在哈哈大笑的袁丛云和杨忠发不由停下了笑声。他们面面相觑一眼，袁丛云给了杨忠发一个询问的眼神。

财神爷和将军怎么了？

杨忠发有心想留下来看热闹，但也知道将军和元公子闹不和的事情越少被人知道越好。他示意袁丛云先走，袁丛云心中疑惑更甚，不过还是听从杨忠发的意思，起身告退离开了书房。

袁丛云刚走，元里的小厮林田便跑了过来求见楚贺潮。

楚贺潮认识林田，当即发出一声冷笑，凉凉道："让他进来。"

林田被带进来后，恭恭敬敬地行礼："将军，我家公子有几句话要交代给您。"

楚贺潮冷冷一笑，居高临下地看着林田："让他自己过来和我说。"

林田仿佛没听到这句话一般，继续不卑不亢道："公子说他所烧的那几本账簿都是假的账簿，真正的账簿还在洛阳楚王府中，您当初掳了公子就走，洛阳的东西公子什么也没来得及带到幽州。"

楚贺潮眯了眯眼，遮掩住莫名升起的一些理亏心虚。

"但公子说，有没有那个账簿都不重要，"林田老老实实地把元里说的话说完，"幽州是将军的地盘，将军想怎么做就怎么做，想任用谁就任用谁，想罢免谁就罢免谁，想怀疑谁就怀疑谁……有十三万大军在这儿，将军可以靠自己把幽州建成铁桶。"

这话说得没错。但说完之后，楚贺潮却脸色微青，不怎么好看。

林田低着头："公子还让我同您说一声，如今还不到动这些官员的时候。就算要动，也要等到平定幽州内的起义军后再动。"

说完，林田行了一个礼，匆匆离开了书房。

楚贺潮久久坐着没动。

杨忠发咳咳嗓子,有些后悔刚刚没跟着袁丛云一起走了,他尽力平和地道:"将军啊。"

余光瞥着楚贺潮脸上的神色,杨忠发越发小心翼翼:"听元公子这两句话,他不会要离开幽州回到洛阳吧?"

楚贺潮顿时冷笑一声:"他走不了。"

"……将军,元公子是您二哥,"杨忠发头疼,他起身凑到楚贺潮身边,低声劝道,"他和我们可不一样,我们都是您的部下,而元公子和您可是一家人。这对家人怎么能跟对部下一样?更何况元公子还是您的兄长。就算不是您的亲兄长,元公子一路走来为我们做了多少事您也不是不知道,前些日子还立了一个军功。怎么一路走来平平静静,到了幽州您二位反而闹出事了呢?"

楚贺潮面无波澜,不知道听没听进去劝。

因为元里的脾气太好,见谁都是大方和气、心胸宽阔的模样,而楚贺潮的脾气坏得是杨忠发心里直骂的地步。因此,杨忠发便以为错处都在楚贺潮这儿。

他心里嘟囔几句,忍不住道:"元公子刚刚还敲打了广阳郡这批官员呢,话里话外都在为将军您着想。人被你掳到了这遥远偏僻的幽州了,您还惹人生气。元公子才多大啊,才十八岁,还没及冠呢!将军,您多担待些吧!"

楚贺潮闭上了眼睛,心中忽生一股烦躁,低呵:"闭嘴。"

杨忠发不敢说话了。

楚贺潮靠在座椅上。

元里一路手段了得,做事干净利落,让人感到高深莫测,差点让他也忘了元里才十八岁。

这个年纪的少年郎,立了功后反被怀疑试探,怎么可能会不生气。

楚贺潮皱着眉,揉着眉心。

高大的身躯挤在桌后,颇有几分困兽之感。

讨伐起义军的日子定在了十日后。

这十日,杨忠发等人已经带队将军饷送去了北疆,准备点兵征讨起义军。

元里也将俘虏来的白米众安置在了蓟县乡下的荒田之中，令他们开垦荒田，建设香皂坊与养殖场。

养殖场里分为猪舍、鸡舍等，虽然现在什么也没有，但元里很乐观，他觉得自己早晚能把这个养殖场填满，再开上第二个第三个养殖场。

元里令家仆看管这些人，每日提供白米众能饱腹的食物，每天能吃饱又有活干，这些白米众倒老老实实的，从未闹出过什么乱子。

十天一到，元里就跟着军队去讨伐起义军了。

起义军分别在上谷郡与辽西郡两地肆虐，上谷郡已经被占领了五座城池，辽西郡也被占领了八座城池。

上谷郡离广阳郡极近，辽西郡则距离甚远。楚贺潮命令部下分为两方，派袁丛云为主将，征调部下关之淮为副将，带领三万士兵前往辽西郡征讨起义军。

至于上谷郡，楚贺潮则带着杨忠发和另外一位年轻副将何琅，带领两万士兵前去讨伐起义军。

元里被楚贺潮要求跟随他的队伍一起来到了上谷郡蔚县。

在战术安排上，元里不是专业人士，他顺从地听从楚贺潮一切安排。等到了蔚县驻扎好军营开始攻城后，元里才发现楚贺潮只稳坐后方，几乎没亲自上过战场。攻城打起义军的事，他全都交给了杨忠发、何琅等将领去做。

元里稍微一想就明白了，笑着跟困惑的邬恺解释："将军这是在给部下立功的机会。"

邬恺恍然大悟："怪不得杨大人与何大人这几日攻城如此之勇猛。"

"一旦立功，便可上书朝廷要封赏了，"刘骥辛在一旁摸着胡子道，"如今天子召集各处打击白米众，民间有不少有识之士也自己招募兵马组成了义兵，怕是这白米众早晚会被打得销声匿迹。"

元里淡淡笑着。

等天下各地将起义军打败好几年之后，天子那时就会发现，比白米众更令人头疼的局面已然出现，那便是各方拥兵自重的势力。

乱世开了口子，口子就再也合不上了。

刘骥辛看向元里："公子也是想要上战场立个功吗？"

元里失笑："怎会？我并非武将，又为何去同他们抢功劳？"

刘骥辛松了一口气："我还以为公子也想上战场，正想着怎么劝一劝公子呢。您先前一箭射杀马仁义已是一件大功，如今您还没有及冠，不宜太过出头，也最好不要去同诸位将领战士抢功，否则得罪诸位将士，反倒于己身不好。"

元里笑着摇摇头："先生所说这话我都了然于心，先生放心吧。"

但这句话一出，系统就立刻跳出来与元里唱了反调。

万物百科系统已激活。

任务：在军营中做到小有名望。

奖励：精盐提炼法。

元里脸色的笑容一僵。

刘骥辛还在夸他深明大义，但元里看着"精盐提炼法"这五个字，怎么看怎么笑不出来。

……这系统是怎么回事，难不成真想让他上战场杀敌，跟别人抢功劳？

但于情于理，这功劳元里都没法抢啊！

可是精盐提炼法，元里也非常、非常想要。

盐是生活中的必需品，如今的盐粒都泛着一股苦味，只要能弄出来精盐，元里敢肯定，这一定是比香皂白砂糖更受到士族豪强青睐的东西。

元里眼神幽深，忍不住道："我好想要……"

刘骥辛奇怪道："公子想要什么？"

元里沉重地摇摇头，拖着脚步独自一人走回营帐，想办法怎么能够完成"小有名望"这个任务。

要做到什么样的程度才能被判定完成任务？难道非得上战场杀敌才能行吗？

但即使系统给的奖励再好，元里也有自己的原则。他不可能为了拿到奖励，就不明智地去抢军功。

更何况他本身也并不擅长带队打仗，尤其是攻城。没有金刚钻就不揽瓷器活，这是元里为人处世的底线，一个什么都不懂的他领兵上战场，这不是害人的吗？

——那就只能找一找不用带兵打仗也能扬名的办法了。

　　之后几天，元里四处转了转，除了补充古代战场驻扎地的相关知识外，也一直在寻找机会。很快，他就发现了自己能做的事——救治伤兵。

　　有许多士兵在受伤之后被送到伤兵营中，却因为得不到及时的医治，往往会因伤口感染发炎而死。伤兵营内的疾医极少，忙都忙不过来，等腾出手的时候，原本还能活下来的士兵也死了。不仅如此，伤兵营内的环境也很是恶劣，这样的环境最容易滋生细菌，很大程度上使士兵的死亡率增加。

　　发现这一点之后，元里当即派人回蓟县拿药材，又向楚贺潮要了三百人。

　　这是元里时隔许久后第一次朝楚贺潮开口，楚贺潮干脆利落地拨了人给他，跟着来看看他想要做什么。

　　元里换上了一身旧衣服，带着这些士兵搭建了二十顶新营帐，将里面打扫得干干净净并用热水消过毒后，将伤兵营中的伤兵一一抬到了这些新营帐之中。

　　之后，他又用了几天的时间教导这些士兵学习战场急救包扎知识，包括胸外按压术、外伤出血的急救还有夹板固定救护等等。等确定这些士兵学会了之后，元里便带着这批人充当救援队，令一半人去战场上将伤员送到伤兵营，另一半人跟着他去给伤兵进行急救处理。

　　伤兵受的伤多为刀伤和箭伤，多不致命，杀死伤兵的多数不是因为伤口本身，而是因为伤口发炎引起的感染。

　　元里这个时候根本就没去想系统发布的任务了，他全副身心地投入到了抢救伤员之中。这时不免庆幸前来幽州的一路上，他换得了许多药材。

　　看到他在做什么之后，楚贺潮沉默了许久，又拨给了他三百人。

　　有了人力的帮助，疾医的压力骤减，他们对元里所教的急救术也很感兴趣，见识到效果之后，也跟着学了起来。

　　但即便如此，还有许多受伤的士兵，元里也救不了他们。

　　这些士兵是攻城时受伤的，自古守城容易攻城难，这几日为了守城，白米众曾经烧过滚烫的热水和金汁从城墙上倒下，热水还好些，只有烫伤。但金汁可是粪便，滚烫的粪便浇在人的身上，被烫伤之后的伤口立刻就会被感染，不出两三天，受伤的士兵必死无疑。

　　元里对此毫无办法，他只能尽力去救一些能活下来的人。

邬恺和刘骥辛也被元里指派着做事,日日夜夜忙得头都不抬。刘骥辛好好一个儒雅谋士,都跟着变成了蓬头垢面的糙汉。

但看着伤势一日日变好,对他们满脸感激道谢的士兵们,刘骥辛还是没说什么,撸起袖子继续跟着元里干。

只是偶尔干得腰疼的时候,刘骥辛捶着腰抹着汗,都不由怀疑自己这到底是来干谋士的,还是来卖力气的?

但救治伤兵这活吧,累是累了点,带来的成就感却无法用言语来形容。

他们这么疲惫,最后的效果也很显著。越来越多的老兵在伤愈后回到了战场上,士兵的死亡率大大降低了。

士兵们很感激元里,重新回到战场上后,他们将伤兵营的事说给了别人听。在元里不知道的时候,他的名声已经在士兵中小范围地快速传播开了。

这一天晚上,杨忠发因着好奇,风尘仆仆地来到了伤兵营,想要看一看伤兵。

候在伤兵营前的士兵指了指旁边的水盆道:"大人,元公子吩咐过,进出伤兵营的人都需要洗净双手。"

杨忠发"嘿"了一声:"还有这规矩?讲究!"

他蹲下身,就着水盆里的水洗了手。发现水盆旁边还放了一块已经被磨得没了雕花的香皂,诧异地转头问士兵:"这香皂也是元公子放在这儿的?"

士兵老老实实点头:"元公子说这样洗手会更干净。"

杨忠发一脸心疼:"有了香皂后,每天过来洗手的人变多了吧?"

士兵又点了点头。

自从元公子放了个香皂在这里后,每个出来进去的人都不需要士兵的提醒,自己就乐颠颠地凑过去洗手,每次翻来覆去都要洗上好几遍。光是疾医,就有好几个人特地装作有事外出的模样,故意出出进进了许多趟。

要不是有士兵盯着,都有人想把香皂直接给拿走。

杨忠发小心翼翼地用香皂打着手心。

他也有一套元里给他的香皂,虽然元里说这玩意不值钱,用完了可以跟他再去要。但杨忠发却用得极为珍惜,回到幽州之后,他就把三块香皂都交给了婆娘,唯独给自己留了一块每天早晚洗洗脸,每次用完香皂后,他只觉得神清气爽，脸盆里的水都成了黑水。

他多洗了几遍手，这才站起身进了伤兵营。

一进去，杨忠发下意识地屏住了呼吸，准备迎接扑面而来的臭味。伤兵营他去过很多次了，因为伤兵过多，往往是各种脏污东西混杂，血腥味与屎尿味混在一起，满地就没有能下脚的地方。

但出乎杨忠发的意料，这次进入伤兵营后，入眼却是一片干净整洁。土地夯实得平整，地面干燥，没有任何血迹或者其他脏污。干净的旧被褥铺在地上，伤兵们正躺在被褥上休息。

杨忠发愣了愣，他试探地放开了呼吸，只闻到了浓重的药材味和血腥味，以前那般令人喘不过气的作呕味道全都消失不见了。

这、这还是伤兵营吗？

有疾医看到愣住的他，快步走来问："大人可是受伤了？"

杨忠发有些回不过神，下意识摇了摇头："元公子呢？"

"元公子去巡视其他的伤兵营了，"疾医道，"您要是想见元公子，便等一会儿吧。"

说完，疾医自去忙碌。

杨忠发站了一会儿，也四处转悠了一圈，中途还瞧见了自己手底下的一个军候。

这个军候在战场上断了一只手臂，杨忠发本以为他活不成了，没想到竟然还能看到他躺在这里。杨忠发立刻上前，小心翼翼地上前探了探军候的鼻息。军候气息稳定，呼吸悠久绵长，绝对能活得下来。

呼吸打在手指上，实打实的触感令杨忠发莫名眼眶一酸。他在这一瞬间，忽然能够感觉到元里在伤兵营中做出来的改变对士兵而言，究竟意味着什么了。

等元里回来的时候，就看到杨忠发正给一个伤兵包扎着手臂。

"杨大人？"元里略显惊讶地道，"您怎么来了？"

杨忠发给伤兵包扎好了，站起身拍拍手，哈哈大笑道："我来找元公子你呢！您现在可有时间，咱们出去说说话？"

元里将手里的药材放在了一旁，跟他走出了伤兵营。

天色已晚。

营帐外的夜风带着滚烫的气息，吹鼓衣袍。巡逻的士兵走过去一队又一队，火把的火苗被风吹成了长长一条，忽明忽暗晃晃悠悠。

元里随口问道："杨大人攻城的进度要加快了吧？"

"对，"杨忠发斩钉截铁地道，"蔚县的白米众快要撑不住了，我们的箭塔已经搭了起来，待明后日一鼓作气，势必便能攻上敌方城墙，夺回蔚县！"

"那便好，"元里欣慰道，"等夺回蔚县之后，您与士兵们也可以喘口气了。"

杨忠发忽然停住了脚步，转身朝元里抱拳，"这些时日多亏了元公子的'救援兵'和一路收集的草药，受伤的士兵才能早日恢复健康。我什么话都不说了，元公子大仁大义，杨某佩服。"

他深深行了一礼，才直起身喟叹："这些日子我带兵在外攻城，也注意到了士兵们的变化。自从伤兵痊愈回到战场上后，其余的士兵也知道了伤兵营里有足够的药材和人手，他们攻城时也就变得大胆许多。能这么快拿下蔚县，也有您的一份功劳在啊，元公子。"

元里连说了几句"不敢当"，笑道："我只是做了我能做到的事。"

"就是因为元公子这般想，才更加让人佩服。"杨忠发苦笑摇头，试问有哪个士人会为了底层士兵做到这种程度？哪怕是他们这些老将，也都习惯士兵死伤过多后再招募新兵了。

杨忠发换了个话题问道："我今日来找元公子，除了好奇伤兵营外还有一事。元公子莫要生气，只是我实在心痒难耐，想冒犯问一问，元公子和将军到底发生了什么争执？"

一说起这件事，元里可来精神了。

他几乎整整一个月没和楚贺潮有过什么交流。元里本就是想用这种方法告诉楚贺潮自己有底线，你可以怀疑我，但如果你要是想和我合作，那就不要用这种方法来试探我，要给我一定的尊重和自由权。如果你又想用我又不放心我，大不了一拍两散，彼此不合作。

如果你在之后仍然想和我合作，那就记得这里是我的雷区，你不能踏过半步。

脾气再好的人到楚贺潮面前都不会得到一星半点的容忍和尊重，只有体现出自己独一无二的才能，表现出自己的底线，不是非楚贺潮不可之后，楚贺潮才会懂得退让。

元里身怀很多秘密，他并不想以后在幽州大干一场的时候，还要应付来自楚贺潮的怀疑。前后方一旦出现信任危机，只会造成相当可怕的影响，还不如在一切没开始前趁早解决，彼此尽快磨合。

这样做最后也很有效果。这一个月里，楚贺潮总是似有若无地出现在元里的身边。

早上他锻炼身体，能遇见楚贺潮也在训练。晚上他去散步，能看到楚贺潮正带人巡视军营。

就连他前几日问楚贺潮要了三百人，楚贺潮竟然问都没问，直接拨给了他人手。元里实打实地感觉到不一样了。

想到这儿，元里嘴角不由露出了一抹笑，又欲盖弥彰地咳了咳："也没什么争执。"

杨忠发又追问了几句，元里才一笔带过地道："我立功后，将军问了我一些话，令我感到不甚愉快。"

杨忠发恍然大悟道："元公子是被将军怀疑了吧？"

元里不置可否。

杨忠发左右看了看，遮着嘴巴低声道："元公子，不知道小阁老有没有和您说过，将军向来会对家人多容忍几分。"

元里颔首："小阁老是有说过。"

"这话不假。元公子，将军既然试探你能让你察觉到，那必然是明面上的试探，"杨忠发道，"将军能这般直白地试探你，本身就是对你有了一些信任。这样说或许会让您觉得我是在为将军说好话，但杨某确实句句属实。如果将军真的怀疑您，一点儿也不信任您的话，只怕您根本就察觉不出来将军是在试探您。"

元里一愣，转头看他。

杨忠发笑眯眯地道："您是将军的二哥，便是将军的家人。将军从未和家人长久地相处过，他把握不好这个度。对将军来说，明面上问您已然是他将您看作家人的结果，这话我说着都有些不好意思……但还请元公子看在长兄如父的分上，多教一教将军吧。"

风呼啸地吹过，元里的头发也被吹得凌乱不堪。

元里久久没有说话，半晌后，他才轻轻地点了点头："我明白了。"

杨忠发乐呵呵地行礼告退,只留下元里一个人在风中思索。

元里静静地看着地上飘荡的尘土,想起来了楚贺潮将他掳走之前,沉默地看着杨氏的画面。

他并不了解北周战神楚将军。

但好像,更了解一点楚贺潮了。

两日后,蔚县破了。

伤兵营里的伤兵逐渐减少,除了一些重伤的伤兵之外,其余的士兵已经回归了军队。

但最后一批重伤的士兵醒来之后,他们却丝毫没有激动与喜悦,反而是心存死志,双眼没了生的希望。

因为这些士兵,都是缺失了一部分肢体的残疾士兵。这就代表他们没法上战场,只能被遣返回乡。

但回乡之后,他们也没有健全的肢体在田间进行劳动,只会成为一个废人。如果运气好,家里还有人愿意养着他们,如果运气不好,他们只会过得凄苦至极,甚至被活活饿死。

尤其是杨忠发麾下一个叫丁宗光的军候,在醒来发现自己断了一只手臂后,他沉默不语了半日,晚上趁着疾医们休憩时,丁宗光却想要自尽而亡,幸好及时被巡查的士兵拦住。

元里第二日才知道这件事,他匆匆来到伤兵营后,就见丁宗光不吃不喝地躺在床上,面色灰败,闭眼谁都不理。

疾医连连叹气,看着丁宗光的眼神含着同情,低声跟元里道:"士兵们一旦伤了身体就会变成这个样子,战场没法上,只能回家度日。若是自己有些积蓄还好,要是没有,以后的日子都没法过下去。

"这位军候大人我以前也听说过他的名声,是个淡泊名利、对部下极其大方的人,以往作战所得的战利品都被他赏赐给了部下,现下断了手臂又没了银钱,只怕军候大人也知道日后的日子不好过,才心存了死志。"

元里听着听着,就死死皱紧了眉。

北周没有所谓的抚恤金。除了中央军与边防军以外,其余的士兵都是需要时征集,用完了就散的临时兵。但哪怕是常备军,待遇也不比临时兵好到哪里去。

像这样伤残的士兵，绝大部分只会后半辈子苦雨凄风，穷困潦倒而死。

元里又看向其他伤残士兵。

这些士兵都和丁宗光一个状态，低着头一声不吭，面如死灰。

他又到其他的伤兵营中巡视，这才发现有十几个伤残士兵已经受不住地偷偷自戕身亡了。

元里喉结滚动，转头跟士兵道："看住他们，别让他们伤了自己。"

说完后，他风风火火地离开，赶到了楚贺潮的军营。

军营中，楚贺潮正在与杨忠发、何琅商谈着攻城事宜。

听闻元里来了之后，楚贺潮面无表情敲着桌面的手指猛地一停，他下意识稍稍坐直了一些，又立刻恢复了原样，等了一会才懒洋洋地道："让他进来。"

元里一进来，杨忠发和何琅就同元里见了礼。双方互相打招呼的时候，楚贺潮坐于上位，半垂着眼睛居高临下地看着元里。

他从元里微红的眼睛看到紧抿的唇角，从他凌乱的袍脚到靴上的泥尘，楚贺潮不动声色地扫视了一遍，心里有了些想法。

营帐内安静了下来。

楚贺潮没说话，下属也不敢说话，元里也低着头没说话。这气氛怪令人不自在的，何琅好奇地多看了元里几眼，用手臂撞了撞杨忠发。

杨忠发咳了咳："将军，末将先行告退？"

楚贺潮淡淡地"嗯"了一声。

杨忠发和何琅连忙退了出去，一出去，何琅便大大咧咧地道："刚刚那个俊儿郎就是你和袁大人所说的财神爷？他瞧起来比我想象中还要年轻，应当比将军也要小上七八岁吧？"

"元公子虽小，却比你厉害得多，"杨忠发斜睨了他一眼，"你这浑不懔的性子，千万不要去招惹元公子。"

何琅眼睛一转，吊儿郎当地道："不行，那我得跟财神爷打好关系才行。"

他们越走越远，身后的营帐里却还是一片沉默。

楚贺潮看出了元里有事求他，姿态瞬间变得松弛。先前一个月积累的隐隐烦躁瞬间一扫而空，甚至有些神清气爽。

他慢条斯理地请元里坐下,让人上茶,看着元里紧抿的嘴唇与捧着杯子紧绷的手指,更是愉悦,嘴角露出了抹细微笑意,终于主动开口道:"二哥找我有事?"

元里立刻放下了茶碗:"确实有事,将军可曾看过伤兵营?"

说到正事,楚贺潮神色一正:"看过了。"说完,他顿了顿,双目直直看着元里,真心实意地道谢道,"我代麾下士卒多谢你。"

元里略有些意外,"这只是我想做的事而已……"

他们两个人都不怎么适应这种氛围,楚贺潮很快变回了正常神色,冷静问道:"二哥为何会问我有没有去看过伤兵营?"

"如今,伤兵营中只有身有残疾的伤兵没有离开了,"元里抿抿唇,"这些士兵已无法再上战场,我想问一问将军,以往这些伤兵都是如何处置的?"

楚贺潮沉默片刻:"遣返回乡,回乡之前会给每人发布匹与银钱。"

元里若有所思:"这些东西都是将军私下掏腰包拿出来的吗?"

楚贺潮默认了。

元里想起了他先前捡起一枚铜板当宝贝的贫穷模样,轻叹了一口气:"只是这样也不行,伤兵如此多,钱总有花完的时候,将军救济一时不能救济一世。"

楚贺潮自然也知道,但又能怎么办呢?伤兵无法再上战场,只能回老家,他没有办法做到更好了。

气氛一时沉默了起来。

元里忽然微微一笑:"我建造的养殖场等工坊都可安排伤兵来做活,以后我还有更多的工坊想要建起来……在我的家乡汝阳,同样有许多用人的地方,他们可以保护我家中庄园的安危。汝阳有许多荒田还未开垦,我的父母会很好地安置他们。伤兵们不只可以做这些事,还可以训练新兵,深入基层……将军,我想向您请求,允许我来安置这些不能再上战场的伤兵的后路。"

楚贺潮猛地抬头看向他。

第 5 章 楚贺潮的诚意

元里简单的几句话却给楚贺潮带来了极大的震撼。

楚贺潮目光如火,他双手握起,久久没有说话。元里被他看得摸了摸鼻子:"将军?"

楚贺潮忽然站起身,大步走到元里面前,他眼中的情绪波涛汹涌,最终低声道:"二哥,军中伤残士兵会有许多。"

元里道:"我知道。"

他顿了顿,又道:"伤残士兵的后路我可以安排妥当。之后若是准备清洗幽州,还可以将受伤轻些的士兵们下放到各地监察底层乡县与百姓情况。借此保障幽州的安稳,建立属于自己的官府威信力,使百姓归心。这样不只对掌控幽州有益处,对将军的军队也大有益处,可以令士兵们心中安定,心怀感激。"

他的话刚刚说完,楚贺潮就毫不犹豫地道:"我同意了。"说完,楚贺潮深呼吸一口气,忽然对元里拱手一拜,"二哥,多谢。"

元里淡淡一笑,说完正事之后,他又变得客气疏离起来:"将军莫要不喜我多管闲事才好。"

说完,他朝着楚贺潮微微颔首,便起身走出营帐。

还没踏出营帐,身后脚步声快步传来,楚贺潮猛地拽住了元里的手臂。

元里听到他生硬地说道:"二哥,是我错了。"

"这事是我做得不对,"楚贺潮紧紧攥着元里的手臂,"二哥,我需要你为我坐镇幽州。"

元里没出声。

楚贺潮用了些许蛮力,元里被拽得稍稍侧过了身。楚贺潮看着元里凌乱的鬓角与紧抿的唇角,语气突然缓了下来,带着点赔罪意味:"二哥这个月对我如此冷淡,我也想了许多。弟弟鲁莽,还请二哥原谅。"

他字字说得恳切,态度明确地告诉元里:我还想和你继续合作。

元里转过身看向了他,又看了看他攥着自己的手,在触碰到元里目光的一瞬间,楚贺潮便立即松开了手行礼致歉,拿出了敬重的模样:"还请二哥宽宏大量。"

元里沉默了一会儿,轻声道:"这里是将军的地盘,是幽州。我随身带来的东西不过是一些财物与三百部曲,还有一些匠人及其家眷。将军,这次我们可以合谈,但若有下次,你该怎么办?"

有些事在合作之前不得不谈好。

楚贺潮直起身,早有准备地道:"请二哥伸手。"

元里不明所以,还是将手伸了出来。楚贺潮从腰间摘下一个东西,将其放在了元里的手上。

这东西是个巴掌大小的印章,元里想到了什么,心跳微微变快。他将印章翻过了面,迎着营帐外透入的光看清了印章上方的字迹。

上方是六个小篆:幽州刺史之印。

这竟然是刺史之印,能够掌管整整一个幽州的刺史之印!

元里惊讶地抬头看向楚贺潮。

楚贺潮淡淡笑了:"二哥虽未及冠,无法授予你正统的幽州刺史之位。但在及冠之前却可以将幽州刺史之印放于你那儿,由你暂掌。"

这是楚贺潮给出来的诚意。

元里嘴角闪过笑意,按理说,他应该与楚贺潮来回推让一番,三请三让之后再接受印章才是正确流程。但营帐内只有他和楚贺潮两个人,这些场面活元里就不准备做了。他干净利落地将印章收起来,坦诚地对楚贺潮道:"将军,有些事我也想要同你谈一谈。"

楚贺潮双手背在身后,站得笔挺,道:"请讲。"

"请将军信我这一颗绝不会背后陷害你的诚心,"元里道,"你我乃是一家人,若我做了什么对楚王府不好的事,就彻底成了背信弃义的小人,不用你做什么我就会身败名裂。且我与将军之间应当对彼此多些信任，若想前方无忧、后方安稳，我二人之间必当有事直说。"

楚贺潮颔首，答应了。

"最后，"元里顿了顿，"我日后在幽州做的事情，将军要全权协助于我。"

这一条，楚贺潮思索了许久，才点了点头。

这事便当作过去了。之后几天，在楚贺潮有意推动下，无法再上战场的伤残士兵们都知道了元里为了他们跟将军求情的事情。

在知道自己还有地方可去之后，这些伤残士兵激动得喜极而泣。在元里又一次来到伤兵营时，这些伤兵强拖着残缺的身体，非要来感谢元里。

元里阻拦不住，他只能看着这些伤兵热泪盈眶地望着他，犹如抓着救命稻草一般，都恨不得献出自己的生命以表自身价值。

元里又在他们眼里看到了活下去的希望。

这件事不仅传遍了伤兵营，也传遍了整个军营士卒的耳朵里。

从来没有想到伤残之后还能有其余去处，没有受伤的士兵们倍感振奋，他们为了感激将军与元里，攻城时越发卖力。对待元里也越来越恭敬，即便元里在军营中并没有什么职位，他们却很是信服元里。元里仁善的名声再一次广泛传开，并且传播得更快、更广。

很快，元里就听到了系统的提示消息。

万物百科系统已激活。
"在军营中做到小有名望"任务已完成，奖励已发放，请宿主自行探索。

就如同香皂配方与白砂糖配方一样，精盐的提纯方法也出现在了元里的脑海里，并且变成了在北周当前环境下可以办到的最佳精盐提纯方法。

仔细地将配方看完并牢牢记住之后，元里不由露出了笑容。

幽州的东部就是海资源丰富的渤海，既然身边靠海，那就一定要利用起来，才能不辜负幽州这得天独厚的地理条件。

在世人的眼中，幽州一向贫穷而偏僻，常年财政赤字。又因为多有罪犯流放到幽州，关外胡人也有不少迁入幽州，所以世人一向对幽州的印象不好。

这样并不好。

如果幽州对外的形象一向如此，那么即便是乱世逃难，百姓也不愿意千里迢迢逃到幽州。白米众在幽州肆虐了数月，抢夺了不知道多少豪强地主的财产。等他们平定起义军之后，被豪强藏匿起来的田地和农庄便会大量暴露出来，而这些土地和庄园都需要人力进行开发种植。没有百姓，幽州的建设如何进行？

更不要说那些有钱有学识有名气的谋士，谁会闲得没事往幽州跑？

哪怕现在有起义军在各地肆虐，洛阳仍然是士人追逐的政治中心。

在洛阳，他们可以得到人脉、政治资源，能够快速扬名，得到很好的发展。但在幽州，他们又能得到什么？

像刘骥辛这样肯跟着元里跑到幽州的谋士终究还是少数，哪怕是刘骥辛，现在也没有将元里完全认作贤主。

元里想要改变这样的局面，首先就要改变幽州带给世人的贫穷荒乱的印象。

等幽州变得富饶安宁后，百姓自然会往幽州赶来。而想要吸引士人，则需要有更具吸引力的东西。

比如……乱世中实力强大的军阀，比如一个求贤若渴、师从大儒、才德之名远扬的幽州刺史。

元里这么想着。

想完之后他不禁哂笑，名声的作用，他是越来越能体会得到了。

半个月后，得到激励的士兵们奋勇地又攻下了白米众一座城池。而元里的名声也在新一轮救治士兵时达到了一个新的高度。

他哪怕没有上战杀敌，没有获得实打实的军功，但获得的名望却远远高过了攻城的将领，元里很忙，没有注意到这件事，但他身边的人却注意到了。

他的身边人对这种情况乐见其成。元里并没有和将领们抢功劳，哪怕是杨忠发和何琅也不能指责元里什么。而这两位将领也知道是非好坏，下了战场后就来找元里道谢，感激元里救了他们麾下士卒。

元里的谦逊又变成了在军营之中传颂的佳话。

听到这则佳话之后，元里忍不住笑了，他有意教一教邬恺，问道："你可知这则佳话传开会有什么用处？"

邬恺沉思片刻，不确定地道："让士卒们知道杨大人、何大人时刻想着他们？"

"不错，"元里点头，"两位将军亲自来向我道谢，士兵们不只会感恩我这个救了他们的人，同样也会感恩为了他们对我道谢的将领。他们会觉得两位将军爱兵如子，因此心怀感念。他们对两位将军的感激，不会低于对我的感激。"

邬恺皱着眉："为何？明明是您带着士兵救了他们。"

难道救他们一命，还比不上一个弯腰行礼、一句道谢吗？

"这便是官职带来的效用，"元里倒是很平静，"疾医救了再多人也只是疾医，不会被众人交口称赞。但一个位高权重、威严厚重的将领若是能够看到底层士兵，才会更令士卒心生感动。哪怕他们什么都没做，只要说上几句话，就也能激励人心。"

一旁的刘骥辛若有所思地看着他，忽然道："公子会因此而不甘吗？"

"不甘？"元里失笑，他反问道，"我为什么要不甘？"

此时此刻，在只有他们三个人的营帐里，元里也不顾忌什么。他扬眉，带了点少年意气地道："我只想做我想做的事，做我能够做到的事。况且……"他调笑似的眨了眨眼，"我还这么年轻，在以后，我的成就可不一定会输给这两位将军。"

他有上辈子的记忆，还有一个系统，如果元里还不能建立一番大功业，他都要看不起自己了。

这话说得斩钉截铁，刘骥辛从元里身上看到了几分锋芒。他眼睛顿时一亮，意味深长道："我倒觉得公子在军中也能获得一个官职。"

"您射杀马仁义，助将军五百骑兵大破两万白米众，少年英杰不外乎如此。公子又改造了伤兵营，救治了诸多士兵，还给伤残士兵一条活路，在军中的声望已然不低，"刘骥辛冷越说越激动，语速也越来越快，"军功在身，名望在身，换得一个都尉军候的官职轻而易举！只是可惜您现下还未及冠，百般好处竟无一能占，这，唉……"

他极为扼腕，痛惜地道："可惜，太可惜了。"

元里却不这么想,他的目标也并不是成为一个带人打仗的将领:"先生此言差矣。若是有才能,又何必担忧两年后不能立下如此功劳呢?"

刘骥辛一愣。

良久之后,他突然哈哈大笑。笑完后,立刻深深对着元里行了一礼。

"主公所言极是。"

刘骥辛一直在找一个贤主。

这个贤主要有超出常人的才智、容纳他人的贤德,更要有长远的目光与放眼当下的耐性。

他应当忍受得住艰难,懂得底层出身的困苦。更重要的是,这个人应当有足够大的野心,并有与野心相匹配的决心。

刘骥辛找这样的人已经找了很多年。

找到元里时,刘骥辛并不认为元里会是自己最终要找的那个人。他暗中观察着元里所做的每一件事,最后又为元里感到可惜。

可惜元里还未及冠,可惜元里太过仁善。

但这一番话让他豁然开朗了。

能够放眼未来,又忍得了当下的困苦,拥有着进取的野心,危急之时能够毫不犹豫射杀敌首,这不正是刘骥辛想要找的贤主吗?

未及冠又如何?这样的天之骄子一旦及冠入了仕,岂不是一遇风雨便化龙?

而此时,自己便是他身边的第一个谋士。这对刘骥辛来说,何尝不是一个天大的机遇?

刘骥辛彻底认元里为主了。

元里微微一怔,随即便镇定自若地道:"先生请起。"

邬恺看着这一幕,好似明白了什么,也连忙跟着行礼道:"主公。"

元里莞尔一笑,让他们二人坐下,颇为闲适地与他们聊着家常,聊妻儿,聊家乡。

在刘骥辛二人还叫着元里"公子"之时,元里并不好与他们这么亲近地交谈,因为他们的立场不明。但现在就不一样了,他愿意爱护属下,属下只会欣喜这份爱护,恨不得多来几次,借此与元里拉近关系。

得知邬恺并不识字后,元里对邬恺道:"你并不识字,但只是空有武力是成不了名将的。等回蓟县，我教你认字可好？"

邬恺激动得脸色通红，什么话都说不出来，"多谢主公！"

这个时代，教育是一种资源，还是邬恺这种人永远接触不了的资源。能教他识字，相当于是给了他进步的机会，而能教他识字的元里，将会得到邬恺全身心的忠诚。

元里笑着道："等你认字了，便可给自己取个字了。"

邬恺讷讷道："小人也配有字吗？"

"怎么不配？"元里道，"若你不知道该起何字，那便让刘先生为你起个字。"

邬恺想了想，涨红着脸道："可以请主公为我取字吗？"

"自然可以，"元里笑了，"只要你莫要嫌我未及冠便好。"

邬恺连忙摇了摇头。

元里想了一会儿，"'恺'有欢乐之意，此字寓意极好，那便为你取字'奏胜'，愿你每次行军归来都可大获全胜。"

邬恺喃喃"奏胜"两字，眼中越来越亮，又是干脆利落地一拜："多谢主公。"

元里含笑看他。

邬恺是块做武将的料子，自然不能浪费。元里眼中闪了闪，已经想到了为邬恺扬名的办法。

第二日，士兵们并没有攻城的任务，军营中的气氛轻松了许多。

战场上也并非一日不休息，若是令士兵长久处于紧绷状态，则于队伍无益。偶尔大家也会坐在一起说说笑话，也会有将领带着士兵和其他人比一比武。

今日，杨忠麾下一个都尉与何琅麾下一个都尉便圈出一块空地当比武场，各自带着手底下的兵在比拼力道。

元里把邬恺也带了过去，他一走近，围观叫好的士兵就认出了他，惊喜大喊："元公子来了！"

其他人也热情地道："元公子也来看比武吗？"

"元公子看好谁赢啊？"

元里笑着和他们说了几句话，抬眸看向比武场。

比武场中正有两个光着膀子的壮汉在肩抵着肩角逐力道，两人脸憋得紫红，脖子上青筋暴起，土地都被他们踩下去了一个个坑。

围在场边叫好的不只有士兵，还有许多军官。都尉、军候、屯长……这些人见到元里来了后也上前打了招呼，一个个都很热忱。

元里将邬恺引荐给了他们，对他们说道："我这位兄弟也是练武的一把好手，有的是力气。不如让他上场同诸位大人手下的兵比一比？"

几个军官看向邬恺，被邬恺的大个子给惊了一瞬，不由对他的本事也好奇起来，豪爽地道："自然可以，这位兄弟尽管上场！"

元里对邬恺道："去吧，尽你全力便好。"

邬恺郑重颔首，抱拳道："属下必不给主公丢人。"

说完，邬恺脱了上半身的衣服走入了比武场中。场中胜了的士兵见到他之后，面上明显出现了防备之色。

邬恺站着不动，另一个士兵不敢贸然上前，反复犹疑。在他犹豫之时，邬恺逮住了他的破绽，悍勇地主动进攻，一鼓作气冲了上前。

小半个时辰后，粮仓内。

楚贺潮和杨忠发二人刚点完余粮出来，就见到一个军候满头大汗地跑了过来，看到杨忠发后本想说些什么，瞧见楚贺潮后又把话咽了回去，似乎不敢说。

楚贺潮冷声道："说。"

"属下是想请杨大人去比武场救救急，"军候实在忍不住了，倒豆子一般说了出来，"元公子不知道从哪里找了个力大无穷的壮士，已经在练武场赢了许多人了。先是赢的士兵，赢得太多后几个军候和都尉大人面上挂不去，亲自下场和那位壮士打上了，谁知道他们也输了！最后何将军也被惊动，如今正在打呢，但属下看那架势……"

军候擦了擦头上的汗，艰难地道："十有八九也得输。"

杨忠发大惊："何琅也打不过这人？"

楚贺潮忽然道："那小子是不是叫邬恺？"

军候点了点头。

杨忠发恍然大悟："是在北新城县遇到马仁义那日，被将军你派去正面厮杀敌人的那位？那家伙确实勇猛。"

他对着军候道:"快快快,带我过去看看,让老子与这人会上一会!"

他们到达比武场时,正好看到邬恺将何琅狠狠绊倒在地的一幕。何琅被摔得嗷嗷叫,龇牙咧嘴道:"你小子真够狠。"

杨忠发顿时乐了,快步上前道:"何琅,你平日里自诩天之骄子,原来也有今日啊?"

何琅捂着肩膀面露狰狞地站起身,闻言翻了个白眼:"杨大人别站着说话不腰疼,有本事您来一个?这家伙力气实在大,我确实打不过他。"

话音刚落,他便看到了不远处的楚贺潮。何琅脸色一变,连忙低下头道:"将军,末将丢人了。"

其他几个输了的将领也羞愧地朝楚贺潮低下了头。

楚贺潮挑眉:"让你们杨将军为你们报仇。"

这话一说,练武场又热闹了起来。杨忠发将身上的兵器和沉重的盔甲卸下,跃跃欲试地走到了邬恺面前:"大兄弟,别看我年纪大了,你可不要留情啊。"

邬恺已经满身大汗,呼吸也粗重了许多。他的神色还是如常,抱拳道:"请将军指教。"

场下,楚贺潮走到元里身旁站定,声音低沉:"二哥这是专门带人来下我麾下将领的脸?"

元里侧头对着楚贺潮勾唇一笑:"将军这话我可担待不起,不过瞧将军这话中意思,是认为杨大人也比不过邬恺?"

楚贺潮看向练武场,杨忠发已经和邬恺对上手了,彼此迅速利落地试探了几招,看了一会后他断定道:"杨忠发能赢。"

元里跟着看着场上,杨忠发是个老将,力气比不过邬恺,但经验却不是邬恺可以比得上的。一时之间场上的战况焦灼万分,彼此不见谁露出颓态。元里心里也知道这场胜负不定,但看着邬恺坚定的神色,他却道:"我与将军的看法却不相同。"

楚贺潮勾唇,"二哥敢不敢和我打个赌?"

元里不入套:"将军先说赌什么。"

"若是杨忠发赢了,二哥先前送到军中的那批药材钱便不算在我的账上。"

元里表情怪异，差点没忍住笑出声。楚贺潮以为他拿来的那批药材还要钱？他穷到连药材钱都付不上？

不过更令人惊讶的是，他原本竟然还准备给元里药材钱吗？

"可以，"元里干脆利落地点头同意，他本来就没准备问楚贺潮这个穷鬼要钱，"但如果邬恺赢了，将军又准备给我些什么？"

楚贺潮直接道："二哥想要什么？"

"我先前击杀马仁义那一功，将军上表朝廷时，还请将这军功赏赐到家父身上。"

楚贺潮颔首，同意了。

比武场里的两个人已经打得难舍难分，但邬恺到底是打过了数场，精力有些消耗，在杨忠发老道的招数下逐渐有些招架不住。

最终，邬恺还是输了。

这个皮肤黝黑的农家汉子呼呼喘着粗气，面上带着遮掩不住的失落。他老老实实地从地上爬起来，跟杨忠发道谢："多谢杨大人指教。"

杨忠发也累出了一身汗，闻言摆摆手，眼冒金光地看着邬恺，连连叫好："你要不要来我麾下做事，做我的亲兵如何？"

邬恺摇摇头："我已有献忠的主公，承蒙大人厚爱。"

杨忠发看向了场边的元里，了然道："是元公子吧？你小子眼光不错，运势也不错！"

说罢，他将邬恺一掌推出了比武场，继续兴致勃勃地朝元里喊道："元公子，要不要上场和我来一个？"

杨忠发早已好奇元里的武力到底如何了。元里能和将军在马上打得有来有回，还能百步穿杨一箭射杀马仁义，怎么看怎么不简单，如今时机正好，他也想和元里练一练。

元里一愣，下一刻便见其他人的目光也定在了自己身上。他无奈地笑了笑，准备上前："那将军可要手下留情。"

何琅眼睛转了一圈，朝着杨忠发挤眉弄眼："老杨，你年龄这么大，元公子仁善，想必不敢对你下重手。何必让你和元公子比呢？"

他使劲往楚贺潮的方向挤了挤眼，万分想看人家兄弟二人打起来："你别倚老卖老，仗势欺人啊！"

杨忠发瞬间就懂了,他心里骂了何琅一声奸猾,但一颗看热闹的心怎么也压不下来。没忍住对着楚贺潮搓搓手,怂恿道:"将军啊,要不您来?我和邬壮士打了一场耗费了不少力气,怕是待会儿输给元公子,咱们脸上都不好看。"

楚贺潮给了他一个警告的眼神。随后余光瞥向元里,就见元里僵在了原地,表情微微变了变。

楚贺潮眯了眯眼,看出了元里暗藏的犹豫。他立刻大步走到了比武场中,掀起衣袍缠在腰间,对着元里伸手笑眯眯地道:"二哥,请。"

元里:"……"

对上杨忠发,他自认还能有一半的胜算。他和杨忠发的优势都不在力气上,而在于技巧和经验。但对上楚贺潮,元里心里有点打鼓,他觉得自己很难赢。

只是男子汉大丈夫,遇事不能逃。元里心下翻滚,面上还一脸从容地站到了楚贺潮身前。

大将军很少亲自下场和人角逐,场外的士兵们彻底被点燃了热情,场面一时热闹极了。

楚贺潮神色戏谑,他故意上前几步,低声调侃:"二哥莫不是怕我?"

元里嘴角抽抽:"将军别乱说话。"

楚贺潮上下打量着他,嘴上虽然没说什么话,但神色中分明是稳操胜券的自信。

元里看出来了,他忽然道:"将军,军中的草药也不剩多少了。过几日,我准备将伤兵送回蓟县,我也一同跟着回去采买些草药。"

他慢吞吞地道:"这钱……"

楚贺潮面上神色一下僵住了。

元里清了清嗓子,抬头看着楚贺潮,眉眼间全是笑意:"将军手下留情,别让我输得太难看。"

楚贺潮从牙缝里挤出字:"自然。"

他话音刚落,元里就猝不及防地攻了上来。嘴上说着请楚贺潮留情,动作却招招用足了力气,凶狠得毫不手软。楚贺潮在初时有些应对不及,瞧起来甚至落在了下风。他皮笑肉不笑地挡住了元里的手臂,趁机靠近,带着威胁话语从牙缝中挤出:"二哥,你可真够机敏啊。"

元里无辜地看着他:"将军,兵不厌诈。"

楚贺潮想发怒,却又要硬憋着火气,面无表情,气势骇人。

他们有来有回打得分外精彩,看得别人惊叹连连。

何琅倒吸一口气,顿时心生敬意:"元公子这么厉害?"

杨忠发反而看出来楚贺潮在让着元里,他倍感欣慰地喃喃:"没想到将军还有知道让着对手的一天……"

这样才对啊!一个大老爷们,怎么能欺负自己还未及冠的二哥?

这场比斗最终还是元里输了,但他虽败犹荣,赢取了众士兵的喝彩和尊重。反倒是胜者楚贺潮微微黑了脸。

元里笑眯眯地告辞,回到了营帐里,心情愉快地跟刘骥辛和邬恺说着过几日回蓟县的事。

晚饭的时候,楚贺潮派了个士兵来给元里送上了一只羊腿。

看着帐外的士兵,元里眼皮跳了跳。

邬恺将羊腿端过来:"主公,上方还有一张纸条。"

元里立刻拿过纸条,纸条上龙飞凤舞地写着两行字。

"送上一只羊腿让二哥补补。二哥这么瘦,恐怕我稍微用些力道便能将你一只手折断,这该如何是好?"

元里几乎能想象出来楚贺潮说这话时的冷笑。

稍微用些力道?一只手折断?

轻蔑,赤裸裸的轻蔑。

元里额头青筋蹦出两条,他面无表情地将纸条烧了,硬是挤出一抹温和的笑:"来,把羊腿给烤了。烤了之后,再给将军送回去。"

不过羊腿还没烤好,楚贺潮又派人送来了一句话。

士兵一板一眼地道:"将军说,早在一个月之前便已将您的军功上奏给朝廷了。同您的要求一样,将军也是请天子将您的军功赏赐给了您的父亲。"

元里听到这句话,一肚子的火气霎时间变得哭笑不得,硬是气不起来了。

先把人惹怒,又在彻底惹怒之前卖个好。元里不得不说,楚贺潮真的很会把握气死人却又不得罪人的这个度。

元里懒得再把烤羊腿给楚贺潮了,直接和属下分了分,自己开了荤。

几日后,楚贺潮给了元里五百人,护送元里及伤兵一路回到了蓟县。

路上,元里和刘骥辛谈论了养殖场的事情。

刘骥辛道:"主公如果想要饲养牲畜,在幽州最适合饲养的便是牛羊马。幽州境内多草原,可以派人将牛羊马迁于草原放牧。而猪要吃粮食,养它们着实浪费。"

元里细细琢磨了一会,道:"你说得有道理。"

在汝阳,牛羊是比猪还要贵的牲畜,他差点忘了在幽州不是这样。因为幽州内有草原,放牧牛羊马才是这里成本最低的手段。

那这么一说,用来炼制香皂的猪油是不是也可以改成其他动物油了?

想了想,元里又在心里摇了摇头。

可以加上其他的动物油,但猪油同样不能舍弃。

系统发布给他的奖励中有《母猪的产后护理》等农畜书籍,书中有提高猪肉产量的办法。一旦将猪养得又肥又壮,猪的产量上去,肉价便会降下来。从古至今,百姓对猪肉的需求量远远大于牛羊等其他牲畜加起来的总和。牛羊不能成为家家户户都有的东西,但猪可以。

猪吃的东西很杂,其实并不难养。毕竟连"家"字都包含了"豕",可以由此得知猪对百姓的意义。如今还处于"诸侯食牛,卿食羊,大夫食豕,士食鱼炙,庶人食菜"时期,平民百姓们一辈子也吃不到一口肉,牛又是耕地的好伙伴,先不说杀了便会处刑,百姓也舍不得杀牛。想要让百姓们的生活得到改善,让士兵们变得孔武有力,猪肉的饲养绝对不能放弃。

但这些话,元里暂时没有和刘骥辛说。回到蓟县之后,元里先去看了俘房们劳作的进度。

负责监督俘房们干活的是赵营和汪二。他们没有一日偷懒,元里走了有一个月了,俘房们在他们的督促下已经将香皂坊和养殖场建了起来。除了这些,荒田也开垦出了一部分。

元里奖赏了他们,让他们再建造起一排排分配给伤兵们的房屋,权当作员工宿舍。

听到元里的打算之后,连护送伤兵回来的正常士兵们都开始羡慕了。伤兵们则喜笑颜开,还能劳作的伤兵们只觉得浑身充满力气,不由分说地加入了俘虏们，同他们一起干着活，想要加速把自己的家给建出来。

还有一些伤兵则偷偷低头抹着眼泪，也跟着上前看着他们往后要住的地方，一个个恋恋不舍。

做完这些事后，元里才回了楚王府。

"主公，在您走后，楚王府收到了许多想要拜访您的信。"

郭林拿着一沓信递给了元里："其中有一多半都是商户。"

在听到刘骥辛和邬恺对元里的称呼后，郭林三人也立刻改了口。

元里接过信看了一遍，看到其中几个名字时眉头挑了挑："幽州张家，兖州刘家，冀州虞家？"

这可都是幽兖冀三州说得上名号的大商户。

元里挺有兴趣："他们是什么时候送来的求见信？"

"在您前往上谷郡之后几日，信就送到了。"

元里若有所思："这么早啊。他们现在还留在蓟县吗？"

郭林点点头："属下未曾见他们离开。"

元里走了有一个月，这些商户就等了一个月。可见他们有多想见到元里。

元里也能猜到他们是为了什么而来，不过是为了香皂。

他对此早有预料，毕竟他一路走一路贩卖香皂，也是为了让这些商户主动来找上自己。

元里此时占据着主动权，并不急着见这些商户。他回蓟县的动静并不小，这些商户不出一两日绝对会上门求见，他静静等着就好。

他将这些书信放在一旁，伸了个懒腰："给我烧些热水，不用太热，我洗一洗。"

当前正是夏季，热得人脑门能出一身汗。元里一路赶来，他都能闻到自己身上的汗臭味了。

知道他要回来，府里早就备好了热水与消暑的水果。

元里舒舒服服地洗了个澡，带着一身潮湿的水汽坐在院子阴凉地里吃了晚饭和水果，与刘骥辛下了盘棋之后好好睡了一觉，第二天神清气爽地起身，早上对着铜盆洗脸时，又觉得自己是一个干净清爽的美男子了。

等心情畅快地用完了早饭后，就有人前来拜见了。

如元里所料一样，在知道他回了蓟县之后，便有商户主动上门拜访。这些商户正是来自幽州张家、兖州刘家、冀州虞家的三人。

元里换了一身衣服,在正堂接待了这些人。

这三人畏惧楚王府的威势,极其小心地走进了正堂里。连头都不敢抬,抬手对上位方向行了礼。

"小人张密刘信虞芳见过公子。"

他们行礼后也不敢贸然起身,生怕惹贵人不高兴。正担惊受怕着,就听上方传来了一道清亮爽快的声音:"诸位请起,都坐下吧。"

三个人直起身,这才看清了元里的模样。传闻中仁善之名远扬的楚家新主人端坐在上位,一身锦罗玉衣泛着绸缎光泽,面上含笑盈盈,眼似繁星眉似弓,长得唇红齿白,气质非凡。

这三人都知道元里还未及冠,但即便元里看着极其亲和,他们也毫不敢懈怠。三个人诚惶诚恐地在仆人示意下坐了下来,屁股都不敢坐实:"多谢公子赐座。"

元里让人送上凉茶,端着清香四溢的茶水抿了一口,笑着问他们:"诸位前来拜访我,是所为何事?"

这大热的天,门外蝉鸣叫得人心烦。但元里却瞧着分外平静宁和,含笑端着茶碗的模样像是丝毫感觉不到热气一般,一举一动贵气十足,瞧着便是大家子弟出身,让这些商户不由心中打鼓。

张密、刘信、虞芳三人面面相觑。最后,张密鼓起勇气主动站起身,抱拳道:"公子,小人乃是幽州张家之人。此次前来拜访公子,是为了公子曾途经兖冀两州时所贩卖的香皂。"

刘信和虞芳连忙站起身,表明自己的目的和张密一样,都是为了肥皂而来。

元里轻轻放下茶碗,面上神色丝毫未变,温声让这三个人说说自己的想法。

这三家商户都想要和元里合作,想要在幽兖冀三州独家贩卖香皂之权,将香皂专门贩卖给当地的门阀世族与豪强地主。

为了表明诚意,这三人都送给了元里很多东西。除了金银财宝之外,比较惹人注意的是张家送来的二十匹战马,与虞家送来的两个虞氏美人。

虞氏以美闻名,不论男女都有一副好相貌。光凭借姻亲,虞氏就成了冀州最大的商户。他们背靠的是冀州刺史,冀州刺史吴善世正是虞氏家主的女婿。

元里看着这两个美人，沉默了一会儿，才悠悠地道："谢过虞家的好意，只是在下受不起这等美意。"

虞芳脸色一变，腿软跪地，忐忑地磕头道："还请公子勿怪，都是小人的罪过！"

元里看着他脸上不安焦虑的神色，与两个虞氏美人被吓得煞白的脸，无奈地笑了笑，温声安抚了虞芳好一会儿，虞芳才战战兢兢地站起了身。

相比于美人，最让元里意外的还是张家送来的二十匹战马，这可谓是意外之喜。元里对张密赞不绝口，言语间都不由亲热了几分。等到他们将生意谈定下来之后，已近黄昏。

元里同意将香皂贩卖给他们，但也有要求，贩卖香皂的利润需要和他六四分成。元里占六，他们占四，这个分成并不公允，但对这三家来说已经绝对算得上意外之喜了。

除了分成，元里还要求将贩卖香皂所得来的银钱换成其他的东西，将其中四成换成可以长期存放的粮食、药材、布匹，三成换成牛羊猪鸡等家禽牲畜，最后三成再换成金银给他。

这三人只以为他是单纯地为北疆十三万大军着想，没有多想，便感恩戴德地答应了下来。

刘家和虞家心满意足地离开了，但张密却被元里留下，和元里一起用了晚饭。

饭桌上，郭林犹豫地走过来，跟元里禀报道："主公，虞芳走时将那两个虞氏美人留了下来，只说给您或者将军当作洗脚婢就好，若是您不要，那便送给将军，当作冒犯您的赔罪。"

元里笑意淡了淡："把她们送回去吧。"

"她们不肯走，"郭林为难地道，"她们哭哭啼啼的，说是回去也不会好过，请您收留下她们为姜室，她们愿意为您做牛做马。"

元里头疼地揉了揉眉心。

"罢了，那就送到将军院落中安置吧，"元里道，"随你们安排。"

楚贺潮身边也没有照顾的人，楚贺潮这人又不像是会对房中人动粗手的人，人又长得英俊高大，想必也能给她们一个安定的生活，不会让这两个美人为难。

元里哪怕来到北周十八年，也没习惯互送美人这事。美人恩他无福消受，但也不应该替楚贺潮也给一并拒绝了。

说完后，元里不再去想这些，专心和张密说着话。

张密心情忐忑，却又知道这很有可能代表着一个机遇。他老老实实地和元里吃了饭，实则紧张得味同嚼蜡，没尝出来什么味道。

吃完饭后，仆人上前收了桌上的东西。元里请张密同他在院中散散步，消消食。

中途走到湖畔时，元里闲聊似的道："子博，你的马匹是从乌房部落牵线买来的吧？"

子博是张密的字。张密谨慎地点点头："这些马匹正是从辽西郡、辽东郡的乌房部落买来的。"

乌房部落原本和月族同属于东胡部落之一，后被楚贺潮击败后归于北周，南迁进入幽州之内，听命于北周统治抵御戎奴。乌房部落分布在上谷、渔阳、右北平、辽西、辽东五个郡中，属于幽州内迁胡人中最大的一股势力。

元里直接地道："我想要从你手上买马，你有没有办法？"

张密为难道："这……公子，不是我不愿意，我与乌房部落的首领关系算是不错，但得到的马匹数量也并不多。我也只有用盐和布匹茶叶等物才能和他们换一些马匹，但乌房人粗鄙野蛮，香皂此等精细之物并不会受其欢迎。"

元里笑了："我知晓乌房人不会喜欢香皂。但你别急，我有能让他们喜欢的东西。"

张密疑惑地道："公子，这东西是？"

"子博莫急，"元里朗声，"这一个月，你手中的马匹尽可能地留下给我，再好好地从乌房人那里获得更多的买卖马匹的渠道。一个月后，我必定给你一个比香皂还要更好的东西。"

张密深呼吸一口气，最后咬咬牙道："此事小人一人不敢做决定，还请公子给我些时日，容我回本家商议商议。"

幽州张氏是个大商户，家中却并没有做官的人，身后也并没有倚靠什么权势。因为他们明白，幽州终究还是楚王的幽州，若是倚靠幽州内其余的豪强世家、郡守官吏，他们早晚会被楚王清算。

在幽州无主的这些年,张氏过得战战兢兢,被各种权势盘剥了一遍又一遍。如今好不容易等来了楚贺潮与元里回归幽州,张氏立刻便找上门来了,不单单是为了香皂,更是为了寻求一个倚靠。

元里说的这些话,张密万分重视。他甚至来不及和元里逛完楚王府,便匆匆请辞告退准备回本家。

元里将他送出府外,含笑看着他走远。正想要转身回府的时候,忽然听见远处有急促的马蹄声传来,他抬头看去,就看到一队人风尘仆仆面色疲惫地驾马而来。

领头的人格外年轻,满脸的黑灰,见到他之后眼睛一亮,喊道:"元里——!"

元里猛地愣在了原地,愕然:"詹少宁?!"

说真的,如果不是詹少宁叫了他一声,元里真没认出这是詹少宁。

这一群人皆是灰头土脸的模样,胯下战马身上已然布满泥点,人人脸上疲惫不堪,就连詹少宁也足足瘦了一大圈。

元里不敢相信自己的眼睛,他怎么会在幽州看到詹少宁!

詹少宁一路奔袭至楚王府门前,马还没站稳他便已经从马上滑了下来。他心中激荡无比,见到同窗好友的激动几乎让他快要落泪。但刚刚往前走了一步,詹少宁就停住了脚步,变得不安起来。

元里身上锦衣华服,而他则落魄得像个乞丐,这让詹少宁有些不敢再往前。

他并不知道元里会怎么对待自己。

"元里……"詹少宁神色惴惴,手里紧紧握着缰绳,似乎是打算随时上马逃走。他蓬头垢面,胡楂长了许多,衣衫有许多破口,看着元里的眼神含着恳求期盼和警惕防备。

身后的谋士肖策紧紧盯着元里的一举一动,手不动声色地握住了腰间的大刀。

看着这样如惊弓之鸟一般的詹少宁,元里心中就是一酸。他带起笑,飞快走到詹少宁的面前张开手,与他抱了个满怀:"少宁,好久不见,我已为你担惊受怕许久了!"

詹少宁的身上很难闻,在炙热的天气中几乎令人作呕。但元里没有丝毫嫌弃,他将詹少宁抱得结结实实,手重重在詹少宁背部拍了几下。

詹少宁被打得咳嗽了几声,心却一下子安定了下来。他吸了吸鼻子,一路以来的委屈困苦几乎一瞬间让他红了眼睛:"元里……我、我想来投奔你。你可愿意收留我?"

"这还用说?"元里放开詹少宁,明亮的双眼盛着笑意,没有丝毫排斥和冷落,仍是以往那般亲密地拉着他往府中走去,"来人,将少宁兄的这些部曲好好安置,马匹也喂上好料,大家伙好好休整一番,在我这里不用拘谨!"

说着,他笑着回头看向詹少宁,促狭地眨眨眼,调侃道:"少宁,为了从我这里得到你想要的沙盘,你可真是历经千辛万苦也要千里奔袭追到我面前啊。"

詹少宁喉中堵塞,心知元里是为了全他的脸面。一路走来,这样的善意几乎没有。更是因为稀少,让詹少宁此刻差点绷不住情绪。他缓了一会儿,才哑声回道:"那可不是?为了你的这个沙盘,哪怕你跑到塞外,我也追定你了!"

元里大笑,两个少年郎并肩快步走远了。

身后,早已站在府门旁看了许久的刘骥辛笑眯眯地迈步走到肖策身边:"立谋,我们也是许久没见了。"

肖策没有想到会在这里见到刘骥辛,他稍感意外,对刘骥辛拱了拱手:"长越,真没有想到会在这里遇见你。原来你离开主公身边,是为了跟随新主前来幽州啊。"

刘骥辛哈哈笑了两声:"我追随我主时,我主还没来幽州。能与你在幽州相会,也实属意外之缘了。"

肖策心中惊讶,刘骥辛竟然认主了吗?

詹启波在时,刘骥辛虽然跟在詹启波身边,但肖策也看出了刘骥辛并未真正将詹启波认作贤主,他看不透刘骥辛此人,鉴于刘骥辛已有过一次背主之嫌,肖策时常劝告詹启波勿要太过信任刘骥辛。

詹启波听从了他的话,对刘骥辛只以礼相待,亲密不足。之后果然不出肖策所料,刘骥辛再一次离开了詹启波,前往寻找了下一个贤主。

只是肖策没有想到,詹少宁口中的好友元里竟然就是刘骥辛认定的贤主。

那个还未及冠的少年郎，究竟有什么能力能让刘骥辛定下来心？

"确实是意外之缘，"肖策心中沉思，他试探着道，"不过长越当初离开主公，是否已然料到如今的局面？"

刘骥辛顿时吃惊地道："立谋此话何意？我一个足不出户的小小谋士，何德何能可以猜到如此事情！"

他脸上的惊讶不似作伪，又哀痛地叹了口气，痛惜道："谁能料到白米众突起？谁又能想到天子竟会如此不留情？我听闻此事时也是震惊不已，夜不能寐，一想起詹府遇难之事便心痛不已……还好詹大人虽罹难，少宁公子却还好好活着。有你陪在少宁公子的身边，少宁公子也能有所依靠。立谋，这已是不幸中的幸事了。我主仁善，你与少宁公子就安心待在这休养生息吧。"

肖策静静听完，没感觉到什么不对，便颔首道："那便多谢长越兄和元公子了。"

元里令人给詹少宁备了水和衣物，詹少宁好好地沐浴了一番，又刮掉了胡楂，焕然一新地从浴房走出，元里已然备好饭菜等着他。

詹少宁顾不上说话，连吞了三碗饭后才放下了碗筷打了个饱嗝，跟元里诉苦道："我好久没这么舒坦地吃过一次饭菜了。"

元里安慰了他几句，询问他一路上的事。

原来詹少宁带着旧部叛逃离京之后便一路往幽州赶来投奔元里，只是一路白米众肆虐，詹少宁一行人势单力薄，又携带着众多马匹，屡次被白米众和土匪盯上。他们一路躲躲藏藏，遇到了诸多磨难，赶到幽州时，旧部两百人也只剩下不到五十人。

詹少宁说起这些，脸上表情全是麻木："我如今是朝廷逃犯，每行至一处地方都不敢多留，以免当地官吏发现我们。元里，我实在是走投无路，只能来投奔你了。"

元里沉默地拍了拍他的肩，无声地安慰着他。

詹少宁勉强朝元里笑了笑："不说我了。你怎么样？当初听闻你被楚贺潮那个煞神掳到幽州之后，我可被吓了一跳。他可有对你做什么？你有没有被他欺负？"

元里表情微妙地变了变。

欺负？那好像是他冷落楚贺潮冷落得多一点。

他摇了摇头，将来到幽州发生的事情简单地和詹少宁说了说。

听到冀州虞家送了两个美人给元里之后，詹少宁笑着道："这也合乎情理。小阁老已死五个月了，你和楚将军服丧期早已过了百日。当初你认亲几日啊？况且你又这么年轻，正是少年慕艾、血气方刚的年纪，咱们这些人家互送美人可不就是一件正常事？即便不喜欢也会收下，大不了放在后院养着，府中多几张嘴吃饭而已。冀州虞氏美人可算是小有名气，他怎么想也没想到你竟然会直接拒绝。"

元里挑眉："你也知道冀州虞氏？"

"知道啊，"詹少宁点点头道，"冀州虞氏也算是北周有名的商户了，以前来往洛阳的时候也曾拜访过我的父亲。我父亲的后院中就有他们送来的一位虞夫人，那位虞夫人说话轻声细语的，确实是个美人。"

说到这里，詹少宁又想起了一家满门被斩首的画面。元里看他话头停住，也知道这戳到了詹少宁的痛点，不动声色地换了个话题："少宁，那你可知晓幽州张家？"

"知道一二。幽州张家算是家大业大，"詹少宁回过神，当作无事一般跟元里继续说道，"他们挺老实的，家主张密与各方势力都能交好，也是个人才。他们手里应该有不少稀奇的东西，盐茶布马也不少，门路很多。只是背后没有权势依靠，常常需要掏出一大笔钱去安抚各级官吏。"

说着，詹少宁托着下巴思索："如今你坐镇幽州，他们应当急切地想与你攀上关系。你让他们找门路给你买马，算是找对了，我觉得他们一定会把这件事给你办妥。不过元里，你既然想要敛财，为何不将香皂卖到扬州徐州一地？江东那片地可富饶得多，光是陈王陈留，他世代积攒下来的财富只怕多得用不完。"

元里忍不住笑了："你所想便是我之所想。我今日便写信给老师，将香皂一并寄去徐州。托老师为我来找一两个徐扬富商做做生意。"

詹少宁喟叹道："欧阳大人啊，他在徐州过得如何？"

元里在刚离开洛阳时便给欧阳廷去了一封信，还未到幽州便收到了回信。欧阳廷在信中大骂楚贺潮，骂完之后又忍气吞声地劝慰元里，既然去了幽州那就好好办事，万不能懈怠。若有什么不懂的事或缺什么东西，只管告诉他这个老师,他派人从徐州送过去。

除了元里被带往边疆一事,令欧阳廷更加痛心的是京兆尹詹启波一家被斩首之事,他同样不信詹启波会是私吞赈灾银的人,他无比自责,自己当初若在洛阳,必定和张良栋一起向天子求情。

但这些都不好拿出来和詹少宁说,只怕会在詹少宁的伤口上撒盐。

元里在心里叹了口气,摇了摇头:"老师说他一切都好,但我却觉得并没有那般好。他与我说,陈王已然光明正大地开始听从朝廷指令收兵买马打压起义军了,老师觉得朝廷此举着实养虎为患。"

詹少宁冷笑一声:"天子目光短浅,当然看不出这等后患。"

说了几句话后,元里看出了詹少宁面上的疲惫。他带着詹少宁来到卧房前,温声道:"你好好休息吧。到了这里后只管安心,什么事都别想,先好好睡上它一个天昏地暗。"

詹少宁想说什么,却一句话也说不出来,最终重重地点了点头。

夜幕笼罩。

詹少宁躺在干净整洁的床榻上。

被褥上满是熏香清幽的味道,詹少宁埋在被褥里深深闻了香气。窗户大开,凉爽的晚风吹入,床帐四角的铃铛轻轻响着,合着外头的蝉鸣蛙叫催人入睡。

詹少宁眼泪不知不觉地浸湿了一片被褥。他趴在床榻上闭上眼睛,强迫自己入睡。

还好他没看错人……

还好元里还愿意收留他。

天下之大,终究还是有他落脚之地的。

詹少宁长久紧绷的神经猛地放松下来,没过多久,就陷入了睡眠。

晚上,蚊子太多,元里弄来了一盆清水放在屋里,正蹲在水旁准备弄盆肥皂水杀蚊子时,就迎来了面色忧虑的刘骥辛。

刘骥辛见到他之后,奇怪地道:"主公,您这是在干什么?"

"……"元里低头看了看自己跟玩泥巴的小孩一般的姿势,果断地找了个靠谱的借口,镇定自若地温声道,"洗手。"

刘骥辛没有多说什么，而是直言道："主公，我们将在蓟县待多久？"

"十日左右吧。"元里道。

刘骥辛又问道："主公打算如何安置詹少宁及肖策一行人？"

元里将香皂放在一旁，洗了洗手站起身，道："少宁出身大家，熟悉怎样与各方势力周旋。我有意让他协助我后续贩卖香皂。"

简单地说，就是元里认为詹少宁的性格和出身大家族的经历，很适合搞外交。

第一次见面的时候，詹少宁就能主动来结识元里。在国子学时，詹少宁也能混得风生水起，又对各方豪强士族都极为熟悉，实在是个不可多得的外交人才。

刘骥辛眉头皱起："主公是想要将他们留在蓟县吗？"

元里不明所以地点了点头，觉得刘骥辛有些不对，虚心请教道："先生可是认为此事不妥？"

刘骥辛沉思了片刻，没有先回答元里的这句问话，而是继续问道："主公，汪二也是个做武将的人才，您为何这次去上谷郡只带了邬恺，没有带上汪二？"

"汪二确实是可造之才，"元里笑着道，"我之所以只带了你和邬恺，不如先生来猜一猜我的用意？"

刘骥辛无奈地笑了笑："主公这次前往上谷郡不仅没有带汪二，同样没有带郭林三人。是因为不放心蓟县，因此才将您信任的这些人尽数留在后方，只带我与邬恺这一文一武前往战场吧。留下的人并不代表您不看中他们，将我们带走也并不代表您很信任当初的我们。"

元里哈哈笑了："先生所言甚得我心。"

"若我连这些都看不出来，哪还有资格当主公的谋士？"刘骥辛摇摇头，"等下次离开蓟县时，您还是将他们留在蓟县吗？"

元里微微颔首："没错。"

刘骥辛深吸一口气，面色一变，忽然深深行礼。

"主公，若是想要蓟县安稳，詹少宁可留，但他身边的肖策，必杀无疑！"

听到这句话，元里只微微惊讶了一瞬。

"肖策，就是那个一路护送少宁前来幽州的谋士？"

元里在桌边坐下，也示意刘骥辛一块儿坐下："是站在少宁身侧，长相瘦削、留着胡须，见到我时手摸大刀的那个人？"

他既没有着急询问缘由，也没有把刘骥辛所说的话不当回事。而是不紧不慢地摆出长谈模样，态度端正又从容。

刘骥辛又惊又喜，坐在了元里身侧："主公那时正与詹少宁叙旧，也注意到了这些吗？"

元里点了点头。

刘骥辛忍不住抚掌大笑："好好好！主公既然注意到了他，那就请听我一言，肖策此人绝不能留！"

元里耐心地问道："为何？"

刘骥辛表情一变，严肃地道："主公也知道我曾跟随过詹启波，肖策便是詹启波身边最重要的谋士。此人有才，但因为曾经耗费心血变卖所有家产也得不到一个举孝廉名额后，他便对北周朝廷心怀恨意，行为做事也变得极端。他很有主见，极其喜欢左右主公的想法，此人还尤为擅长笼络人心，时常能将他人之从属变为自己的从属。主公，最为重要的一点是，他认的主公是詹启波，而并不是詹少宁！"

最后一点才是最重要的一点。

肖策没将詹少宁当主公，但他却一路陪着詹少宁来到了幽州，谁也不知道他是想要为旧主报仇抑或者是有其他想法。但詹少宁却极其信任肖策。

元里想起了傍晚时他和詹少宁的对话。

在刘骥辛没找元里说这一番话之前，元里虽然感觉到了詹少宁对肖策的过度依赖，却只以为这是因为他们主仆二人一路逃难产生的深厚感情。但此刻回想一番，詹少宁话里话外已然被肖策主导想法，肖策说什么詹少宁就会听什么，长此以往，肖策只怕会将詹少宁培养成他自己实现抱负野心的棋子。

元里手指轻轻敲着桌子思索。

刘骥辛低声道："主公，肖策此人留在后方，只会成为一颗毒瘤！"

元里手指一停，抬目定定和刘骥辛对视，开口道："那长越以为，我会为此而杀了肖策吗？"

刘骥辛一愣，随即苦笑两声："主公……"

"我将你的话听进了心中，"元里缓缓地道，"但你也跟在我的身边许久了,也应当知道我是什么样的人。如果我因为你的两句话就去杀了一个千里迢迢前来投奔我的同窗身边的谋士,你还会信服我吗?我又该如何面对詹少宁,如何面对天下人呢?"

刘骥辛不说话了。

元里微微笑了笑:"我知晓你的担忧。长越,我会派人盯着肖策,提前做好对他的防备。但我也要亲眼看一看这个人到底如何,即便要杀死他,我也要在他真正开始犯错后杀他。"

刘骥辛看着在烛光下只穿着一身里衣,在暖光中笑得温和,语气却格外坚定的少年主公,恍惚间,他想起了曾被肖策说了几句话便疏远了他的詹启波。

元里和詹启波不同,大为不同。

他会耐心听从属下的话,却有自己的判断,并绝不因外人动摇。分明年纪轻轻,却没有丝毫的优柔寡断。刘骥辛回想了下,这才发现好像从认识元里开始,他就没有看到过元里迷茫和犹豫的时刻。

刘骥辛忍不住道:"如果詹启波也能像您这样的话……"

元里好似知道他要说什么,笑着摇了摇头,站起身走到窗旁看了看窗外的月色,忽然起了兴致:"长越,不如和我一起去院中树下对饮一番?"

刘骥辛长舒一口气,站起身道:"愿陪主公不醉不归。"

"哈哈哈哈,"元里大笑道,"不醉不归可不行,我可没有那么多酒水让你占便宜。"

说着,他让林田去拿酒,自己端起地上的肥皂水给搬到了院里石桌旁边。

外头比屋里要凉快许多,夜风一吹,树叶婆娑作响,热意顿时消散。

刘骥辛看着桌上的几坛酒,瘾也被勾了起来,嘴巴发馋,又跑去厨房去看看有没有什么下酒菜。

林田看着元里难得兴致这么高昂,有意想要更热闹一些,便问道:"主公,两个人终究少了些,要不要再多叫几个人来?"

元里下意识想了想自己酒水库存,发觉酒水足够后松了口气,点了点头:"若是有还未入睡的,那便问他们想不想来吧。"

林田匆匆离去，未到片刻，就有几个人赶了过来。

除了邬恺郭林几个在楚王府内的人，一同来的竟然还有詹少宁。

元里怎么也没想到詹少宁也过来了，他连忙走上前问道："少宁，你不是回去睡觉了吗？"

"睡前喝了太多水，刚刚被憋醒了，"詹少宁讪讪地笑道，"正好看见你的人在找人喝酒，我就跟着来了。"

元里乐了："这下热闹了，这么多人过来，得喝了我多少酒？"

人齐了之后，石桌旁都坐不下。郭林三人索性在一旁席地而坐，各个手里端着个碗等着元里开酒坛。

元里开坛，酒水味道悠悠飘了出来。酒倒入碗中，不是清澈明亮的样子，而是有些浑浊。

这会儿的酒水味道并不浓重，喝酒跟和带着酸味的水一样没什么区别，元里不怎么爱喝。他给自己倒了半碗，其余都让给了别人。

别人已经很习惯这个味了，一桌人中除了刘骥辛都很拘谨，但几碗酒水下肚，大家也变得放松畅快了起来。

詹少宁很喜欢这样的氛围，这让他有一种什么事都没发生的轻松，就像他还是从前的京兆尹之子，一个万事无忧的国子学学生而已。

詹少宁没醉，却有些酒不醉人人自醉，他抹了一把嘴，大大咧咧地问："元里，你想要和乌房人买卖马匹，打算用银钱买吗？如果用银钱的话，那你可得准备好金子，乌房人只喜欢金子。"

元里又给他倒满了酒："我没想给他们金子，打算和他们以物换物。"

詹少宁随意地道："这也可以。只是乌房人野蛮粗鲁，若要换，只有盐铁最令他们喜欢。但是元里，你手中应当没有盐铁吧。"

元里笑了笑，没再说什么，朝他敬酒。

他打算用一个月的时间派人去海边提炼海盐。

对居于边塞的乌房人来说，盐一直是很稀缺的资源，不止人要吃盐，草原上的牛羊马也要吃盐。张密可以用盐和布匹茶叶同乌房人交换马匹，这就证明以物换物可行。但张密手中的盐太过稀少，都是暗中走私弄来的一点。

盐向来被国家所把控，北周自然也不例外，朝中设置有盐官管理盐税。

乌房人确实不喜欢香皂字画这样的精细东西，但乌房人拒绝不了盐。

只要元里能够获得足够的盐，他就能获得足够的马匹。

若是天下太平时，若是在汝阳或者洛阳，元里自然不敢光明正大地去制盐。但现在已是乱世，朝廷自顾不暇，起义军四起，而幽州又远在千里之外，谁还会在这种时候注意这种小事？

而元里能够拿出来的盐和现在的粗盐完全就是两种东西了。

北周的粗盐呈黄泥色泽或是青色，入口带着苦味，但百姓们对食盐没有什么要求，能吃就行，最好是苦味能低些，咸味能重些，世家贵族还会追求干净一点。

但盐是每天都要入口的东西，如果能够可以，谁不想吃苦味越低越好、颗粒越来越细、色泽越来越白的盐？

如今的食盐多是从海水、湖水、井中或者矿中提取出来的盐，没有进行什么其他的处理，有了就吃，质量很差，且对身体有害。元里相信，等他提取出来洁白如雪的细盐后，乌房人一旦尝试，之后就拒绝不了了。

绝对一吃就上瘾。

詹少宁并不知道他在想什么，还在一碗一碗喝着酒，喝到最后，他都有些上头，抱着酒杯就号啕大哭起来，嘴里喊着父亲母亲，又喊"大哥我对不起你"。乱七八糟的话，别人都听不懂，但还是安静地听着，任由他发泄。

最后，詹少宁颤抖地握住了元里的手，笑得像是在哭："元里，你知道吗……我亲手捂死了我的小侄儿，我才五个月大的小侄儿。"

元里一怔："怎么回事？"

詹少宁磕磕巴巴地讲了，元里眉头紧皱："是谁让你逃难之前还带上婴儿的？"

"是，是我自己，"詹少宁大着舌头道，"肖叔看到了我的小侄儿被一个官兵找了出来，我、我就冲了上去，拼死救了小侄儿后便离开了洛阳。元里，我错了，我好后悔，我对不起我的大哥和小侄儿啊……"

说着，詹少宁眼睛一闭，往后摔倒在了地上。月光微微，照亮了他脸上的一片痛苦和湿漉漉的水痕。

元里缓缓拿起桌上的酒碗，刚刚拿起来，一股怒火忽然直冲心口，他重重将碗放在了桌上。

酒碗一瞬间四分五裂，浑浊的酒水顺着石桌滴滴答答流到了草地上。

或许是元里想多了，但元里还是忍不住往深处想。

肖策是不是故意让小侄儿死在詹少宁的怀里？

长路漫漫，又是逃命途中，婴儿不会被捂死也很大可能会得病或者饿死。稍微有些灰尘就会让五个月的婴儿活活窒息而死，他既然主动提醒了詹少宁救下婴儿，会粗心大意到忽略这些吗？还让詹少宁一个十几岁的少年郎一路抱着婴儿？

婴儿如此脆弱，派亲兵护着婴儿另换方向就近安置也比跟着他们安全。

他分明知道带上这个婴儿逃命也救不活他，就不应当这么做。正是如此，所以詹少宁的父兄根本没有要求詹少宁带上小侄儿逃命。家主都没有提醒，肖策却偏偏主动提醒了詹少宁，他到底在想什么？

元里心中的怒火沸腾着。

这一切都是肖策有意为之的吗？

因为他恨北周朝廷，所以他让詹少宁唯一的至亲死在自己的怀里，让詹少宁更加憎恨北周朝廷和天子，更加孤苦无依只能依赖他，更加容易被他控制？

身旁所有人被吓了一跳，立刻站起身惊诧地道："主公？"

元里闭了闭眼，再次睁开眼睛时已然是一片平静。

他看向林田："你将少宁背回房去。"

等詹少宁离开后，元里又看向郭林："让赵营派人看着肖策及其他部曲的一举一动。"

郭林抱拳应是。

元里最后看向了邬恺和刘骥辛："在回战场之前，我会让詹少宁帮我采买药材，肖策定然会跟在他的身边。你二人每日与他们一同做事，看一看在他们二人之中做主的到底是谁，还有，严防他们向香皂坊靠近。"

两个人也沉声道："是。"

人群散去，元里独自坐了一会儿。

实话实说，他在刚刚的一瞬间确实对肖策产生了杀意。

但这杀意又被元里按捺了下去，因为这些都只是他的猜想，没有真凭实据。

元里一直都很明确自己的目标，为了达成这个目标，他绝不会放过该杀之人。他并没有杀人的嗜好，但他已然做好了双手沾满血腥的准备。

但元里又是一个很固执的人。

他有自己的坚守和原则，如果一个人没有到非死不可的地步，元里凭什么对这个人举起屠刀？

上一辈子受过的教育与这一辈子的经历交织，谁也压不过谁，正义与罪恶，秩序与混乱，一切的一切组成了元里灵魂中的矛盾。

即便在这个时代的人看来，元里的某些举止行为实在令人难以理解，甚至过于仁善，分明手上染过鲜血却又这般作态，是作秀一般的虚情假意。或许有人觉得他不够心狠，或许有人觉得他太过虚伪，但元里并不会因为他人的想法而否定自己，他目前并不想要改变自己。

他想保留心中的善意和公正，一直在这条路上走下去。

詹少宁一觉醒来之后早已忘了自己昨晚说过什么话了，得知自己被元里委派了任务之后，他还挺高兴。能证明自己的能力，被别人收留也能挺直身板了。

他精神十足，摩拳擦掌地打算证明自己不是来蹭吃蹭喝吃白饭的人，当天就带着肖策跑了出去。

刘骥辛和邬恺自然同他们一起。

詹少宁很会跟人打交道，还没到十天，他已经和蓟县许多豪强地主称兄道弟，用比元里计划内更少的钱财采买好了足够的药物，出色地完成了元里的交代。

与此同时，他和肖策每日做了什么、说了什么话，也一一被送入了元里的耳朵里。

和元里最坏的猜测一样，詹少宁和肖策之中看似做主的是詹少宁，实则占据主导的则是肖策。

一旦詹少宁做出了什么决定，肖策都会温和地询问："公子可确定要这么做？"

詹少宁一被这么问便开始自我怀疑，畏畏缩缩，转而迟疑地请教肖策：

"肖叔，如果是你，你会怎么做？"

一个真正为主的谋士，绝对不会像这样一般把詹少宁当作傀儡培养。

赵营又送上来了重金贿赂詹少宁部曲后得到的消息。

这仅剩五十名左右的部曲本是詹家的私兵，但在一路逃命过程之中，因为肖策三番两次的妙计使他们躲过危机，他们逐渐被肖策收服。相较于詹少宁的话，肖策的话更为让他们信服。

在部曲的回忆里，刚开始逃命时，肖策就曾多次否定质疑过詹少宁的判断，詹少宁因此变得优柔寡断。在一次带着部下陷入危机损失了数十人之后，詹少宁便不再独自做决定，完全听从肖策的话了。

在得知此事后，元里瞬间下定了决心。

肖策此人实属危险，他不留在元里后方便罢，但他现在却是要和詹少宁一起留在蓟县，如此野心勃勃想要操控主人又行事极端的人，绝不能留。

但元里即将要离开蓟县，他没有时间去不落人口舌地处理掉肖策，也不好越过詹少宁直接动手。他也没有时间和詹少宁摊开来解释，詹少宁刚来蓟县不过十日，如今尤其信任肖策，比信任元里还要依靠肖策，元里贸然和詹少宁说出他的忧虑绝不会有好效果。

所以，元里打算在离开蓟县之前警告肖策一番，令肖策无法在后方作乱。

去战场的前一夜，元里在楚王府办了一场宴席，用来感谢詹少宁的前来，也感谢他为自己筹集了药材。

宴席上，众人载歌载舞，好不快活。

行到半途，元里忽然举起酒杯，朗声对肖策道："多谢肖先生一路护送少宁到幽州，才使得少宁这等人才没折损于祸事，来到我身边助我一臂之力，这是我之幸事，也是幽州之幸事。"

詹少宁顿时被夸得涨红了脸，有些不好意思地挠了挠头。

肖策端起一杯酒，站起身不卑不亢地道："护送公子避祸本就是策之职责，公子年少，纵有些莽撞，但天资聪颖，他日必定会成为一员大将！承蒙元公子不弃，还请元公子多多教导公子，策在此谢过元公子。"

说完，肖策端起酒杯一饮而尽。

这话一出，詹少宁刚刚红润起来的脸色又变得苍白了一些。

元里笑了一声，轻声道："你这谋士倒是奇怪。看你这语气，好似少宁不是你主家，倒像你子侄一般。"

詹少宁在一旁不由点点头："元里，肖叔与我的关系一向好，我把他当作亲人一般看待。"

"不可不可，"刘骥辛站了起来，哈哈大笑着摇了摇头，"少宁公子，您这就不懂了！咱们为人谋士的，万不敢以家主长辈自居。虽然是您的长者，但做您信重的属下才是我等最大的抱负。"

刘骥辛看向一旁的肖策："立谋兄，我说得对不对？"

肖策眼中闪了一闪："长越兄所言便是我心中所想。"

詹少宁愣住，随即变得若有所思。

元里趁机问道："少宁，你的那些部曲准备如何安排？"

詹少宁下意识朝肖策看去，元里及时出声道："这些人护送你一路着实辛苦，少宁，你身为主公，可要好好安置他们。"

詹少宁被这么一说，也想不起来去看肖策了。他很久没有自己做决定，有些紧张地舔舔唇，试探地道："元里，我想要让他们加入你的部曲，和你的部曲一起训练做事，你觉得如何？"

"自然可以，"元里欣然点头同意，"少宁，若想要他们尽快熟悉蓟县，我可否将他们打散安置？否则怕是日久时长，他们独自抱成一团，怕是会生出事端。"

詹少宁连连点头，感激地看着元里："元里，你真好。"

元里微微一笑，余光瞥向肖策。

肖策还没来得及说上一句话，詹少宁和元里已经做好了决定。他眉头皱起一瞬，随即便掩下去了神色，让人看不出他是喜还是怒。

接下来的宴席中，刘骥辛一直在向肖策劝着酒，各种辞赋典故张口就来，实在令人无法拒绝。宴席结束之后，肖策已经喝得醉醺醺的，头都有些发晕。

他跟随众人拜别元里和詹少宁，揉着额角往房间走去，只是眼前越来越晕，让他都有些看不清路。

肖策脑海中闪过一些疑惑。这酒当真后劲如此大吗？

但还没来得及深想，脑中就更加混沌。肖策脚步踉踉跄跄，不知不觉走到了一座小桥上，他脚底好像踩到了什么东西，又好像是被什么推了一把，直直从桥上摔了下去。

剧痛袭来，肖策瞬间陷入了昏迷。

第二日。

詹少宁红着眼睛在府门外送别元里。

元里拍了拍他的肩膀，叹了口气，安慰道："别担心，肖先生一定会好起来的。"

昨晚，肖策喝醉回房时路过小桥，却一不小心摔了一跤，从桥上摔到了桥下干泥里，直接摔断了腿，大早上才被洒扫的仆人发现，被人抬进了房里。

一说起这件事，詹少宁除了伤心，还觉得有些滑稽。

喝酒摔断了腿的事詹少宁以往也当笑话听过几次，但他怎么也没有想到这件事会发生在一向聪慧机敏的肖策身上。

这种滑稽感甚至冲淡了詹少宁心头的担心，让他都有些哭笑不得。

元里鼓励道："少宁，肖先生既然断了腿，你就要好好地照顾他。如今他身受重伤，需要静养，你做事便自己辛劳一番，莫要多去打搅肖先生养伤。"

詹少宁深呼吸了一口气，拍拍胸膛说："元里，你放心吧，我会好好照顾肖叔，定然少去打扰他。就算没有肖叔在旁，我一定为你看护好楚王府。"

元里欣慰极了，抬手与他击掌，"那就这么说定了！"

说罢，元里翻身上马，笑着朝詹少宁摆摆手，带着五百人长队渐渐远去。

几日后，元里终于到了上谷郡涿鹿县。

早有斥候探到了他们的动静，回去禀报了楚贺潮等人。等元里到达军营时，便见杨忠发和何琅正翘首以盼地等候在军营前。

瞧见元里一行人的身影后，这二人眼中一亮，热情地跑上前："元公子，您可算是回来了！我们可都想死你了！"

元里从马上下来，衣袍飞出飒爽弧度，他打趣地道："是想我们这些人，还是在想我们带来的东西？"

杨忠发肯定地道："人，必须是人！您不知道，您走了的这几天，将军都念叨了您多少次！"

元里佯装惊讶，随即便四处看了一圈，装模作样地疑惑："那怎么我回来了，还不见将军前来迎接啊？"

杨忠发讪笑着："将军待会儿就来，待会儿就来。"

说完之后，他又颇有些小心翼翼地道："元公子途中可有遇上什么不顺心的事？今日您心情可算是还好？"

元里被问得摸不着头脑："倒没遇上不顺，今日也很是神清气爽。杨大人，你问这话可是何意？"

何琅抬手搭上了元里的肩膀，自来熟地道："没事没事，杨大人只是在疑惑你们怎么来得如此之晚，担心元公子你在路上遇见了什么事。元公子啊，蓟县如今如何了？想我自从来到北疆，还没去过将军的封地，连楚王府的门都没踏入过一步呢……"

趁着何琅和元里说话的工夫，杨忠发连忙招过一个士卒，低声对他说："去跟将军说，元公子今日心情很好。"

几个人簇拥着元里往营帐中走去，何琅笑着道："远远看到了元公子车队的身影，心知你们行路一日难免饥饿，军中已为你们备好饭菜，诸位尽管敞开胃口大吃。"

元里半开玩笑地道："你们今日是不是对我太热情了些？"

杨忠发连忙道："这就是给您接风洗尘而已。"

元里狐疑地看了眼杨忠发，又看了眼何琅："何大人，你们……"

何琅突然埋头在元里的肩膀处深深一吸，出声打断了元里的话："怪不得从刚刚开始就闻到了一股香味，果然是元公子衣服上的香味。元公子这衣服是不是也是用那香皂洗的？这味道我喜欢极了，何某厚着脸皮求求元公子，您可不可以也给我一份香皂？"

说完，何琅又低头闻了一下，纳闷地想，真是奇了怪了，怎么同样是赶路，元里身上还这么好闻？

元里神情无奈。

夏季炎热，一路走来，他们一队人都臭得要命。趁着昨晚休憩地有水流，人人都弄了点水粗粗擦了一遍身，元里还换了一身干净的衣服。

要不是有昨晚，只怕元里现在能臭得何琅近不了身。

"香?"

另一道熟悉的声音冷冷传来。

何琅吓得一个激灵,立刻抬起头放开元里做出严肃的神情:"将军,末将什么都没说。"

元里忍笑,转头朝楚贺潮看去。

楚贺潮没穿盔甲,大概是因为太热,他只穿了一层深色单衣,长袖敷衍地挽起到手肘,露出结实的小麦色小臂。此时英俊的脸庞满是汗,正略带不悦地看着何琅。

元里也很热,但一看到楚贺潮,他便能感觉到楚贺潮比他还热。楚贺潮的衣服上已然有不少地方都被汗水浸湿,变成了更深的色块。

楚贺潮的视线在元里身上快速转了一圈,元里朝他笑了一下,唇红齿白,在一群灰头土脸的将领士兵中格外醒目。

见他一直没说话,何琅讪讪地道:"将军,我就是和元公子开开玩笑。"

楚贺潮没多计较,转身往后走去:"过来。"

一转过身,元里才看到他背后的衣衫湿得更是夸张。从脖颈到腰背的衣服全被汗水浸湿,皱巴巴地贴在身上。腰背下方便是长腿翘臀,长靴紧紧绷在小腿上,显得很有力,这一脚估计能一下踹死一个人。

楚贺潮突然转身,阴沉地看着元里:"你在看什么?"

元里抬起头,不忍直说:"没看什么。"

楚贺潮看了他一会儿,忽然勾唇笑了。他悠悠走到元里面前,懒洋洋地站定,痞劲儿又冒了出来:"二哥要是喜欢看,那便直说,我站着不动,你大可以随意看。"

他下颚紧绷,调笑道:"毕竟我也知晓二哥长不成我这般模样,心中难免会生出艳羡之情。"

元里欲言又止,最后诚实地道:"将军,你靴子开口了。"

楚贺潮:"……"

他下意识低头看了看,果然在靴子上看到一道口子。楚贺潮脸色一黑,再次抬起头时,就看到元里弯起的嘴角。

楚贺潮:"……二哥,很好笑?"

"怎么会?"元里咳了咳,尽力压住笑意,"将军两袖清风,一心为国为民，清贫到如此地步只会让我敬佩，怎么会觉得好笑？"

楚贺潮的神情变来变去。他大概觉得有些丢人，脸色变化看得元里津津有味。忽然，楚贺潮的表情变得缓和了下来，声音也温和了许多："无事，能让二哥高兴一点儿，我出丑也值得。"

这句话说完，元里反倒嘴角僵住，再也笑不出来了。

一行人来到了营帐里，一入营帐，太阳便被挡在了外头，虽没凉快多少，但总算没有那般炙热心燥。

帐里已经放好了吃食，军中的饭菜粗糙，没有多么精致的东西，但这里的所有人都已吃惯，各自坐下后便拿起碗筷吃饭。

元里没多少胃口，吃了几口就停了下来。

他一停下筷子，楚贺潮也停了下来，紧接着，其他人都放下了筷子。

元里眼皮一跳，觉得不妙。

"将军，我有些疲惫，想先去休……"元里扶起桌子准备起身。

"二哥，"楚贺潮低沉开口，及时叫住了他，"我有些事想要同你说。"

元里在心中深呼吸一口气，又坐了回来，转头看向他："什么事？"

楚贺潮神色微妙，似乎有些说不出口，他看了杨忠发和何琅一眼。

杨忠发正琢磨着如何去说，何琅已经跳了出来："元公子，咱们军中快要没粮了。"

元里大惊："怎么会？先前运送过来的粮食够两万大军再吃两个月！"

何琅被他这么严厉地一看，不由自主把事情都说了出来："天气越发炎热，士兵一旦受伤便凶多吉少。将军看出了涿鹿县内的白米众粮食快要颗粒无存，便用粮食劝白米众投降。白米众中有人熬不住，果然给我们打开了城门，但涿鹿县内情况严重至极，除了白米众没粮，普通百姓们已活活饿死了两成，将军便将军粮拿去救济这些百姓了，这会儿，涿鹿县内还正在施粥呢。"

何琅在楚贺潮麾下待了两年了，他们以往都没往外拿出来一粒粮。

就是因为他们的粮都不够自个儿吃的。

楚贺潮的军队军规极多，和其他的军队不一样。其他军队在战后会去争抢战利品，劫掠整座城池的东西以战养战。然而他们不曾做过劫掠百姓城池的事，维持军队作战的粮食便少之又少，只能倚靠朝廷军饷，更别说救济其他人了。

然后这一次，何琅第一次看到楚贺潮这么有底气地掏出了大量的粮食来降敌和救济百姓。那一车车粮食送到涿鹿县的画面，看得何琅心里都颤颤。

娘呀，是什么让将军能做出这种不理智的事？

等看到元里回来之后，何琅才想明白。

哦，那是因为将军有个财神爷二哥在背后顶着呢。

元里听完，面上不动声色，心中却大大松了一口气。涿鹿县是幽州的涿鹿县，里面的百姓也是幽州的百姓，为了幽州的平定着想，即便楚贺潮不这么做，他也会安置好这些被白米众肆虐过的百姓们。

他还以为是什么不好的事呢，原来是这种事。这种既能避免己方伤亡又能救济百姓的方法，元里只会觉得欣慰，这些人的态度差点把他吓了一跳。

"那将军拿出去了多少粮食？还剩多少粮食？"元里放松了，抬起水杯喝了口水，随意问道。

楚贺潮面色不变，眼神却飘忽一瞬，言简意赅道："还剩半月口粮。"

元里噗的一声喷出了一口水："……"

半个月？！

他不敢置信地看向楚贺潮。

楚贺潮，你可真是一个"败家子"！

第 6 章　硝石制冰

看到元里喷出了一口水,楚贺潮赶紧地补上了一句:"我已经令上谷郡郡守筹集的粮食运来战场了。"

元里拿出手帕擦过嘴,幽幽地看向楚贺潮:"将军……"

楚贺潮不吭声,老实等着挨骂。

元里看了他好一会儿,才问道:"粮食运来还需要多久?"

"一个月,"楚贺潮这次答得很快,随后双目诚恳地看向了元里,"二哥,你只需要为我运来半个月的粮食,撑到新粮抵达便可以了。"

筹集半个月的粮食,这对元里来说轻而易举。

在大军粮食这一重要事情上,楚贺潮绝对有分寸。元里一路所积攒的粮食有多少,楚贺潮都将其记在了心底,其中又有多少运到了北疆,他也知道得一清二楚。正是因为心中清楚,知道有元里顶在后方可以摆平军饷一事,所以楚贺潮才敢底气十足地用粮食来开道。

如果有人来问楚贺潮生平第一次用粮食来降敌是什么感受,那楚贺潮只有两个字:爽快!

元里沉默地看着楚贺潮,心中好笑。

楚贺潮先告诉他粮食只剩下半个月,让元里在心底做好了最坏的准备,最后话锋一转,又变成了只需要元里给提供半个月的口粮。这样一说,只会让人觉得庆幸,认为半个月的口粮不多,乃至满心欢喜地松了口气,直接开口同意下来。

聪明的嘛,楚辞野。

半个月的口粮对元里来说确实是在预算之内。但元里有意逗弄他们一番,故意面露难色,好看的眉头忧愁地皱着:"半个月……将军,这……"

他轻轻叹了口气,疲惫显露:"罢了,我再想想办法吧。"

元里站起身,跟几个人告辞,便脚步沉重地带着刘骥辛与邬恺二人离开了营帐。

被他的表现唬得一愣一愣的杨忠发与何琅愣住了,随即转头看向楚贺潮,有点慌:"将军,看元公子这模样,咱们这事是不是做得过分了?"

楚贺潮薄唇紧抿,忽然起身大步追了出去。

元里还没走出几步远,身边就多了一个极具压迫感的身影。元里略显惊讶地道:"将军怎么过来了?"

"二哥,"楚贺潮低声道,"我是否让你为难了?"

他脊背弯着,声音也压低了些,求人的姿态摆得端端正正。元里吃软不吃硬,他这么一问,反倒有些逗弄不下去了。

楚贺潮做的事本身便是对的事,又不是当真浪费粮食。元里朝他莞尔一笑:"倒也没有多么为难。将军此事做得极好,能够不费一兵一卒拿下白米众,我心中也很是欣慰。只是将军下次若是再有此等决定,应当提前与我说一声才好。"

楚贺潮一切都好地领首:"好,都听二哥的。"

什么叫都听我的?元里在心里哭笑不得,你分明是事后来卖乖而已。

看着元里皱起的眉头又舒展了开来,楚贺潮心中也不由松了口气。注意到自己松了口气之后,楚贺潮脸色一僵,又变得面无表情起来。

他都没怕过楚明丰,为什么却要怕元里生气?

元里擦擦头上的汗:"将军,如今天气这般炎热,军中用水可是足够?"

"足够,前几日下了大雨,水就更是足够了,"楚贺潮有些走神地道,"涿鹿县便在桑干河下游,其内有阪泉和轩辕湖。二哥若是有兴致,可以带着人去涿鹿县内走一走,这阪泉与轩辕湖倒是有些看头。"

身后的刘骥辛兴致勃勃地道:"可是那水在泉中时色如墨,掬起时又晶莹清澈的阪泉?"

楚贺潮颔首。

元里听得若有所思。

涿鹿县内的水资源如此丰富吗？

元里脑袋一转，瞬间就明白为什么楚贺潮会这么急切地用粮食来引诱白米众投降了。县内水资源丰富，天气又越发炎热，军队缺水严重，白米众一旦反应过来，将会仗着水资源和楚贺潮硬耗，到时优势劣势瞬间颠倒。

涿鹿县本身是从森林向平原过渡的一块土地，可以放牧，也可以浅耕，若是真让白米众们缓过来一口气，只怕要攻下涿鹿县，怎么也要半年一年。

楚贺潮耗不起。

还好白米众的目光不够长远，根本就没有发现水源的重要性，就这么打开了城门，用城中水源方便了楚贺潮一行人。

元里畅快笑了："将军这粮食拿出来的恰是时候。"

楚贺潮挑了挑眉。他只是说了一句城中有水源，元里就能想到他拿出粮食的用意了？

"既然水足够用，那我们这些风尘仆仆的人也能洗一洗了。"元里笑眯眯地道。

"自然可以，"楚贺潮，"涿鹿县内也有泉池，可供你们沐浴。"

泉池？元里瞬间蠢蠢欲动了起来，他一向喜欢和水亲密接触的感觉。只听楚贺潮说这两句，元里就开始心动了，准备待会儿就带上刘骥辛他们一起去涿鹿县内泡泡泉。

楚贺潮又道："军中也给你们准备了沐浴的热水。"

这也太贴心了，贴心得元里都有点不好意思。

一行人走到了哨塔旁，有运送药材的车队从一旁走过，车辆不小心撞到了哨塔上。元里刚想夸楚贺潮两句，楚贺潮余光一瞥，突然脸色一变，猛地伸手将元里拉到身旁，带着元里飞速地转过了身。

哨塔因为前几日的大雨已然有些歪斜，被这么一撞便顷刻间倒塌了下来。上方掉下来的旗帜和木块重重砸在了楚贺潮的背上，楚贺潮把元里的头死死按住，用臂膀将他护住，元里只觉得头上的手掌铁做的一般，有如千斤重，压得他脖子酸疼。

"别动。"楚贺潮不耐地低吼着。

身后的刘骥辛"哎哟"两声惊呼,随后是死里逃生的庆幸:"差点砸到我了……"

很快,倒塌停了。

楚贺潮一声不吭地放开了元里,没看自己的伤势,直接转头看向旁边的哨塔。哨塔顶部直接被掀飞了,他神色冷了下去,沉声道:"来人。"

几个躲起来的士兵连忙爬起来跑到楚贺潮身前。

"把这个塔拆了重建,"楚贺潮怒气压着,气势吓人,"当初负责建造哨塔的校尉给我找来,按军法处置二十大板,让他当众给我挨!"

士兵吓得瑟瑟发抖:"是。"

元里等他吩咐好了才揉着鼻子连忙问道:"将军,你怎么样?"

楚贺潮此时心情极其不好,他生硬地回答:"无事。"

元里不信,皱眉走到楚贺潮的身后。飞落的木块里有不少边缘都很锋利,楚贺潮背后的衣服都被划破了好几道口子,因为衣服颜色深,也看不出来出没出血,但被这么多的东西砸肯定不好受。夏季受伤很容易导致伤口发炎,元里语气稍重:"将军,请跟我回帐中看一看后背。"

楚贺潮烦躁地皱起眉:"我都说了无事——"

他余光瞥到元里鼻尖发红一脸担忧的模样,剩下的话怎么也说不出口了。楚贺潮深吸一口气,硬是压下火气,低声道:"二哥,莫要担心,只是一点小伤。"

元里抿了抿唇,那双黑白分明的眼睛静静看着他不语,透着股无声的倔强。

楚贺潮和他对视良久,最终败下阵来。冷冷跟着士兵们说了一声"去找人",乖乖跟着元里去了元里的营帐。

元里让邬恺去拿药,让楚贺潮脱下长袍。

楚贺潮脱下之后,刘骥辛凑到元里身边跟着一起看向楚贺潮的背部,顿时"嘶"了一声:"将军,您背上的伤可真够吓人的。"

一片乌黑!

元里:"……"

他嫌弃地看了刘骥辛一眼,端来一盆水湿了湿毛巾,往楚贺潮背上一擦,这些乌黑顿时就被擦掉了一些。

"刘先生，这是将军那身衣服被汗打湿后留在身上的染料。"

刘骥辛老脸一红，不好意思再待下去，找了个借口就跑出了营帐。

元里摇摇头，示意楚贺潮坐下后，弯着腰小心地把楚贺潮背上的染料一点点擦掉。

擦着擦着，元里忍不住道："将军，您就不能穿些好些的衣物吗？"

楚贺潮懒洋洋地道："弟弟没钱，要穿好的衣物也只能等二哥接济。"

元里嘟囔道："你可真像打秋风的穷亲戚。"

楚贺潮耳朵敏锐地动了动："打什么秋风？"

"没什么，"元里清了清嗓子，"将军，我不信你连几身好衣物都没有。"

楚贺潮笑了笑，没有和他争论下去。

等擦完了脏东西，元里才松了口气。所幸楚贺潮皮厚，衣服虽然破了，但只有几道浅浅的划痕。

不过虽然现在看不出来，但毕竟是被重物所击，只怕之后会有皮下淤血。

元里也怕楚贺潮会出现内伤，于是一点点按压他的背部肌肉："这里疼吗？"

"这里呢？有没有什么感觉？"

元里问得很认真，但楚贺潮总是慢悠悠地摇头。摇得元里都觉得他有些敷衍自己，他狐疑地问道："哪里都不疼？"

楚贺潮挑眉："二哥难道还想让我疼？"

元里沉默了一会儿："楚贺潮，你没跟我说实话。"

楚贺潮笑得有点儿敷衍："那我应该怎么说，二哥你来教教我？你教我说什么我就说什么，这样行不行？"

元里转过身蹲在地上洗着毛巾，道："我现在不想和你说话了。"

楚贺潮："……"

他转头朝地上蹲着的那道背影看去，少年郎束起的发丝搭在肩背上，衣服凌乱，头发也凌乱，楚贺潮才想起来他从刚刚开始没提一句自己的事，全在为他忙来忙去。

楚贺潮忍了又忍，却没有忍住，喊了一声，"二哥？"

元里没理他，只有淅沥沥的水声响起。

元里像是听不到一样。

寂静得令人心烦的一刻钟过去。

"二哥。"楚贺潮又道。

看着元里还是没有动静之后,楚贺潮深呼吸了口气,低声隐忍道:"我后背确实有些疼。"

楚贺潮从没跟别人叫过疼,也没有人想要听他说。

此时,从来没跟别人抱怨过伤势与疼痛的将军,有些不好意思起来。

身为铁血将军,楚贺潮一向是战神的模样。

他命大得很,多次都能死里逃生,性格也一向强势,给属下士卒的感觉向来刚强而勇猛。楚贺潮自己也觉得一个大老爷们,不必跟别人诉说疼痛与伤势,独自挺过去就好。鬼使神差地说完这句话之后,楚贺潮瞬间便后悔了,烦躁得面红耳赤,绷着一张冷峻的脸,恨不得把刚刚那句话给收回来。

听到这话,元里还是背对着楚贺潮,声音轻轻,合着水声中快要令人听不见:"将军不是不疼的吗?"

楚贺潮太阳穴跳了两下。

手臂上的青筋都暴了出来,他似乎想要拔腿就走,最后又硬生生忍了下来,忍气吞声地道:"我说谎了。"

元里这才站起来转过身面对了他,足足看了楚贺潮好一会儿,面上缓缓露出笑容:"这才对,将军可不要讳疾忌医。"

看着他的笑颜,楚贺潮不断敲着大腿的手指一松。他在心里不断告诉自己,元里是衣食父母,不能得罪。

多念叨了几遍,心里就冷静了下来,楚贺潮转过身,继续让元里看着他的伤情。

元里走近,在他背后轻声道:"按理说我也没有权力来管将军,但伤势不可不重视,如果小伤拖成了大伤,只怕将军后悔都来不及。况且这伤又是为我所受,我怎么也算得上是将军的家人,所以还请将军多多配合我吧。"

说着,元里开始重新按压着楚贺潮背上的肌肉。

等全部检查完一遍之后,元里就放松了。

还好没有伤到骨头和肺腑,只是一些皮下淤血。这会儿伤痕已经开始变得青紫,估计等到明天,会更加骇人。

"将军明日可找疾医将淤青揉开，"元里洗过了手，让外面的士兵去给楚贺潮拿一身新衣服来，"若是疾医力道不够，将军来找我也可以。"

楚贺潮起身活动下肩颈。闻言，他勾唇笑了："你的力气好像也不是很大。"

元里没听清，他转过头疑惑地看着楚贺潮："什么？"

楚贺潮面不改色，"我是说多谢二哥。"

元里笑了："将军太客气了。"

门外有士兵跑了过来，说负责搭建哨塔的校尉已经找到，只是校尉大人不愿意当众受刑，想要求见将军。

当众受刑会让他颜面扫地，一个校尉，在军队中地位仅次于将军的校尉，当着属下和士卒的面被打板子，当然不愿意。

楚贺潮冷笑一声，快步往外走去，迎面遇上给他送衣服的士卒，他接过衣服扬手一披，大步流星地走远了。

元里没跟上去，下午，他带着人去涿鹿县看了一圈，等查探完百姓情况还有施粥情况之后，才带着诸多属下洗了个澡。

泉水清冽，被一日的太阳晒得已经温热，正是刚刚好不冷不热的程度。几个人说说笑笑，元里舒服地洗了个澡。但离开泉水之后没多久，众人又冒出了点汗意，元里抬手擦着汗，喃喃："要是有冰块消暑就好了……"

他眼睛忽然一亮，想起了硝石制冰。

对啊，硝石制冰！他怎么才想起来呢！

硝石是中药当中的一味药材。元里想起来之后再也坐不住了，立刻命人去问疾医要些硝石，自己端了几盆水把自己关在了营帐里，不准任何人打扰，一直到晚饭都没有出来。

刘骥辛不知道他是要做什么，心中很是好奇，也没有多作打扰。

邬恺倒是一直守在营帐前，听从元里的吩咐，不让任何人靠近。连士兵送来的晚饭，都是他亲自接过去放在营帐门前。

楚贺潮听闻此事后，皱眉问道："他将自己关在房里多久了？"

亲信回道："已有两个时辰了。"

"两个时辰一次也没出来？"

亲信应是："元公子一次也没出来过，且不许外人进入。"

一旁端着碗吃饭的杨忠发心虚地放下碗，愁眉苦脸地跟楚贺潮说："将军，是不是上午咱们问元公子要半个月口粮那事为难到元公子了？元公子是不是觉得军中粮不够了，所以都不舍得吃饭了？"

楚贺潮瞥了他一眼，倒也不必如此。他并不觉得元里会出事，但又怕有个万一，干脆起身道："我去看看。"

等走到元里营帐前时，就看到邬恺正寸步不离地守着。见到楚贺潮过来，邬恺朝楚贺潮行了礼，闷声道："将军，主公吩咐，不许任何人进入帐内。"

楚贺潮余光瞥到放在营帐门前的饭食，皱眉，直接提高声音道："二哥？"

帐内很快便传出了元里的声音："是将军吗？将军，您请进来吧。"

楚贺潮毫不犹豫地大步上前，掀开了帐门，甫一掀开，一股沁人心脾的凉意便袭了上来。楚贺潮瞬间精神一爽，身上的热气转瞬消散了许多。他心中惊奇，定眼一看，元里正笑眯眯地站在一堆水盆中央，这些水盆中冒着丝丝肉眼可见的凉气，其中有的是冰水混合，有的却是结结实实一整盘冰块。

楚贺潮面色惊愕闪过："哪来的冰块？"

元里笑而不语，招手让楚贺潮走近："将军凑过来看看。"

楚贺潮小心翼翼地朝冰盆走近，越是靠近，越是感觉到凉意舒适。在炎热的夏季能有这般冷意实属难得，楚贺潮不由眯了眯眼，额角汗意已然消失不见。

走近了之后，楚贺潮便看清了这些盆里的冰块情况。除了这些水盆之外，还有一些灰白色的石块被放在一旁干燥的地面上。

楚贺潮看着石块道："消石？"

"正是硝石，"元里摊开手掌，手心正抓着两块硝石，他嘴角扬起，"用足量的硝石加入水中，便可速成冰块。"

楚贺潮眼中闪过惊异，他拿过硝石好好看了看，实在想不到这其貌不扬的东西还有此等效用。随即，楚贺潮便目光灼灼地看向元里："可否大量制冰？"

元里道："只要有足够的硝石，那便可以大量制冰。"

楚贺潮眼中有精光闪过，又低头看了看盆中的冰块，忽然蹲下身拿起其中一块凑到唇边，似乎想要尝一尝。

元里连忙伸手挡在冰块前，哭笑不得地道："将军，这水脏，结的冰也不干净，不能吃！"

楚贺潮蹙眉，有些失望："消石结的冰都不能入口？"

"硝石制冰无毒，吃了对身体无害。"元里耐心地讲给他听，"只是食用的冰还需要另放容器之中，比如一个大盆中再放置一个加了水的小盆，硝石放于大盆之中加水结冰，之后等待小盆中的水结成冰便可。将军若是想食冰，我可再在盆中放一碗冰水，半晌后便可结成冰了。"

"不用，"楚贺潮将手里冰块扔回盆里，"能食用便可。"

他无声笑了笑："如若只需要硝石，那幽州北疆便有诸多硝石。"

中原大地多硝石矿，唐末就有人用硝石制作火药和冰块。幽州内的矿区元里猜测过会有很多，硝石矿自然少不了。但他本以为硝石矿还没被人开采，听到楚贺潮这么一说，顿时眼睛一亮："幽州内有硝石矿？"

楚贺潮点了点头，笑意隐隐："我明日便令人开凿硝石送来给你。"

元里美滋滋："好。将军打算将这些冰留作何用？"

楚贺潮道："一部分赏赐属下及有军功者，一部分卖给豪强地主，二哥认为如何？"

元里与他心照不宣地笑了："将军此话正合我意。"

硝石制冰一方法现下并不好普及到民间。一是幽州还未平定。二是百姓们饱受战乱之苦，别说用冰，怕是连饭都吃不饱。将冰块在军中代替战利品赏赐下去，又用其和土豪们做生意，是如今最合适也是利益最大化的做法。

在还没有大批量搞出来冰块之前，硝石可以制冰一事还需要保密。元里先前令人问疾医索要硝石时虽有叮嘱过莫要声张，但想要知道的人稍微打听一番便能知道。若是让人知道元里在营帐内用了两个时辰便制住了冰，怕是轻松便能联想到硝石上去。

楚贺潮便让元里连同那几盆冰水待在营帐中不动，亲自出去让外面的人散去，口中道："你们主公今日疲惫，饱受炎热暴晒，沐浴后又有些头晕，瞧着不太舒服。我在此照顾他，你们便回去吧。"

刘骥辛大惊失色，连忙道："将军，还请容刘某前去看望主公！"

"他只是有些中暑而已，"楚贺潮淡淡道，"现下已经睡下，我会令疾医在旁看护，你们退下吧。"

其余人只能退下。楚贺潮令人守在营帐四方，掀帘弯腰走进了营帐里。

元里在里面听清了他的每一句话,等楚贺潮一进来,他便体贴地道:"将军不必一整夜留在我这里,过一会回去便可。"

楚贺潮抬头看了他一眼,慢吞吞地走进来,极其自然地走到床边坐下,脱下靴子躺在了床上:"二哥客气,做戏自然要做全套,我今晚便留在你这儿睡一晚了。"

元里嘴角抽抽。

你当我看不出你是来蹭冰块的?

楚贺潮个子大,也当真不客气,舒展身形躺在床上时直接霸占了整张床,完全没了元里的位置。

元里皮笑肉不笑地走到床边道:"将军,你睡我床上,那我睡哪里?"

楚贺潮没睁眼,这帐内的凉气令他睡意沉沉。闻言,他嘴角戏谑勾起:"二哥若是不介意,自然是睡在地上。"

元里凉凉道:"睡在地上?"

楚贺潮刚想要调侃一番,转瞬想起了元里的身份。

他嘴唇动了动,还是将到了嘴边的话咽了下去,睁开眼干净利落地起身,趿拉着靴子让出了床,将桌旁两把椅子拼凑起来,高大的身形极为拥挤委屈地躺在椅子上。

椅子还不够他躺,楚贺潮皱着眉将两条腿直接搭在了桌上。

约莫是躺在椅子上睡觉真的很难受,元里闭眼酝酿睡意的时候总是能听到楚贺潮身下那椅子咯吱咯吱不断晃动的声响。

那声音刺耳,令元里额角一突一突。等声音又一次响起来时,元里猛地坐起身,咬牙道:"将军!"

椅子声一停,随后响起了虚假的鼾声。

"……"元里嘴角抽抽,"将军,您睡不着?"

黑暗中,做作的鼾声停了,楚贺潮的声音带着睡意和些微烦躁:"椅子太挤,睡得不舒服。"

"这样吧,"元里好心道,"将军背上还有伤,要不你睡床上?"

没想到竟被拒绝了,男人道:"不用,这于理不合。"

元里假笑两声,"哟,将军这会儿知道讲理了?"

楚贺潮还真应了一声。

元里心中无语，干脆利落地准备下床，"赶紧的吧，将军你来床上睡，我去睡椅子。"

楚贺潮皱眉，元里年龄还小，哪有他在床上睡着，让元里去睡椅子的道理。他毫不犹豫地道："不用，你睡床。"

元里已经在摸黑找鞋子了，窸窸窣窣的："算了，我比将军要瘦不少，我睡椅子正好。"

楚贺潮略微提高声音，带着不耐地呵斥，像是在凶人："你给我好好在床上躺着！"

这一声又严厉又强硬，差点能吓得人一哆嗦。

元里被凶得一愣，火气顿时就上来了。他冷笑一声踢掉鞋子，转身躺在了床上，狠狠一扬被子蒙住头，打死也不愿意去管楚贺潮了。

谁再多关心楚贺潮一句谁是小狗。

不知是不是被褥的隔音效果特别好，元里蒙上耳朵之后当真再也没有听过一声椅子咯吱声，不知不觉中，睡意袭来。

第二日，元里缓缓睁开眼后，就看到一道身影正动作僵硬地揉着肩背。

元里眨了眨眼，视线逐渐清晰，看清了楚贺潮背部那睡得皱巴巴的长袍。

他张张嘴想说话，又想起了昨晚上楚贺潮凶他的话，顿时没了说话的兴致，把话咽了下去。

行吧，楚贺潮是不喜欢被人关心的性格，元里就不贴人家冷屁股了。

他往屋里几个水盆看去。

一觉醒来，水盆里冰块又化成了水。元里下床穿上鞋，绕过楚贺潮走到水盆旁蹲下，近距离查看冰块融化情况。

楚贺潮余光瞥了眼他的背影，继续舒展着身体。

感受着全身传来的酸疼，他英俊的五官有一瞬间的扭曲，又很快变得冷峻无比。

昨晚上，楚贺潮察觉出来元里被他吵到了之后，凶完元里之后便没再动，维持同一个姿势一直到天亮。早上起来时，楚贺潮浑身的骨头已经僵住，动一下就能听到骨头发出的咔嚓声，比打了一夜的仗还要让人腰酸背痛。

骨头舒服了之后，麻意又遍布了全身。

楚贺潮缓了好一会儿，才迈动发麻的腿走到元里身后："怎么样，一盆冰块可否坚持一夜？"

元里拨弄着水盆，在水盆中找到了成年人巴掌大小的一块冰。水还透着股彻骨的冷意，一瞬便将元里的手指冻得微红。

元里擦了擦手，道："这么看是看不出来的。昨夜帐内摆了五六盆结冰程度各不相同的水盆，帐内的凉爽程度也取决于冰块的数量。将军单问一盆冰是否可以坚持一夜，我也给不出你答案。"

楚贺潮果断道："那便今晚再试。"

元里站起身去找自制牙刷和自制牙膏准备洗漱，朝着楚贺潮敷衍地弯弯唇，笑容吝啬地露出一瞬便收回："将军今晚可以自己弄一盆冰块回自己帐中试一试。"

元里客气地点点头，将水盆里的水倒了，又端了盆清水回来刷牙洗脸。

楚贺潮在旁站了一会儿，慢条斯理地走到元里身边，当作不经意地道："二哥，这些是什么？"

这时的人刷牙还在用杨柳枝，元里简单解释了一句，"牙刷和牙膏。"

看着他的动作，楚贺潮也明白了"牙刷、牙膏"的作用，他在牙膏中闻到了淡淡的荷叶、茯苓之味，不似寻常所使用的盐、醋、茶等漱口之物，清香宜人。

楚贺潮心中好奇闪过，道："牙膏也借我用一用。"

元里默默地看了楚贺潮一眼，脑海中又出现了"打秋风的穷亲戚"这几个字。

楚贺潮跟着他一起洗漱完了，若有所思地道："牙膏之中还有皂角？"

元里点点头，随口说道："将军若是喜欢，我送上一瓶给将军。"

楚贺潮立即点头："多谢二哥。"

元里："……不用客气。"

用完早饭后，楚贺潮带着亲信来到涿鹿县，亲自在桑干河下游圈了一块地令亲兵看守，下令不准任何人靠近，并快速搭建起了高大的房屋，用来作为制冰的工坊。

他同时派兵搜刮涿鹿县内的硝石，全部运来此处，调配了一百亲信给元里做下手。

　　元里的亲信都在蓟县待着,他用起楚贺潮的人时毫不手软。示范了一次如何用硝石制冰后,便让亲信也跟着动手做了起来。

　　没过几日,一批批的冰块便被运到了军营里。

　　当一车车晶莹剔透的冰块呈现在众人面前时,所有人都大吃一惊。

　　楚贺潮带着诸位将领站在车辆面前,除了他从容淡定,其他人张大着嘴巴,眼睛快要瞪了出来。

　　惊呼声嘈杂,杨忠发眼睛移不开,说话结结巴巴:"将、将军啊,您哪来找来的这些冰块？"

　　风一吹,冰块上的凉意就吹到了他们脸上,杨忠发喃喃道:"可真凉快啊……"

　　楚贺潮勾唇:"元里弄出来的。"

　　杨忠发又是惊讶又觉得这个答案在情理之中,他由衷佩服地道:"元公子当真是百年难遇的人才。"

　　还是老楚家有福,能找到这么一位人才当自家义子。

　　有人来问楚贺潮冰怎么分配,楚贺潮道:"立功者有,上到将军,下到士卒,谁立了功,谁就有冰。"

　　这话一出,几个人立刻喜笑颜开,立刻将这个消息告知到了部下。

　　最后,这些冰块被楚贺潮按官职及军功大小发了下去,专程留了一些奖赏给信任的部下,以表看重之情。甫一分完冰块,军中上上下下便沸腾了起来。许多领到冰的将领又学着楚贺潮的样子,将手里的冰块留下一部分给自己,其余赏给了手下士卒。

　　夏季一直有苦夏之称,在前线战场处,这些冰块俨然是比金银财宝还要受到欢迎的存在。

　　军中一片感恩戴德之声。除了他们,刘骥辛与邬恺也出乎意料地得到了许多冰块。

　　他们得到的冰块甚至比一般的军候都尉还要多,堪比杨、何两位将军的用度,两个人一时都有些受宠若惊。邬恺更是觉得受之有愧,想要将冰块还回去时,刘骥辛若有所思地拦住了他。

　　"你可知为何独独我二人没有军功,也没有官职在身却能得到如此冰块？"

邬恺想了想后迟疑地道："莫非是因为伤兵营之事？加之我们是主公的部下？"

刘骥辛思绪翻转中已然想通，他笑眯眯地摸着胡子，陡然扔下一个地雷："只怕这冰，就是咱们主公弄出来的。"

邬恺猛地睁大了眼。

刘骥辛笑道："若是只因为伤兵营之事，也不该给我们如此多的冰块。你再看，将军给了我们这么多冰块，其余将领可有不满？"

邬恺摇了摇头："没有听到军中将领有不满之声。"

"那便是了，"刘骥辛满意地点点头，"大将军应当说了这冰块是咱们主公的功劳，旁人心中便清清楚楚。不仅没有嫌我们无功受禄，你且等着看吧，之后几日，他们必然会对我等热情许多。"

邬恺情不自禁地点点头。

刘骥辛摸着胡子，看着面前一车冰块，不由笑眯了眼睛："咱们真的是沾了主公的福了……"说完，又可惜地吁了两声，"只可惜我妻子儿女都远在蓟县，哪怕有如此多冰块，也送不到他们手中让他们跟着解炎夏之苦了。"

而等他们平定完上谷郡的起义军回到蓟县后，只怕秋日都到了，哪里还需要冰块度夏。

不过刘骥辛却是想岔了，四日后，前去打探敌军消息的斥候六百里加急赶来，带来了一个令楚贺潮意料之外的消息。

这日，元里正在用着午饭，楚贺潮的人赶来叫他，说是将军有要事需见。

元里匆匆赶到，一进营帐，就看到了满屋七八个将领。

这些将领皆是虎背熊腰，齐齐朝着元里行了礼，声如洪钟地道："见过元公子。"

元里也回礼道："诸位客气。"

楚贺潮坐在上位，指着一旁专门放在他桌旁的椅子道："二哥请坐。"

待元里走过去坐下后，楚贺潮又对其他人道："你们皆是我信任的部下，我也不和你们说虚话。元里虽未及冠，但立下的功劳也足够在军中得个都尉以上的军职。"他锐利的眼神一一扫过众人,"他也不单单要靠军功来论身份,元里为我北疆十三万大军统筹后方军饷,坐镇蓟县掌管幽州,暂掌幽州刺史之印。元里一旦及冠,我便会向朝廷上书,请他为我军师中郎将。"

军师中郎将,是比一些杂号将军还要高一些的职位,可参议军事。

楚贺潮这些话并没有提前对元里说过,此刻说出来,不仅是对部下说,同样也是在对元里说。

元里微微有些惊讶,随即便从容了起来。

楚贺潮很明白,元里若是一直在后方出力没有好处,只怕长此以往下去,元里心中会生出埋怨。世上哪有只想马儿跑不给马儿吃草的道理?因此,楚贺潮便准备在军中给予元里一个军职,让元里同军队彻彻底底地绑在一块儿。

一是不浪费元里的才能,二是彼此牵扯更深。

楚贺潮的这一步棋,走得恰合元里心意。

在场的没几个是蠢笨的人,都知道楚贺潮是何意思。他们是楚贺潮的嫡系,自然不会质疑楚贺潮的决定,更何况同元里交好只会有好处,谁也不会蠢到得罪衣食父母。他们整齐划一地道:"是,末将谨记将军所言。"

说完,他们便笑着同元里道:"中郎将大人。"

朝廷的任命书还没下来,元里还未及冠,只是楚贺潮的一句话而已,他们就直接改了口。元里从这一件小事当中,就能看出这些人对朝廷的态度了。

等他们打完招呼后,楚贺潮屈指敲了敲桌子,所有人瞬间闭了嘴,朝楚贺潮看去。

楚贺潮看向元里:"二哥可知道我为何派人将你叫来?"

元里心道你这不是废话吗,面上笑容不变:"我自然不知。正想要问上将军一句,这是发生了何事?"

楚贺潮拍了拍手掌,淡淡说道:"进来。"

门外走进来了一个斥候。

斥候已经趁着这短暂的时间吃了顿饭补足了水,说话清晰流畅了许多,他抱拳道:"禀告将军、诸位大人,上谷郡的乌房大人达旦带着一万骑兵已平定潘县与下落县两处白米众。他令小人传两句话与将军,他说他助将军平定了幽州两县，过几日便赶来涿鹿县与将军会面，希望将军能赏赐给他们一些战利品。"

其余几位将领也是才被叫来，刚刚知道这个消息。

闻言，瞎了右眼的校尉左向荣顿时气得牙疼："天杀的乌虏人！自己白得了两个县的战利品，还有脸来问将军要东西！将军让他们动手了吗！"

其余人脸色也很不好看。何琅冷笑，呸了一声："脸皮真厚。"

平定白米众并非是一件苦差事，从某种意义上来说，反而是件大好事。

白米众都是乌合之众，平定了他们不仅能够得到朝廷的封赏，立下大功劳，更能得到诸多战利品。

例如楚贺潮派人抢回来的北新城县、蔚县、涿鹿县等，每夺回一座城池，他们便能得到相当可观的战利品。这些战利品是从白米众手中搜刮而来的东西。白米众每到一县，县内的豪强地主或逃或亡，大量的财富珠宝与土地庄园都被白米众独占。等楚贺潮的军队踏平白米众时，这些东西自然成了楚贺潮的东西。

只不过幽州本就是楚贺潮的封地，楚贺潮自然不会干出自己打劫自己的事，他每收回一座城池，都会留下一定的战利品用来建设当地，但即便如此，剩余的战利品也极其丰厚，其中有一半都被楚贺潮赏赐给了部下。

况且每夺回一座城池，得到的东西还不只是战利品，还有俘虏白米众。

白米众们被楚贺潮收编，作为壮丁修建被他们肆虐过的城池，也做一些修筑工事、运送补给等事，大大减轻了军中负担。

乌虏人绝对不会像他们一般爱护幽州的土地和百姓，只怕他们平定的两个县都已被他们狠狠劫掠了一遍，除了带不走的豪强地主的土地，其余能带走的只怕他们都已带走了。最后只需要把毁坏城池装作是白米众干的事，谁还能说他们什么。

众人气得脸色铁青。

"这些乌虏人当真无耻，好处都让他们占完了，还敢过来要赏赐？"杨忠发给气笑了，杀气凛凛地道，"这两个县的百姓还不知道被糟蹋成什么样子！在将军的封地欺负了将军的百姓，不教训他们就是好事，他们进关内久了，真是忘了当初被将军打得哭天抢地的模样了！"

楚贺潮勾唇，眼中却没什么笑意地道："白米众如今四处纷起，天子号召各地举兵打压白米众。乌虏人听命于朝廷，派兵平定了潘县、下落夏两地乃是有功，既然有功，他们当然敢来问我要赏赐。"

说罢，其余人都闭了嘴。这正是令他们气到火冒三丈却不能发火的原因，不仅没法好好教训这些乌房人，还得对他们笑脸相待。

营帐内的静默压得人心中憋屈。

元里垂眸静静思索着，楚贺潮突然问道："二哥，你怎么想？"

所有人朝元里看来。

元里抬眼，构思了番语言，道："将军莫要忘了，打击白米众是为朝廷做事，不是为将军做事，即使幽州是将军的封地，乌房人要赏赐，也应该向朝廷要赏。"

说着，他淡淡一笑，说道："乌房人受将军管辖。乌房人的功绩，也应由将军上书朝廷才是。"

至于怎么上书，怎么添油加醋，这都不是一个上谷郡的乌房大人可以决定的事。

其他人恍然大悟，杨忠发猛拍了下大腿："对啊，我怎能忘了这事！将军，应该让达旦问朝廷要赏赐才是，他打不打压白米众关我们屁事！"

楚贺潮无声笑了，"二哥所言极是。"

何琅叹了口气，还是心中窝火，郁郁不乐："那潘县、下落县两地的事我们就不和乌房人计较了吗？这两地必然受灾严重，只怕后面还得咱们自己贴钱修建城池，补贴百姓。"

元里闻言，突然笑了。

笑颜明艳，好似春风明月，眼中却藏着寒冰："何将军请放心。"他无声地冷笑一声，"我会让他们自己将这笔钱掏出来的。"

乌房人从潘县赶来涿鹿县需要七八日的时间，在这七八日之中，元里首先迎来了从渤海赶来的一队亲信。

这一队亲信有三十人左右，正是元里当初带到洛阳的三十个精英护卫。

他们各个神情刚毅，裸露在外的皮肤被晒得脱皮，但还是一路毫不停留地赶来，将匆匆提纯出来的足有三百斤重的细盐交到了元里手上。

带队的人正是元里许久不见的孟护卫孟严易，他抱拳道："属下幸不辱命。"

元里来到幽州之时带走了三百部曲。

这些部曲都是他用现代化军事理论培养出来的优秀人才，元里教了他们识字、基础的农耕和医疗知识，他们每一个人都对元里心怀感激，忠心耿耿。

元里扶住孟护卫，欣慰地道："辛苦你们了。"

他立刻命人给孟护卫等人送上饭菜和酒水，请来疾医为他们看身上的晒伤，安排了冰块在他们房中降温，事事安置了妥当。

等亲信们整顿好自己开始休息后，元里派人叫来了楚贺潮和杨忠发。

这两个人恰好正待在一块儿，听到元里叫他们过去后，两个人对视一眼，心中怀着期待地来了。

一进去，杨忠发便好奇地道："元公子，您是不是又有什么好东西了？"

进门之后，杨忠发率先看到了元里面前桌子上放着一个鼓囊囊的麻袋，麻袋口子已被打开，露出白花花像是雪一般的东西。

杨忠发奇怪道："您这是把冰块给磨成了粉末吗？"

但再一看，又不像是冰块粉末。

楚贺潮则大步向前，站在桌旁看了一会儿，忽然伸出手蘸了一点送到鼻前闻了闻，没闻到什么味道之后，他将粉末送入了口中。

下一刻，楚贺潮愣在了原地。

惊愕从他面上闪过，他不可置信地低头看着这袋东西。

杨忠发心里越发好奇，也快步走了过来："这是什么啊将军？"

这句话说完，杨忠发便急不可耐地也蘸了点尝了尝。明显的咸味在口中快速弥散，且没有分毫苦味，杨忠发眼睛瞪大，猛地朝元里看去："我的老娘啊，这是、这是……"

他激动得胡子都在颤抖，顷刻间压下了声音："这是盐？！"

这世上有这样洁白如雪的盐吗？！

楚贺潮也目光灼灼地朝元里看去。

被两双眼睛火热地盯着，元里也不吊人胃口，斩钉截铁地点头承认："没错，这就是盐！"

楚贺潮喉结一滚："很好。"他盯着细盐，忽然露出了笑。

杨忠发倒吸一口冷气,半天说不出话来。反应过来之后便是狂喜袭来,他哈哈大笑着用力拍着桌面,脸色涨红得好似喝醉了酒,又沾了一手指的盐放在了嘴里,被咸得表情扭曲,眼中却越来越亮,"好盐!好盐!盐味比粗盐重了许多不说,连一点苦味都没有,天子也没吃过这样的盐吧!"

元里端了一杯茶递给他:"杨大人,漱漱口吧。"

杨忠发连忙摆着手:"不漱不漱,元公子,你让我多尝尝这盐味,我可舍不得漱口!"

楚贺潮正捏着一点盐细细地观察着。

这些盐洁白,其中没有一丝杂质,并且颗粒分明,如同缩小了的一粒粒白米。

盐是非常重要的战略物资,可以和铁并列相提,甚至比铁更为重要。

想要士兵强壮有力,盐必不可少。楚贺潮也很注重幽州内各地盐池的把控,他自问见多识广,因为身份地位高,好东西也绝对没少见过,可这样的盐,他确实从来都没有见过。杨忠发说得不错,这样的盐,天子确实也没吃过。

"二哥,"楚贺潮缓声,嘴角带着隐隐笑意,"这些盐还有多少?是池盐还是井盐、海盐?从哪里得来的?"顿了顿,他侧头看向元里,眼中放光,"若是此处不在幽州内,抢也要将其抢过来。"

元里一一回答:"因为时间尚短,目前只有三百斤左右。这些盐是我命人去渤海南岸边提炼出来的,用的是新法,所以盐的味道、模样也与以往的粗盐并不一样。渤海南岸本就属于将军封地之内,自然不需要抢了。"

渤海南岸有丰富的浅层地下卤水资源,加上地势足够平坦,光照又很充足,一日的蒸发量很大,可谓是理想的制盐之地。

楚贺潮有些惊讶:"竟然是海盐……"

元里笑眯眯地道:"依将军和杨大人看,这海盐价值如何?"

"绝对是硬通货!"杨忠发率先回答道,"一旦贩卖,必定使万民疯狂。只是……"

他犹豫着问道:"这白盐,是否很昂贵啊?"

在北周,盐价是粮价的一点五到两倍,这个价格还是和平时期内陆的价格。若在偏远地区或者是少数民族聚集地,犹如幽州、凉州等地,盐价则会高至粮价的五倍。百姓们常常因为买不起盐而淡食，因此也导致身体瘦弱。

而一旦遇到战乱，盐价恐怕便会飙升至粮价的八到十倍。

杨忠发很怕元里这盐会卖得更贵。

但元里却道："如果要贩卖，此盐该与五谷同价。"

杨忠发猛地抬头看他，大吃一惊。

元里笑了笑，"杨大人，赚百姓的钱是没有意思的。要赚，那就赚外蛮人的钱。"他眼中冷意闪过，"此盐短时间内不会贩卖给百姓，等从外蛮人手中用高价赚取到足够的金银财宝和牛羊马匹后，再以低价在幽州开放细盐的贩卖。"

楚贺潮一瞬间心领神会："你是说，将这些盐贩卖给达旦一行人，从他们手中拿回劫掠潘县、下落县两地的战利品？"

"是也不是，"元里挑眉，忽然扬唇一笑，带着些调皮狡黠，扬声道，"刘先生，请为我拿些粗盐来。"

等刘骥辛拿来粗盐后，元里直接按照一比一点五的比例将细盐和粗盐混合，弄出了比粗盐好上许多的次等盐。

元里满意地点点头，擦干净手："这等次盐已比市面上的盐好上许多，乌虏人缺盐，他们又刚刚抢完大批金银财宝，自然变得阔气了许多。杨大人，您说我把这等次盐摆在他们面前，他们买还是不买？"

"当然会买，"杨忠发哈哈大笑，眼中精光烁烁，"乌虏人好大喜功，达旦此人更是容易骄傲自满。虽把这等好盐卖给他们我心中着实不甘，但能坑上他们一笔，我想想就高兴，元公子，这事就交给将军与我吧！"

元里道："那便辛苦二位了。只是除了用盐换来他们手中的金银财宝之外，最好再换一些牛羊马匹等牲畜，还有被他们俘虏为奴的白米众。"

杨忠发有些不解："牛羊倒是有可能。只是乌虏人宁愿将马匹卖给马商也不会给我们，再有一点，元公子，为何要换回白米众？"

"白米众即便有罪，也是中原的百姓，中原的百姓怎可给外蛮人当奴？"元里冷声，"杨大人，此事也拜托您了。这些细盐加上粗盐混合也有六石之多，能从乌虏人手里弄来多少东西，就看几日后的宴席了。"

杨忠发不由肃然应是。

之后，他们便开始商谈如何欺诈乌虏人。

等谈完后,杨忠发便和楚贺潮离开了。

回去的路上,杨忠发感叹完细盐之神奇后,忽然嘿嘿一笑,略带显摆地道:"将军,你有没有觉得元公子对我似乎比对你更热情些?"

楚贺潮捏着指骨,咔嚓响了一声,似笑非笑地看着杨忠发:"是吗?"

杨忠发没看到,继续炫耀地道:"你看刚刚说话,元公子一口一个'杨大人',还递水给我喝。但将军您呢,元公子统共也就叫了你一声,跟你说了两句话吧。将军啊,不是我说,元公子看起来和你不是很亲近啊。"

楚贺潮笑了一声:"杨忠发,你话怎么这么多。"

杨忠发后知后觉地察觉到了不对,他抬头一看楚贺潮的面色,顿时打了个寒战,赔笑道:"将军,末将说的都是瞎话,当不得真。您和元公子可是正儿八经的亲人关系,我就是个外人,怎么能比得过您在元公子心中的地位?"

楚贺潮听到这话,神色并没有变得好看,嘲讽意味更浓,眼中没有笑意。

他也感觉到了元里对他的过分客气。

说冷淡也谈不上冷淡,就是公事公办,既不生疏也不亲近,态度拿捏得恰到好处。

楚贺潮嘴唇抿起。

杨忠发偷看了楚贺潮一眼又一眼,总觉得楚贺潮这会儿有些吓人,像是处在暴怒的边缘,让他有点害怕。

他也没敢出声,两个人一路走远。

晚上,孟护卫等人醒了。元里带着他们去了涿鹿县泡泉,又一路说说笑笑地回来。

回来的途中,他们遇见了楚贺潮,元里向楚贺潮点了点头问了声好便擦肩而过。

等晚上元里要睡觉的时候,楚贺潮却找来了,在营帐外问元里要前几日落在元里这儿的衣衫。

元里一脸蒙地起床,到处翻找了好半响才找出了他那件背后划破许多道口子的深色单衣,搭在手臂上走出了营帐。

夜晚的风吹来时带着股热气,元里尴尬地笑着:"我以为将军不要这件衣服了，还没令人缝补呢。"

楚贺潮接过衣服："无事。"

元里就客气地等着他离开，谁知道楚贺潮却站着不动了。月光被乌云遮掩，元里的发丝被吹得凌乱，在火把映照下，仿佛是金子做的。

长久的对峙让气氛变得怪异至极，元里最终主动咳嗽了一声，问道："将军，您还有事？"

楚贺潮扯动了一下嘴角："二哥今天的心情是不是很好？"

元里不知道他为什么这么问，但他一点儿也不想跟楚贺潮在这里尴尬地耗下去了，于是摇了摇头，暗示道："不怎么好，没有多少说话的兴致。"

"哦，"楚贺潮不冷不热地道，"我刚刚看你和亲信们说说笑笑，还以为你心情很好呢。"

元里："……"

楚贺潮又说道："他们是你的亲信，给你送盐的人？"

元里点了点头。

楚贺潮笑了两声："不错。"

元里不明白他是什么意思，总觉得他在阴阳怪气："将军，您要是没事可说，我就回去睡觉了。"

楚贺潮刚要说话，元里就夸张地打了个哈欠，转身掀开帘子朝他挥挥手，双眼弯弯："将军，明天见。"

两天后，上谷郡的乌虏大人达旦带着一万骑兵来到了涿鹿县。

涿鹿县内已经备了宴会等待着他，当天傍晚篝火燃起，酒肉都端了上来。

楚贺潮坐在正中上位，左侧坐的是元里及杨忠发等几个军中将领。达旦一来，巡视了一圈，便大大咧咧地带着自己的亲信坐在了右侧一排矮桌之后。

一坐下，达旦就把身上的刀剑放在了桌旁地上，哈哈大笑着，笑声震得人脑瓜子疼。"哈哈哈哈，我好久没见到大将军了。一别数年，大将军还是英姿飒爽，气势勇猛啊。"

元里正坐在达旦的斜对面，在火光之中，他打量着达旦。

达旦看起来已有四五十岁，长得很是壮硕，他和部下皆是一副胡人的装扮，相貌普普通通，满脸都是横肉，只是声音很大，非常响亮刺耳，绝对是叫阵的一个好手。

楚贺潮也笑了，他抬手给自己倒了杯酒，端起杯子朝达旦举了举酒杯，戴着黑皮指套的手指摩挲着杯子："我还是和从前一样，但尔达旦却是老了不少。"

他说完，将酒水一饮而尽。

达旦脸色难看了一瞬，又很快恢复了过来，恶意满满地道："我当然比不过将军。不知道将军的双手可恢复好了？这么久过去了，将军的烧伤也不会再疼了吧。"

要是之前，达旦怎么自满也不敢挑衅楚贺潮。但他们乌庑人现在是北周朝廷的属臣，又是平定起义军的功臣，达旦自认有功，面对楚贺潮也有了底气，把之前对楚贺潮的恐惧全都给忘了。

左侧几个将领顿时气得脸红脖子粗，杨忠发猛地一拍桌子，厉声暴喝："好你个达旦，竟然敢对将军如此大不敬，我看你们今日是不想离开涿鹿县了！"

语罢，一整排的将领突地站了起来，整齐划一，噌的一声猛地将腰间钢刀拔出了一半。

周围所有的士兵见此，也同时拔出了武器，对着乌庑人虎视眈眈。

楚贺潮没有阻止，仍在独自斟酒。

达旦的脸色青了又红。

按理说，他有一万骑兵在外头，楚贺潮是万万不敢在这里杀了他的。

但此时，他的身边只有十几个部下。如果这些武将真的怒火上头直接砍杀了他，他身边的部下根本无力反抗。

楚贺潮又是个令他捉摸不透的人，达旦老了，惜命，他不敢去赌那万分之一的可能性。

达旦憋屈地站起身，抱拳闷声对着楚贺潮低头："我口不择言，还请将军原谅。"

楚贺潮从腰间摘下一把匕首，直接扔到了达旦面前的地上，冷冷道："既然知道说错了话，那就切向我谢罪吧。"

达旦怒道："楚贺潮，你莫要欺人太甚！"

楚贺潮猛地站起身，快步走到达旦面前，居高临下地看着达旦。

达旦已然很是壮硕,但楚贺潮比达旦还要高上一头。因为达旦的腰背已经挺不直了,以往的乌庹英雄在这样的对比下感受到了自己的苍老,他仰头看着面无表情的楚贺潮,内心深处几乎快要忘记的对楚贺潮的恐惧一点一点地浮现了出来。

"达旦,"火光映在楚贺潮的侧脸,明明暗暗的图案在他脸上跳动着,楚贺潮突然一笑,弯下身子,阴冷地低声,"还记得你们乌庹共主骨力赤的头颅差点被我一刀砍掉一事吗?"

达旦脸上的横肉猛地一抖。

五年前,建原三十四年。

楚贺潮带着十万步兵袭败了乌庹,从此乌庹迁入幽州听命于北周朝廷。那一战伤亡惨烈,楚贺潮用的是几乎是自损八百伤敌一千的打法。但这场战不得不打。

那场战争惨烈极了,楚贺潮骑兵太少,北疆原本十八万的大军死得只剩下十三万,部下死了数百人。而乌庹的共主,他们乌桓人贪婪矫健的雄鹰骨力赤,年纪轻轻便使所有乌庹势力的首领俯首称臣,却差点被杀红了眼的楚贺潮一刀砍下了头颅。

骨力赤最终躲了过去,可也因此断了一条手臂。

最终,达旦屈服地低下了头,弯腰捡起了地上的匕首,手哆哆嗦嗦地拔掉了刀鞘,咬咬牙就要切掉自己的手指头。

一旁的部下焦急地道:"大人不可!"

楚贺潮冷漠地看着。

关键时刻,杨忠发扮起了白脸:"慢——"

他脸上的凶煞之气陡然收了回去,对楚贺潮抱拳道:"将军,还是算了吧。美食都已端了上来,不要让脏污的臭血搅了我们吃肉的兴致。"

达旦停住了手,眼含期盼地看着楚贺潮,希望楚贺潮能够停手。

楚贺潮缓缓直起了身体,回身大步走到上位,扬起衣袍坐下:"那便算了,达旦,坐下吧,你自罚三杯便罢。"

达旦赶紧坐下,他长舒一口气。

热风吹来,他这时才发现不知不觉之间,背上已经汗湿一片。

经过这一场下马威，达旦之后老实了很多，在席上，言语间不忘向楚贺潮讨要赏赐，被楚贺潮以"为朝廷办事，朝廷给封赏"为由敷衍了过去。

　　达旦敢怒不敢言，咬着肉的模样凶狠得恨不得连骨头都一起嚼碎。

　　不过即便积攒了很多怒火，达旦也尝出了这饭菜的不一样。

　　说不出具体是哪里不一样，味道上和他平时所吃的有种说不出来的差别，但总的来说，要比平日里吃的东西味道好上一些。

　　一顿宴席结束，达旦有些意犹未尽，这时，有人送上来了一小碟雪白的粉末。

　　达旦定睛一瞧，瞧出来这好像是盐，心中又不确定。他用筷子蘸了蘸尝了尝，随即便大吃一惊。

　　他的部下们也蘸了点盐送入了嘴里，品尝到味道后，都露出了震惊的神色。

　　杨忠发一看他们这副没见过世面的样子就开心得精神抖擞，他不客气地嘲笑一声："乌房大人没尝过这么好的盐吧。"

　　达旦脸色难看地摇摇头。

　　杨忠发等人毫不客气地大笑出声。即便有些将领今日才第一次见到这般细腻洁白的盐，也忍住没有露出惊讶的神色。

　　笑完之后，杨忠发拍了两下手。有士兵拉着一车的盐停到了宴会旁。

　　杨忠发用"你占便宜了"的语气道："近日，我们得来了一批成色极好的细盐。本想留作己用，但看在你助我等平定了潘县、下落县的功劳上，便拿出一部分让你尝尝鲜。"

　　达旦眼睛一亮，站起身走到车旁用匕首划破了其中一个麻袋，口子中露出了白花花的细盐。

　　这些细盐中虽然还有一些发黄的粗盐，但成色确实是达旦从来没有见过之好，苦味更是几乎没有。达旦很心动，他嘿嘿一笑，贪婪地道："杨大人的意思是要把这些盐都送给我吧？"

　　杨忠发冷笑一声："乌房大人想多了，这些盐拿出来自然是跟你做生意。"

　　不等达旦再问，杨忠发便说了一升盐的价格，要比正常的盐价还要高上数倍。价格一说，达旦脸色就是一变，咬牙切齿道："这价格未免也太过昂贵了！"

"爱买不买，"杨忠发懒得搭理他，转头跟元里长吁短叹，"没想到上谷郡的乌房大人连这点东西都掏不出来。他没钱买，我们还不想卖呢！这盐总共也就那么一点，卖一点少一点，连骨力赤也没吃过的盐，他一个上谷郡的乌房大人凭什么能先吃？"

连首领骨力赤都没吃过。

达旦压着怒火，内心开始动摇。

元里轻轻一笑，说话温温柔柔，但语带轻蔑："乌房人原来只配吃低劣的粗盐。"

达旦一直压着的怒气倏地蹿起，他借机发挥，指着元里怒喝道："一个还没及冠的小儿竟然敢这般羞辱于我，来人！"

几个部下立刻拿起武器起身。

杨忠发何琅几个副将同时站起身，满面怒容，护在元里身侧毫不退缩地骂了回去："尔等手下败将，谁敢对我军中中郎将动手！"

"中郎将？！"

达旦半点儿不信，他眼睛一转，冲楚贺潮大声喊道："大将军这是何意！让一个还没及冠的人与我同席我也忍了下来，现在此人又对我出言不逊，大将军就什么都不做，就看着我等被欺辱吗？还是说即便我乌房人归属于北周，在将军心中还是如戎奴、月族一般的外人？"

楚贺潮抬眼看着达旦，慢悠悠地问："那你想让我怎么做？"

达旦凶残咧嘴笑道："把这人手指头切下来向我赔罪。"

这话一出，其他人顿时轰然笑开。达旦正觉莫名其妙，就见楚贺潮也笑了。楚贺潮看向元里，忍俊不禁："二哥，达旦想让我切你的手指，你说我该怎么办？"

二哥？！

达旦倒吸一口冷气，他惊骇地看向元里，后知后觉地知道自己说错了话。

元里神色不变，无辜地看向达旦："难道我说错话了吗？我看乌房大人这么犹豫的模样，还以为是乌房大人买不起我们的细盐，所以才说了句大实话。难不成是我理解错了？"

他站起身，朗声道："如果乌房大人能买得起盐，那我确实是有眼不识泰山。我自会向乌房大人致歉，若是我没说错……"

他转头同杨忠发促狭地道："乌房人只配吃低劣粗盐的事实，应当会很快传遍天下吧。"

达旦一下子被推到了风口浪尖上。

要是买了，这么多的钱实在让他心疼。要是不买，一个乌房大人如此吝啬，属实丢人令人嗤笑。

达旦神色阴沉："我要是买了，你打算如何向我致歉？"

"若是乌房大人买了，那我们就在细盐上再退一步。这些细盐贩卖给你时一部分收取金银，一部分就不收你的钱了，改为与你以物换物以表我的歉意，换得你部所饲养的牛羊等畜生，以及潘县、下落县所俘房白米众百姓。一升盐换五十人，您看如何？"

听完这话，达旦确实心动了。

白米众俘虏对他们来说并不重要，带回去也就是当作奴婢，他们靠的是放牧，也不需要这些人农耕。拿白米众去换细盐，对他们来说这是稳赚不赔的生意。而乌房人什么都不多，牛羊马等牲畜却很富余。

更何况刚刚才劫掠了两个县的战利品，达旦阔气得很。他在心中一算，觉得这价格尚可接受，但嘴上还是道："不行，一升盐最多三十个人。"

元里就等着他这句话，干脆利落地道："那就三十人。"

达旦又质疑地问道："你能做主？"

元里但笑不语，他扭头看向楚贺潮，轻快地朝楚贺潮眨了眨眼。

楚贺潮却突然生出了一点戏弄之情，想要逗一逗这个事事稳妥的二哥。

他不急不忙地摇着酒杯，反问了一句："你到底能不能做主呢？"

元里："……"

还好楚贺潮只逗弄了元里片刻，就给了肯定的回复："他自然能够做主。"

他们没同达旦说这盐是元里弄来的东西，这是为了保护元里不让他被乌房人盯上。达旦也丝毫没有察觉到这些细盐会和元里这个少年郎有关。

因为这笔交易，乌房人忙了一整夜整理交易物资。

金银财宝和奴隶他们随身带着，但牛羊需得回去之后才能送给楚贺潮。楚贺潮也不怕他们不给，第二日一早，两方便一手交盐一手交人和物，达旦心疼得脸都在颤抖,没心情在涿鹿县多留,带着人马直接走了。

等离涿鹿县足够远之后,达旦才表情阴沉地停了下来,同部下道:"去给首领送两句话,告诉他我们在楚贺潮军中看到的变化。还有那个没及冠的小子也很值得注意,派人去打听打听他的消息,一同给首领送去。"

部下应声打马离开。

达旦神情还是很难看。

他握紧着缰绳,看着眼前长满杂草的道路,心中阴森地想着。

今日之辱和丢失的钱财,等到以后,他达旦一定会十倍取回来。

上谷郡平定之后,两万大军便离开了涿鹿县。

他们并没有直接回程,而是按照所攻占城池的时间顺序一座座回去,查看白米众所建设的城池情况。

走着走着,天气慢慢变得不再那么炙热,开始有了秋季凉爽之意。

田地里一片金黄,已经到了秋收季节。

因为战乱影响,许多百姓拖家带口地逃难。田地无人伺候,尤其是豪强土地的数万亩田地,稻子成熟了也无人收割。元里注意到这种情况后,提议让士兵来收割稻子。

楚贺潮同意了。

两万大军的战斗力不是说说而已,万亩的田地几乎一天就能收割完成。每到一地收完稻子,都需要停驻几日整顿。不只要把稻子脱粒,也要给士兵们充足的休息时间。

为了鼓舞士兵,在收割稻子后,每晚士卒们都会多得到一碗堆得冒尖的新米饭。

新收的米做的饭最是香甜,因为这碗米饭,士卒们每日都干劲十足,从不抱怨苦和累。

作为一军之主,楚贺潮也带头下地,又是割稻子又是打谷子。他一动,将领们也跟着以身作则,一群打仗的军人霎时间变成了地里劳作的农夫。

这会儿的天气虽然没有夏季那么热,但其实还是骄阳似火。尤其是正午烈日顶在头上时,更是热得人头晕眼花。

楚贺潮便下了命令,令士卒在太阳初升前开始割稻,中午烈日炎炎时休息，下午日头不再那么炎热时再继续劳作。

元里也没偷懒，他充满干劲地投入到了劳动中，也跟着一起收割满田金黄的农作物。

没干多久，太阳就升了起来。凉快也就凉快早上那一个时辰，这会儿最后一点凉气也被消磨完了。日头大，地上燥，稻里的虫子爬来爬去，往地上吐口唾沫能一瞬间消失。

很快，元里就被晒得满脸通红，汗如雨下。

他把自己收割的稻子捆起扎堆放着，抬头一看，周围几个干活的将领已经豪放地脱了衣服，光着膀子干活。

元里扭头看向旁边的楚贺潮。

楚贺潮虽然没脱衣服，但把衣袖给卷了起来，汗珠子打湿了前胸后背两处衣衫。他干活比元里快多了，这会儿已经干完了自己那块地，正坐在草堆上休息，汗水从下颚上往下滴，优哉得很。

元里没忍住道："将军，稻谷上有很多小毛刺，你把袖子撸起来割稻子的时候不怕痒吗？"

楚贺潮还没说话，不远处的何琅就叉腰扯着嗓子道："痒啊！不过元公子别担心，附近就有河，割完稻子咱们就跳河里冲一冲！"

元里才想起来："对哦。"附近就有一条河。

楚贺潮余光冷冷地瞥了一眼何琅，将视线移到元里身上。看到元里通红的脸和脖子脸上粘着的小毛刺，捏着根草送到了嘴里，忽然问："累不累？"

元里一愣，点头："累。"

楚贺潮咬碎了嘴里的草根，一股甜味弥漫，他眯了眯眼，擦了把下巴的汗："要不要我帮忙？"

元里有些受宠若惊："可以吗？"

楚贺潮笑了，起身拍拍裤子上的毛刺，转身不紧不慢地离开，还悠闲地摆了摆手："明天见。要是明天能见到，我再帮你收割稻子。"

元里总觉得他这话说得别有深意，正想着，头上的汗滴到了眼睫上，他抬头擦了下眼睛，结果手背上的碎屑直接擦到了眼皮上，火辣辣地睁不开。

元里心道一声糟了，闭着眼睛摩挲着去找自己放在一旁擦脸的毛巾，结

224

果一脚踢到了石头镰刀,差点被镰刀砸到脚的时候,他忽然被一只大手往旁边一拽。

楚贺潮喘着粗气,似乎是从很远的地方一口气跑了过来,带着怒火咬牙切齿地道:"二哥,你在这儿奏乐跳舞呢?"

元里眼睛还是睁不开,眼皮上一片红,他茫然地抓住楚贺潮的手臂:"毛刺蹭到眼睛上去了,睁不开。"

楚贺潮低声骂了一句,板着脸让他站着别动,去旁边拿过他的毛巾一看,毛巾上都是稻谷上的毛刺,擦了只会更严重。

楚贺潮又回来拉住元里,大步往田埂边走去。

元里看不见,心里谨慎,不敢迈太大的步子,走了五步里被楚贺潮拽得跟跄了两步。他一声不吭,尽快适应楚贺潮的步速,但忽然间,楚贺潮停下了脚步。

元里脸上又痒又辣,他忍着去挠的欲望,侧耳道:"怎么了?"

话刚说完,元里就感觉到有人走到了他的背后,伸过来了两只强壮的手臂,直接勒住他的腰间,活生生把他从地上提了起来,像是大人提起小孩一样。紧接着,楚贺潮就大步流星地带着他往田埂上走去。

元里脚不着地,腰被勒得生疼,反应过来这是什么姿势之后,他的表情僵住了。

元里身体僵硬地绷直,跟个人形柱子一样被楚贺潮给提到了河边。

被放下来脚沾到地上的那一刻,元里面无表情。

比脸上的刺挠更难受的是心中的羞耻。

脚一沾地,楚贺潮就拉着元里往河边比较结实的泥地走去,到地方后,他道:"蹲下。"

元里深呼吸一口气,尽力缓解面上火辣辣的红意,摩挲着蹲下身,够到了河水。

河水清凉,他掬了一捧往脸上浇去。

一碰到水,脸上的痒意和辣意开始缓慢缓解。元里洗干净了脸后松了口气,终于睁开了眼,旁边适时递来了擦脸的巾帕,元里下意识说了一声"谢谢",拿过来擦了擦脸。

但越擦感觉越是不对,元里睁开眼一看,手里的哪是巾帕,分明是楚贺潮的衣衫。

他往上抬头，对上了楚贺潮看好戏的眼神。

楚贺潮也蹲在了他的面前，结实的大腿肌肉绷着，元里手里的这块布料就是他搭在腿边的衣衫。

"二哥，刚刚我的动作还挺快的吧？"楚贺潮戏谑道。

元里扭头看着地上，松开手里的衣衫，不搭理楚贺潮想逗弄他的话，正经地跟他道谢："多谢将军带我来河边洗脸。"

但这么说楚贺潮显然不满意，带笑的神情反而冰冷了下来。

楚贺潮没动，就这么蹲着，忽然压低脊背靠近："元里，我到底哪里惹你不开心了？"

元里没听懂："将军这是什么意思？"

楚贺潮冷笑："你心里知道。"

元里更听不懂了，他看向楚贺潮的脑袋，怀疑他是不是热昏了头。

"说吧，"楚贺潮从一旁杂草里摘了一根草在指中碾断，"让我知道我到底错在了哪儿。"

说到最后几个字，他加重了音，从牙缝里挤出，让元里感到他恨不得嚼碎自己骨头和血肉的狠劲。

元里皱眉："将军没做错什么，不只没错，我还要感谢将军出手援助。"

元里无奈。

他这一路走来，没跟楚贺潮闲聊几句话，一时也想不起来许久之前他关心楚贺潮睡觉反而被凶了的事，光论最近一个月，楚贺潮确实没做错什么。

"将军有话可以直说，"元里直接道，"我真猜不到你是什么意思。"

楚贺潮仔细分辨着他的神色，过了一会，发现元里是真的忘记了之后，他的心情反而变得更加不好了。他淡淡道："这一段时间，你就一直对我客客气气的。"

元里想起来了，他心中一瞬间有些心虚，又想起了那晚楚贺潮凶他的话。顿时敷衍笑了两声："有吗？"

楚贺潮紧紧盯着他："有。"

元里忽然又感觉脖子上开始痒了，他忍不住抓了几下，才想起来脖子上还沾着一些碎屑和毛刺。

他眼睛一亮,这不就是打断谈话的借口吗?

元里立刻把领子往下拉了拉,凑到水边洗着脖子:"将军,我先洗一洗脖子,毛刺扎得我不舒服。您先回去吧,不必在这里等着我。"

楚贺潮嗤笑一声,慢条斯理道:"你洗,我等着你。"

元里:"……"

他洗得更加认真了。

一旁的老树垂下千百条交错的树枝,影影绰绰地投下青色的影子。水中波纹荡漾,阳光从树叶之中散落在水面之上。

元里的脖颈红了一片,有的是被刺的,有的是自己抓的。几道红色的挠痕浮现在皮肤上。水沾湿了领子,元里又把领子往下面拉了拉。

楚贺潮眼睛余光往他脖子上瞥去。

忽然,元里转了过来,低着头道:"将军,你帮我看看。"他一手抓着头上盘起来的发丝,身上沾染着的稻草清香飘到楚贺潮鼻端。

楚贺潮不解道:"看什么?!"

元里莫名其妙地抬头:"当然是看我的后脖颈上是不是还有碎屑……"

楚贺潮站起身刚要回话,就看到不远处一群干完活的大老爷们正满头大汗地往这边走来。

"这天怎么这么热,入秋了还是这个鬼天气,是不是走到蓟县才能凉快下来?"

"谁知道,不过这几天可比前些日子好多了。我说杨兄啊,你割稻子手法当真不错,在哪里练的?"

"过奖过奖,我夫人在自家就种了一片田地,我都割了十几二十年了,这要是还不好,我夫人都能把我耳朵揪断!"

说说笑笑之间,他们越靠越近。

楚贺潮抿着唇,倏地转身不发一言地跳进了河里。

元里吃惊地看着他:"将军,你鞋子衣服还未脱。"

楚贺潮闻言眼皮一跳,抬头朝元里看了一眼,跳下水的水花溅了他一身。

楚贺潮看着元里半晌,突然压低着声音:"二哥,你也下来。"

元里被他这一系列的操作给弄得有点好笑,他也不着急去洗脖子了,蹲在河边看好戏:"我为什么也下去?"

楚贺潮沉着脸,声音更低:"天热人躁,下来凉快凉快。"

元里扑哧笑了一声,肩膀极力忍着抖动。

他好像被楚贺潮给传染了似的,看着楚贺潮这副狼狈的模样,心里的坏心思就一个劲儿地往外冒,想要好好逗弄逗弄楚贺潮。元里屈膝托着下巴,面上的笑容极讨人喜欢,说道:"可是将军,我现在不想下水怎么办?"

楚贺潮看着他的笑颜,嘴角忽然冷冷一笑,抬手就把元里扯下了水:"那就硬办。"

元里猝不及防摔进了水里。下一秒他黑着脸冒出了水面,猛地抹了把脸上的水:"楚贺潮!"

第二次了!

话还没说完,楚贺潮就抓住了元里的肩膀,将他往水里压了压,还不忘问道:"怎么样二哥,凉快一点儿了吗?"

杨忠发一行人已经走到了河边,抬手就跟他们笑道:"哟,将军、元公子,你们也在啊。"

元里突然被偷袭,也顾不上其他,本能地抬脚重重踩在楚贺潮的脚上,猛地抬起头:"楚贺潮,我记住这事了,你给我等着。"

楚贺潮疼得表情微微一变。

杨忠发他们打完招呼就下了水,一个个特别坦然,脱得精光,还尤其不解地看向元里和楚贺潮,又继续问道:"元公子,将军,你们怎么还穿着衣服洗澡啊?"

元里皮笑肉不笑地道:"那就得问问你们将军了。"

众人的目光聚在了楚贺潮的身上。

楚贺潮沉默了一会,面无异色地道:"顺便洗衣服。"

诸位将领恍然大悟,他们心里纳闷洗衣服为什么要穿在身上洗,但看着楚贺潮的脸色,都明智地把问话压了下去,三三两两地说说笑笑,不再去问。

元里冷笑:"将军,我们是不是该上岸了!"

楚贺潮眼睛一转,下意识地把刚往外走出一步的元里再次拽了回来。

元里被拽得往后退了一小步,又差点摔到水里。楚贺潮见状,惊得连忙把他提起来。

　　元里额头青筋绷起,眼里全是怒火,侧过头,咬牙切齿道:"楚贺潮,你在干什么!"

第 7 章　剿匪

楚贺潮的脸色一瞬间青红交加。

反应过来自己干了什么后,他烫手山芋般倏地松开了手,往后退了好几步,猛地转身往后跑去。

但跑得太急,背影一个踉跄,脚底打滑,直接栽到了水里。

一个巨大的水花扬起。

元里眉头一抽,下一瞬,楚贺潮已经从水里爬起,黑着脸毫不停留地大步跑向了河对岸,头也不回地落荒而逃。

全程看到这一幕的何琅目瞪口呆,下巴都要掉到了河里:"这这这,将军这是怎么了……"

但他转眼就打了个寒战,开始担心自己了。

看到将军这么丢人一幕,他真的不会被灭口吗?

元里的怒火还在燃烧,但也被楚贺潮这丢人样子给弄得无语至极。他嘴角抽搐两下,故意在楚贺潮上岸时提高嗓音:"楚贺潮——"

已经登上岸的男人脚步一滑,差点又栽到河里,最后头也没回匆匆跑没影了。

这一跑,就一整日也没见到人影。

直到晚上,楚贺潮才穿着皱巴巴的衣服,背着一只鹿放到了元里营帐前。

他在外头站了半响，比站岗的士兵都要站得笔直。直到站岗的士兵频频看过来，楚贺潮才说道："去跟里面的人说我来求见。"

士兵走进营帐，没一会就走了出来："将军，公子说不见。"

楚贺潮深吸一口气，眉眼还是沉着又冷冽，像是完全恢复了冷静，他再道："就说我是来请罪的。"

士兵又跑进营帐，这次，里面的人终于让楚贺潮进去了。

但楚贺潮反而踌躇犹豫了起来，甚至有种想要拔腿逃跑的冲动。营帐里的人好像洞悉了他在想什么一样，不冷不热的声音传来，一看就是怒火未消："将军是打算站在外头请罪？"

楚贺潮："……"

他抬步走了进去，进去后没看元里，直接盯着虚无一点干脆利落地道："上午的事是我犯浑了。"

"你就这么请罪的？"元里冷冷地道。

元里这会儿的怒气已经消了很多，不怎么生气了。

但就算不生气，元里也得为上午的自己出出气。

楚贺潮要是没把他拽下水，没把他往回拽那么一步，还会发生这么尴尬的事情吗？还会有让他现在想起来还不自在吗？

元里想起这件事，气得又是牙痒痒。

楚明丰说得太对了，楚贺潮真真是太难管教了。

怎么教，他都是一根硬骨头。

楚贺潮闻言，只好抬起眼看向元里。将军站在烛光暗处，在看清表情严肃的元里时，下颚更是绷紧，低声道："对不起。"

元里面无表情，端坐着看着他，当真有了几分长兄如父的凌厉："然后呢？"

楚贺潮喉结滚滚："我错了。"

"楚贺潮，"元里好像失望一样，"你数一数，自我认识你到如今，你到底说过几句'我错了'。"

楚贺潮一怔，一声不吭。

元里又道："又有哪一次，你是当真明白了自己做错了什么，诚心与我认错的？"

楚贺潮还当真敢说，慢吞吞地道："将幽州刺史之印给你的那次。"

"……"元里真没想到他竟然有脸回答，直接给气笑了，抓着漏洞，"所以其他几次都不是真心和我认错的？"

楚贺潮才察觉到说错了话，他嘴唇生硬抿起，否认："不是。"

元里呵呵一笑："那你说说，你今日错在了哪里。"

楚贺潮站得离元里远远的，中间至少隔了两张桌子的距离，他声音低沉："其一，我不该拉你入河。"

不错，元里暗中满意地颔首。

"其二，我不该将你按到水里。"楚贺潮继续说道。

元里心里舒服顺气了，他道："还有呢？"

楚贺潮想起了上午在河里被踩疼的脚，神色越发冷峻，道："其三，我不应当调侃二哥时过于开心。"

元里："……"

元里："你说什么？你再说一遍？"

楚贺潮神情古怪地看了元里一眼，似乎在想元里的耳朵是不是白日里灌进了水："我说，不应当调侃你时太开心——"

"闭嘴！"元里噌地一下怒气上头。

好家伙，你认错就认错，说这一句是什么意思？这是道歉？我看你这是挑衅！

元里脸色一沉，猛地站了起来，大步走到楚贺潮面前，双目含火地看了他半晌，直接一脚踹了上去。

楚贺潮闷哼一声。

他被元里揍了十几下，一直忍着没还手，元里出了一头的汗后直接掀开营帐，道："将军请离开。"

楚贺潮擦擦嘴角有破损的伤口，余光瞥了瞥元里，什么都没说，听话地从元里的营帐里走了出去。

元里当天晚上令人收拾出了行囊，第二天一早便带着亲信部下离开了队伍，提前一步往蓟县赶去。

楚贺潮第二日想过来找人继续道歉时，看到的就是人去楼空的营帐。

与此同时，汝阳县内。

因为元里诛杀起义军立了军功，建原帝欣赏他年纪轻轻便这般勇猛，有心想要激励各方英杰奋勇杀敌，也想塑造一个少年英雄，便直接大笔一挥，封了元颂为关内侯。

关内侯乃是侯爵之一，一般是对立有军功将领的奖励，封有食邑数户，有按规定户数征收租税之权。一旦被封为关内侯，虽只是虚名，但这代表着汝阳县内的税收都归于元颂了，虽无封地，但已然和独自坐拥汝阳县无差了。

朝廷太监来宣旨的时候，元颂老半天没回过来神，他直愣愣地不敢相信，满脑子都是：我儿子封侯了？我儿子给我挣了一个侯爵？

元颂好像如在梦中，脚下飘忽，心潮澎湃。

他出身极低，能够做官都是因为老师为他举了孝廉，哪怕如此，元颂做了二三十年的官，仍然只是一个小小的县令，因为他没有好的出身，所以一辈子也没有晋升。

正是因为如此，他才更加望子成龙，希望元里能够替他实现自己的抱负。但没想到啊，元颂怎么也没想到，他没想到元里竟然能干出这么大的事！

他都快到不惑之年了，谁能想到竟然能靠着儿子的功劳一步封了侯？

朝廷来的赵太监笑眯眯的，语气极为亲热地凑上前："汝阳君啊，您也是大有福气啊。"

一旁的陈氏已然眼含热泪地拿着帕子擦拭着眼角，瞧见丈夫还没回过神的样子，带着一腔激动心情轻声唤道："夫君，还不快谢谢赵公公。"

元颂这才恍然醒神，瞬间激动得满脸通红，说话都有些语无伦次，连忙道："赵公公请进，快进府里喝杯热茶。"

赵太监笑呵呵地拒绝了："天子还在宫中等小人回去呢，小人就不喝您的这杯茶了。"

虽说不喝茶，他也没立刻走，而是站着不动。

元颂心领神会，立刻令人赶紧送钱财过来。

林管事亲自去准备赏钱，气喘吁吁地一路小跑将银钱送到了赵太监手里。

赵太监一摸钱袋，心里就知道这钱不少。他对元家的诚意很满意，不介意多给他们说几句好话，有意想卖个好："天子很喜欢您的儿子，据我所知，元郎好像还没及冠吧？"

元颂心中一紧，笑着道："是，小儿还有两年及冠。"

赵太监意味深长地道："我会跟天子表明此事。没准那会元郎福泽深厚，还能得到天子亲自为他取的字呢。"

元颂面露喜色，连忙俯身下拜："多谢公公好意！"

赵太监满意他的识趣，自己也不敢将话说得太满："哎，这事还没确定呢，汝阳君可不要同别人说。"

"是是是，"元颂又让人送上了一箱钱财，"辛苦公公了。"

等赵太监走了之后，整个元府瞬间陷入了欢喜之中。

元颂的两个妾室与几个儿子也站在一旁露出欣喜神色，要是元里得了侯，他们还不一定这么高兴，但得侯的是老爷，这就是阖府的大喜事了。

元颂的几个儿子眼睛转来转去，已经想好怎么同旁人炫耀父亲封侯一事了。

陈氏激动的眼泪已经湿了一个手帕，笑容却收不起来："夫君，如今别人也该叫你一声汝阳君或是汝阳侯了。以后的汝阳县可彻底是咱们说的算了，那尉氏、王氏两家只怕会被此事吓得再也不敢在我们面前耀武扬威，如今他们谁还能比得上咱们。"

元颂哈哈大笑，摸着胡子点了点头："不错。但夫人，我们不能因此而得意。里儿将此功让给我，想必也是想让我好好护住汝阳县，为他稳住后方。如今有了爵位，我做事便可大胆一些了，田地粮食和农庄的部曲也可好好经营了，我必为我儿提供足够的粮食和可信的下属，决不能让他有难时却什么都拿不出来。"

陈氏眼角笑纹更深，轻声道："夫君说得是。"

其他夫人和儿子听到这句话时，没忍住露出几分嫉妒神色。

但元颂和陈氏毫不在意，他们低声说了几句话。陈氏忍不住期盼问道："夫君，那天子取字一事，你看咱们里儿可有这个福气？"

元颂听到这句却忍不住叹了口气，他摆了摆手，心头有些沉重："还是不要有这个福气为好。"

陈氏迟疑地问道："夫君这是何意？"

元颂摇摇头，令她准备庆贺宴会，独自回到了书房之中。

元颂对天下的走向并不敏感，反倒有些迟钝。因此，元里在临走之前专门为元颂分析了番天下大事，元颂便知道了这个天下早晚将要混乱。

北周延续了三百年，如今也到了生死存亡之际。元颂从出生开始便是以北周人自居，他从未想过北周有一天会不存在。

但即使对未来再怎么忐忑不安，元颂也知道得皇帝赐字在这个关头可谓是个双刃剑。

若是北周朝廷没有被颠覆，那得皇上赐字自然是锦上添花的好事。然而一旦北周真的亡了，这个赐字岂不是会牵连他儿，间而牵连到整个元家？

这样太过危险，元颂宁愿不要这个赏赐，也不能连累元里这个整个元家崛起的希望。

既然如此，那就只能提前及冠取字，不惜惹怒赵太监了。

元颂提笔写信，将此事事无巨细地一一告知，并令元里做好提前一年办及冠仪式的准备。他会为元里找到一个完美无缺的借口提前及冠，即便元里待在边疆，也不影响冠礼。

而男子一旦及冠，便可以做许多事了。

写好信后，元颂便叫来了人将信送往北疆，严肃吩咐道："此信不得遗失，若路上遭遇意外，直接将此信销毁！"

亲信当即道："是！"

元颂颔首，让他离开。当夜，元颂便披着蓑衣，去拜访了元氏一族的族长。

族长是元颂的二爷爷，从小看出元里的聪明伶俐后便十分疼爱元里。但他已经老了，自从七八年前便只能躺在床上，生平最大的愿望便是希望能看着元氏发扬光大。

元颂脱下蓑衣坐在床边，将元里立功而他被封为关内侯的事情说给了族长听。

族长大喜，双眼冒着精光，一瞬间红光满面，好像年轻了数十岁一般，拍着床榻不断道："好好好！"

元颂关心了他几句身体，终于压低了声音，将他想要提前为元里办及冠礼的打算说了出来。

族长听完，便知道他在想什么了。

族长沉默了一会,强撑着坐起身,元颂连忙将他扶起来。靠坐在床柱上后,族长叹了口气,语气中却满是欣慰:"我熬了这么久,没想到有一天,我这老骨头也能为元氏出一把力了。"

元颂愧疚道:"二爷……"

族长抓紧了元颂的手,浑浊的眼中含着毅然的决心:"你放心吧,我这把老骨头本就活够了。能看到你封侯,知道里儿有出息,我也心满意足了。延中,你这个决定做得好,很好。如今世道乱了,他们又讲究及冠才能出仕,早一年及冠总比晚一年及冠好……等你们做好决定,只管告诉我。我本命不久矣,会将想看里儿提前及冠作为我的临终遗愿的。一个族中老人的遗愿是让他提前及冠,那么他提前一年及冠便不会惹人闲话,人人都只会夸他孝顺。延中啊,我也只能为你做到如此了。"

元颂眼含热泪:"这便够了。"

说完,他起身跪在地上,结结实实地给族长磕了三个头。

族长坦然受了。

元颂走后,族长的儿子进屋,站在床边无声哽咽。

族长咳嗽了两声道:"这么大的人了,你哭什么!"

儿子声音沙哑道:"爹,儿子想让您多活几年。"

"我活着只是你们的负担,"族长苍老的声音缓缓道,"我死了,你们的路却宽了。明日你把你的长子二子送到元颂那儿,让元颂将他们送到里儿身边,跟着里儿一起建功立业。里儿远在边疆,身边还是要有本家兄弟帮衬为好。"

儿子迟疑道:"长子元楼倒是性子沉稳,可以一去。但二子元单那小子是否太过顽皮?"

"他聪明,有天赋,只要里儿肯重用他,他一定会有一番作为。"族长道,"说不定这兄弟俩,以后还可以名留史册啊。"

儿子只觉得这绝无可能,有些啼笑皆非,觉得爹真是年纪大了,什么话都敢说了。他摇了摇头,自己都臊着慌:"爹,您太高看他们了,哪怕元里有出息,也不代表下一辈的孩子都能有出息啊,能有个元里就够好了。更何况名留史册?爹,历朝历代千百万人,能名留史册的只有寥寥啊!"

"你还是不懂啊。"

族长闭上了眼睛叹道:"三百年前,跟着太祖打天下的将领都已是名声传天下的武将。这些将领之中,有不少都是太祖的本家兄弟,是太祖建功立业的班底。难道太祖当真有真龙之气,所以连老天爷都将天生武将都放在他的身边供他使用吗?不是这样的啊。"

　　族长声音逐渐弱了下去:"是因为太祖将他们带在身边,才能让他们有学习立功、崭露头角的机会。是因为太祖成了天子,他们才因此被赞颂成千古名将,得以名留青史啊。"

　　儿子大惊失色:"爹,您怎可拿楼儿、单儿同太祖身边的将领比!"

　　族长深深吸了口气,颤颤巍巍地把枕旁把玩的核桃重重扔到了儿子身上:"我怎么会有你这个傻儿子!"

　　蓟县。

　　元里一行人快马加鞭,用了不到十日便回到了蓟县。

　　元里提前一步离开,也不是全然被楚贺潮给气到了,更重要的是因为他接到了信,张密已然在蓟县等了他许久。

　　回到蓟县那日正好是下午,元里让人去叫张密,自个儿快速地洗了个澡换了一身衣服。

　　等他出来后,张密也刚刚来到了楚王府。

　　但张密不是一个人来的,他还带来了一个名叫钟稽的马商。

　　因为不确定元里愿不愿意见到钟稽,两个人正在外面等着呢。

　　"钟稽?"元里抿了一口茶,眉头微挑,看向坐在下首的詹少宁,"少宁,我记得此人是兖州的马商,和兖州刺史车康伯有些关系。"

　　许久不见,詹少宁变得自信了许多。脸上的忐忑已然消失,更多了几分沉稳沉着,眼中闪着明亮的光,瞧起来胸有成竹,恢复了一些以往的开朗。

　　他笑着道:"没错,车康伯的马匹大多都是这个马商提供的。"

　　元里若有所思,将茶碗放下:"看样子,兖州最近不太太平啊。"

　　郭林在元里耳边低声说了几句话。

　　元里叹了口气:"原来是为妻女报仇的可怜人。"

　　钟稽前些日子得了一批新马,其实有几匹通体雪白的白马。因为女儿吵闹着要去看白马,钟稽便带着爱妻爱女一起去取马。谁知回来途中遇到了土

237

匪劫道，马匹被抢，妻女惨死。钟稽求车康伯灭了那群土匪，可车康伯却不敢对上那群凶悍的土匪，便三言两语打发了钟稽。

钟稽走投无路，满心悲凄，他找了许多人都毫无办法。这个时候，张密告诉他了元里仁义之名，钟稽如获救命稻草一般，这才找到了仁善之名远扬的元里。

张密和钟稽正在外头等待着元里的召见。

钟稽长得相貌堂堂，此时却憔悴万分，眼底青黑。他心中忐忑难安，时不时往门内看去。没过多久，他实在忍不住了，来回踱步不止，看起来心绪极为不宁。

张密低声安慰着他，但钟稽冷静不下来，他实在没办法了，元里相当于是钟稽的最后一根救命稻草。

钟稽一想起妻女死去的惨状，心头便绝望愤怒。他甚至做好了最坏的准备，若是连元里都帮不了他，他便打算带着全副身家投身白米众，求白米众为他报仇雪恨。

张密对元里很有信心，他道："钟兄，你且放心，元公子是不会不管你这事的。"

钟稽苦笑一声，没有将心中忧虑告诉他。

那群土匪做事凶狠，连兖州刺史车康伯都只能避其风头。元里虽有仁善之名在身，但他初来幽州，即便是想助他，当真愿意对上那些山匪吗？

即便真的愿意对上那些山匪，元里手中可有兵马？

北疆的大将军楚贺潮虽然有十三万大军傍身，但当真愿意借用兵马给元里用吗？

钟稽越是想就越是不安，各种各样的"不可能"沉甸甸地压在他的心头。正当他陷于这七上八下的心绪中时，终于有仆人走了过来，"两位请跟小人来。"

钟稽与张密对视一眼，匆匆跟了上去。

他们一入正厅，就见到上方端坐着的元里。两个人行礼道："小人拜见公子。"

"不必多礼，"元里笑着道，"两位请坐。"

张密起身坐下，但钟稽却还弯着腰不肯起身。元里皱眉道："你这是？"

钟稽双膝一弯，给元里结结实实行了一个大礼，声音哽咽道："小人兖州济阴郡钟稽。请公子原谅小人鲁莽，但小人已走投无路。请元公子为小人妻女报仇雪恨，小人愿以身家性命为酬啊。"

元里走过去扶起了他，将他按到椅子上坐下："快请起。有什么难处你尽管说，何须行如此大礼？"

钟稽咽下悲痛，平复平复心情，将妻女被杀一事说出。

当事人亲口说的惨剧和听旁人说的感觉完全不一样，等他说完，元里便冷着一张脸，隐约可见的怒火翻滚着："这群土匪是哪里的土匪？"

钟稽看到他这般生气的模样，觉得心安了许多。他再一次起身给元里行礼："那山匪埋伏在沂山中，自称沂山军，人数众多，绵延数个山头。他们不只势力强大，各个还心狠手辣，祸害了不知多少同我一般的过路百姓。元公子，小人求求您为我做主啊！"

元里张张嘴，正要说话，脑海中的系统便跳了出来。

万物百科系统已激活。
任务：平定沂山军。
奖励：煤矿分布图。

如果钟稽的妻女是在幽州内遇的难，那么元里毫不犹豫就会同意剿匪，因为在幽州的地盘上，他有权力有道义这么做。

乱世之中死的人太多，元里早已经看淡了生死。他同情于钟稽的经历，愤怒于他妻女的遭遇。同情是真的同情，愤怒也是真的愤怒，但因为他的恳求而越俎代庖地挺进兖州，替兖州刺史出兵剿匪，靠的不仅仅是同情和痛惜。

这是一个很现实的问题，根本在于钟稽有没有价值让元里为他这么做。

如果可以，元里也并不想这么权衡利弊。但他却理智地明白，他必须要按下良心，冷静地去思考去选择。

张密既然将钟稽带到他的面前，就代表着钟稽有一定的价值。但即便钟稽以身家性命相托，元里也无法当即下决定。但此刻系统一出声，完美化解了元里内心的挣扎，元里忍不住在心里松了一口气。

他心想:"谢谢你,系统。"

有了足够的理由,元里就可以不用去拒绝钟稽,他一口应下:"此事任何的有识之士都看不过去,你既然求到了我这儿,我必然答应。"

钟稽猛地抬头,眼中就是一热。他跪伏在地不断道谢:"只要公子可为小人妻女报仇,小人愿为公子做牛做马,并送上一份大礼给公子。"

詹少宁好奇问道:"是什么大礼?"

钟稽铿锵有力地道:"铁矿。"

在场数人倒吸一口冷气,哪怕是元里,听到这两个字都眼皮一跳。

"你有铁矿?"詹少宁都跳了起来,"乖乖,你有铁矿,车康伯竟然都不愿意为你去剿匪?"

车康伯难道傻吗?!

钟稽苦笑道:"车大人并未听小人说完,便将小人赶出了门。"

车康伯自然不傻,他只是不知道钟稽有什么。而钟稽也不是个蠢货,自然不会将铁矿随口说给别人听。

铁矿是个好东西,但这东西是官家管的。门阀世家、豪强地主敢偷偷派奴隶开采,他们这样的商户却没多少底气敢碰。这个铁矿也是钟稽机缘巧合下得到的,他也一直没敢声张,将其作为最后一道保命手段。

先前去求各路人马为他报仇雪恨时,钟稽不知道这些人是否会信守承诺,他原本准备的是谁答应了他要为他平定土匪后,他再将铁矿一事说出,用铁矿作为重宝答谢。

只是钟稽没有想到,他找了各方势力,一直到元里之前,所有人都没有耐心撑到他告知有铁矿一事,便将他三言两语打发走了。

钟稽既笑这些人目光短浅可笑,又哀叹世态如此炎凉。

不过如今,他终于找到一个还未说出矿藏,便斩钉截铁说要为他做主的人了。

"钟稽,你这铁矿有多大?"元里沉吟道,"我有心想提前与你借用一些铁矿,打造武器配备兵马前去剿匪,你可愿意?你大可放心,我不是那等强取豪夺之人。我若是没有做到答应你的事,就绝不会要你的这份大礼。"

钟稽毫不犹豫地便道:"小人愿意。"

说完,他就站起身,略显着急地问:"那大人何时同我去开采铁矿?"

元里派郭林带着钟稽去找赵营,令赵营带着五千白米众俘虏一起前去铁矿挖铁。

等他们离开后,张密还留在这里。

元里叹气道:"子博,令你在蓟县等我许久,真是对不住你。"

张密忙道无事,随即表明了自己的来意:"元公子,幽州张氏想投靠于您。"

听到这话,詹少宁朝着元里眨了眨眼,一副"我说对了吧"的得意。

元里淡淡笑了笑,令人送上凉茶:"子博,有句话我不得不提前问一问你。"

张密道:"公子请说。"

元里问:"你到底是想投靠于我,还是想要投靠楚王府?"

张密愣住了。

不只是张密愣住了,詹少宁也愣住了。

元里还是一副气定神闲的模样,等着张密的回答。

他并不缺一个商户的投靠,只是有些事必须搞清楚。如果张氏投靠他,那他以后拿出来的秘密东西便可交于张氏去做。如果张氏想要投靠楚王府,那么元里也会正常地对待张氏和张氏做生意,只是也止步于此了。

张密张张嘴,想说投靠您和投靠楚王府不是一样吗?但说还没说出来,额头已经沁出豆大的汗珠。

这当然不一样。

元里姓元,楚王府姓楚。这一刻,张密无比清楚地认识到了这两者的差别。

那么他该选择哪一个呢?

张密紧张得心快要跳到嗓子眼。

按理说,他应该选择楚王府。

楚王府势大,幽州就是楚王府的封地。有了楚王府做靠山,张氏还怕什么?

但此刻坐镇幽州的却是元里啊,元里为楚家掌管后方,不管地是谁的,权力掌管在元里的手中,而且他还这么的年轻,如果一坐镇幽州,便是几十年呢?

不过楚贺潮可是有十三万大军的大诸侯,是名正言顺的下一任楚王!有兵有马在如今便是话语权。

那元里又差了吗？

元里的名声比凶名在外的楚贺潮要好上许多，脾气也比楚贺潮好上许多。张氏同元里打交道要比同楚贺潮打交道要顺畅得多，而且背靠元里，就相当于还是能够沾着楚王府的威势，这样不是也很好吗？

更何况元里还没有及冠，做事却如此老道，他以后的成就难道真的比不过楚贺潮吗？

张密脸上的汗已经滴落在了地上，他抬头朝元里看了一眼，便见元里已经喝完了一杯茶了。

张密一个激灵，才反应过来自己想得太久了。

好像有一盆凉水迎头浇下，张密反而瞬间清醒了下来。他深深弯腰行礼，掷地有声地道："张密拜见主公。"

元里摇头笑了："你可以说实话，不必怕得罪我。"

张密摇摇头："能为两个并不喜欢的虞氏美人思索后路、能对钟稽拔刀相助的您，我知道您不会因我投靠谁而怪罪我，请您放心，这正是我心中所想。"

元里莞尔："先前我与你说过，让你尽可能去找买马渠道，我会用比香皂更好的东西和乌房人做生意，你还记得吗？"

张密连连点头："小人记得，我正想要和您说这件事。因为入了秋，草原上的草即将枯萎，牲畜无粮草可用，乌房人和我们做的交易变得越来更多。自从您上次吩咐到现在，我从乌房人的手里已经买来了将近五百匹的马匹，不日便会叫人给您送来。等到天气越冷，食物越少，乌房人出售的马匹将会更多。"

元里当即叫好："马匹所需钱财有多少你尽管和我说，我绝不会差你一文钱。"

张密推辞道："这些马匹就当作是我献给主公的就好。"

元里失笑："你能献给我一次，还能再献给我第二次吗？五百匹的马匹，这数量已不少了。我能从中看到你花了多少心思和钱财。这样的辛苦不是一句献给我可以忽略的，该你得的，你还是要拿走。"

他这话说得极为打动人心，张密只觉得自己没有选错主公，感动之余，对待元里更加真心实意了。

等这些琐事处理完了，元里单独带着张密来到书房，令人端上了细盐。

张密见到细盐的反应和他人无二。甚至因为他是商人，显得更加激动兴奋，更加知道这等细盐的价值。

元里又让人送上了粗盐。

张密说道："平日里也没觉得粗盐多么不好，但和细盐一比，二者真是天差地别。"

元里笑眯眯地拿起了一碗粗盐倒在了细盐的碗里，张密既震惊又心疼。随后将两者混在了一起："子博，你要记得我说的话。细盐和粗盐用相同分量混合，用这个价格卖给乌庱人。"

他说了一个比卖给达旦时略低的价格。

当初卖给达旦的细盐与粗盐是用一比一点五的比例混合出来的，要价还那么高。以达旦骄傲自满的性格来看，这件事怕是已经有不少乌庱人知道了。

当张密把更加洁白干净、还更加便宜的细盐去卖给乌庱人时，乌庱人只会觉得自己得了便宜，哪里还会在意这盐比粗盐贵。

张密点头表示记住了。

送走他，元里才回到卧房，脱下身上的外袍洗了把脸。林田给他端了盆水果过来："主公，您可要用膳？"

"现在没多少胃口，再等一等吧，"元里趴在桌面上，用冰凉的桌面给脸降温，"我走的这些日子里，肖策怎么样？"

"他一直安安分分地待在房里休养，"林田拿着扇子给元里扇风，"主公，我们的人一直都在暗中盯着他。除了每日给他送饭和看病的疾医，没有其他的人再和他接触了。"

元里打了个哈欠，脸上压出了印子，他换了一边脸继续趴着，问道："詹少宁可有去看过他？"

"詹公子去过两次，但都'恰好'地碰上了肖先生入睡的时候。因此，詹公子和肖先生还没有真正地见过面。"

顿了顿，林田迟疑地问："公子，您是不信任詹公子吗？"

他们都对元里忠心耿耿，所以需要看元里的态度调整对其他人的态度。

"并非不信任他。只是细盐一事，越少人知道越好。"

元里闭上眼睛,轻声道:"如果肖策能一直躺在床上安分下去的话,给他一个活下去的机会也并非不可……"

之后的十天,一箩筐一箩筐的铁往蓟县拉去。

元里将马镫的图案画在纸上,找了铁匠试着打造几件成品。

北周如今只有马鞍,没有马镫。马鞍是安置在马背上两头高中间低的马具,可以有效地防止骑兵滑落,但即使如此,没有马镫的加持,骑马还是件高危事情。

如今的骑兵在骑马时需要两只腿紧紧地夹住马腹,在战斗中,骑兵们要一只手紧紧握住缰绳防止左右滑下马,所以没有办法随心所欲地使用大刀和长矛杀敌,使出劈砍或者前刺的动作,近战时一不小心就会被敌人扯下马。根本就无法解放双手,发挥足够的优势。

要是想要射箭那就更别提了,骑兵要么将马停住要么索性下马,否则根本无法在马上完成射箭。

楚贺潮扬名的那一战,就是因为他可以做到只靠双腿的力道就能死死夹住马匹,控制住马匹的走向,因此腾出双手斩落敌军首领于马下,其他的人要是没有楚贺潮这样的经验和力道,根本做不到这样。

但如果有了马镫,这事就能做到了。

马镫会让骑马变得容易,骑兵的人数会得到大幅度增加。

战斗时的骑兵也可以倚靠马镫解放双手进行战斗,在战斗力上将会实现质的飞跃。

用这一个小小的马镫,将有可能在这个还没有马镫出现的世界里,训练出一支百战百胜的魔鬼骑兵。

元里只要想一想,就觉得热血沸腾。

马鞍的成品在三天后打造出来了,因为是初次打造,所以才耗费了这么多的时间,但最终的成品和元里给的图纸几乎是了一模一样。

元里将马鞍安在马匹身上之后,自己上马转了一圈,感觉良好。他又找来了两个不是很擅长马上作战的人,让他们骑上马试一试。

这两个人正是刘骥辛和汪二。

他们对元里做出来的东西很好奇,在元里的指导下踩着马镫轻松地翻身上马之后，刘骥辛立刻双眼一亮，他试探地驾着马走了几步，双腿没有用力夹着马腹，但仍然在马上坐得牢牢的，没有一丝滑下去的趋势，甚至比平时轻松简单了许多。

好东西，绝对是好东西！

刘骥辛大吃一惊，没有想到小小的这个东西竟然能有这么大的能耐。如果能给每个骑兵配备一套……

沉浸在想象之中的刘骥辛呼吸越来越急促，身后忽然有破空声传来，刘骥辛转头看去，就见到汪二双臂抬起，一箭射到了远处的树干上。

"好！"刘骥辛心情激昂地大声道。

汪二精神奕奕，有了马镫之后，他的骑术突飞猛进，十分勇猛。他将弓箭收起，拔出大刀挥舞了两下，忽然驾马朝前方奔去，跑到树下时竟硬生生地踩着脚蹬站了起来，一刀砍断了头顶的树枝。

周围一片惊呼。

跟在元里身后来观察马镫作用的有四五个人，各个被元里吩咐拿了纸笔准备记下可以改良的地方，看到这一幕，几个人的笔硬生生地摔落到地上，不敢置信地看着汪二。

等反应过来之后，便是一阵狂喜。

"主公！"邬恺立刻上前一步，双目灼灼满是战意，"请让我代替刘先生与汪二一战。"

元里呼出一口浊气，笑容满面，他心中也很期待："去吧。"

邬恺毫不耽搁地拿着武器上了马背，和汪二正面打了起来。

两个人都很兴奋，状态也很好，各个将长矛挥舞得虎虎生风，兵戈相碰时都能发出刺眼的火星子。

但这么强大的力道碰撞在一起，两个人还能牢牢地坐在马上，谁也没滑落下马。

围观的人越看，心中越是激动。

这一天结束后，在场所有人都对今日之事闭口不谈，只是快速地跟进马镫制作进程。

等马镫制作得足够多后，元里就将自己的部曲召集了起来，给他们配备上马镫,开始将他们当作骑兵训练。

而多出来的铁矿,则被元里命人打造成了玄甲。

元里在知道钟稽献上来的大礼是个铁矿后,就有了一个野心。

他想要打造一支重骑兵队。

骑兵分为轻骑兵和重骑兵。重骑兵便是全身覆盖盔甲的士兵,可以有效对抗敌人的刀剑长矛。重骑兵的要求也很高,首先马匹要健壮高大,其次骑兵也要孔武有力,肌肉发达,要能够承受得起沉重的盔甲,挥舞得动手斧长矛。

重骑兵的速度慢,机敏性不强,但杀伤力和冲击力绝对当属第一。

在战争遇到僵持时,派出重骑兵去冲破敌军的盾兵和军阵,往往能够取得出乎意料的结果,甚至是决定性的胜利。北周如今还没有真正的重骑兵军团,一是因为养一个重骑兵需要付出的精力和钱财能够养三个轻骑兵了,二是因为没有马镫的先天条件限制,很少有士兵可以从头到脚覆盖盔甲在马上冲锋。

但现在有了马镫,第二个问题就可以解决了。

元里越想越是兴奋。

但他还是强压兴奋,从最基础的技术开始训练。

元里的这些部曲都会骑马,但因为元里以往弄来的马匹不多,他们最多只会骑而已,而现在,他们却需要学习在马上进行战斗。

在训练过程中,元里发现他带来幽州的三百部曲还是太少了,其中还有三分之一被他派去了海边提纯精盐,如今只剩下了两百来人。

二百人虽然都是精英,但用起来还是不够。他看着训练中的部曲们陷入沉思,刘骥辛好奇问道:"主公在想什么?"

元里道:"我在想着征兵。"

刘骥辛了然,他摸了摸胡子:"是应该征兵了。大将军虽然有十三万的大军,但这十三万大军终究需要停驻在边防处,幽州需要自己的守备军,否则远水救不了近火,一旦出事,从边防赶来就来不及了。"

"是啊,"元里叹了口气,"幽州的守备军要建,楚贺潮那十三万大军别看数量多,其实也很少,他也需要征兵。"

刘骥辛点点头:"乌房人的各方势力加在一起至少也有十几二十万的兵力。白米众裹挟百姓一朝造反,也有三十多万民众。大将军确实应该征兵了，不知大将军是否也有此意？"

元里呵呵笑了："他？只要粮食足够，他巴不得再征十三万人。"

就那个败家子，元里还能不知道？

要不是没有条件，楚贺潮早就开始征兵了。

一听元里说到粮食，刘骥辛面上也有些忧虑："主公，咱们若是征兵，粮食怕是会有些紧缺。"

元里泰然一笑："放心吧，现在不是秋收了吗？咱们平定战乱算平定得早了，幽州内的田地没有遭到太大的毁坏。更何况，长越，你可忘了我同张氏、虞氏、刘氏合作贩卖香皂一事？算一算时间，第一批香皂贩卖的钱财也要给我送来了吧。"

刘骥辛算了算，笑眯眯道："这么一看，征兵钱财也是足够的。"

元里微微一笑："对，但我也并不打算现在征兵，等秋收后将税收收上来，明年到了春天再行征兵一事。"

刘骥辛思索片刻，提醒道："主公，不止兖州有自称沂山军的土匪，幽州内的土匪怕是也不少。秋收时正是他们一贯劫掠村庄之时，您可要提前做好准备。"

元里朝着场中骑兵们扬扬下巴："让幽州内的土匪来做骑兵们的实战对手，既可有效训练骑兵，又能剿灭幽州内的土匪，这岂不是一举两得？"

"是一举两得，但咱们这些人是不是过于少了？"

元里："我当然不会只指望这两百人便能训练出一支令人闻风丧胆的骑兵。等楚贺潮回来后，我有意问他要些人。"

现在不是征兵的时候，元里打算在楚贺潮的军中挑选一些人加入自己的队伍，训练他们成为一支魔鬼骑兵队。

但这件事，还得和楚贺潮商量商量。

元里倒不觉得楚贺潮会不答应，因为这支骑兵的存在明显会对楚贺潮大有益处。

在军队之中，每个将领都有自己的亲信队伍。像是袁丛云、杨忠发与何琅，他们都有自己的亲兵，而这些亲兵效忠的是各自的将领，而不是天子或者楚贺潮。

北周的国情便是如此，如果将领跳槽，而这个将领又极有魅力，那么很有可能会有一大批的士卒愿意跟着将领一块儿离开。

元里是楚贺潮亲口承认的军师中郎将,他也会有自己的亲兵。如同邬恺和汪二,也可以说是他的亲兵。

经过元里训练出来的骑兵自然也会成为他自己的亲兵,但楚贺潮和元里是绑在一体的,元里的目标不是做名将,他也不会上战场杀敌,他训练的骑兵虽然是他的亲兵,但只要上战场,楚贺潮也可以使用他们。

元里心里一直都很清楚,他虽然想要用后勤在楚贺潮的军队中拥有话语权,但元里绝没有扯下楚贺潮自己取而代之的想法。楚贺潮才是十三万士卒的大将军,是幽州的下一任楚王,这一点永远不会改变。元里和楚贺潮的领域并不冲突,他们完全可以互补。

相信等楚贺潮看到这两百骑兵的实力后,绝对愿意同意他的要求。

元里算了下楚贺潮回来的时间,按照他们一路回程一路收取稻子的速度,最起码也要一个月后。

但没想到半个月后,楚贺潮就带着军队提前回到了蓟县。

元里接到消息时,太阳已经落山,夜色笼罩着天地。

他也已经躺在了床上,得到消息后匆匆起床穿衣,令人给楚贺潮一行人打扫房间,准备饭菜和热水后,急忙来到楚王府门前时,大军已经停在了府外。

元里气息微微紊乱,看着队伍最前方的人。

楚贺潮正从马匹上翻身而下,披风飘动。他刚抬眼,就看到了元里。

他们来得太过突然,元里毫无防备。一路赶来时连头发都未曾束起,黑发披在身后,身上就穿个单薄的单衣,风一吹,外袍和发丝便凌乱扬起。

脸被衬得过于白了,看着更加有少年气,楚贺潮却总觉得他有些冷。

如今已是深秋,夜中也是寒风瑟瑟,更别说今夜还吹起了风。

楚贺潮皱眉,加快速度上前,几步就走到了元里的跟前,摘掉身上的披风迎头盖在了元里的身上。

元里看到他还有点火气藏在心头,但在外人面前还得营造一副兄友弟恭的模样。假笑刚刚露出,就被罩得严严实实,笑都僵在了脸上。

随即就听见楚贺潮呵斥林田的声音:"你就让他穿这么少跑出来了?"

林田低头:"小人错了。"

元里摘下披风："将军，我并不冷。"

楚贺潮皱眉看着他发白的脸和被风吹红的鼻尖，沉声："披上。"

元里刚刚沐浴过，当真不想披上他满是风尘的披风，于是随手把披风递给了林田，换了一个话题："将军怎么这么快就回来了？"

楚贺潮余光看着披风，沉默了片刻："只是收割几座城池的稻子而已，能用多少时间？"

话语间，杨忠发几人已经走到了跟前。

相比于面上看不出喜怒的楚贺潮，杨忠发与何琅几人一眼便能看出面上的疲惫。府门前不是说话的地方，元里率先停止寒暄，带着他们进到府内。

何琅累得胳膊都抬不动，有气无力的，第一次踏入楚王府也高兴不起来了，不过还是到处看了一圈，感叹道："不愧是楚王府，气势就是大。不过只有元公子和将军两人，还是过于冷清了些。"

元里忽然想起自己曾经送给楚贺潮的两个虞氏美人。他顿时调侃地瞥了楚贺潮一眼，笑了一笑："说不定过几日就不会这么冷清了。"

元里将几位将领送入房内后，便回了房，然而楚贺潮不回自己的房间，反而是跟着元里一路回到了元里的住处。

"将军，"元里脚步一停，"你跟着我干什么？"

楚贺潮道："我来跟二哥道歉。"

元里皮笑肉不笑道："你打算怎么道歉？"

楚贺潮看了仆人们一眼，楚王府的仆人皆散去，只留下了林田一个人。元里见状，也对林田微微点头，林田悄无声息地退了下去。

元里好整以暇地看着楚贺潮，他不得不承认一看到楚贺潮的脸，他的拳头就开始发痒，很想重重砸在楚贺潮这张欠揍的脸上，尤其是他那张嘴上。

"没别人了，将军可以开始了。"

楚贺潮抬手脱掉身上的盔甲，沉重的盔甲砸在地上。他沉声道："动手吧。"

元里一愣："干什么？"

楚贺潮眉心压着："让你动手出气。"

元里没想到他会这么直接，一时都有些无话可说："这就是你的诚意？"

楚贺潮喉咙里嗯了声，见元里还不动手，眼中还含着不耐的催促。

元里顿时笑了。

他揉揉手腕,眼中含着蠢蠢欲动的亮光:"将军,那我就不客气了。"

说完,他就一拳头挥了出去。

人都送到眼前了,元里也不是忍气吞声的人。一个愿打一个愿挨,那当然是不能放过这种机会的。

不过因为日后还要合作,彻底给人难看也不好。元里的拳头终究还是没有落到楚贺潮的脸上,而是落到了楚贺潮的身体上。

整整一刻钟,楚贺潮一声没吭。

元里见好就收,也出了一头的汗。他心情舒畅地呼了一口气,对着楚贺潮干脆利落地道:"好了,我原谅你了。"

元里下手其实很有分寸,不会伤到人,但会让人很疼。楚贺潮不喊一声疼撑了过去,元里打着打着,气就没了。

楚贺潮咽了咽喉咙里带腥味的唾沫,声音沙哑,汗水湿润着脸庞:"消气了?"

元里诚实点头:"消气了。"

楚贺潮心里堆积了半个月的郁气一松,他抬眼,看到元里衣袍后方趴了只小虫子。

元里打了个哈欠,困意上头,转身要走:"将军,我先回去休息了,你也请回吧。"

但刚走一步,楚贺潮就叫住了他:"二哥,你腿上有只蜘蛛。"

元里顿时停住了脚步,低头往腿上看:"哪儿呢?"

楚贺潮走到他身后,其间伤口扯动,疼得他咳嗽了几声:"在后面。"

元里一凛:"快给我弄下来。"

楚贺潮低着头,抬手在元里的衣袍左侧打掉了蜘蛛。

元里追问:"打掉了吗?"

蜘蛛掉落到了更下方,楚贺潮腰背弯得更为厉害。但不知道是被元里打得太疼,还是一路回来太过疲惫,楚贺潮一下子没站住,身形即将不稳之时,下意识拽住了元里的衣袍。

但下一刻,他的巨大力气直接撕裂了元里的衣袍。

元里一怔,随即脸色难看地惊呼:"松手!"但他喊得晚了,衣袍已经直接被扯破了。

楚贺潮瞳孔一缩，不敢置信。

被撕裂的衣袍摇摇摆摆，那只蜘蛛从衣袍上掉了下去，动了动懒洋洋的身子，飞快地跑没见了。

但这会儿根本就没人注意到这只蜘蛛。

楚贺潮真没想到会遇到这种情况，脸色一僵，抬头看着元里的神色。

"……"

元里脸色铁青，他转过身面对楚贺潮，脸色渐渐沉了下去，忽地抬脚把楚贺潮踹倒在地。

这一脚用了十足的力道，楚贺潮本就是蹲着，被这一下直接踹倒在地，元里快步上前，抬脚踩在了楚贺潮的胸膛上，面无表情地狠狠将男人踩在地上。

楚贺潮低咳了几声，抬眼就看到元里冰冷的面孔。

"你在干什么？！"元里彻底没了平日里的温柔神色，眼含怒火，他低头看着楚贺潮，气得心口火烧，"楚贺潮，你怎么总是记吃不记打。"

在上辈子，元里也遇到过许许多多的挑衅，温柔并不能让人听话，但强势可以。

经过这一次又一次地认错，诚挚地道歉，元里悟了，楚贺潮根本就不吃柔的那一套。

元里一字一顿："你就这么对待你的长辈吗？"

楚贺潮皱眉："你和我是同辈。"

他也有几分烦躁。好不容易哄好人了，这又是什么事。

"我可以解释。"楚贺潮。

元里倒是想看看他能解释出来什么。他冷笑着收回脚，蹲下身："好啊，你说。"

楚贺潮瞥了他一眼，立刻收回视线，抬头看着黝黑天空。今晚的夜色不好，只有寥寥几颗黯淡的星辰。一路快马加鞭赶来的半个月，好像没有几日的夜空是繁星满天。

元里在旁道："解释。"

"我想向你道歉，你第二天却人去楼空，"楚贺潮声音还带着沙哑，"怕你生气跑了，一路紧赶慢赶才能这么快回到蓟县。"

楚贺潮攥攥手，靠着腰背的力道从地上抬起了上半身，凑到元里跟前，他微低着头，汗味扑来："一路太累，又让你出了气。给你抓蜘蛛时没稳住，这才不小心扯坏了你的衣袍。

"二哥，这算不算是情有可原？"

元里没看出他有什么说谎的痕迹，狐疑道："真的？"

"当真。"楚贺潮眉峰皱成一团，有些说实话反被怀疑弄得心烦。

元里看了他许久，半晌之后，才慢慢站起身："那我暂且相信将军一次，时间不早了，将军回去休息吧。"

楚贺潮松了口气，干脆利落地翻身而起，转身便准备回去。

但刚走两步，他又回过了头，神情微妙地上下打量了元里一眼："二哥，下次衣服还是要穿结实点的，要是某日走在路上衣服被挂破了，这就不好了。"

元里额头蹦出青筋："滚。"

楚贺潮嗤了一声，敷衍道："好，好，是我冒犯了。"

说完，不等元里再解释，他回过身，快步离开了。

元里恨不得把他叫回来再打一顿，但他最终还是忍下了这种冲动。

"我不是楚贺潮，我是一个成年人，我才没有楚贺潮那么幼稚，"元里自己说服着自己，深深吸了一口气，勉强露出平时的温柔笑容，"没错，我是一个成年人，不应该和楚贺潮这种幼稚的人计较。"

反复说了好几遍，元里终于心平气顺，带着安详的笑容，回到房里睡觉。

楚贺潮回到房里，还在想着刚刚那一幕。

仆人给他准备好了热水，三三两两地离开了浴房。楚贺潮听到他们小声地嘀咕："将军看起来心情真好。"

心情真好？

楚贺潮莫名其妙地抬手一摸，才发现自己嘴角不知道什么时候勾起了笑。

他一愣，收起了笑容，脱了衣服埋进浴桶洗澡。

趁着这会儿，楚贺潮也检查了自己的身上，惊讶地发现元里下手虽然不轻，但却没有留下什么伤。

楚贺潮眯了眯眼，低声："好小子，果然还藏着不少东西。"

热气蒸腾，浑身的疲惫从骨子里一点点渗出。楚贺潮双臂搭在浴桶上，热气蒙住了他冷峻的面孔，高大的身形慵懒，如正在放松休憩的猛虎。忽然，楚贺潮睁开了眼，眼神锐利地往门口看去。

门口走进来了两个美人，她们小心翼翼地走近行礼："妾身拜见将军。"

楚贺潮皱眉，不耐地问："你们是谁。"

两个虞氏美人低头柔声道："妾身来自冀州虞氏。"

楚贺潮冷声道："谁让你们来的？"

两个美人有些害怕，声音发颤："是元公子让奴婢们待在将军身边伺候的。奴婢二人得知将军正在沐浴，便想来给将军擦擦背。"

元里。

楚贺潮转过头闭上了眼睛，水珠坠在浓眉上，有几分怒火。

看他不发一言，两个虞氏美人对视一眼，轻手轻脚地上前，一个拿着水瓢舀水泼在楚贺潮肩头，另一个拿着巾帕，抚摸上了楚贺潮的背部。

楚贺潮双眼紧闭，雾气越来越浓，凝成的水珠顺着楚贺潮高挺的鼻梁和硬朗的下颌滴落。两个虞氏美人脸色越来越红，当她们的手顺着楚贺潮的后背移到前胸时，楚贺潮低吼一声："滚出去！"

两个虞氏美人顿时吓得脸色煞白，落荒而逃。

楚贺潮独自坐了一会儿，等到热水变成了凉水，他才从水中站起身，扯过一旁的衣袍随手披在身上，大步走了出去。

练武场没人，楚贺潮直接捡了把长枪，面无表情地随手一抛，挥出了个杀意乍现的枪花。

一个多月的路程压至半个月，全身都已很是疲惫酸疼。但楚贺潮现在睡不着，也不想在烦闷的屋里待着。

第二日，大地还笼罩在灰蒙蒙的晨雾之中。

元里还没睡醒，就听到外面有砰砰的剧烈敲门声。

他硬生生地被吵醒了，以为有什么急事，下床打开门一看，就看到笔直站在门前的楚贺潮。

元里："……"

怎么又是你。

他连火都懒得发了，有气无力地道："将军，什么事？"

楚贺潮语气平淡："想和你谈件事。你若是还想睡，那我就再等一等。"

元里醒都醒了，就靠着门打了个哈欠："你说吧。"

楚贺潮开门见山："我房里的那两个虞氏美人是你送来的？"

元里摸不到头脑："对啊，是我送去的。"

楚贺潮眼神一冷。

元里没有发现，他若有所思地看着楚贺潮这一身潮湿水汽，顿时明白了什么，意味深长地道："将军不必特意赶来谢我。"

"谢你？"

楚贺潮笑了，眼里没什么笑意："二哥，敢问你为何不自己把这两个人留下？"

这句话把元里问得大脑瞬间清醒，元里想到了楚明丰临死前给他的交代。

——"我会告诉他我把你看作我真正的亲人看待，让他将你当成亲兄弟。"

——"他那脾气也就肯对家人退让几分了，无论是我还是他，也只放心将筹办军饷一事交给自家人。"

元里缓缓低垂着眼："因为家中丧事刚过，我暂且没心情。"

楚贺潮没有想到他竟然会这么说，一怔："你准备打光棍？"

元里本身就没考虑过男女之事，更何况如今乱世，他只想要一步步强大自身，更不会关注这些东西。他想了想，觉得短时间内自己不会谈恋爱，于是便坦荡地点头，自信十足："这么说也没错。"

楚贺潮浓眉压着，良久后，他掀起眼皮，冷静地问："那你就把这两个虞氏美人送到我身边了？"

元里从他语气里听出来了不对："你不喜欢吗？"

楚贺潮直接嘲笑出声，"你不想将她们收为己用，为何就会觉得我会收下？"

"二哥，"他道，"不是每一个男人都对女人来者不拒。

"还是说我楚贺潮在你眼里，就是一个沉迷女色的人？"

元里张张嘴，看着楚贺潮冷冷的眼神，辩解的话还是说不出来了。

楚贺潮说得对，元里犯了想当然的错误。

他自己不愿意接受别人送的美人，却觉得楚贺潮是这个时代的人，将美人放在他那里是最好的结果。

但他也并没有问过楚贺潮愿不愿意。

他这个举动，和别人想要将美人送给他的举动有什么不一样的吗？

己所不欲勿施于人，元里张张嘴："……对不起。"

楚贺潮神色一滞："什么？"

他的二哥神色很认真，黑亮的眼中带着几分愧疚，郑重地再次道："对不起。"

一看元里的眼睛，便能明白他的诚意十足，让人心头再大的火气也能消得一干二净。

"我没有问你就自作主张地将人给你送了过去，是我的不是，"元里抿了抿唇，声音中也满是歉意，"我以后不会再这么做了。"

过了老半天，楚贺潮才偏过头，侧脸对着元里："嗯。"

顿了顿，他生硬地道："没生你的气。"

元里弯唇笑了起来，松了口气。

一阵冷风吹来，楚贺潮身上汗湿的衣服便贴在了身上，元里见状又问道："将军这衣服都湿了，如今天气越发冷了，将军还是去换身衣服吧。"

说完，元里又觉得有些不妥。

外面清晨的冷风正在吹着，他不把人请进来坐坐，直接催人回老远的房里换衣服，搞得跟作假关心他一样。元里这会儿正是歉疚的时候，便拉开了房门："要不然将军进来坐坐？我让人去给你拿新衣服。"

自从在军营里把元里惹生气之后，他们很久没有这么和颜悦色地说过话了。等楚贺潮反应过来的时候，他已经走到了元里的房内。

元里让人送上了热茶，给自己和楚贺潮倒了一杯。等一口喝完茶后，他的神色也清明了许多。

他令仆人去给楚贺潮拿衣服。等仆人走后，整个房间都安静了下来。

他不知道该说什么，索性也不没话找话。楚贺潮也不知道在想什么，低头晃着手里茶杯，一言不发。

在这样略微怪异的沉默之中，去拿衣服的仆人很快回来了。待楚贺潮换好衣服,仆人又送上来了洗漱的东西,两个人洗漱完了后,正好一起吃了早饭。

元里问:"将军,那两个虞氏美人,你打算怎么处理?"

"送给下属,"楚贺潮语气冷漠,"我不会把她们养在后院。"

元里暗骂他一句不懂怜香惜玉,想了想道:"不必如此。在楚王府中,她们也有能干的活计。"

两个虞氏美人的绣活很不错,等将来有了棉花之后,或许可以让她们带领女工进行纺织。

楚贺潮毫不在意:"那就你来处理。"

早饭后,楚贺潮便去处理军务了。

等再次回来的时候,恰好遇上了元里训练骑兵。

见到楚贺潮的身影,元里连忙把他叫了过来,和他说了想在他的军队中挑选骑兵一事。

一说正事,楚贺潮便严肃了起来。他没有立即答应:"我需要看一看你训练出来的成果。"

元里爽快同意了,让二百部曲给楚贺潮当场骑马跑了一圈。

楚贺潮的眼睛定在马镫上,他不是刘骥辛,不需要试用便能明白马镫的作用。他眼中精光闪烁,异常修长的手指敲着腰间大刀,过了一会儿道:"这东西可否给我军中骑兵配备一份?"

元里笑得意味深长:"那将军可否答应我挑人之事?"

楚贺潮问:"你要挑多少人?"

元里现在的马匹加起来不过六百匹,他有意想要凑出一支千人骑兵,咳了咳:"不多,八百人,再给我四百匹马,将军看怎么样?"

楚贺潮重复道:"四百匹马?"

元里摩拳擦掌地准备从楚贺潮手里要过来四百匹马,笑眯眯地道:"将军,你从白米众手里也弄来了不少马匹吧,难道凑不出四百匹马?"

"白米众都是平民百姓聚集而成,即便背后有其他势力推动,也一穷二白,骑兵少得可怜,整个上谷郡的白米众都凑不出四百匹活的马匹。"楚贺潮忽然话锋一转,"但你此战立有功劳,又为我后方整治了伤兵营安置残疾伤兵,即便朝廷对你有封赏,我却不能什么都不做,原本便在想给你些什么，你既然想要人和马，那就都给你了。"

说完，他转身吩咐亲信："吩咐下去，军师中郎将要自建骑兵连，有意想加入的骑兵午后三刻在练武场集合。"

亲信领命而去。

楚贺潮又回过身，看向元里："你若想训练骑兵，马匹自当健壮高大，新收缴的这一批马不够好，你自去马营挑选四百匹马。"

元里没有想到他会这么大方和干脆，一时间都有些发愣，有些明白为什么会有那么多人忠心耿耿地追随楚贺潮了。

楚贺潮虽然自身节俭，但毫不苛待下属。他不会放过泥地里的一枚铜板，但给别人的赏赐却给得相当大方豪气，眼也不眨一下，也愿意给下属立功的机会，不抢占下属的功劳。

能放低身段和下属同吃同住，也有在战场杀敌一往无前的主将霸气。

这样的领导者，本身就具备着令人追随的人格魅力。

元里忍不住一笑："多谢将军。"

"不必，"楚贺潮道，"这是二哥应得的东西。"

他忽然低声，目光深沉地同元里对视："你放心，元里。"

"你做的每一件事我都记在心中。无论是药材、冰块、细盐，还是现在的马镫，我都知道这些东西价值几何。我现在没什么贵重的东西可以答谢你，但只要是你想要的，我能办到的，我都不会亏待你。"

元里知道，这是楚贺潮在用大将军的身份来和元里对话，而不是家人之间的对话。

元里呼出一口气："好，我记住将军这话了！"

午后三刻，练武场。

因为元里在士卒中的威望很高，所以愿意来的人也尤其多，元里带着刘骥辛等人来到的时候，便看到了人头攒动的场面。

杨忠发、韩进与何琅也来看热闹，他们看到这么多的人后，杨忠发苦笑着道："元公子，您可知道此番来了有多少人？"

元里好奇："多少人？"

"一万人！"杨忠发伸出一根手指，"足足来了一半！元公子在军中的威望，我这回可算见识到了。"

何琅也感叹不已："这还要你说？你知道咱们的士卒私底下都是怎么感谢元公子的吗？"

他半开玩笑地道："恨不得把元公子给当作活神仙来拜呢。"

元里哭笑不得："你们别打趣我了。"

实际上，这还真的不是打趣，只替残疾伤兵考虑后路这一条，就足以让元里获得士兵们的推崇和感激了。

更何况元里招的可是骑兵，骑兵和步兵的待遇一个天一个地，有能够做骑兵的机会，谁不会来试一试？

来的人虽然有一万，但元里只会选出来八百个人。他的筛选条件极其严苛，第一，他不要背景有污之人。

想要军队变得团结一心，那就必须培养军队的荣誉感，要让军队中的每一个人因为自己的身份而骄傲，犯过错受过军法惩治的人元里绝不会要。

第二，他不要油嘴滑舌、人品低劣之人。

第三，他不要身高、体型不合要求之人。

元里是想要培养精英骑兵，对骑兵的身体要求有着极高的标准，刘骥辛等人——按照他的标准筛选下来，一百个人里也找不出几个符合要求的人。

杨忠发在旁边看得瞠目结舌："元公子，你这是不是太过严格了啊？"

这到底是在挑骑兵，还是在挑将领之才啊。

元里摇摇头："杨大人，我之所以如此严格，是因为我只需要八百人。既然有条件，从一万人里面自然要挑选出来最为优秀的八百人。"

不只是杨忠发等人看得瞠目结舌，一旁等待筛选的士兵们也心中忐忑。

"龚斌，这选人好严苛啊。"

几个士兵凑在一起低声说话，各个面上忐忑。被叫作龚斌的士兵是站在他们正中间的高个子，他正紧盯着正在筛选的士兵，面上紧张又兴奋。

"是啊，"龚斌道，"我刚刚看到咱们的屯长也上去了，结果没有过关。"

"啊？屯长都没有被选中吗？"

其他的士兵们更加丧气，唉声叹气："如果屯长都没有选中，那我们肯定也选不中了。"

龚斌不这么认为，如果只看级别高低来选人的话，元公子大可以直接在各个武官之中选人了,还看他们干什么?他给兄弟们鼓着气:"你们不都是想要成为元公子的亲兵吗?现在机会来了,怎么能还没试就放弃呢?"

"可是这么多人都没选中,怎么能选中我们呢?"

龚斌还要再说话,前方便有人叫道:"下一个。"

原本还丧气的兄弟顿时挺直胸膛,精神昂扬地大步走了过去。

龚斌哭笑不得,他总算知道了,这些人嘴里说着要放弃,其实一个个都希望能被选中呢。

很快,就轮到龚斌上场了。

龚斌恰好排在刘骥辛面前的队伍中,他心中怦怦跳,努力站得笔直,目光直视前方。

刘骥辛上下打量着龚斌,龚斌身形高大威风,长相也很端正。他对此人印象不错:"你叫什么名字?"

龚斌声音洪亮地道:"幽州蓟县人士龚斌。"

刘骥辛翻看了一下册子:"你还是个伍长?"

龚斌继续大声地道:"是!"

刘骥辛点点头,"去跟那个人练一练。"

龚斌转身一看,刘骥辛指的正是邬恺。

一整个挑选士兵的过程,元里全程都在。这一万人中的好苗子不少,等到夕阳西下,八百人也挑选了出来。

元里当即令这八百人搬出了军营,迁去与自己的部曲同住。

当天晚上,元里便分好了伍长、什长、百夫长的职位。

分好武官后,元里也和士兵们说了:"伍长、什长、百夫长职位的人选并非一成不变,每个月月底,我都会进行评估,只要做得够好,谁都可以成为新的武官。"

此言一出,被任命的士兵们心中霎时升起了紧迫感。他们暗中发誓每个月都要做得最好,绝不被拉下来。

而普通士卒们更是蠢蠢欲动,备觉兴奋。

元里并没有命千夫长,而是让邬恺和汪二各自带领五百人。

邬恺和汪二没有想到自己竟被委托如此重任,他们当即激动地起身抱拳,表示绝不会辜负元里的信任。

除了他们两个人，邬恺和汪二也推荐了几个天赋不错的人，其中有两个人让元里比较关注。

一个是蓟县本地叫作龚斌的人，一个是凉州来的叫作陆辉的人。

这两个人功夫都很不错，邬恺和汪二觉得他们可以被重用。

除了分出管理层，元里也没忘掉制定军规。

他定的军规同样很严格，不准抢掠百姓分毫，不得擅自行动，完全服从纪律，冒进者杀，独退者杀等等。

看到军规之后，被挑选出来的八百个人里顿时有不少人后悔了。

元里在军中的名声一向是以善扬名，他们没有想到这么仁善的元公子，定下的军规会比大将军定下的更为严厉。

元里不露声色地看着他们的表情，沉声道："诸位都是我辛辛苦苦从一万士卒中挑选出来的人，一万士卒也只挑出了你们八百个人。在我看来，诸位都是人中龙凤，是以一当十的人才。"

这句话说完，不少人都被夸得不好意思地笑了，各个激动地看着元里。

元里表情平静："但我知道，你们在看到我定的军规之后已经有人在心里产生了怨言，有了退缩之心。想退的人，我不阻拦你们，你们现在就可以离开了。"

人群中一片哗然。

元里顿了顿，继续道："只是看到了这样的军法便心生害怕的人，并不是我想要的人。你们连这都做不到，还想要做什么？在战场上做逃兵吗？那我还是希望你们赶紧离开！"

这话一出，心里有退缩之意的人脸上难堪，羞愧地低下了头。

元里道："想走的人就走吧，我的话先放在这里，你们只有这一次可以离开的机会！"

士兵们互相看了看，有一些人已经动了想走的心思，但他们左右看了看，没有一个人率先离开。

没人冒头，想走的人也迟疑地不敢走。半刻钟后，所有的士兵没有一个人离开。

元里叫了一声好，笑道："诸位果然都是英雄！我也在此和诸位保证，只要有我一口饭吃，就绝对少不了你们那一口饭。只要我有一口气在，我绝对会照料好你们及你们的家眷！来人，上菜！"

一声令下，仆人们端着丰盛的菜肴走了过来，一道道烤肉、肉羹被放下，巨大的烤全羊、烤猪被放在中央，紧紧地吸引士兵们的视线。

肉香飘过去，所有人忍不住咽了咽口水。

元里令邬恺和汪二将肉食分给百夫长，再由百夫长分给什长，什长再给分伍长，最后由伍长分到每一个士卒的手里，确认每一个士卒都能得到肉食。

这里面有许多士兵活到现在也没尝到一口肉味，他们一拿到肉，就忍不住口齿生津，连忙把肉往嘴里塞去。

这一顿饭下肚，所有人哪里还记得严苛的军法，他们全部都在庆幸，庆幸他们还好没走，还好留了下来。

这样的情绪，在听到元里说每三日必有一顿肉食时，顷刻间达到了顶峰。

从第二日开始，邬恺和汪二便用元里教他们的方式带领骑兵们开始训练了。

每日要训练的东西很多，可没有一个人喊苦喊累，因为元里给他们的东西实在太好了。

战马每人一匹，衣物每人一套，每日两餐变为三餐，餐餐吃到饱腹，每日还有一个鸡蛋，每三日还有一顿肉食，这样的待遇，哪怕是军队当中的中低级武官都享受不到！

短短几日下来，士兵们已经对元里感激涕零。

有的士兵家中贫困，想将鸡蛋攒起来带给家人吃，但这种情况被元里发现之后，他就下令命每人必须当日将鸡蛋吃掉，禁止私藏囤积的情况出现。

他拿出鸡蛋，是为了提高这些人的体质，给他们补充蛋白质，让他们可以变得更加强壮有力，从而成为一支强大的骑兵队。如果他们将东西拿回家给别人吃，元里岂不是白浪费钱？

他还下令，如果有一而再，再而三犯错的人，那就可以直接赶出他的骑兵营了。

这话一出，顿时没了敢偷藏鸡蛋之人。

等他们适应马上作战之后，元里便令他们上午训练，下午将他们分批派出去，从附近的土匪开始剿起，以作练手。

秋收之后,各地的税收也由各地郡守送到了蓟县。

因为楚贺潮和元里都待在了幽州,又刚刚镇压了白米众,各地郡守这一次都没敢动什么手脚,乖乖地把税收给送了过来。

元里看完账本,露出了一抹满意的笑,随即又叹了口气。

刘骥辛好笑:"主公这一笑一叹,把我弄得有些不懂了。"

"我笑是因为这次的收成税收让我很满意,没有人敢隐瞒上报,"元里可惜地朝他眨眨眼,"叹是因为他们这次太老实了,让我找不到撤掉他们的理由。"

刘骥辛乐了:"主公真是促狭。"

两人正说着笑,外头跑进来了一个仆人:"公子,将军他抓来了一头大虫和两只饿狼,现在正放在练武场呢!"

大虫和饿狼?

元里和刘骥辛对视一眼,站起身走了出去。

练武场上,两个巨大的铁笼被放置在中央,楚贺潮的亲兵驻守在铁笼周围,在亲兵之外则是围观的士卒们。

元里一走过来,亲兵就退让开,让他靠近了两个铁笼。

左侧铁笼关着的是一只虎纹鲜艳、体格健硕的大老虎,右侧关着的则是两只皮毛灰黑眼睛冒着绿光的野狼。两只狼中的其中一只腿脚受了伤,被另外一只狼护在身后,隔着铁笼压低身体,不断朝着老虎龇着牙威胁。

老虎也龇着牙,涎水顺着发黄利齿滑下,朝两只狼怒吼着。

吼声震耳欲聋。

这一虎二狼之间隔着差不多三米的距离,像是下一秒就能冲破笼子打在一块儿。

元里津津有味看了一会儿,在两只狼的笼子前蹲下,仔细观察着伤狼的腿,没看几眼,还在和老虎骂骂咧咧的另一只狼忽地扭头朝元里吼了一声,似乎在警告元里不要打它兄弟的主意。

"你好凶啊,"元里配合地做出吓了一跳的表情,"行了行了,我不看你兄弟了。"

他站起身退后一步,转头问看守的亲兵:"将军是从哪里弄来的大虫和狼?"

"将军带着我等巡视时，发现山中有虎啸响起，担忧大虫下山吃人，便带着我等进山捉虎，"亲兵道，"我们到的时候，这只大虫正和这两只狼打成了一团。"

元里道："那就都给带回来了？"

亲兵点点头。

元里哭笑不得，还要再问，就看到楚贺潮一行人大步流星地往这边走来。

约莫是认出来了楚贺潮是把它们关在笼子里的人，楚贺潮越靠近，笼子里的老虎和野狼情绪越是激动，它们也不对着叫了，默契十足地一齐对着楚贺潮的方向龇牙咧嘴，暴躁无比地转来转去，不断撞击铁笼做出攻击的动作。

楚贺潮走到笼子边，淡淡地看了它们一眼，嘴角微勾对元里说："吃过虎肉和狼肉吗？"

元里看出了他的意图，嘴角勾了勾："没吃过。"

好家伙，第一次看到有人幼稚到恐吓猛兽的。

楚贺潮眉目舒展，唇角翘得更高，慢悠悠地拖长音："那今天可以试一试了。虎肉和狼肉烤炙起来别有滋味，天气越发冷，虎皮狼皮也可留着做披风，二哥觉得如何？"

"我觉得，"元里委婉地道，"它们或许、大概、可能听不懂你的威胁。"

楚贺潮笑容一僵，转头看去。老虎和两只狼已经在他的身边直起身子趴在了笼子上，利爪伸出，试图抓楚贺潮，喉咙里的低吼不断，口水都滴到了脖子上。

一副恨不得从背后咬死楚贺潮的模样。

"听不懂人话的畜生，"楚贺潮嘲笑了它们一句，转头跟亲兵道，"去拿几块肉骨头来。"

元里笑道："将军喜欢猛兽？"

巧了，他也很喜欢，只是很少能够接触。元里兴致勃勃地指了指这两个笼子："你比较喜欢这狼还是大虫？"

然而指着老虎的时候，意外发生了。他的手离笼子过于近，老虎的爪子猛地往铁笼缝隙中伸去，直接挥向元里的手！

千钧一发之际，还好元里反应得快，最后一秒钟将手往袖子中缩了缩，老虎只抓到了他空空的衣袖。

林田几人吓得大惊失色，连忙奔过来："主公！"

楚贺潮脸色猛地大变，他拉住元里就往身后扯去，老虎拽住袖口的力道无比大，袖子直接被扯成两截，元里被巨大的力道冲击得往后跟跄了两步，还好被楚贺潮拽住才没有摔倒。

元里胸口怦怦直跳，直愣愣地看着老虎。老虎冷冷地看着他，将半截衣袖给扯了个稀碎。

楚贺潮以为他被吓住了，脸色铁青着扶着他连连退后几步，不断拍着元里的脸："元里？元里？"

元里眼睛缓缓变亮，他喃喃地道："刺激……"

听到他在说什么的楚贺潮差点以为自己耳朵坏了，反应过来之后脸就黑了，戴着手套的手直接掐住了元里的胳膊："你说什么？刺激？"

声调一声比一声高。

元里这才反应自己说了什么，他面上有窘迫之色快速闪过。平日里一直都是成熟稳重的形象，如今差点失了形象。元里勉强镇定："我说错了。"

楚贺潮放开了他，脸色并没有转好。

对于元里的辩解，他一个字都没信。楚贺潮自己就是从十八九岁过过来的，自然知道这个年纪的少年郎有多么顽劣大胆。

元里就算再怎么稳重，也不过才十八岁。这次差点被老虎毁了手都能说一句刺激，他根本就没认识到事情的可怕。

楚贺潮令亲信绑住老虎，让林田去将他的披风拿来，拽着元里大步来到了老虎面前。

老虎全身被绑着，吼叫越发可怕，三个汉子全力压着老虎，这才能制住它。

楚贺潮趁着老虎张大嘴吼叫的时候直接往它嘴里塞进去了一块木头，老虎的吼叫被堵在了喉咙里。趁着它合不拢嘴的时候，楚贺潮硬拽着元里的手去摸老虎的利齿。

凑近之后，元里清晰地闻到了老虎嘴里的腥臭，他眼神好，还能看到老虎牙齿缝里卡进去的红肉，元里屏住呼吸，下意识把手往回抽了抽。

"别动！"楚贺潮怒斥一声，随即冷笑，"不是觉得刺激吗？躲什么？"

元里整个人被压制在楚贺潮的前面。他不怕，就是觉得老虎口气太熏人，熏得呼吸都有点上不去。

不过还别说，元里两辈子都没摸过虎牙，他心中还挺期待。

一旁看着的邬恺几人心都快要停了。

邬恺就要上前去阻止，被刘骥辛拦下来，刘骥辛紧盯着楚贺潮二人不放，声音紧张得都变了音调："将军心里有数。"

身为谋士，刘骥辛自然不赞成元里再一次陷入危险。但刚刚那一幕太过吓人，刘骥辛也隐约听到了元里的话。楚将军和主公是家人，怎么也不会害主公，他又比主公大上七八岁，由他来规劝主公最好。

楚贺潮拉着元里的手腕让他的手结结实实地碰到了老虎的獠牙上。

入手黏腻，摸了一手口水。机会难得，元里这会儿也顾不得臭不臭了，赶紧多摸了几下，顺便还丈量了老虎的獠牙长度，估计有十厘米长。

好家伙。

元里心中咋舌，这牙口要是合在一起，牙齿能顷刻间穿透他的手腕。

楚贺潮没想到他这么大胆，额头的青筋一突一突。

元里还要再摸摸，楚贺潮猛地拽回来了元里的手，下一瞬，老虎牙齿咬碎了木头，吐出了一口的木屑。

木屑连同口水喷了元里一脸。

元里闭着眼："……"

楚贺潮在耳边冷笑："还刺激好玩吗？"

元里脸色发青："不了。"

楚贺潮提着他站起来，林田也拿来了披风。楚贺潮扬手一挥，将披风披在了元里的身上，挡住了元里破败的衣袖。

这披风眼熟极了，元里看了一眼又一眼，楚贺潮看到他的动作，勾唇："怎么，衣服破了也不愿意披我的披风？"

实话实说，他现在的模样有些可怕，像是随时都会暴怒而起。元里有些想不明白，他怎么会发这么大的火？

他就把这句话给问出去了："将军，我又没受伤，你为什么要发这么大的火？"

"发火？"楚贺潮硬生生气笑了，硬朗的面容带着冷嘲热讽的笑，"谁说我发火了，我会为这事发火？"

元里："你现在就是在发火。"

楚贺潮深呼吸一口气，冷硬地道："没有。"

但他下一句就是："什么叫你又没有受伤，元里，你是想要气死我吗！"

元里有些心虚，没有反驳。

他确实没把刚刚那件事放在心上，哪怕他差点没了手。"后怕"一词对元里来说太过遥远了，他从来没有体会过这种情绪。

他从上辈子开始就缺少了这种情绪，但这正培养了元里一往直前、坚定不移的性格。

楚贺潮占着理，他足足训斥了元里整个下午，一直训斥到了西边天空只剩下一缕金黄余晖，把元里听得耳朵蒙蒙，整个人脑子胀痛。

直到吃晚饭，楚贺潮才停了下来，生硬地道："吃饭。"

元里不着痕迹地松了口气，完全有理由怀疑，是不是他以往教训楚贺潮教训得太多了，所以楚贺潮这次找到机会想把之前的教训全部还回来。

但他不敢说。

因为他也知道，他说的那几句话确实惹人生气。

两个人一左一右地坐着，饭桌上一时只能听到碗筷声响。

深秋正是鱼肥的时候，晚饭也上了一道煮鱼。色相看着还好，但鱼肉一放进嘴里就是一嘴的腥气。元里不怎么爱吃鱼，他经常会被鱼刺卡到，对鱼一向敬而远之。

鱼肉做得不好，鱼汤看起来倒是乳白浓厚，元里盛了两勺子的汤，慢悠悠品着汤。

一口吃进去，他表情顿时扭曲了，鱼汤比鱼肉还要腥，是腥到令人反胃的程度。

元里连忙把鱼汤吐出来，又连连夹了其他几道菜去去腥味，但因为吃得太急，结果直接咬到了舌头。

元里表情瞬间皱了起来，疼得直接尝到了血味。

楚贺潮看到他表情不对，放下碗筷走过来："怎么回事？"

元里缓了好一会儿，才张着嘴含含糊糊地道："没事，咬到舌头了。"

楚贺潮皱眉，沉声道："怎么这么不小心？"

元里皱皱眉，合上嘴巴。

楚贺潮眉头一挑，有几分野性："怎么，说你你还生气了？"

"没有，"元里别过脸，"我是嘴巴疼。"

楚贺潮端了杯水给元里漱漱嘴，元里足足漱了两杯水口中才没了腥味。楚贺潮又准备叫疾医来，被元里阻止了："谁没咬破过舌头？这点小伤不需用叫来疾医。"

身经百战，不知道受过多少次伤的楚贺潮也没把这点小伤放在眼里，听元里说完之后，他也没坚持叫人。只是等吃完饭后，又让元里过来给他看看伤。

看完后，元里便回房休息了。

晚上，有仆人告诉楚贺潮府内烧了一池子的水，请楚贺潮过去泡澡。

楚王府的浴房里有一个大池子，建造得格外奢侈精美。但因为秋冬烧水废柴，要烧满一池子的水更是浪费柴火，楚贺潮就没用过几次那个池子。他闻言问道："哪里来的柴？"

仆人道："元公子派亲兵前去剿匪，是在山匪那里收缴的柴火。"

楚贺潮若有所思，突然问了一句："他过去了吗？"

仆人知道这个"他"是谁，道："元公子说不了，他已洗过了。"

楚贺潮也不想浪费柴火，去往浴房的时候让仆人去叫杨忠发几个部下，与他们一起泡泡池子。

杨忠发、韩进和何琅三人来得很快，二话不说脱掉衣服跳进池子里，舒服得啧啧感叹："将军啊，早就让你把这个池子给用起来，你就是懒得用。你楚家堂堂的三世二阁老，结果就过得这般寒酸，还不如随便一个地方豪强地主。你现在看看，这满满一池子水洗起来多舒服。"

楚贺潮懒得理他们。

杨忠发忽然捏着鼻子，往池水里猛地一扎，又被呛得赶紧冒出了水面，咳嗽了好几声。

何琅哈哈大笑："杨大人，你这是在干啥？口渴了也别喝咱们的洗澡水啊。"

杨忠发瞪了他一眼:"我这是想起了元公子曾经说过的话,在学着凫水呢!"

说完,杨忠发便把元里曾经说过的话一字不落地说给了他们听。听完后,这两人也觉得甚有道理,也跟着杨忠发一样,开始试着凫水。

楚贺潮看着他们在池子里到处扑腾,居高临下指导着:"双腿要先并拢抬起,再分开蹬出去,手掌由里往外划。"

杨忠发稀奇:"将军,你竟然学会水啊?"

并不会水但是被元里教过一晚上的楚贺潮面不改色地点了点头:"嗯。"

三人连忙恭维起楚贺潮,又继续练着水。练着练着,又开始说起了闲话。

何琅忍不住跟楚贺潮说道:"将军,听说元公子送了你两个虞氏美人,但你并不喜欢?"

楚贺潮漠不关心地点了点头。

何琅道:"前些日子,我在府上见到了那两个美人,长得那叫一个漂亮,说话那叫一个轻声细语,将军这都不喜欢,那得喜欢什么样的美人啊。"

楚贺潮从他神色中看出了几分慕艾之色:"你看上了?"

何琅脸一红,也直接道:"我想娶其中的长姐为夫人,还请将军成全。"

楚贺潮正想要同意,又想起了曾对元里说的话,摆了摆手道:"我跟你们元公子说过了,这两人交给他处理,你想要人那就去跟他要。"

何琅失望道:"好吧。"

杨忠发指着何琅嘿嘿一笑:"你小子不错,才及冠两年就知道娶媳妇了,哪里像咱们将军。"

他就是在指桑骂槐,催促着楚贺潮赶紧完成人生大事,说完就转过脸去看楚贺潮:"将军,你没亲过吧?"

楚贺潮怔了怔,脸色就沉了下来,转身披上衣服大步离开了浴房。

留在池子里的三人面面相觑。

那一虎两狼也不知道楚贺潮怎么处置的,元里之后再也没在府中见过它们。

说起来还有些可惜，元里其实很喜欢那么野性难驯的猛兽，他欣赏它们身上勃勃的生命力，尤其是老虎，那斑斓张扬的虎纹实在太有吸引力了，谁能拒绝得了这样的大猫。

他原本还想去找楚贺潮问一问一虎两狼哪儿去了，但奇怪的是，楚贺潮不知道在忙什么，元里硬是好几天都没见到他人。不止平时见不到人影，连吃饭的时候都没见到过楚贺潮。

元里疑惑了几天，到最后都放弃了，不再试图找到楚贺潮。

没过几日，剿匪的骑兵们送上来了一份重要的情报。

在邬恺和汪二带着人剿灭蓟县周边的匪贼时，他们从土匪的嘴里得来了一个消息。幽州内有一个最大的土匪窝，跟兖州的沂山军一般无恶不作。这群土匪常年待在渔阳郡中一个名叫九顶山的深山里，每到深秋便会劫掠周围的村县，百姓深受其害。

不仅如此，他们还从土匪的嘴里挖出来了一条消息，原来这些大大小小的土匪窝都有些联系，各州郡的土匪竟然也有联系，偶尔会彼此互通有无，打听各州的情况。

如果哪个州的刺史脾气软，不敢多管土匪，他们就往哪个州扎堆聚集，专程欺负那里的百姓。

九顶山上的这些土匪，就和冀州、青州、兖州中的一些土匪窝有联系。

因为幽州许多年没有主人管理，各地的郡守也都是只顾着自己忙着敛财的人，所以幽州内的这些土匪都极为猖狂，他们已经把幽州当成了他们烧杀抢掠的沃土，把自己看成了幽州的土皇帝。

当元里和楚贺潮回来之后，蓟县周边的这些土匪就把消息传给了九顶山土匪。

九顶山土匪本来也是吓了一跳，以为楚贺潮要带兵常驻幽州了，最后得知楚贺潮只是暂留，而暂掌幽州刺史之印常驻幽州的只是一个还没及冠的小子后，他们顿时放松了下来，完全不在意了。

土匪们根本就没把元里放在心上，他们不信一个毛头小子能干出什么威胁他们的事来。

蓟县周围的土匪本来也是这么想的，但这样的轻视换来的却是被铁骑踏平的土匪窝。

他们终于开始害怕了。

元里看完这些，面无表情地放下了纸张。

书房中，邬恺和汪二经过近日接连的剿匪胜利，变得更为稳重自信，已然有了将领该有的威严。此时此刻，他们满面都是硬压着的怒火，等元里看完之后，汪二立刻就抱拳道："主公，属下请命想前去渔阳郡剿灭九顶山这群匪贼！"

邬恺沉声跟上："属下愿与汪兄弟同往！"

他们心里都憋着一团火气。这火气并不单单是为了受欺压的百姓，更是因为这些土匪对元里轻蔑嚣张的态度。

元里教他们识字，给他们建功立业的机会，他们对元里忠心耿耿，完全无法忍受这些土匪对元里的轻视和侮辱的嘲笑。

钟稽也在书房中，听完情报后，他同样痛恨于这些土匪的所作所为。他咬牙站起身："元公子，请让我也跟着同去。我想要亲眼看着这些匪贼被剿，否则心中难安！"

元里没让他们失望，给出了肯定的回答："剿，必须剿！还必须在冬日来临之前把九顶山的匪贼给我剿了！"

既然已经开始了剿匪的头，那就一鼓作气全部剿完。

否则给他们一个冬季休养生息，还不知道有多少百姓要遭难。

邬恺和汪二松了口气，双目灼灼地等着元里下令。

元里沉吟一声，看向他们二人："你们日日训练骑兵训练得极为上心，骑兵的能力也一直在突飞猛进，这些都被我看在了眼里。周围的匪贼对上你们根本没有一战之力，但九顶山的这群匪贼可是幽州土匪之首，你们可有信心一举拿下？"

邬恺和汪二战意满满，异口同声道："属下必不负主公所望。"

"好，"元里当机立断下了命令，"你二人带领一千骑兵携带少许粮食，以轻骑之身突袭至九顶山剿匪，快去快回！"

邬恺和汪二领命。

元里又转头看着刘骥辛："邬恺与汪二独去渔阳郡还是令我有些忧心，刘先生，可否请你一同前去，为随行军师，为他们出谋划策？"

刘骥辛早就有心想在元里面前大展身手了，他悠悠然地站起身，对着元里一拜："骥辛愿随，请主公安心。"

元里笑了笑，最后看向了面带焦急的钟稽："你既然想去，那就跟着一起去吧。只是我的话还要说在前面，钟稽，这一路奔袭万分辛苦，若想取得突袭奇效，路上必然不能放慢速度。"

钟稽毫不犹豫地深深一拜："我必不会拖累各位大人。"

这事决定好后，元里没有片刻耽误，用了一日工夫给他们整好了行囊，次日，邬恺他们便带着一千骑兵往渔阳郡奔去。

渔阳郡八仙村。

刚刚受过土匪劫掠的村庄四处黑烟滚滚，房屋倒塌，锅碗瓢盆倒落一地。

几粒粟米混在黄土之中，地上溅着斑斑点点的血迹。

躲在地窖中或者山里的八仙村村民们互相搀扶着走出来，看到村中凄惨的情况便忍不住泪流满面。

但他们又对此早已麻木了，无声抹了抹眼泪，便开始寻找亲人，一起收拾着破破烂烂的房屋。

年已老迈的村长被几个村民扶着，数着村里剩下的村民们。

"四十，四十一，四十二……"

他们每年这几天都会遭到土匪劫掠，村民们已经对此很熟悉了。家家户户都建了可藏人的地方，或是地窖，或是草堆。他们也得到了很多经验，知道了不能把粮食都带走，要留一些给土匪抢走，只有这样土匪才肯罢休。

但有再多的经验，每次土匪来村时他们都要死伤不少人，因为总有些人来不及藏起来。有的土匪抢了粮食就走了还好，还有的土匪却太坏，他们杀不到人就不肯走，会凶性大发四处搜寻村民，直到抓到人杀了。

许多年迈的老人来不及躲藏，就干脆不躲了，让土匪杀了了事，这样总好过让土匪杀了自己儿女孙辈。

等数完之后，村长担心数错了，又从头开始重新数了一遍。两次数的数都一样，他叹了口气，浑浊的眼睛发直，喃喃自语道："别再来了，别再来了……再来，咱们村就没人了。"

周围听到这话的其他人沉默不语。

他们心里都知道，土匪还会再来的。

每年秋收交完赋税后，他们剩下的粮食还得被土匪劫掠走大半，每年大半部分时间内村民们都是饿过去的。他们也报过官，但没人管，这样一年一年过来，土匪的胃口越来越大，八仙村的村民吃得却越来越少，各个都瘦成了皮包骨。

明天不来，后天也会再来的。就算今年不再来了，明年还是会来。

扶着村长的大壮正想要说几句话，忽然眼尖地看到了地面上震动的石粒，他心里一颤，连忙喊道："不好，那群土匪又回来了！"

听到这话，村民们顿时惊慌害怕起来："什么？他们又回来了？！"

地面的震动越来越大，其他人也发现了不对："快快快，宝儿娟儿快钻地窖里面去！""快跑山里面，快！""别愣着了，赶紧啊！"……

大人的喊叫和小孩的哭声混在一起，大人连忙捂着小孩的嘴抱起孩子飞快地往山里跑去。

来不及跑进山的赶紧找能藏人的地方。村长走得太慢，大壮看得着急，直接扛起村长想往山里跑，但没跑几步，身后轰隆隆的马蹄声越来越大，大得整个大地都在抖动一般。大壮心里一凉，知道没时间让他跑到山里了。

更让他恐惧的是，以往来劫掠的土匪从来没有这么大的声势。

这次的土匪得有多少人啊。

村长在肩上一直道："大壮，你赶紧把我放下来，你快跑。别管我这把老骨头了，你赶紧走！"

大壮没听，他咬咬牙，直接拐进最近的屋子里。他知道这是李叔的屋子，也知道地窖在哪里。大壮打开地窖把村长塞进去，村长进去后地窖里已经没了藏人的地方，村长着急得双手发抖，破口大骂道："大壮你个死孩子，赶紧把我拽出去，换你进来！"

大壮急得满头汗："村长，你可别出声。"

说完，他就把地窖门一关。在屋里看了一圈，拎了把石刀就藏在了稻草里，死死盯着门外。

大壮没把门关上，他有自己的小心眼。这个村子刚被劫掠过，门没关就代表里面没人，门关了肯定会有人过来查看。大壮想要赌一把，看门大敞着还有没有人过来。

要是真有土匪发现了他，他也认栽了，死之前怎么也得砍死一个土匪！

八仙村外。

邬恺一行人风尘仆仆地停下了马。

除了专门训练过的一千骑兵还精神奕奕外，刘骥辛和钟稽两人都有些憔悴。刘骥辛还好，只是脸色略微苍白了些，嘴唇干得起皮，眼底有些青黑，看着还有说话的力气。

钟稽就脸上毫无血色了，唇色跟着发青，缓了好一会儿突然栽下马跑到一旁弯腰呕吐。

邬恺和汪二凝视着八仙村的方向，两个人已经看到了空中飘着的黑烟，面色都很沉重。汪二叹了口气："奏胜兄，我们还是来晚了一步。"

刘骥辛驱马走到他们身旁，也跟着叹了口气："我们已是快马加鞭赶来了。"

即便是万分不适的钟稽，也没有拖累行程，一路强撑着赶到了这里。

说话间，前方探路的斥候已经赶了回来："报！前方村庄已被土匪劫掠过，土匪已经离开了村庄，粗看之下并未发现村民。"

钟稽漱了口，虚弱地走过来，闻言一怔："一整个村庄的人难道都被土匪杀死了吗？"

汪二摇摇头："暂且别下定论，我们还需要进去仔细查看一番才是。"

邬恺点点头，沉声道："走吧。"

数个斥候往各个方向飞奔而去，防止土匪突袭。

千人骑兵放慢了速度，慢慢走进了八仙村内。

八仙村内一片凄厉惨状，烟火黄土之中还有一些老人的尸体横在其中。整个八仙村内除了火烧木头的噼里啪啦声，竟然听不到一点人声。

别说是人声，就连鸟雀声都听不到几声。

难道真的一个人都没有了吗？不对，那为什么尸首只有老人，未见年轻人和孩童呢？

汪二曾经逃过难，他最知道受难的百姓们会想什么。他道："人应该都藏起来了。"

说着，汪二指了指村里的屋子和后山："要么躲在了屋子里，要么躲在了山中。他们应当是刚被土匪劫掠过，听到咱们的马蹄声以为来的还是土匪，便躲着不敢出来。"

钟稽苦笑道："原来百姓都被吓得胆小如鼠了……"

刘骥辛也同汪二想的一样，他捻着胡子思索了番："百姓们被吓成这样，我们也不好贸然搜人，唯恐惊吓到他们。不如令士卒们在道路中间喊明我们的身份吧，让他们知道我们是幽州刺史元里所派来的剿匪之人。"

邬恺和汪二点头，按照他的话去通知士卒。

钟稽若有所思地看向刘骥辛。

刘骥辛察觉到了，笑问："钟兄可是觉得我所说的话有何问题？"

钟稽犹豫道："元公子还未真正成为幽州刺史，这般说法是否会落下话柄？"

"哎，"刘骥辛摇摇头，"主公干的事已是幽州刺史该做之事，得到幽州刺史之位也是早晚的事。更何况非常之时行非常之事，不这么说，这些百姓又如何会安心？会信服于我们？他们只是一群普通的百姓，不懂得什么叫及冠入仕，也不懂什么叫暂掌幽州刺史之印，同他们这般直说，才是最简洁有用的办法。"

钟稽点头："刘兄所言极是。"

但他也知道，刘骥辛此举同样也是在给元里造势。

当幽州的百姓都认为幽州刺史是元里时，当元里得到幽州百姓的民心时，一旦元里及冠，即便楚家反悔不想给元里幽州刺史之位，那也要不得不给了。

士卒们听从命令，站在村中道路上朝着两侧房屋不断喊着。

"幽州刺史元里元大人派我们前来剿匪，可有村民在此？"

"我等是刺史府中骑兵，前来剿匪的人！"

"村民何在？我等不是土匪！"

藏在稻草里的大壮听到他们的喊话，心中大恨，咬牙切齿地想，这些土匪怎么这般可恶！

只是劫掠村庄、烧杀村民还不够吗？竟然还要起这一套，还想假装成官府之人骗得他们出去再大肆屠杀吗？！

他们怎么能这般恶毒！

大壮一点儿都不信他们说的话。

当初土匪初来他们村庄时，他们不是没报过官。可是官府却置若罔闻，完全不将他们百姓放在心上。一次次的报官换来的都是无用的结果，怎么可能官府这次就突然派人来剿匪了？

大壮还是藏得严严实实的，并心生焦急地期盼村内其他人不要相信这些土匪的鬼话。一旦被骗出去，才是中了计，恐怕会招来横祸。

但事实和大壮所期盼的并不一样。他眼睁睁地看到对面的屋子里走出了个六七岁的丫头。丫头手里攥着个木棍，脸上带着茫然，小心翼翼地从屋子里走了出来。

不要出去！不要出去！

大壮在心里吼着，眼睁睁地看着丫头从他门前经过，往那群喊话的人走去。

这个丫头大壮也认识，是村里孙寡妇家的孩子。孙寡妇为人和善，曾经也照顾了大壮好多回，大壮不能眼睁睁地看着她去送死。

大壮眼睛憋得通红，一股勇气忽然从心里冒出，他猛地冲出稻草，拎着石刀就跑了出去，大喝道："老子杀了你们这些土匪！"

但一出去，刀还没挥出去，大壮就看了诸多身强力壮、穿着盔甲，站在路中央的士兵们。

成群的马匹在他们身后，这些士兵腰间配着大刀，各个带着股军人才有的肃杀之气。

而孙寡妇家的丫头正站在他们身前站着，没有受到一点伤害。

石刀哐地砸到了地上。

士兵……真的是士兵……真的是幽州刺史派人来剿匪了……

大壮猛地回过神，连爬带滚地回到了屋里，掀开地窖门，又哭又笑地道："村长，官府派人来剿匪了！"

等村民全部从山里和屋子里出来后，刘骥辛等人才知道这座村庄叫什么，一共有多少人。

这个村子叫八仙村，离九顶山很近，遭到的破坏也最大。原本一个村子有七八百人，算是个很大的村子，到了如今也只剩下了三百多人。

村长跟刘骥辛说完了这些，又颤颤巍巍地道："在各位大人来之前，我们村刚被土匪劫掠过一遍，将各位大人错当成了土匪，这是我们的罪过。我替村里百姓同各位大人赔个罪。"

"老人家，不必如此，"刘骥辛叹了口气，"这怎能是你们的错？应当怪那群该死的土匪才是。你们以前才是受苦了，不过你们放心，咱们今年新上任的幽州刺史元里元大人听闻了此事后便派我们前来剿匪，我们必定剿灭那群匪贼，定不让你们再遭受其害！"

村长抹着眼泪不停地道："多谢刺史大人，多谢刺史大人。"

刘骥辛又问："不知老人家可知道这些土匪往哪里跑去了，他们下一个劫掠的村子可能会是哪个村子？"

村长闻言陷入了沉思，过了好半晌才不确定地说道："他们应当会去安定村，或者是林西村，也有可能先去小河村。"

刘骥辛问完这三个村子的方向后，邬恺便准备派斥候前往这三个村子打探消息。

刘骥辛凝眉："要是能够确定他们的下一个要劫掠的村子是哪个就好了。"

一旁听着的大壮小心翼翼道："我好像听到了他们下个要去的村子是哪儿……"

众人立刻朝他看去。

大壮咽了咽口水，有些紧张，也有些激动地道："我躲起来的时候，听到了两个土匪的对话。他们说那个村子里的物产很丰富，还说到下个村子要多抢一些。那村子里水干净，他们身上都要长虱子了……我想，他们要去的是小河村。"

第 8 章　研发黑火药

刘骥辛一行人在大壮的带领下赶到了小河村。

大壮生平头一次坐马,他一路上死死地抱着带着他的骑兵,把骑兵勒得脸色铁青。

到了小河村后,大壮来不及缓一缓,就赶紧跟小河村的村长说明了刺史大人派人来剿匪一事。

得知土匪将会来劫掠自己,但官府派来剿匪的骑兵提前一步到了,小河村的村长差点喜极而泣,一路领着刘骥辛他们走遍了小河村。

不少妇人农夫捂着孩子的嘴,躲在门内偷看。孩童好奇又害怕,黑白分明的眼睛里映着走过的一个个身披盔甲的士兵。

众人实地勘察了小河村的地形,汪二脸色沉重地摇摇头:"这里的地势不利于骑兵。"

钟稽急道:"那该如何办?"

小河村过于窄小,村内多处河流将村子分割成了好几块。这样的地势完全发挥不出来骑兵的威力。

场地过于有限。

邬恺看向刘骥辛,请教道:"先生可有妙计?"

刘骥辛摸着胡子笑了笑:"算不得妙计,倒是有个想法。"

他侧耳与邬恺、汪二一说,两人眼睛一亮,俱露出了笑容:"此计可成,便依先生所言!"

这一日，九顶山土匪又派出了五百手下前去劫掠小河村。

除了这五百人，其余的土匪们俱在大吃大喝地狂欢。

酒肉摆了一桌子，粮食毫不心疼地撒了一地，还有从村县里劫掠来的漂亮小娘子正含着泪给他们跳舞助兴。

一口肉一口酒的土匪们污言秽语不堪入耳，有脾气暴躁的人不满意便一鞭子甩了过去："跳得难看死了，你们到底会不会跳舞？"

"她们都是在地里插秧的农妇，会跳啥舞啊。"

有几个土匪拿出大刀，大着舌头威胁着小娘子们："别的女人能跳得那么好看，你们也有手有脚，为什么不能跳成那样？赶紧的，不让老子们开心，你们的手脚也别想要了。"

小娘子们满面泪水，她们不敢反抗，因为已经有反抗失败的例子摆在前头了。

前些日子有个叫芸娘的烈性女子，因为不想被土匪玷污便划破了自己的脸，被打得浑身都是血地扔到了柴房里，谁也不知道她能不能活下去。

坐在上首的三个土匪首领看得有滋有味，说说笑笑之间几坛酒水就下了肚。

这三个土匪首领各个满脸横肉，矮壮剽悍。他们正是一家三兄弟，姓郑，本是九顶山山脚下一个村子里游手好闲的二流子，机缘巧合之下才强占了山头成了土匪。

"这日子可真舒服啊，"老三感叹道，"周边几个州郡，就数咱们九顶山的土匪过得红红火火。兄弟们有肉吃有酒喝，神仙日子也比不过咱们。"

老大颇为得意，畅快大笑："等把最后几个村庄劫掠完，再掳来一些小娘子上山伺候我们烧水做饭，这一个冬天又能舒舒服服地过去了。"

"大哥，再让人抓一些男人来，"老二抱怨道，"今年冬天的活都交给男人去做，冻死也不心疼。"

老大点头："那就这么办。"

"前些日子从蓟县那边传回来的消息，说是幽州刺史元里开始派兵在蓟县周围剿匪了，"老二拿着块肉啃着，含糊不清地道，"大哥，你说他们会不会剿完蓟县周边的土匪，再来剿咱们啊？"

老三嗤笑一声："怎么可能！就那个刚上任的毛头小子？我才不信他有这个胆子敢对咱们动手，估计又是小打小闹，过几天就没声响了。这些官府啊，一个比一个尿。"

老大也毫不在意："老三说得对。就算这毛头小子想新官上任三把火，拿我们土匪开头，他也得有这个本事动到咱们头上。咱们离蓟县可是远得十万八千里了，等他来，怕是都要冬天大雪封山了吧。哈哈哈哈。"

三个人大肆嘲笑了一番，完全没把这件事放在心上。

被派去劫掠小河村的五百土匪也没把蓟县传来的消息放在心上。

他们一路来到了小河村，正打算好好劫掠一番，进村一看，却发现小河村内的村民都跑得没影了。

领头人连忙派人四处寻找了一番，发现不只人跑了，屋内的粮食和值钱的东西也没留下一点，到处干干净净，根本就没有能让他们下手的地方。

"给老子搜，"领头人脸色青黑，火冒三丈，"这个村子里的人竟然这么大胆，搜出来就把他们给宰了！"

五百人动作粗暴地四处翻找着村民，但他们搜着搜着，忽然感觉到了土地的震动。

领头人还以为来的是自己人，派人赶去看看："快去看看是哪个兄弟带人来了！"

手下人匆匆往小河村外面跑去，没过多久就一脸惊恐地跑了回来，喊道："不好了！是骑兵！官府的骑兵在外面把我们包围了！"

"什么？！"领头人大惊失色，抬头一看，已经能隐约看到写有"元"字的旗帜飘动。

他声音发抖："这是什么字？"

手下人心中惶恐，问来问去，才有人不确定地道："好像是'元'字。"

元……领头人脸上的血色霎时没了。新上任的幽州刺史，好像就姓元。

小河村外围。

一百骑兵奋力挥舞着旗帜，牵着马匹来回踏步，造大声势，吓得小河村内的土匪抱作一团。

不久之后，斥候送来消息："报！有一土匪从小河村后山处逃走通风报信去了。"

刘骥辛微微一笑:"好。"

带队的百夫长龚斌佩服地看向刘骥辛:"刘先生,真的会如您所说,九顶山土匪会派来援兵吗?"

刘骥辛捻着胡须道:"九顶山的这些土匪为何会成为幽州内最大的匪贼?不过是因为他们比其他土匪更讲究兄弟之义罢了。一处有难,其他处必定援助,这便是九顶山土匪势力大的原因。放心,他们必定会派来援兵。"

九顶山的土匪约有五千人,他们在深山之中不好攻打,因此,刘骥辛便打算将这群土匪分为三部分逐一击破。

他带领着一百骑兵在小河村造大声势,营造出佯攻姿态,逼迫小河村内的土匪人人自危,报信同九顶山求援。

当九顶山得知消息后,必定会派援军前来小河村,而前来小河村的路上,则埋伏了汪二所带领的四百骑兵。而当九顶山上的战力调派一部分出去当援军后,剩下的那一部分人,就交给邬恺去围剿了。

九顶山。

听闻自家兄弟在小河村受伏之后,郑家三兄弟大惊失色:"什么?幽州刺史派兵前来剿匪了?!"

他们脸色难看,惊怒交加,不敢置信的同时又知晓这不可能是玩笑。

怎么可能!幽州刺史远在广阳郡蓟县,他的兵马怎么可能毫无声息就来到了九顶山!

但如果是真的……

如果是真的,他们也不能不救遇难的兄弟,否则以后谁敢跟着他们继续打拼?

郑家老大咬牙:"没想到那叫元里的毛头小子竟然是认真的!"

他脸上露出狠意:"老二,你派两千人去往小河村,吩咐他们一定要把刺史派来的人马全部杀光,咱们的兄弟能救就救,不能救也没办法了。让他们杀完那些人后立刻逃往青州,和我们在青州会面。老三,你让剩下的人手别再花天酒地了,赶快收拾起行囊,拿上金银财宝和米粮,这就跟我离开九顶山!"

老三惊呼:"大哥,九顶山是我们多年的基业,何须如此啊!"

"蠢货!"郑家老大怒骂,"你将他们打回去了这一次,难道就没有下次围剿了吗？幽州刺史一旦决定剿匪，我们这五千人能耗得过他？赶紧去给我收拾东西走人！"

老三极为憋屈，不肯动作："那我们就这么被一个毛头小子吓得狼狈逃窜吗？"

"所以我才让他们杀了那些官府的兵马，"郑家老大冷笑两声道，"即使要走，也要给元里一个好看。让他知道拿咱们开刀可没有那么容易，他的兵马被我们杀完之后，想要得知咱们逃跑的消息也要许久之后了。咱们离开时一路劫掠村庄，带走能带走的一切，等我们离开时，他这个幽州刺史的脸面也要丢光了。等逃到青州，以后再找机会给他好看！"

老三这才气顺，领命去整理行囊。

整个九顶山乱成了一团。

郑家老大和老二带着人先行下了山，只留下武力最高强的老三在山上收拾最后的东西。能带走的都给带走了，不能带走的直接毁掉。

最后，郑家老三冷笑着直接放了一把火。他们就算从九顶山走了，那群官兵也别想嘚瑟，九顶山带不走，那就直接毁掉算了。

放完火后，郑家老三大笑着扬扬手："拿着东西，咱们走！"

被土匪捉上山关在柴房里的小娘子们麻木地抱紧着自己。听到外面杂乱的声音后，离门最近的一个躺在地上的血人终于动了动，艰难地爬到门缝往外面看去。

细微的光亮照在了她脸上血肉模糊的疤痕上。

土匪们神情慌乱，许多东西被扔在了地上，他们的脚步声逐渐远去。

女人死水般沉寂的眼神缓缓有了波动，她沙哑地道："他们好像在说，官府派人来剿匪了，他们打算离开九顶山……"

其他的女子听到这话，突然被惊醒一般地抬起头，连忙爬过来往外面看去，言语间满是不确定："芸娘，真的吗？官府真的来人了吗？"

等看到门缝外凌乱的场面时，她们终于相信了，不少人泪流满面，捂着嘴哽咽，全带着即将看到希望的庆幸。

正沉浸在即将得救的欢喜时，有人却闻到了空气中的煳味，不安地道："怎么有火烧的味道……"

芸娘一愣，心陡然沉了下去。她奋力地扒着门往外看，隐隐约约看到了炽烈的火光,芸娘手一抖,不敢相信这群土匪怎么能这般丧尽天:"他们打算放火烧山……"

小娘子们愣住了。

芸娘死死咬着牙,忽然不要命地去撞着门,她扭头厉声道:"快点跟我撞开门!土匪都走了,咱们只有撞开门才能活!"

其余的小娘子们这才反应了过来,扑过来跟她一起撞门,用全身的力气想要打开门。

但她们浑身都是伤,又好几天没吃过一次饱饭,用力撞了几次,门还是纹丝不动。

山下。

邬恺带着五百骑兵埋伏在山林之中,在郑家老大等一千余土匪下山走到平地之后,倏地带人从深林中突袭出去,在敌人不敢置信的表情之中,率先拿下第一个人头。

尘土飞扬,五百骑兵威风凛凛,在他们悍勇无比的势头下,土匪们还没跟他们对上,已经率先腿软,没了一战之心。

"是官兵!"

"别杀我,求求你们别杀我!"

郑家老二被吓得脸色煞白,转身就要朝大哥喊话快跑,但嘴刚刚张开,头颅就被邬恺砍掉,滚落到了地上。

血溅了郑家老大的一脸。

郑家老大愣愣地抬起头,带头冲锋坐镇的男人黑熊般威武,那柄闪着寒光刚刚杀完他弟弟的大刀离他也越来越近。

他们作威作福得久了,看不起官府的兵马,便如井中之蛙,自视甚高。

直到这一刻,郑家老大才感觉到了恐惧害怕。

他甚至后知后觉地知道,原来在这样的骑兵面前,他们甚至都没有可以抵抗的能力。

他在这种害怕之中迎来了死亡。

一千人马在五百骑兵面前完全不够看,很快,邬恺便带着人将他们杀了个干干净净。

山路不好骑马,邬恺派骑兵下马,将马匹绑在树上,留下一部分人看守马匹后,便带着人往山顶上赶去。

土匪窝里最多还剩下一千余人,邬恺有信心能胜得了他们。元里所训练出来的士兵们可并不是只能在马上作战的骑兵,他们同样可以作为步兵近战杀敌。

刘骥辛的计谋便是正面迎敌,势要一举歼灭这五千人的匪众。

邬恺将自己的任务执行得很好,他带头冲杀,表现得最为英勇,士兵们也备受鼓舞,一往无前。

带人冲到半路,邬恺忽然看到山顶上有火光传来。

"不好!"邬恺脸色大变,"这群土匪放火烧山了!"

整座九顶山连绵甚远,要是火势变大,恐怕会烧到许多村庄。

这群土匪真是太可恨了!

邬恺沉着脸,加快速度上山,没过多久便看到了最后一群下山的土匪。

这群土匪要么牵着骡子马匹,要么扛着箱子拿着被褥。邬恺带人便冲杀了过去,领头的人武艺尚算不错,但最终也被邬恺斩下脑袋。邬恺甚至没时间去收缴这些战利品,便带着人匆忙上山灭火。

被关在柴房里用尽各种方法开门的小娘子们已经深陷绝望,她们用了各种方法也没撞开门,以为就要被烧死时,便听到外面又传来了纷乱的脚步声。

她们本以为是那群土匪又来了,害怕得缩成一团时,忽然听到了他们的对话。

"大人,这里有水!"

"快端水救火!"

趴在门边双手流着鲜血的芸娘一愣,随即疯狂地砸着门板:"这里有人,这里有人!"

其他人的眼中再次重燃起希望,她们好像又有了力气,不断拍着门板,大声喊道:"救命啊!"

"来人啊!这里还有人!"

终于,她们听到了一道迟疑的声音:"大人,这里好像还关着人。"

随即就有人大步朝柴房走来,脚步越来越近,门缝处的阳光被一道人影堵上。大刀寒光划过,门锁重重地砸在了地上。

木门猛地被拉开,刺目的阳光照射进了柴房之中。

趴在门上的芸娘猝不及防就被摔倒,就被邬恺及时扶住。发现自己怀里扶着的是位女子之后,邬恺黝黑的脸上就是一红,他板着脸小心地放下了芸娘,看着喜极而泣的其他小娘子。

"你们都是山下的百姓?"

所有人已然眼中模糊,低声哭泣,有人哽咽着道:"对,大人,我们都是被掳来的百姓。"

"你们在此等一等,"邬恺退后几步,"等我们灭完火后,再送你们下山。"

说完,邬恺转身匆匆离去。

躺在地上的芸娘看着他的背影,双眼之中有光亮闪动。

邬恺带着手下人忙活了整整半个时辰,其间汪二与刘骥辛杀完匪贼后也匆匆赶来九顶山,众人合力,这才在火势蔓延之前灭了火。

刘骥辛满头都是冷汗:"还好还好,还好今日无风。"

钟稽咬牙切齿:"这群可恶的土匪!"

但看着满山土匪的尸首,钟稽心中陡然生出了一股快慰之情。

亲眼看土匪伏诛,哪怕这些土匪不是杀了他妻女的沂山军,钟稽也觉得痛快之极,长久以来的郁气也消散了许多。但在快慰之后,他却感觉到了一股苍凉悲痛之意。

他想笑笑不出来,想哭也哭不出来。

为什么当初他的妻女没有这般幸运,遇见一个像元公子那般的刺史呢?

可恨,实在可恨……

灭完火,他们一行人都变得灰头土脸。将要下山时,邬恺没有忘记派人护送那些女子一同下山。

这些女子都是附近村庄的人,但等下山之后,邬恺询问她们家在何处时,除了少许几个小娘子告诉了他,其余人都默默无声落泪。

邬恺不解:"你们哭什么?"

"大人有所不知,"有女子抹着眼泪低头解释道,"我等被土匪掳来了山中,哪怕没有被欺辱,回去后也不会被当作良家子。除了这几位被家中疼爱的姐妹们,我们都已无路可去。"

刘骥辛思索片刻，问道："你们可有婚配？"

这些女子或摇头或点头，神情怯怯。

"既然无路可去，不如就给咱们的士兵们当媳妇，"刘骥辛笑道，"我们这些好儿郎中有不少还未娶妻，不知你们可愿意嫁给他们为妻？"

这些女子顿时羞红了脸，互相看了看，微不可见地点了点头。

这群救了她们的士兵各个长得威风高大，又相貌堂堂。一路将她们带下山时更是目不斜视，规规矩矩，可见人品也极好。士兵们在她们看来好似英雄一般，哪里有什么不愿意呢？

刘骥辛当即让骑兵们与女子们互相选择。若是两相情愿，那便是好事一桩。

骑兵们各个脸色通红，挤来挤去地排好队，这二十来位小娘子很快便找到了各自的心仪之人。双双站在一旁时，给山坡添了几分喜意。

芸娘是最后一个人，她伤势太重，只能被扶着勉强站立。脸上的疤痕也太过丑陋，没有士兵敢选她。

芸娘抿了抿唇，拜托搀扶自己的姐妹将自己扶到了邬恺面前，虚弱地道："大人，你可否娶了夫人？"

邬恺老实道："没有。"

他认出了这个女子是刚刚不小心被他抱住的女子，邬恺好像知道芸娘要说什么了，耳朵顷刻红了起来。

芸娘被脏污糊住的脸上也微微一红："那你可愿意娶我为妻？"

汪二与刘骥辛在旁边忍笑着看戏。

邬恺磕磕巴巴地道："我、我家中有一失明老母，很是贫困。"

"没关系，"芸娘的声音低哑温柔，"我会照顾好娘的。"

邬恺低头看着她。

看到芸娘的双手和脸上的疤痕，邬恺便知道她一定是个极有主意的烈性女子。士兵们朝不保夕，大多是由流民和世代为兵的军户组成，地位低下，自己饱腹都成难题，更别说讨媳妇，根本就没有正经姑娘家愿意嫁给士卒。

邬恺家贫，他一直觉得自己讨不到媳妇。面对突如其来示好，他紧张得许久没说话，却怜惜芸娘无人可选，恐怕没有后路可退，半晌后，他缓慢又坚定地点了点头："好。"

"哈哈哈哈，好事成双！"刘骥辛拊掌大笑，"邬恺，你放心吧，回去后我定当禀报主公，让主公为你同你夫人好好办一场喜宴！"

邬恺被揶揄得不好意思地低下了头。

刘骥辛和汪二又是一阵哄笑。

笑完之后他们便干起了正事，除了收缴战利品和捆绑一些土匪俘虏之外，刘骥辛还要干一件元里交代的事——敲打当地的郡守。

九顶山的土匪如此作恶多端，与毫无作为的渔阳郡郡守也有密切的关系。

元里倒是想要直接换了渔阳郡的郡守，但一个很现实的问题来了，他手里并没有合适的做郡守的人才。

刘骥辛敲打完当地的郡守之后，他也在心中叹了口气。

主公身边可用的人还是太少了啊。

武职倒是够了，无论是邬恺、汪二，还是这次作战中小露锋芒的龚斌和陆辉，都是不错的人才。但文职上还只有刘骥辛一人，詹少宁至多算上半个人。

刘骥辛觉得，他也应当写信问问他的好友们，是否愿意前来幽州，同他一起拜得贤主了。

忙完这些事后，一行人没有在渔阳郡多待，迫不及待地便启程往蓟县赶去。

蓟县。

元里也迎来了一个甜蜜的烦恼。

张氏、刘氏、虞氏在幽、兖、冀三州贩卖的香皂已经收获了第一批的银钱。他们按照和元里的约定，将元里所要求的部分银钱换成了粮食、药材、布匹与牛羊猪鸡等送到了蓟县。

巧的是，达旦派人送来的牛羊也运到了蓟县。

这些牲畜之中，牛羊最少，猪鸡最多。尤其是猪，有三千多头。多到元里命人连夜又搭建了一个巨大的养猪场都装不下的程度。

元里对此颇为苦恼。

在此之前，元里和刘骥辛因为身处中原内陆的原因，便一直以为猪要圈养才行。但在这些猪运来后，元里从张密那里了解了幽州人的养猪方式后才发现，在幽州，养猪就像是养羊一样可以放牧，猪食野食而生，放牧猪的人还被称为牧豕人。

如果是春天，那么这三千头猪便只是甜蜜不是烦恼了。元里大可以学习当地人的方法直接圈下一座山放牧猪羊牛。然而现在已经到了深秋，即将便入了冬，草木已经枯萎，要养这些畜生，就需要拿出粮食来。

牛羊的数量还好，倒构不成多大的负担。但这三千多头猪实在太多了。猪还繁殖得很快，送来的这三千只猪，里面有八百余只是母猪，母猪里又有一半以上已然怀了孕，快要到了分娩期。冬天若是没有合适的温度，这些猪崽生下来就要冻死。

又要喂粮，又要伺候母猪生产，消耗的钱财粮食实在太大。元里算了算，他真的养不起这么多猪。

所以，他下了一个干脆的决定。

挑选出三百只配种的种猪，剩下的足足两千只公猪，他打算全宰了。

在过年之前，他要轰轰烈烈地杀一回猪！

元里杀猪的决定一下，消息如同长了翅膀一般，立刻传到了大军之中。

听到这件事后，将领们各个厚着脸皮打算掺上一脚。他们在杨忠发的带领下一起找到了元里，搓着手跟元里商量着能不能让军中士卒去给元里帮忙。

当然，士兵们不要报酬。但要是帮完忙后能分给他们一点猪肉，那就更好了。

元里一眼就能看出这些老狐狸的想法，他在心中觉得好笑，豪爽地点头同意："两千头猪可不是小数目，军中士卒愿意帮我杀猪我求之不得。放心，猪肉这一块少不了军中。"

将领们大喜，连连点头："元公子，你放心好了，我们也不要很多，你给多少就是多少，闻到点肉味都够底下人高兴的了。当然，元公子您就算不给，我们也乐意给您干活。"

元里忍不住笑了："诸位也不用同我客气，毕竟两千只猪杀起来也不容易。不过我要先问一问，驻扎在蓟县的这两万士卒里头能有多少人会杀猪？"

杨忠发等人面面相觑，他们暂且跟元里告辞，匆匆去军队里找会杀猪的人，找来找去，两万人的大军，竟然就找出来了七八十个会杀猪的人。

这七八十个人里，有十几个人还只是见过别人杀猪，大致知道该在哪里下刀，自己还没亲自上过手。

他们自己都不好意思了，讪讪地道："对不住了元公子，咱们军中的士卒找来找去也就这些人能帮您杀猪。"

要是只能帮上这点忙，元里就算愿意给他们肉，他们也没脸拿啊。

"没事。"

元里倒是能够想到这个结果。

士兵们家境不好，地位低下，一辈子都不见得能吃上一口肉，肉都没吃过更不要说杀猪。

他想了想，笑道："他们虽然不能杀猪，但能干的其他事情还有很多。不只得杀猪，还得烫毛洗猪、放血割蹄子等等，一头猪挣扎起来力气可不小，最起码得二三个人帮忙压住。就让咱们的士兵做些烧水烫毛的活计吧，这也是个需要很多人的累活。"

将领们眼睛一亮，连连点头："这活计好！"

别说累，只要士兵们知道杀猪后能吃到猪肉，绝对兴高采烈地埋头干。

在古代，杀猪也得挑日子。元里看了看皇历，便将杀猪的日子定在了五日后。

将领们琢磨了琢磨，询问了楚贺潮之后，便带着士兵上山砍柴，准备杀猪那日烧水烫猪的柴火。

士兵们就如同将领们猜测的那样，得知自己即将帮着杀猪，杀完后会得到猪肉后，一个个激动得睡不着觉。五日里天天盼着杀猪那日的到来，跟着将领上山砍柴的时候更是劲头十足。

在这样的干劲下，一车一车的柴火运到了养猪场附近。元里也没闲着，他派人在蓟县本地找会杀猪的人，家家户户敲门去问。

要是有肯过来帮忙杀猪的，杀完猪后便能分得工钱和猪肉。

士兵们敲门询问的时候，百姓们都很害怕，什么都不敢多想，哆哆嗦嗦地指出了会杀猪的人。

他们附近就有一个叫胡老爹的人，年轻时候是个屠户，现在落魄了，就住在最后面一间破茅草房里。

百姓们躲在屋里看着士兵走到那间破草房里，过了一会儿，就见胡老爹感恩戴德地把士兵送了出去。

等士兵离开巷子之后,百姓们好奇去问:"胡老爹,你怎么这么高兴?士兵来找你们是做什么的啊?"

胡老爹还激动着,他乐呵呵地说道:"兵爷说是请我去杀猪,说每杀一头猪,就给我一百文钱,还有一斤的猪肉。"

"什么?"其余百姓纷纷惊讶,连忙追问,"是每杀一头猪都给这么多吗?"

胡老爹就说不清楚:"反正我一个老头子也穷惯了,不怕被骗。让我杀猪我就去杀猪,要是能有工钱和猪肉,那就更好。要是被骗也没什么,最多出出苦力而已。"

其他人一听,心想也是这个理。便连忙回家去找身边是否有会杀猪的人,告诉他们这条消息。

终于,五日时间一晃而过。

元里对今日也很是期待,一大早便起了身,特意穿了一身旧衣,把头发一丝不苟地束起,精神奕奕地踩着靴子带人来到了养猪场。

养猪场旁边已经来了许多的人,除了来帮忙的士兵和杀猪的百姓之外,还有一些大着胆子前来围观的百姓。

元里也没赶走他们,直接令人打开围栏,先从里面拉出来一百只公猪试试手。

一百只公猪听着不多,但聚集在一块儿的时候也是密密麻麻,猪挨着猪。围观的百姓们倒吸一口凉气,眼睛都被这些猪给晃花了。

好多猪!

他们生平都没有见过这么多的猪!

士兵们两三个人制住一只猪,杀猪的人磨着石刀,不远处的士兵们则开始生火烧水等着烫毛洗猪,火花四处燃起,热气白烟滚滚,处处都是红红火火。

猪全身上下都是宝贝,猪血营养丰富,不能浪费,宰猪放血时要及时接好放在一旁。猪下水也能吃,板油腮肉等边角料都可留着香皂坊使用,元里特意让人将猪胰和白花花的肥膘取出来单独放着,准备炼油。

一条条处理好的红肉放在铺了一层布的地上,前蹄和前蹄堆放在一块儿,后蹄与后蹄堆放在一块儿。一旁便是满地的骨头和成堆被洗刷下来的猪毛。

肉越堆越高,杀猪的人头顶出汗,但也越来越兴奋。

一头接着一头,累是累了点,但当真过瘾。

有不少士兵手脚灵活,跟着看多了屠户如何杀猪之后,也拿着刀试着上阵。

士兵们来来回回地忙碌着,整个场面热热闹闹地写满了"大丰收"三个字。

在旁围观的百姓越来越多,时不时发出阵阵惊呼感叹之声。明明他们只是在围观,但看着看着,心里却也跟着产生了一股满足之情,时不时看上成堆的肉一眼,就跟自己吃过了一般,打心眼里觉得乐呵。

张、刘、虞三家送来的猪,和元里养的猪并不一样。

这些猪没被阉过,长得没有元里农庄的猪肥壮白嫩,还透着股浓重的腥气,血味一弥漫,到处便是腥臊之气。

这也是元里下定决心要宰杀公猪的原因。

这么多没被阉过的公猪放在一块儿,时常会彼此攻击,发生躁动。

元里在宰猪场地待久了,熏得鼻子都要失去了嗅觉。他到处巡视了一遍,看了几只猪被宰杀的过程后,也想试试。

还没动手,就听见有士兵朝身后喊道:"将军!"

元里转头一看,便看到杨忠发和何琅一左一右地跟在楚贺潮的身边正往这边走来。

元里抬手和他们挥了挥手。

瞧见元里之后,杨忠发便眼睛一亮,带头走过去:"将军,快点儿,元公子叫我们快去呢。"

楚贺潮脚步一顿,不动声色地跟在其后。

等走近一看,便看见元里拿着刀,正磨刀霍霍向着猪。

何琅惊讶地"哟"了一声,好奇道:"元公子,你这是打算自己杀猪呢?"

"对,"元里底气十足地说道,"杀猪的人手不太够,我也跟着试一试。"

杨忠发是恨不得把元里当财神爷一样捧着护着的,连忙道:"这种粗活怎么能交给元公子你呢,来来来,何琅,我俩来当回杀猪的屠夫。"

"不用，"元里婉拒道，"我都看得明白了，知道怎么杀猪，两位大人就看着吧。"

说完，元里便弯下腰，拿着刀小心翼翼地贴近了猪的脖颈。

但刀一贴近公猪，公猪便好似知道他要做什么一样，剧烈挣扎了起来。

元里眼疾手快地一刀落下，士兵连忙拿过木桶接血，没过多久公猪就没了气息。

用开水烫过猪毛之后，元里又开始切猪肉，一只猪忙完后，他已经满头大汗。士兵把肉抬走，又抓了另外一只猪过来，元里正要继续，手里的刀就被一个高大的身影抢了过去。

元里抬头一看，楚贺潮已经站在了猪面前，摆出要杀猪的架势。

元里不解："将军？"

"去后面待着去。"楚贺潮没看他，右手有力地握着刀，好像略带不耐，"赶紧的，这里缺你一个杀猪的了？"

元里擦擦脸上的汗，一张脸带着汗意微红，他狐疑地看着楚贺潮："将军，你会杀猪吗？"

楚贺潮没说话，直接弯下腰拽住了缠着猪嘴的绳子，刀干脆利落地一抹，手掌在猪脑上一压，整只猪呜咽几声，想要挣扎却被定在地上抬不起脑袋。楚贺潮手臂绷起起伏的肌肉，没过多久，猪的抽搐逐渐消失不见。

等烫毛之后，楚贺潮又像元里一般剖开了猪的内脏，动作精准。但他表现得太过轻松和娴熟，看起来便像是真正身经百战的屠户一般，一整套动作行云流水。

杨忠发和何琅惊呼："将军什么时候这么会杀猪了！"

元里的眼睛越来越亮。

他看得明白，楚贺潮不是会杀猪，他只是在模仿元里刚刚的那套杀猪的动作而已。只看过一遍就能将全部动作记住，楚贺潮的记忆力了不得。

这一只猪被带下去后，又一只猪被抬了上来。元里直勾勾地看着楚贺潮，想要证实自己的猜测。但在他的目光下，楚贺潮忍无可忍地直起身，带着身上斑斑点点的血迹，浓眉皱起朝元里瞥去。

"你去后面待着去。"他加重音又说了一遍。

元里果断拒绝："我就在这儿看着你。"

楚贺潮眉头皱得更深："你在这儿站着，风都给我挡住了，回去喝水洗把脸去。"

语气有些凶。

元里："……"

他转身走了。

楚贺潮松了口气地转过身,继续杀着猪,喃喃自语："把老子看得手忙脚乱。"

没有元里在旁边后,楚贺潮顿时感觉轻松了不少,能认真干活了。他动作利落地杀着猪,没多久就弄完了手上这一只。

元里去后面洗了把脸,又喝了点水润润嗓子,坐在树下休息了一会儿。

但没过多久,他又闲不住地到处溜达了起来,时不时跑去看看别人怎么杀猪,再去数一数已经杀了多少猪,最后又跑到栅栏旁跟百姓们唠家常。

楚贺潮不经意地回头一看,就看到元里正站在栅栏边和百姓说话。

他皱皱眉,把刀递给士兵,擦擦手走了过去。

元里正细细询问着老百姓们的衣食住行："今年田地里的收成都还不错吧?冬季快要来了,家中柴火和木炭可有?"

幽州是北周最东北的那块,不仅地处偏远,气候也很恶劣。

这里一到冬天便是寒风凛冽,冰天雪地。不少贫困的百姓都会因为冬天过于寒冷而被活活冻死。

元里的心中其实一直藏着一个忧虑。

系统的来历并不清楚,但显而易见的是,系统每一个任务的发布都和元里正在经历的事情有关,而任务完成的奖励也是元里能够用得上的东西。

比如香皂换来的家底,细盐换来的交易,还有即将能对分娩母猪用上的《母猪的产后护理》。

即使是还没有开始做的白砂糖,这个奖励也带着明显的预见性。因为这个奖励是拜师完成的奖励,拜完师后欧阳廷就被派去了南方做刺史,这才给了元里写信给欧阳廷,拜托欧阳廷为他寻求甘蔗做白砂糖的机会。

因此,元里认为系统给的任务奖励都带有对未来的暗示。

而在没完成的系统任务中,系统已经给出了两个和冬季保暖有关的东西了。一个是入仕后才能获得的"棉花",一个是平定沂山军后的奖励

"煤矿"。

这两种东西没办法不让元里多想，又是棉花又是煤炭，难道今年的幽州冬季会有雪灾？

但元里转念一想，又觉得或许不是今年有雪灾，而是明后年的冬季会有雪灾。

因为无论是获得"棉花"的任务还是获得"煤矿"的任务，元里都不可能在今年冬天来到之前完成。如果今年冬天真的会有雪灾，系统准备给他"棉花"和"煤炭"预防此类事情发生，那就没必要给元里设置一个目前无法完成的任务条件了，否则这不是要人玩的吗？

元里从其中悟出了这些。如果今年冬天真的能够平稳度过的话，那么在他及冠入仕后的第一个冬天到来之前，他便得提前准备应对雪灾的东西了。

只希望他猜得没错，元里在心里叹了一口气。

他将刚刚的想法放下，把注意力重新放在百姓身上。

元里虽然面容年轻，但气质沉稳，卓尔不凡，被他问话的百姓不敢说谎，一五一十地将家中情况一一道来。

今年因为有元里坐镇幽州，元里先前又给了蔡集等一众广阳郡官员一个下马威，所以今年秋收，各级官员都不敢乱动手脚，尤其是蓟县的官员。

蓟县的百姓们今年没有多被搜刮粮食，自然是比以往好些。

但幽州内荒凉，人烟少，许多荒土都没被开垦，再好，其实也就那样。

百姓们在幽州住了不知道多少年，他们对付寒冬自有一套，只要不是雪灾冰雹等天降大灾，他们也能勉勉强强活着度过冬日。

元里本以为百姓们会期盼一个暖冬，但出乎元里预料的是，百姓却期盼着冬天寒冷一点。

元里对此很是不解，直到有一个老大爷颤巍巍地道："冬天冷得很，收成才把稳。"

听了其他百姓七嘴八舌的插话，元里这才懂了。冬天若是降雪充沛，对田地能起到保温补水的作用，再加上冬季的寒冷天气，能将不少害虫冻死，可减少来年庄稼病虫害的发生。

暖冬对人好，但是对田地不好。百姓们靠田地吃饭，宁愿自己挨冷受冻，也想要个寒冬。

元里一时有些不是滋味。

正在这时，原本还在和他好好说话的百姓们却露出了害怕的神情，忽地一哄而散跑了个干净。

元里转头一看，迎面袭来了一个小东西，他下意识接住，低头一看，是个黄澄澄的秋梨。

这梨的品相极好，上小下大，看着便能知晓它定当很甜。

元里抬头，看到了楚贺潮板起来的英俊面孔。

楚贺潮身上溅了不少猪血，人又长得高大健壮，面无表情时透着股煞气，活像凶神恶煞，也不怪百姓们会害怕。

元里刚被他凶过，这会儿不想吃他的东西，硬邦邦地问："这是什么？"

楚贺潮皱眉，上下看了元里一眼，表情古怪，似乎没想到元里连这都不认识："秋梨，没见过？"

元里："……"他当然见过。

他问这句话的意思，是问楚贺潮为什么要给自己秋梨。

元里一阵心累，他感觉自己在楚贺潮的眼里一定很傻，就像楚贺潮在他眼里也很傻。

他懒得再说什么，面无表情地拿起秋梨啃了一口："……好甜。"

他忍不住又咬了一口，柔和的圆眸睁大。

楚贺潮嘴角微勾，又很快收起，像是不经心地道："不是让你在后面坐着休息吗？你乱跑什么。"

看在梨的面子上，元里跟他道："问问百姓家中是否准备了过冬的柴火和木炭。"

楚贺潮沉思了一会儿，笃定地道："今年冬天不会很冷。"

元里来了兴趣，好奇地问："为什么？"

"冬天冷暖看十一，"楚贺潮淡淡道，"十月初一阴，柴炭贵如金。十月初一如果是晴天，冬天便会是暖冬。"

"今年十月一是个晴天吗？"元里好奇追问，"这说法准不准？"

楚贺潮瞥了他一眼，"不准。"

元里的笑容僵在了脸上。

楚贺潮眼中闪过笑意，转身往井水边慢悠悠地走去："这只是一个农谚而已。农历十月初一这日，光是幽州，各地便有晴有阴，难不成整个幽州的冬日冷暖还各不相同？"

元里跟了上去，幽幽地道："楚贺潮，你是不是在故意戏弄我？"

楚贺潮的步子快，元里的步子也迈得飞快。但楚贺潮腿长，迈起步子来气势很足，大腿健壮结实，走得尤为轻松。闻言，他似笑非笑地转头看了元里一眼，狭长的眼睛微眯，带着点痞气，夸赞一般地道："不错，还知道我是在逗你。"

元里一下子停住了脚步。

楚贺潮往前走了两步才反应过来，转头往后一看，元里白净的脸稍冷着，嘴角下压着看他。

俊秀的少年郎俏生生地站在那里，背后就是热火朝天的杀猪场，吵闹，脏污血腥，都跟他无关。

楚贺潮面无异色地走到元里身边，不动声色地扫视着周围，唯恐他伏低做小的这一幕被人看见，嘴里低声道："怎么，跟你开个玩笑都不行？"

元里还是不说话，只是抬头静静地看着他，下巴紧绷着，那是心情不虞的象征。

楚贺潮观察周围的眼神一顿，声音更低："真的生气了？"

元里转身就要走。

楚贺潮低声骂了几句，雷厉风行地大步向前，顷刻间堵住了元里离开的路："好好说话，走什么走？"

元里埋着头，看不出表情，侧身往右打算绕过楚贺潮。

楚贺潮立刻朝右边移了一步，把元里的路挡得结结实实："元里，抬头。"

他看不见元里的表情，心里有些惴惴，语气也不由带上了些强硬。

元里倔强地拿着发旋对着楚贺潮，又往左边走去。楚贺潮紧跟着往左移了两步，宛如是个拦路的土匪，硬是拦着人家不让过。

"别生气了，"楚贺潮从来没这么低声下气地哄过一个人，他臊得出了一身的汗，"旁边还有人看着。我错了，这次就算了，行不行？"

忽然，元里的肩膀开始颤抖了起来。

楚贺潮脸色一变,哭了?

他连忙弯腰去看元里脸上的神色,但看到的却是元里忍笑憋红的脸蛋,还有高高扬起的唇角。

瞧见被楚贺潮发现之后,元里再也忍不住了,他倒退几步哈哈大笑,笑得眼泪都快出来了,眉目之中全是得意的狡黠:"将军,不用道歉,毕竟我也戏弄回去了。"

说完,他又忍俊不禁,闷笑着转身快步离开。

楚贺潮在原地站了会儿,脸色青红变换着,大步跟了上去。

两千头猪,足足从早上杀到了傍晚才将其杀完。

杀完之后,整个宰猪场已然腥气冲天,杀猪杀了一天的人累得手都抬不起来,瘫在地上大口喘气。

这会儿别说是吃肉了,他们短时间内都不想要看见肉了。

尤其是那些来帮忙杀猪的普通百姓,他们更是被血和腥臭味冲得反胃。

但等元里开始给他们算工钱和猪肉的时候,这些百姓突然就来了力气,猛地从地上爬了起来,兴奋地开始排着队。

元里面前摆着两张桌子,一左一右坐着给百姓们算账的郭林、赵营两人。

每个来帮忙的百姓杀猪的总数都有士兵给记下,每杀一只猪会给一百文钱再加一斤肉,郭林负责给钱,赵营负责称肉,每一个算好账的百姓离开时,都笑得见牙不见眼,一手揣着钱一手拎着肉,忙碌一天的疲惫和不适都已被喜悦冲刷干净。

怕他们会遭歹人抢夺,元里还派人将他们送回了家中。

等将全部的百姓送走之后,已是半个时辰之后,天已然黑沉了下来。

围观的百姓也被驱散了,剩下的都是忙碌了一天的士卒们。

元里提高声音道:"诸位今日辛苦了一天,咱们今日杀了整整两千头猪,这都是新鲜的猪肉,咱们今晚就敞开肚子吃一场全猪宴!"

听到这话,士兵们欢呼雀跃,兴高采烈地开始收拾起偌大的空地,燃起了篝火摆起了炉灶。

元里已经把军中的伙夫和楚王府的大厨找来了，给他们提供足了调料，令他们赶紧处理这些猪肉。

将领们都挺不好意思，"让元公子破费了，他们敞开肚皮这一吃，估计要下去百来只的量。"

"应该的，"元里笑了笑，"剩下的猪肉我也已经给诸位分好了，你们看这个量够不够。"

两千头猪里，元里只要了一百头的肉和所有的猪下水以及边角料，其余的猪肉都给了军中。

听到军中能得这么多，几个将领大吃一惊，连忙摆手："不可不可，元公子，这太多了！"

"元公子，这猪是你买的，咱们的士兵给你帮忙本来就是应该的。你给我们这么多，我们真的是受之有愧。"

"这有什么？"元里毫不在意地笑了，"我所需要的量很少，不送到军中也吃不完，你们尽管拿着吧。"

"这……"

众人看向了楚贺潮。

在楚贺潮点了点头后，他们才敢要下来，连忙和元里道谢。

元里本就负责大军的后勤，这两千只猪本来便要供给军中，只是这些将领不知道他的打算而已。

这些猪都没被阉过，太过腥臭，元里吃不惯这些肉。他留下的一百头猪的肉，也只是留给亲兵而已。

有了肉，士兵们干活干得格外快。

空地被打扫了干净，黑夜中篝火明亮，元里也和几位将领围着篝火分桌而食，品尝了今日第一份新鲜的猪肉。

哪怕元里给的调料充足，肉还是弥漫着一股腥臭之味，元里吃了一口之后硬是咽了下去，不准备再动第二次筷子了。

但其他人毫无所觉，大口吃肉大声说笑，嘴巴油亮。何琅兴致来了，还让人敲碗奏乐，拉着其他将领上前去跳了一段武士舞。

等他们跳完舞后，杨忠发也兴高采烈地来了一曲，声音雄厚："芦苇高，笛声长，千里草上放牛羊，牛羊低头吃野草，令人牵挂爹和娘。"

这是幽州本地的一段童谣，杨忠发唱完后，其他人哄堂大笑："杨大人，你怎么还唱起童谣来了？"

杨忠发嘿瑟道："我幼子宣儿近些日子跟他娘学得了这首童谣，天天唱日日唱，唱得老子都记住了，献丑了献丑了。"

这般温馨的画面，让元里不由笑了。

快乐的一夜很快过去，第二日开始，元里便令人将猪肉送到了军营里。为了防止这些肉放着会坏掉，何琅便接过了重担，提前带人护着这些肉赶回了北疆。

元里留下来的猪肉，便打算做成腊肉和熏肉，以便长期保存。

本来，楚贺潮等人也要回北疆的。但冬季快要来临，寒冬运送粮草不便，因此深秋便需要将冬日的粮草一起运到北疆。

但秋收后各地送上来的税粮全部到达蓟县还需要半个月的时间，于是，楚贺潮才延后了回北疆的时间，打算在蓟县留下半个月以后，省得他们走了还得让元里耗费精力派人给他们运粮。

越是临近秋末，天气便越来越冷，天黑得也越来越早。

十日后的一个普通午时，元里正在睡着午觉，脑海中的系统忽然响了。

万物百科系统已激活。

平定幽州起义军任务已完成，奖励已发放，请宿主自行探索。

元里猛地睁开眼从床上翻身坐起，双眼发亮。

袁丛云那边与白米众的作战成功了！

元里怎么都不会忘记，平定幽州起义军任务的奖励可是土豆，产量很高容易饱腹并且易于栽培的土豆。

他连忙下床，叫来林田、郭林与院中的仆人："快在院中找一找有没有先前没见过的植物。"

仆人们忙来忙去地翻过了整个院子，但最终却什么都没发现。

元里眉头皱得紧紧的，愁得不行。

系统奖励的发放一直都是经过安排的，不会引人怀疑，难不成会像是上次的《母猪的产后护理》等书一般，是被人从外面带回来的？

元里越想越觉得有可能，连忙换上衣服，匆匆去外面走了一圈。

但走到天都黑了，元里也没有碰到疑似土豆的作物，他只能百思不得其解地回到了楚王府。

一回楚王府，郭林便急匆匆地前来告诉元里："主公，下午您出去的时候，在辽西郡征战的袁大人传来了胜利的喜讯。同喜讯送来的还有一大批战利品，都已送到了将军的院中。将军在一个时辰前派人请您过去，似乎是想让您看看战利品中有没有想要的东西。"

战利品……

元里眼睛一亮，立刻匆匆往楚贺潮的院子里走去。

奇怪的是，楚贺潮的院内并没有一个人。

但元里心中着急，没有在意这一点。他叫了一声："楚贺潮？"

有声响在门后传来。元里连忙推开门，笑容满面地道："听说你刚刚得来了许多战利品……"

尾音逐渐消失。

刚从浴桶中出来，还没穿戴整齐的楚贺潮惊愕地看着他。

元里怎么也没想到，他这随手一推门，就看到了光着膀子的楚贺潮。

元里淡定道："将军在洗澡呢？"

楚贺潮："……"

元里清了清嗓子，收回视线："我先出去等着将军。"

看着元里这副作态，楚贺潮有些话没过脑子便脱口而出："怎么，自愧不如？"

元里一愣，在这愣住的瞬间，楚贺潮沉着脸大步走了过来，将元里拽进了屋内，重重地关上了房门。

他的余光却不小心瞥到了楚贺潮的双手。

这是元里第一次看到楚贺潮脱下牛皮手套后的双手，他目光一顿。

楚贺潮的手掌很大，手指异常修长，骨节分明，根根有力。如果只看骨相，这绝对是一双好看的手。

但在这双手的掌心中，却是丑陋的烧伤疤痕。

深红色的疤痕从手心绵延到手背两侧，右手甚至蔓延到了五指之上。这疤痕也让楚贺潮的双手变得很丑。

丑到一旦拿出来，或许能够直接吓哭孩童。

元里眼眸垂着。这就是楚贺潮从来不将手露出来的原因吗？

在和达旦对峙时，达旦曾说过楚贺潮手上的烧伤。但元里那会儿和楚贺潮之间客客气气，他认为楚贺潮如果没有主动和他说双手烧伤的话，他就应当礼貌地不去过问，所以从来没有对楚贺潮的双手多做关注。

他抿了抿唇。

楚贺潮却根本没有注意自己双手的事，他只注意到了元里的表情，顿时一声冷笑："怎么，二哥有什么难言之隐？"

元里茫然地抬起头："什么？"

楚贺潮居高临下地看着他，嘴角勾起，但眼中没什么笑意："你这是什么表情？"

元里眼皮跳了跳："我没有。"

楚贺潮勾唇，放开了元里。

元里敷衍地点点头，只想转身走人。

楚贺潮笑容没了，略微提高声音："二哥真的无事吗？"

元里心累地道："真的，真的。"

楚贺潮审视地看着他，见他不似作假，才点了点头，"行了，出去吧。"

元里在心里道：为了土豆为了土豆为了土豆……这一切都是为了土豆。

他保持着微笑离开了。

元里在院子里没等多久，楚贺潮便出来了，带着元里走到房中坐下："你这么晚来找我有何事？"

"将军，听说袁大人从辽西郡送来了一批战利品？"元里打起了精神，"我对这些战利品极为好奇，不知道可否去看一看？"

楚贺潮在心情好的时候一向好说话，他直接令人点起火把，带着元里去看了摆放一院子的战利品。

这些战利品足足装了上百箱，元里一看便头疼地揉了揉额角，不敢置信："将军，这些都是袁大人送来的东西？"

楚贺潮颔首："没错。"

这么多东西，元里要是想在里面找一个土豆，那得找多久啊。

元里呼出一口气，苦笑道："将军，袁大人他们可说其中有比较稀奇的东西？"

楚贺潮想了想，令人搬来了其中几个箱子打开："他们倒是说过找到了一些以往没见过的东西。东西都在这儿了，你看看有没有你想要的东西。"

元里欣喜地笑了，连忙翻看这几个箱子："多谢将军。"

楚贺潮看他翻来覆去，也掀起衣袍蹲在元里身边，将火把放在箱子上照明，问："你在找什么？"

元里转身伸出两只手给他比画了一个土豆的大小，满眼期待地看着他："找这么大小的一个作物。皮是黄的，果肉也是黄的，表面坑坑洼洼，上面也许还有泥点子，将军可有看过？"

楚贺潮道："没有。"

元里眼中光亮变暗，却还是笑着道："那将军可否帮我找一找？"

楚贺潮慢悠悠地起身，不紧不慢地道："不可。"

元里："……"

他无语地转过身，继续找着土豆，不想再搭理楚贺潮。看着他的背影，楚贺潮喷了一声，也蹲下身在其他箱子中翻找。没过多久，楚贺潮忽然道："你要找的是这个东西？"

元里转身一看，就见楚贺潮蹲在一个木箱旁边，木箱子已被打开，露出一堆椭圆形的作物。

元里立刻激动了起来，连忙起身走了过去，脚步雀跃，还没走到跟前他就已经确定了，这就是他要找的土豆："对，这就是我要找的东西！"

元里连忙拿起一个土豆查看。

幽州很是干燥，这些土豆外皮还裹着泥，因此保存得都很好。

元里拿着土豆，已经开始回想起土豆炖肉、酸辣土豆丝、土豆饼等一系列的美食了，他咽了咽口水，跟看金子一样地看着这箱土豆："将军，这箱东西可以给我吗？"

楚贺潮随意地道："你拿走便是。"

不过能让元里如此兴奋的东西，楚贺潮也倍感好奇。他弯腰从箱子里拿出一个土豆在手上抛了抛，问道："你说这是作物，那便是能吃？"

"能吃，"元里肯定地点点头，"还有多种吃法，可跟粟米一样饱腹。"

"哦？"楚贺潮看着手中丑不拉几东西的眼神顿时不一样了，"怎么吃？"

元里笑眯眯地看着楚贺潮："食用起来方便极了，跟果子一样洗干净了就能吃。"

楚贺潮瞥了他一眼，当真弄了水把泥点子洗掉，然后将土豆拿到了元里面前："吃吧。"

元里真诚地看着楚贺潮："可是我想看将军先吃。"

楚贺潮嗤了一声，低声："骗我的吧，元里？"

元里转移话题，他今日的心情好，直接拿起两个土豆带着楚贺潮走到厨房："我带你看一看土豆的真正吃法。"

厨房没有铁锅，元里便用瓦罐作为替代。因为现有的猪肉都太腥，找不到阉过的猪的猪肉，元里索性让人去杀了一只鸡，用鸡肉代替猪肉做一锅土豆炖鸡肉。

元里将鸡肉处理了一遍，再用肉炼出了油，花椒葱蒜一投，一股浓烈的香味便冲上了鼻端。鸡肉囫囵倒进了瓦罐之中，倒水开始炖。

元里先前也没有多在乎口腹之欲，得了铁之后也没想起为自己谋私打造一口铁锅，但这会闻着空气中的香味，他是真的有些想念炒菜的味道了。

一旁的楚贺潮也老老实实地等着，看上去极为期待土豆的味道。元里想起他的饭量就觉得危险："将军，你晚上可用过膳？"

楚贺潮道："用过了。"

元里松了一口气，觉得两个土豆一只鸡足够了。

瓦罐里咕噜咕噜，香味从盖子缝隙弥漫出来。因为元里往瓦罐里放了许多原本当作药材用的调料，楚贺潮本以为味道会有些奇怪，谁知道竟越煮越是香。

到了半途，元里便把土豆洗干净切成块倒了进去，楚贺潮若有所思："原来是要切开吃。"

元里竖起根手指摇了摇，悠悠道："不不不，将军，土豆不是只有这一个吃法。"

这一道土豆炖鸡肉足足炖了半个时辰。等半个时辰之后，掀开瓦罐盖子一看，汤汁已然变得格外浓稠，土豆将汁水吸得饱饱的，和肉块混在一起，两者都已被煮得软糯流油，散发着浓郁的香味。

元里看了一眼这道菜的卖相，满意道："不错。"

他四处找了找，没有找到抹布，便准备将袖子拉到手中端起瓦罐。楚贺潮被他这么鲁莽的动作吓了一跳，黑着脸将元里往后一扯："一边待着去，你是想烫伤手？"说着，他自己将瓦罐放到了桌子上。

元里皱眉，认真道："楚贺潮，你能不能别老是凶我？"

楚贺潮莫名其妙："我什么时候凶你了？"

元里深呼吸一口气："……算了。"

他们在桌边坐下，元里率先尝了口土豆，入口绵软滚烫，烫得他舒适地眯起了眼睛："好吃。"

楚贺潮也跟着尝了一口，随即便不动声色地加快了动筷子的次数。

很快，一瓦罐的土豆炖鸡肉就到了两个人的肚子里。楚贺潮意犹未尽，对这个叫土豆的东西也有了许多好感："这东西叫什么？"

元里打了个饱嗝："土豆。"

楚贺潮点点头："我派人去通知袁丛云他们，让他们多带些土豆回来。"

他有心想要问问元里为何知道这东西叫土豆，又为何知道土豆怎么吃。但元里一向有许多秘密，楚贺潮到底是没有问出来。

总之，无害处便可以不过问。

元里赞同道："好。"

但他觉得估计找不到再多了。这是系统给的任务奖励，并不是这会儿就能有的东西，土豆能有一箱，已经多得超乎元里的意料。

吃饱喝足后，元里问道："将军，你觉得土豆的口感怎样？"

"不错，"楚贺潮肯定地点了点头，"新奇绵软，确实容易饱腹。"

元里挑眉，奇怪土豆既然这么好，楚贺潮怎么还表现得这么平静，他转念一想，恍然大悟，他还没跟楚贺潮说土豆作为高产作物的产量呢。楚贺潮这是根本就没意识到土豆的作用。

元里故意盯着楚贺潮的动作，专门等着楚贺潮起身那一瞬间道："土豆是高产作物，可做主粮和菜食用。据我所知，它的亩产量能高出粟亩产量三到五倍，土豆成熟也很快，种植后只需要三到四个月就能收获。"

嘭的一声，楚贺潮差点被椅子给绊倒了。

他这会儿根本没注意椅子，狼狈地稳住身形，不敢置信地回过头看向元里："你说的是真的？"

元里肯定地点点头。

北周主要种的粮食是稻、黍、稷、麦、菽这五谷，粟亩产量不到二百五十斤。土豆在后世的亩产普遍可以达到一亩两千斤往上，因为元里不确定在古代种植土豆是否可以达到两千斤的亩产量，所以他谨慎地将土豆的亩产数量砍掉了一半才告诉了楚贺潮。

但即使是砍掉一半的产量，也足够让楚贺潮心中翻起惊涛骇浪了。

他的呼吸逐渐粗重，看着土豆的目光炙热如火："这一箱子的土豆可够一亩地的量？"

元里干脆地道："那绝对不够，最多够三分之一的量。"

楚贺潮立即道："我这就派人去辽西郡寻找土豆。"

楚贺潮和元里一样，深知粮食的重要性。

尤其是在乱世之中，粮食就是军队的底气，决定了军队规模的大小。能有亩产是普通作物三到五倍的作物，这就代表着以后一个幽州的粮食总量便能高出两三个州的总和！

事不宜迟，两个人从厨房离开。楚贺潮去找亲信，元里则去研究怎么处理这些土豆。

元里对楚贺潮能再找到土豆的可能性没抱太大的期望，毕竟土豆的产地远在南美洲。他更偏向于尝试是否可以在温室种植土豆，让这些土豆在冬季变得更多，方便在春季留种种植。

最起码也要弄够一亩地的土豆种子吧。

接下来的几日，元里一直在研究着土豆。

土豆耐寒，适应力也很强大，除了盐碱性的土地外都能够生存，种植的季节一般是春季和秋季。但再耐寒，土豆发芽也得是零度以上的环境。

元里让人建了一个四面方方正正不透风的房子作为实验基地，再让人在基地中间做了个小炕，确保冬天的时候温度能保持在零度以上。

出于对幽州冬季寒冷的惧怕，元里顺便让人把楚王府的床也改成了炕床。做炕的时候，他去问了楚贺潮，问楚贺潮要不要把床也改成炕床。

楚贺潮知道做炕床是为了保暖之后，直接拒绝了："不用了，我用不上这个玩意。"

元里听到回复，耸了耸肩，命人把楚王与杨氏的房间都给做了炕，又给几个亲信的家中做了炕。

因为劳动力很多，元里要的房子结构也简单，土豆实验基地很快便搭建了起来。

元里将剩下的土豆拿出了三分之一，将其埋在湿润的沙土之中放在阳光之下直晒。身处在潮湿温暖的环境下，两日后土豆便快速地发了芽。

发了芽的土豆已经含有微量的毒素，不可入肚。元里将这些土豆按芽眼切块，再用草木灰涂抹在切面防止土豆腐烂，这就能够埋下地了。

元里脑中对土豆知识的记忆都已经久远，他记忆力再好，也只能记得一些基础的常识。

弄完这些后，半个月也过去了。

各地郡守送来的税粮已经送达了蓟县，楚贺潮也得到了袁丛云的消息，同元里想的一样，这箱子土豆是机缘巧合之下在一个豪强地主的粮仓中找到的东西，已经没有多余的了。

楚贺潮难免遗憾，他找到元里，将这个消息告诉了他。

元里因为实验基地进展得顺利，倒是心中很有底气，大手一挥，道："没关系，这一箱的土豆已经很多了。"

楚贺潮正要说话，詹少宁忽然惊喜地从门外奔来："元里，剿匪的人回来了！"

元里猛地起身，惊喜交加："这么快就回来了？"

他匆匆冲楚贺潮点了点头，快步走了出去。詹少宁和他肩并肩走在一块儿，又嫌元里速度慢，便直接拉着元里跑了起来。

楚贺潮看了他们俩激动的样子，收回目光，继续喝着水等元里他们回来。房内安静，落针可闻，但这样的寂静却让人有些心生烦躁，楚贺潮扯扯领口，面色越来越沉，忽然起身大步往外走去。

走到门前，便看到喜气洋洋的场面。

元里正满面笑容地和自己的部下交谈，询问有没有人受伤。

刘骥辛笑着摇头："这一次剿匪出乎意料地顺利，我们一个伤亡都没有，还给您带来了一千五百个俘虏。"

元里看向那些神情畏畏缩缩的土匪，眼神稍冷，淡淡地道："派人将他们交给赵营，我之后恰好有些活需要人手去做。"

得知无人伤亡之后，元里的心情更好了。他笑眯眯地走到邬恺的面前，看了眼落在他身后恭敬低头的女子，打趣道："奏胜，你这次回来怎么还多带回来了一个人？"

邬恺被打趣得满面通红："回主公，这是属下的夫人。"

他转头让芸娘过来见元里，芸娘上前几步，结结实实地跪地给元里行了一个大礼："多谢刺史大人派兵剿匪，小女对您感激涕零！"

"快请起，"元里连忙扶起了她，叹了口气，"以往的苦日子都过去了，往后便好好与奏胜过日子吧。"

芸娘眼中不由一热，她点头："是。"

元里又看向邬恺，他本想欣慰地拍拍邬恺的肩头，但因为邬恺太过健壮，元里的手掌便半路一拐，拍了拍邬恺的手臂："你有了夫人，这可是一件大喜事，亲事还是要办的，这事便交给我了。"

邬恺羞赧一笑，抱拳道："多谢主公！"

元里和他们继续说说笑笑，带着众人进府时，转头一看，就看到了站在府内树影底下的楚贺潮。

楚贺潮脸上没什么表情，手指握着大刀刀柄，不知道他是什么时候来的，又在这里看了有多久。发现他们看到了他之后，楚贺潮收回眼神，直接转身离开了。

詹少宁在一旁打了个冷战，低声道："元里，将军什么时候回北疆啊？"

"这是他的家，当然是他想什么时候走就什么时候走。"元里奇怪地道，"不过应该也快了，我这几日正在给他准备粮草和越冬被服。你问这话做什么？"

"他看得我怪害怕的，"詹少宁声音压得更低，"不知道的还以为派出去剿匪的是将军的部下，在外面剿匪失败回来要被训斥呢。看将军那脸色，我差点以为他要拔出大刀动手杀人了。"

元里失笑："你想得太多了。"

詹少宁嘴里小声嘀咕着："我真没说谎，我刚刚还感觉他瞪了我一眼。"

"元里，要不你还是搬出去住吧，你以后总要娶妻生子的，我真担心哪天楚贺潮发酒疯把你也给打了。"

看他越说越离谱，元里吓唬他道："再说，楚贺潮真的要过来揍你了。"

詹少宁顿时闭嘴了，过了一会儿，他又忍不住道："楚贺潮字辞野，我一直想不明白他这个名字和字有什么含义，元里，你知不知道？"

元里还真的知道，杨氏曾经和他说过这件事："这名字是楚王起的，贺为赞许潮为水，楚王与夫人希望将军如潮水般包容万物，最好温柔细心一些，可以好好照顾楚明丰。但将军却是一个硬骨头，年少便离了家，等到及冠才回到了家中。楚王心有怒火，便为将军起了'辞野'为字，望他去去这等倔脾气。"

詹少宁恍然大悟："原来是这样。但估计楚王自己都没想到，取完这个字后，将军还变本加厉了。"

元里笑了笑，转而说起了其他。

三日后，运往北疆的器械、粮草与被服等准备完毕，楚贺潮下了命令，准备带兵回北疆。

府门外旌旗飘扬，身穿盔甲的将领们各个英姿勃发，士兵站得笔直，列队于马匹后方。

楚贺潮大步从府内走了出来，将领们齐声叫道："大将军！"

楚贺潮颔首，他目光锐利地从众人身上扫过，最终转身看向了元里。

今天天凉，元里穿得厚了些，看着要比夏日时更加温润雅和。注意到楚贺潮的视线，他朝楚贺潮露出了抹笑，在大军面前，做足了一个二哥该有的姿态："辞野，我已为你准备好了过冬的衣物被褥，若是天冷，记得给自己多加件衣服。你要的马镫我已为你配备了五百件，只是你军中骑兵还未接触过马镫，需要好好适应一番。"

楚贺潮淡淡"嗯"了一声："多谢二哥叮嘱。"

牵着马在前头等着的杨忠发乐呵呵地看着他们，越看越是乐呵，跟副将韩进道:"元公子和咱们将军当真有意思。"

小的是长者,端着长辈姿态。大的反倒是被叮咛嘱咐的人,纵使一身本领,官职再高也得听话。

韩进点点头,也感叹道:"将军和元公子关系真好。"

杨忠发哈哈大笑:"毕竟长兄如父!"

说完该说的话后,元里便叹了口气:"将军,您一路保重。"

楚贺潮又是平静地应了一声,掀起眼皮看了元里一眼,忽然道:"你好似对楚家也没有太深的感情。"

元里心跳加速,以为他看出来了什么:"你什么意思?"

楚贺潮勾唇笑了:"二哥人缘好,许多人都喜欢同你玩闹,与你关系亲密。"

说完,楚贺潮突然又觉得没什么意思,他不想多说了,转身往自己的马匹走去。

元里蹙眉,这话是什么意思,楚贺潮怀疑他了?

他追了上去,这事必须要和楚贺潮说清楚。元里冥思苦想,不知道楚贺潮所说的"关系亲密"指的是谁,突然,元里想起来了詹少宁上次在楚贺潮面前拉着他就跑的事,眼皮跳了一下:"你说的不会是詹少宁吧?"

楚贺潮一声不发,步子迈得越来越快。

元里道:"他是我的友人。"

楚贺潮脚步一停,转过身看着元里,好笑:"你和我解释干什么?我对此并不感兴趣。"

说完,他下一句就是:"那昨日邬恺去你房中待了半个时辰你又怎么说?"

元里莫名其妙,"邬恺来找我只是为了商量他们成亲一事。"

正在这时,身边忽然有人传来惊呼:"下雪了!"

元里抬头一看,便见空中雪花飘落,一落到地上便消失不见。

竟然下雪了……

元里伸手接过雪花,冰冷在掌心中一触即逝,他一时有些出神。

这是今年的第一场雪。

很快,小雪便纷纷扬扬地变为了磅礴大雪,杨忠发焦急地道:"将军,咱们该启程了!否则若是雪结成了冰,天寒地冻的,咱们不好走啊!"

元里也听到了这句话，他抬眸朝楚贺潮看去。

雪花飞扬下，楚贺潮刚毅的下颌都柔和了许多，他英俊的面庞模模糊糊被雪花挡住。他好像在凝视着元里，又好像没有，片刻后，他开口道："我给你留下了五千士卒，以保后方安危。除了士卒，上谷郡所俘虏的白米众也留了一万人给你，以作建设修路运粮之用。"

元里语气也缓和了下来，有了几分离别的惆怅："多谢将军了。"

楚贺潮和他对视着，忽然低声道："走了。"

元里不由又说了一遍："将军保重。"

"二哥也保重。"楚贺潮道。

将军转身大步走到了马匹旁，披风在雪中飘动，他干净利落地翻身上马，马鞭扬起："走！"

大军轰隆隆地动了起来。

元里在府门前看着他们。

但大军还没离开蓟县，便有一个风尘仆仆的斥候飞奔而来，面色焦急，见到楚贺潮后大喜，勒住马飞身从马上滚下，上前抱拳道："将军，北疆有急情！戎奴来犯！"

戎奴向来喜欢在秋冬季进犯中原，因为秋季时他们经过一个春夏的休养生息，人和马都养得膘肥体壮。

秋季后，草原草木即将枯萎，天气寒冷，人和牲畜都无东西可吃，如果想要度过冬季，戎奴便要进犯中原，劫掠中原的越冬物资和财富。

半个月前，楚贺潮之所以打算带大军回到北疆，便是担忧关外戎奴们会趁机来犯。

幽州内有白米众肆虐，为了平定白米众，北疆十三万大军，楚贺潮带走了两万，袁丛云带走了三万。这一下就带走了五万大军，如今驻守在北疆的只有八万人。

但幽州内的白米众不能不平定，所以在派兵平定幽州白米众之前，楚贺潮已经做好了秋季戎奴来犯的准备。

他早已摸清了戎奴侵略边境的规律，也熟悉怎么对付游牧民族，因此提前在边境布下防御，也取得了不错的成效。

但如今，深秋已过，初冬来临，今年的寒气来得格外早，人们还没做好准备,初雪已飘,还没抢掠到足够粮食的戎奴终于急了。他们先前都是小打小闹地前来抢掠,但这次戎奴单于呼延乌珠却集结了五万骑兵一举南下,准备一鼓作气劫掠各州郡的粮食以过冬。

斥候说完北疆急情后,楚贺潮便带人风尘仆仆地加快速度离开了。

大军的身影急匆匆地消失在路的尽头。

雪越下越大,元里在府门前看着他们逐渐不见。他抿了抿唇,转身同刘骥辛说:"长越,你去找广阳郡郡守蔡集,令他通知边防各郡县,让他们加护城墙,召集郡兵,做好守城的准备。"

如果戎奴能够突破长城,遭殃的就是这些边防郡县。

所幸幽州边防的这些郡县早已对戎奴们的进犯有了经验,只要收到通知,就能很快做好准备。

刘骥辛领命离开。

元里带着剩下的人回到了书房里,汪二和邬恺对视一眼,心存疑惑。他们跟在元里身边久了,知晓有不懂之处可以请元里指教,于是便问了出来:"主公,戎奴会越过长城吗?"

他们两人出身不好,如今能识字都是元里一点点教起来的,但思维和作战部署的知识还是不够。就比如边疆每年都要修补加护的长城,他们对此就很是不解。他们都知道长城就是为了抵御外敌而存在,但为什么即便有了长城,外敌还是能屡次侵犯边境呢?

元里平静地问:"你们有亲眼见过长城吗?"

两个人都摇了摇头。

"长城绵延万里,其中有一部分修建在崇山峻岭之间,雄关漫道,这些地方便易守难攻。但也有一部分是修建在平地之上,这些关卡便极为脆弱,时常会被敌人冲破。"元里道,"戎奴没了粮食,即使没法突破长城,也会绕过长城劫掠边防村庄百姓。"

汪二更加不解:"既然如此,那为何还要修建城墙,每年还要花费诸多财力人力补修城墙?这岂不是费时又费力。"

元里摇了摇头:"长城运河,功在千秋。"

长城连接隘口、军堡、关城和军事重镇,将这些连接成了一张严密的防御网。一旦有哪一处被突破，守城的士兵便会燃起烽火进行军情传递，以求援军。

游牧民族即便突入长城中的某个关卡进到了中原，但也只能抢完就跑。这就像是给个池塘建起围墙一样，能翻过围墙进来偷鱼的人手有限，能被人偷走的鱼更是有限，因为他们要带着鱼再翻过围墙出去，就注定能拿走的东西不是很多。

而长城挡住了蛮夷后勤补给的路，驻守长城的士兵只要堵住他们的后路，就能将他们困在长城内彻底将他们打败。

不仅如此，长城还使草原上的各方势力分离，使他们入侵关内的成本增加。游牧民族若是突破不了长城，只能去打草原上其他部落的主意。

长城也使得游牧民族无法长久获得中原的土地、资源和兵器工艺锻造的技术，他们永远停留在野蛮生存的草原上，而长城内的人却在不断地发展文明，武器不断地变得先进。

这就是长城存在的意义。

元里将长城的作用一一说给他们之后，汪二和邵恺恍然大悟："属下明白了。那戎奴单于这次是铁了心要突入长城内劫掠郡县吧。"

元里点点头，叹了口气："只怕是他们已经知道了北周大乱的事。"

南下一旦有乱，北部蛮夷必定会前来侵犯。他们早就眼馋中原大地很久了，妄图进入中原抢到肥沃的土地和资源。楚贺潮在北疆有威名，能够震慑这些游牧民族。他们一整个秋季没闹出大事，现在马上入冬，他们却来袭击，恐怕就是知道北周内有百姓起义，想要趁火打劫了。

元里想了许多，却知道戎奴来袭的这一战，他们必须要赢。

北周现在正是内乱，如果再加上外患，遭受攻击的地方首当其冲便是幽州。如果幽州真的遭受了戎奴的侵略，敢问现在整个北周，谁会来助楚贺潮一臂之力？

是自顾不暇的朝廷，还是各个拥兵自重的诸侯？

只怕到了那时候，才是左右逢敌，或许还有可能出现历史上外族入侵中原的局面。

这绝不可以！

元里眼睛猛地睁开，眼神凌厉。这战不管如何，他们必须赢！

戎奴很强，他们拥有许多厉害的骑兵，骑马对他们来说是家常便饭的事。

此时召集就召集了五万骑兵南下，可以想象出来这是一股多么强大的战力。

再看一看楚贺潮，楚贺潮全军只有五千个骑兵，根本就无法与戎奴军相提并论。

更何况塞外游牧民族耐寒，忍受得了恶劣的环境，在天气寒冷下作战对他们更有利处。不过戎奴也不是没有弱点，他们的骑兵没有配备完全的马镫马鞍，如果和配备上马镫训练有素的骑兵相比，绝对会稍逊一筹。

但问题又来了，即使元里弄出了马镫，他也只给了楚贺潮五百件，就算他弄出了五千件马镫给五千骑兵配齐了，骑兵们没有练习过在配备上马镫的马上作战技术，对上戎奴骑兵还是毫无胜算。

怎么看，怎么觉得这一战要不好。

元里站起了身，沉声道："我有件事让你们去做，你们去帮我找一找这些东西。"

他将要的东西告诉了邬恺和汪二。这二人虽然不知道元里要这些东西干什么，但也没有多问，听话地点了点头。

元里当初在用硝石制冰的时候，他就想起了一硫二硝三木炭。

这是黑火药的配方。

但因为古代的工业技术落后，受限于时代，没有配套的冶金硬件条件，即使能弄出来黑火药，也发挥不出来黑火药的威力，不能量产也不能广泛使用黑火药，还不如配备大量的弓箭武器来的威胁力大，所以元里一直没有对此动过心思。

但此刻，元里觉得弄出来黑火药对付戎奴，没准可以取得出乎意料的效果。

他记得一本历史书中写过，有位先贤对付藤甲兵时曾用过地雷，那地雷用竹竿通节，以引药线，一旦发动便是山崩石裂。

这小说里面有多少艺术成分元里并不知道，但他知道，即使自己弄不出来黑火药应该有的爆炸威力，也可以弄出黑火药的爆炸声响。

只要气势够大，就能够达到北宋"霹雳炮"的效果。游牧民族没有见过这样的武器，他们的马匹也没有见过这样的武器，只要黑火药响声足够大，气势足够吓人，他们就会感到害怕。人都会害怕未知的东西，一旦害怕便会失去战意陷入慌乱，马匹也会受惊，会四处乱奔。

这种时候，戎奴的骑兵就不足为惧了。

说做就做，元里立刻着手开始配置黑火药。

元里是专业人士，他清楚地知道怎么配置黑火药，怎么制作引线，引线又该有多长。而硫黄木炭也能够在幽州找到，并且能找到了不少。

他独自忙了几日，几日里，除了汪二和邬恺来给他送黑火药的原料外，只有赵营来问他如何处置那群九顶山土匪。

元里直接道："让他们打扫城中粪便制作肥料，去给我培育的土豆使用。"

元里曾经在汝阳县的农庄中就弄过肥料，赵营也知道这是个什么样的流程，他在心里同情了那些土匪片刻，就毫不犹豫地道："是，主公放心，属下必定照顾好那些土豆。"

对赵营的办事能力元里还是很信任的，他点点头，让赵营放心去做。

很快，元里便配置好了黑火药，他令人准备竹竿，将黑火药灌入竹竿之中引入药线，带着人手来到了一处偏远的空地，试了试黑火药的威力。

效果果然和元里想的一样，没有配套的钢铁冶炼的硬条件，黑火药的威力降低了许多。但在声响和气势方面真的声如霹雳，浓烟滚滚，甫一爆炸，在场所有人便被吓了一跳，汪二和邬恺甚至下意识上前护住了元里："主公小心！"

等爆炸停止后，每个人的脸上或多或少地流露出了害怕的神色。他们看着爆炸的地方，神情有些瑟缩。

哪怕是刘骥辛，都被吓得有些两眼发直。

元里在此刻便知道，他成功了。

他推开汪二和邬恺，看着烟尘滚滚崩落一地的竹竿碎片，露出了笑容。

接下来，元里便带人紧赶慢赶地赶制出了上百成千的黑火药竹竿，并征用了北宋时火药的名字，给他们命名为了"霹雳炮"。

因为不知道前线战况如何，元里丝毫没有耽误时间，在准备好足够的霹雳炮之后，元里便派了自己的五百骑兵披上玄甲，带上长矛大刀，全副武装地护送霹雳炮前往北疆。

北疆离幽州骑马不过两三日，元里亲自将骑兵们送到蓟县外，带队的正是邬恺。

临行前，邬恺问道："您可有话让我带给大将军？"

"让他好好打这一场仗，"元里毫不客气地道，"要是有了霹雳炮他还能输，我看他也别回幽州了。"

邬恺直觉将这话说给楚贺潮之后会惹得大将军黑脸，但他还是老老实实地道："是。"

元里忍不住笑了笑，呼出了一口浊气，认真地道："跟他说，乘胜追击，把戎奴打得北逃。如果有可能，最好杀了戎奴单于呼延乌珠。"

邬恺抱拳，沉声应道："是！"

说完，他翻身上马，带着五百骑兵策马而去。

初雪只下了短短一日便停了。

这对北疆大军来说无疑是个好消息。

这几日，戎奴在长城外不断挑衅北疆大军，时不时便从各方试图突入长城关卡。外出长城巡视和探查敌军消息的骑兵队也多次和戎奴的前锋队伍对上，双方各有伤亡，几次让留守在北疆的米阳、辛州、段玉泉等将领冒出了一身冷汗。

当楚贺潮带着一万五千人回到北疆时，这些驻守北疆的将领才松了口气。

让他们松了口气的并不是回来的这一万五千士卒，而是定心骨楚贺潮回来了。

长城外的戎奴单于得知楚贺潮也回来了后，小打小闹的试探手段也不再继续，而是派骑兵到长城不远处叫阵。

这并不代表戎奴单于是个无脑的蠢货，恰恰相反，呼延乌珠是个很有野心的首领，即便他年事已高，他也从未放弃过觊觎中原大陆。他看似是在向楚贺潮叫嚣，其实是在试探北周如今的实力。

一旦楚贺潮不敢正面迎敌，那就暴露了北周如今实力大减的事实，也说明了幽州的白米众消耗了楚贺潮过多的精力。而在这样如同饿狼一般的敌人面前，一旦暴露自己的虚弱，就会顷刻间被饿狼扑上来撕咬而亡。

而这样的叫骂也会大大影响楚贺潮军队的军心。

自己的主将被这般谩骂挑衅，却不敢回击，士兵会变得越来越低迷颓唐，乃至未战便先显露了败势。

楚贺潮对呼延乌珠的挑衅目的一清二楚，他保持了超乎寻常的冷静，并没有回应呼延乌珠的挑衅，而是先令部下发粮安抚军心。

随后，楚贺潮便和诸位将领开始商议如何对付呼延乌珠。

"呼延乌珠此番前来必定不是单单为了掠夺过冬粮食，"楚贺潮令人将地图拿上来，手指在长城沿线的几个隘口、军堡点了点，"这几处可加了兵力？"

中郎将段玉泉抱拳道："回将军，这几处都已多派了士卒驻守。"

楚贺潮点点头："派去长城外的斥候可有带来敌军什么消息？"

"我们的斥候打探到呼延乌珠带着他的两个儿子一起来了，"段玉泉指了指地图上的东西两侧，"呼延乌珠嘴上说是率领了五万骑兵，但其实他手中的骑兵不过两万人左右。他的大儿子呼延庭率领了两万骑兵驻扎在五十里以外的东侧，而他的二儿子呼延浑屠则率领了一万人驻扎在两百里以外的西侧。"

楚贺潮笑了一下："这是想要三面突击。"

"呼延乌珠这个奸贼！"身材矮小但脾气一点就炸的中郎将米阳猛地一拍桌子，骂骂咧咧了说了一堆脏话，"老子就知道他没安好心！"

"你可消停一点吧，"杨忠发没好气地翻了个白眼，"我看你是恨不得跑长城上头跟呼延乌珠对骂。"

"你当老子没骂过？"米阳吹胡子瞪眼，"要不是他们二人拦着，老子早就去和他们拼命了！"

被他指着鼻子的辛州和段玉泉懒得搭理他。

楚贺潮道："行了。"

米阳愤愤闭了嘴。

米阳勇猛，浑身都是胆子，天不怕地不怕，可谓楚贺潮麾下的一名猛将。但他的脾气太过于刚烈，算得上一点就着，受不得敌人的半分挑衅。楚贺潮就因为怕他太过莽撞，才将性格谨慎斯文的段玉泉与刚严果毅的辛州一同与他留守在北疆驻扎。

诸位将领在营帐中商议了许久，下午，又有人在外头禀报，"将军，戎奴单于又派人来长城下叫骂了！"

楚贺潮让他进来，随口问道："他又骂了什么？"

士兵脸上浮现怒色："骂您……骂您是小儿，软蛋，缩头乌龟，不如躲在……躲在……"

杨忠发冷笑两声，追问："躲在什么？"

士兵低声："躲在家里跟二哥种地。"

这话一落，满屋子的人霎时间露出了怒容，即便是喜怒不形于色的辛州也猛地站起身，脸色难看地大喝一声："混账！"

楚贺潮先前一直平静的面容，缓缓沉了下去。

第9章　　多亏有了他

在场所有人都知道呼延乌珠是在故意激怒楚贺潮。

楚贺潮也清楚地知道呼延乌珠的目的，知道此时不应该贸然和呼延乌珠对上，而是应当从长计议。

但他确实被激怒到了，并且动了肝火。

不仅是他一个人被激怒到了，所有听到这句话的将领们都怒不可遏，恨不得当即去给呼延乌珠一个教训，让他再也不敢说出这样的话。

这种挑衅，是个血性男儿就忍不下去。如果真的隐忍不发，只会于楚贺潮与元里的名声有害，如果不应战，这叫他们以后如何自处！

除楚贺潮外，在场武将之中，只有杨忠发和何琅两个见过元里。他们都对元里很有好感，心存佩服和尊重，即便知道呼延乌珠是在故意为之，杨忠发还是率先站了起来，沉声抱拳道："呼延乌珠欺人太甚，请将军允许末将前去应战！"

这战必须应，呼延乌珠把话说到了这个地步，再也没有回旋的空间。

何琅紧随其后，气得冷笑连连："末将也愿往，我实在忍不了呼延乌珠对将军和元公子如此污蔑！"

他们开了这个头，其他人再也不忍下去了，也跟着哗啦一下站了起来，一同抱拳请战。

辛州几位将领并不认识元里，也并没有和元里相处过。但光凭元里是楚贺潮的亲人、是他们全军的衣食父母这两点，他们就忍不了元里被这般侮辱。

这打的不是一个人的面子，而是整个北疆大军的脸。

楚贺潮脸色阴沉，眼中晦暗，杀心顿起，戾气突生。他的本能顷刻间就下了决心，绝对要将说这些话的人全部灭口。

不能留一个活口。

这杀意来得太过猛烈，楚贺潮闭了闭眼，压下心中翻涌的杀心，冷静思索着。

呼延乌珠想让他们迎战，不管此战危不危险，都被人欺负到家门前了，如果还不回应，只会动摇军心。但东西两侧驻扎的戎奴骑兵同样不能忽视，一旦用全部兵力对付呼延乌珠，呼延乌珠两万骑兵随时可以掉头就跑。

一旦他的两个儿子从东西两面突击长城，他们这些步兵怎么跑也赶不上救援。

如果袁丛云带领三万兵卒回来，楚贺潮也不至于手里士卒短缺到如此地步。可袁丛云还在赶回北疆的路途之中，楚贺潮如今手里能动用的士卒不过九万余数。

尤其是楚贺潮手里的骑兵太少太少了。骑兵和步兵的能力差得太大。想要用步兵对付戎奴的骑兵，更是难上加难。

可即便再难，楚贺潮也有许多对付戎奴的办法。以往多番战胜戎奴，无一不是用破旧武器以命拼搏赢得的胜利。

楚贺潮睁开了眼睛，派辛州和段玉泉分别带兵前去防备呼延庭与呼延浑屠两处驻扎在东西的骑兵后，当即下了迎战的命令。并交代诸位将领不可恋战，且战且退，绝不要与戎奴人多做拖延。

这第一场战斗，他只打算打一场雷声大雨点小的场面战，暂且看一看戎奴人作战的手段。假意对敌示弱，让呼延乌珠放松防备，自大轻敌。

呼延乌珠派人在长城底下羞辱完楚贺潮后，就耐心等待着楚贺潮的反应。

第二日，他就收到了楚贺潮派杨忠发带领三万人出了长城，来到草原上正面迎敌他的消息。

在听到三万人里头只有五千骑兵后，呼延乌珠用力拍了一下大腿："好小子，够胆子！看样子我的长子和二子分走了他们不少兵力，否则他们怎么敢以步卒来应战我两万精锐骑兵？"说完，呼延乌珠眼中精光一闪，"北周果然已经显露颓势了。哪怕是楚贺潮，他手里没兵也如同巧妇难为无米之炊，我五万骑兵这次当真可以攻破长城了。"

部下们面面相觑，问道："单于，您很欣赏楚贺潮吗？"

呼延乌珠站起身勒紧裤腰带，将大刀拿起，冷哼一声："我的两个儿子要是有楚辞野一半的能力，我也不会年逾六十还要来带你们抢掠过冬粮食了。"

众人纷纷露出惭愧的表情。

呼延乌珠摆摆手，又给他们鼓气："你们要是当真觉得对不住我，那就给我好好打赢这一仗！"

部下们声音洪亮，满是兴奋地应下："是！"

戎奴两万骑兵集结后往长城而去，远远就看到了长城下方列好军阵的北周军。

北周军内旌旗飞扬，装备精良的矛兵和盾兵挡在最前方，骑兵和步兵顶在其后。盾兵营、箭兵营、战车营、投掷营，阵列完备整齐，气势凛然。

呼延乌珠很久没有亲自带兵打过仗了，看到如今的北周军还暗暗吃惊了一番："北周军如今的装备如此精良吗？"

部下回答道："单于，楚贺潮的武器乍看不错，实则也都是破旧的兵器为多。"

呼延乌珠却并没有放松警惕，他带着两万骑兵到北周军的射程之外停下，正想要派人喊话试探一番，就听韩进一声暴喝："呼延乌珠老贼，今日必定让你拿命来！"

韩进骂人的话都是米阳提前教给他的，他将早已背熟的话一口气说了出来，吐字清晰，声音洪亮，句句骂得人血气上涌："不知礼义廉耻的老家伙，捡了别人的儿子喊你爹，白给别人养了十几年的儿子，最后儿子还不是你们呼延家的血脉，你可高兴？"

说完，北周军内上到将领下到士卒都在哈哈大笑。

这是在讽刺呼延乌珠的小妾偷情给呼延乌珠生了一个儿子的事。几年前此事闹出来时可谓是丑事传千里，呼延乌珠气得用酷刑杀死了小妾和她生的儿子，这件事可谓是呼延乌珠毕生的耻辱。

此言一出，呼延乌珠的脸变了色，又很快恢复了原样："黄口小儿，我倒要看看今日到底是谁要谁的命！"

说完，呼延乌珠便下令调动前锋骑兵带头冲刺，想要打破北周军的军阵。

两方大军正式对上，前锋队伍刚刚进入射程，密集的箭矢就飞了出去，密密麻麻地射向了戎奴人。

楚贺潮驻守在北疆许多年了，他和戎奴不知道打过多少次的战斗。戎奴人并非没有弱点，他们没有打造武器的材料和技术，用的弓箭武器都是抢掠收缴敌军而来，比弓箭和武器的精良度是比不过中原人的。

密集的箭雨一来，戎奴冲锋的骑兵们便束手无措，迟迟没有突袭到北疆大军的面前。

部下禀告消息的时候，呼延乌珠并不着急，他老神在在道："弓箭总有射完的时候，等他们没了弓箭，就是我们的骑兵大展拳脚的时候了。"

戎奴骑兵也并不是毫无作为，他们的骑兵要比中原人强大得多，即便在马上也可以骑射，同样用箭雨杀死了不少北周军。

果不其然，等到弓箭快要射完的时候。杨忠发便带队且战且退，按照楚贺潮之前的吩咐，不断往长城内的方向逃去。

呼延乌珠立刻把握时机带人冲了上去。

但刚一冲到身前，便有投石的士兵甩出手中用麻线捆缚的石头，石头重重地砸在戎奴人的脑袋和胸口上，直接将人给砸得头破血流，当场死亡。

马匹也受了许多的伤，戎奴骑兵前排混乱了一波，又立刻被后方顶上。

投掷的石头一波又一波地来，下一波的石头还未扔出去，戎奴便趁机突袭到了身前，骑兵迅速包围起了北周军。两万骑兵的马匹带来了巨大的威慑力和压迫感，被包围的北周军已经渐渐乱了阵脚。

戎奴骑兵不断缩小包围圈，逼得他们不断往草原深处移去。

杨忠发心道不妙，大声呵斥几句令众士卒不得退却。正准备寻得突破点时，韩进忽然在戎奴骑兵的左翼发现了一处破绽。

韩进犹豫片刻，不知是否为陷阱。在他迟疑时，敌方发现了破绽，又迅速补上了空缺。

韩进心里可惜，那刚刚可能真的是破绽。

没想到戎奴骑兵的左翼似乎出了问题，片刻后又有了细微破绽，韩进大喜："将军，戎奴左翼有破绽！"

杨忠发侧头一看，果然如韩进所说一般，左侧包围人数最为薄弱。

他看着己方被马匹冲得七零八落的军阵，咬了咬牙，决定信任韩进的判断，当即举起大刀指向左翼道："骑兵随我开路！"

说完，杨忠发带头冲锋，五千骑兵毫不犹豫地跟随他冲上，为步兵率先开路。韩进亦步亦趋地护在杨忠发身侧，替杨忠发斩断多支射过来的箭矢，杨忠发带领骑兵悍勇无比地在戎奴左翼杀出一条血路，不知道杀了多少人，眼前豁然一亮，已经破开了包围圈。

杨忠发神色一喜，驾马往前突进，却忽然看出了前方地上的枯草与尘土不对，他瞳孔紧缩，大惊失色道："不好，是戎奴人的陷阱，这是陷马坑！"

杨忠发死死拽住手中的马匹，用尽全身的力气想要掉转马头，但惯性太大，马匹想停也停不住，杨忠发当即抛弃马匹从马上滚了下来。

但其他冲过来的骑兵们却没有这么幸运了，他们齐齐冲入了陷阱之内，枯草瞬间塌陷，露出一个巨大的陷马坑。

陷马坑内扎着长矛和锋利的竹竿，马匹和人摔了进去，要么会摔断头，要么会被竹竿和长矛刺伤刺死。

血流成河，惨叫不断，花费了军中巨大心血培养起来的骑兵填满了整个陷马坑。杨忠发看着陷马坑内惨状，已经泪流满面。

忽然，他想起什么，神色一变，大声道："韩进！"

陷马坑内传来一声虚弱的声音："大人……"

杨忠发不敢置信地快速爬到陷马坑旁，便看到了被马匹和尸首死死压在最下方的韩进。

韩进很幸运，他的手臂和大腿被长矛穿过，但重要的部位却没有受伤，性命还在。但他又是那么不幸，被两三具战马和骑兵的尸首压得结结实实，在战场上，在戎奴紧紧追击下，杨忠发根本无法也没有时间去救他。

他悲痛地看着韩进。

韩进也明白了他的意思，他艰难地道："大人，快走，快回城……此番是我判断失误，大人记得要替我向将军认错。"

杨忠发还活着的亲兵和剩下的骑兵们赶来到杨忠发的身边，急促道：

"大人，快走！"

杨忠发抹了一把脸站了起来，牵过旁边的马匹翻身跃上："你还有什么事要同我说？"

"我家中有一女儿，名叫燕儿，"韩进忍不住老泪纵横，"便交给您了，大人。"

他话音刚落，杨忠发已然带着骑兵们率领步兵往长城内赶去。

韩进抬头看着灰蒙蒙的蓝天，眼中一片模糊，刚刚忍着没有表露出的对死亡的惧怕隐约在脸上显露。

他又去看了看身上被长矛刺穿痛苦死去的战马，最后想到。

我不该问元公子把你讨要来的，下辈子可别再做战马了。

北疆大军与戎奴的第一场正面交锋彻底失败了。

军营内的气氛更加紧张，人人面沉如水。

杨忠发跪在地上请罪，半白的头发凌乱，浑身血迹斑斑，眼底更是血丝遍布。

"将军，是末将的错，末将未能完成将军的吩咐……"

这一战，本以为只是虚晃一枪就快速退回城内，没想到他们却败得如此厉害，仅仅只有五千人的骑兵就已经折损了两千人马。

每一个人心头都很沉重。

在众人心事重重时，楚贺潮还是原先那副不为所动的模样，给部下吃了定心丸，他道："不算毫无收获，至少知道了戎奴人作战的计策。"

杨忠发低着头，死死咬着牙道："将军……"

何琅、米阳两个跟韩进相熟的人不由都红了眼，但他们身处战场不知多少年，这悲痛只是短暂地停留一瞬，随后便化成了重重怒火。

楚贺潮凝神看着地图，他已经有了回击的办法。只是这办法还有些缺漏，在楚贺潮沉思之时，帐内又沉默了下来。

不知道过了多久，忽然有百夫长前来通报："将军，幽州给您送来了一车东西，带队的人叫邬恺，他说是幽州刺史派他前来的。"

楚贺潮猛地抬起头："谁派来的？"

百夫长道："幽州刺史。"

楚贺潮追问："是什么东西？"

百夫长也很茫然,他摇了摇头:"这人说此物只能交给将军,瞧他神色,那些东西应该极为重要。"

诸位将领不由互相对视了一眼。

何琅有意打破这沉重氛围,故作好奇地道:"元公子弄出来的东西都是从没见过的好东西。他派人专程送来给将军,一定很是重要。将军,我们去看一看吧?"

楚贺潮沉思片刻,大步从桌后走出,拍了拍杨忠发的肩膀:"走,你们一起跟我去看一看。"

他们走到军营外面,就见到了面色警惕地将车辆围在中间的骑兵们。

这些骑兵各个身强力壮,高大威猛。马匹也是四肢健壮。他们一包围起来,众人连车上放着什么东西都看不到。

站在最前头的便是邬恺,邬恺即便到了军营之中也没有放松戒备,手紧紧握着腰间大刀,防备十足地观察周围。惹得周围士兵对着一群人都有些不敢靠近。

看到他们如此郑重其事,何琅几人是当真好奇了起来。连杨忠发都勉强收拾起了心情,打起精神道:"如此大的阵仗,元公子到底送来了什么东西?"

楚贺潮也不知道,他心生好奇,大步走过去。邬恺一看到他才放下面上的防备,恭恭敬敬行礼道:"将军,主公派我来给您送东西。"

"什么东西?"楚贺潮问。

邬恺道:"霹雳炮。"

霹雳炮?

众人面面相觑,米阳直接问道:"霹雳炮是个什么东西?"

邬恺又抱拳道:"还请将军找一处荒凉无人地,我等为将军示范霹雳炮的用处。"

楚贺潮挑挑眉,干脆地带他们到了一处荒草地,其余的将领也因为好奇跟了过来。

到达目的地后,骑兵们才让开,露出了中间的马车。邬恺小心翼翼地打开了一个箱子,露出了一箱子的短竹筒。

米阳顿时失望地道："这是什么，打算火烧爆竹吗？"他们要爆竹有什么用啊，现在又不是过年。

邬恺面色不变，从里面拿出了一个霹雳炮放在不远处，拉直引线准备点燃。

派来同邬恺一起运送霹雳炮的百夫长龚斌好心提醒各位将领："诸位大人，你们最好捂好耳朵和口鼻，这东西声音有些响，烟尘也很大。"

但被提醒的人没一个在意，谁都没把这话放在心上。

龚斌面露无奈，等到邬恺点燃引线后的一瞬间，在场五百骑兵齐齐扭过头捂住了耳朵。米阳几人余光看到了他们的动作，心中好笑。

只是爆竹声而已，有必要这么夸张吗？

但下一瞬，就听嘭地传来了惊天巨响。毫无防备的众人骇然一惊，甚至有人没站稳，直接跟跄两步差点摔在地上。

浓烟滚滚，被风一吹便扑了众人一脸。杨忠发何琅几人边咳嗽边心有余悸地看着霹雳炮爆炸的位置，不敢置信："这就是那竹筒的威力？"

威力怎么能这么强！

"是霹雳炮，"邬恺更正道，"这是主公专程送给将军对付戎奴的东西。"

楚贺潮一直没动，没有人看见他骤缩的瞳孔和逐渐亮起来的双眼，他沉声命令："再点燃一个霹雳炮。"

邬恺遵命行事，等犹如雷鸣的巨响再一次响起时，诸位将领心中的惊惧逐渐被狂喜所代替。

"将军，"杨忠发声音发颤，看着霹雳炮移不开眼，激动得双手都在抖，"有了这东西，我们可以为死去的弟兄们报仇了！"

"没错。"楚贺潮露出笑，难得畅快地大笑两声。

有了霹雳炮，他先前的作战计划可以大改一番，可以直接采用最简单也是最有效的方式，和戎奴人正面较量了！

楚贺潮唤来邬恺，仔细询问霹雳炮的用法。

邬恺一一说明，最后道："因为此物见不得明火，也不耐颠簸，所以我们运送时极为小心，也因此多耽误了些时间。"

杨忠发闻言，不由心中又是一阵悲痛。要是能够早来两日，是不是……

他苦笑两声,摸了摸脸,看到一箱又一箱的霹雳炮时,这样的悲伤全部化成了想要击败戎奴的战意。

不只是杨忠发激动,其他人都激动得满面通红。

楚贺潮当即将这些霹雳炮派人严加看管,让在场所有人不要泄露风声。随后,就让护送霹雳炮来的五百骑兵好好下去休息。

邬恺则跟着楚贺潮走了。

五百骑兵们被其他人带到军营里,有的人还遇见了以往的熟人。以往军营里的熟人差点没认出他们,上上下下看了好几眼,羡慕地打趣道:"你们看起来可真威风啊。"

骑兵们不好意思地笑了笑,胸膛挺得更高。

另一方,诸位将领激动地商讨一下午如何攻打戎奴之后,终于商定好了办法。楚贺潮屏退了其他人,问邬恺道:"你主公可让你带来什么话?"

邬恺老老实实地把元里所说的两句话给说了。楚贺潮耐心听完,又等了一会,皱眉道:"没了?"

邬恺点了点头。

楚贺潮直接摆手让他出去了。

第二日上午,楚贺潮便派斥候出去探寻敌人踪迹。等到斥候回来禀报之后,他便带着人主动出城迎战戎奴。

听闻楚贺潮亲自带人出城,还在和属下们沉浸在昨日胜利中的呼延乌珠惊讶极了,他放下酒杯,反复确认:"楚贺潮真带着人出来了?"

军士点头:"单于,他们正往这边来。"

呼延乌珠不明白楚贺潮此举为何,心中谨慎,怀疑有诈,迟迟没有定下是迎击还是不动。

但呼延乌珠转念又想,难道楚贺潮此举正是想让我心中忌惮,借此拖延时间吗?

呼延乌珠越想越觉得是这样,他们没有收到楚贺潮得到援军的消息,可以肯定的是楚贺潮还是最多能够拿出来三万人马。这事真够稀奇的,昨日楚贺潮才惨败,他今日怎么还有胆子主动迎击?

呼延乌珠心中好奇,但他们昨日才大败了北周军,没道理昨日还胜利了,今日反倒束手束脚了。

他在心里下了决心,当即再次整队带兵出发,远远就看到了楚贺潮的队伍。

楚贺潮今日带的还是三万人,依旧是如同昨日一般整齐列阵,但不知道是不是心疼骑兵,这三万人里面甚至没有了骑兵——全部都是步兵。

这分明是来找死。

拿三万步兵叫阵戎奴两万骑兵,呼延乌珠都怀疑楚贺潮是不是脑子坏了。

呼延乌珠咧嘴一笑,跟身边部下道:"难不成他还打算用这种办法对抗我们的骑兵吗?"

昨天杀了一个爽快的部下们顿时哄堂大笑,兴致勃勃地道:"单于,看样子我们今日又能砍下不少中原人的头颅了。"

呼延乌笑着点头,盯着楚贺潮道:"给我杀上去,我今日就要用楚贺潮的头骨来做我饮酒的酒杯。杀了楚贺潮,我们今晚就入长城攻占下边睡郡县,夺得粮财,众勇士,随我冲!"

此话一出,将旗猛地向前,接收到信号的两万骑兵们顿时喊叫起来,凶猛地冲了上去。

地面开始震动,枯死的黄草被马蹄踏平。

两万骑兵经过昨日的大胜,已经在对战之中取得了自信,他们的气势比昨日还要更盛,遇见北周军的箭矢袭击时也疯狂地往前突进。

这样如虎狼一般猛扑上来的敌人让北周军想起了昨日的惨剧,纷纷有些害怕。但楚贺潮却丝毫不为所动,他在军中极有威严,看着主将都毫不退缩的模样,北周军便咬牙继续抵抗。

楚贺潮在耐心等待着机会,等待着让戎奴更多的人和马匹都体会到霹雳炮威力的机会。

终于,戎奴越靠越近了。

前方弓兵的弓箭已经抵御不了越来越近的戎奴。盾兵举起扎满弓箭的盾牌挡在身前,举着长矛的士兵试图抵挡戎奴的到来。

在戎奴人的眼里,这群北周军就像是坐等被杀的羊羔一样,毫无反抗之力。只需要他们往前一冲,就能撕开一道血淋淋的口子。

呼延乌珠野心勃勃，他的目光一直盯在主将楚贺潮的身上，能够斩杀楚贺潮的功绩让他的手都在微微颤抖，呼延乌珠很久很久没有感受到这样的激动了，甚至胸口都在怦怦乱跳。

他们戎奴今日就会创造一个对付中原人的战绩新历史。

仅用两万骑兵，就斩杀了北周大将军楚贺潮，攻入长城一举南下。

呼延乌珠好像整个人都年轻了许多，他高声喝道："杀！"

戎奴士兵高呼着举起手，热烈兴奋。

为了防止楚贺潮临阵脱逃，呼延乌珠注意到了每一个细节，他挥了挥手，骑兵分出去了三支队伍，分别从左翼右翼与大后方一起封堵了楚贺潮的所有退路。

所有人都觉得他们赢定了。

但被包围起来的楚贺潮，却在呼延乌珠的凝视下，露出了一个古怪的笑容。

呼延乌珠不由眼皮一跳。

下一刻，楚贺潮便下了攻击命令。

邬恺带领的五百骑兵们没有骑马，正充当亲兵包围在他的身边，闻令，当即将早已准备好的霹雳炮朝戎奴射去。

楚贺潮紧紧盯着第一个射出去的霹雳炮。

不只是他，杨忠发和邬恺等人也在紧紧盯着霹雳炮。

火花将引线烧得越来越短，第一支缠着霹雳炮的弓箭射入了戎奴骑兵群中的地上。

戎奴正要嘲笑北周军的无用抵抗，但下一瞬，巨响突起。

当爆炸声响起时，楚贺潮杨忠发等人就露出了笑。

有用！

接二连三的巨响声如雷公发怒一般轰然响起，浓烈的烟尘铺天盖地，戎奴在第一声爆炸声响起的时候就露出了慌张害怕的神色，他们恐惧万分地四处看去，顷刻间乱成了一团。

战马也受到了惊吓，完全发狂不听指挥，狂奔着四处逃窜。浓烟让疯狂的战马看不清方向，马匹与马匹直接撞在了一起，慌乱中的骑兵们被摔下了马，要么被马蹄踏死，要么直接摔得昏死过去。

呼延乌珠等将领的马匹也受了惊，他们毫无准备，惊恐地说道："这是什么声音！"

"是打雷了，还是地动了？"

"单于，不是地动，也不是打雷……"

呼延乌珠心生恐惧，大声呵斥道："那到底是什么东西！"

话音未落，又是一个霹雳炮射到了他们身边，巨大的响声响起，碎裂四溅的竹竿碎片扎在几个将领身上。

身下的马匹发疯一般嘶鸣，到处奔逃，呼延乌珠在部下的帮助下及时从马上跳了下来。抬头一看，不止马害怕，也有不少人害怕得直接从马上滚下来跪在地上俯拜，求着老天爷不要再降下惩罚。

哪怕是呼延乌珠自己，心中也万分惧怕不安。

北周军的三万士卒也很害怕。

但因为霹雳炮都落在了戎奴人的骑兵之中，他们就算再害怕也要比戎奴人好些。

而早已见识过霹雳炮威力的杨忠发和五百骑兵等人就在等着戎奴大乱的机会，他们看着戎奴的惨状，便想伺机而动。

敌方已乱，这就是他们攻击的好时机。

楚贺潮当机立断道："进攻！"说完，他就带着邬恺等人率先冲了出去，极其悍勇地冲入了混乱的戎奴人之中。

戎奴人完全来不及反抗，他们在烟尘滚滚中早已被吓破了胆，邬恺冲入敌阵，所向披靡。而将领们的勇猛也让后面的北周军看得热血上头了。

在杨忠发、何琅、米阳等将领的带领下，北周军一鼓作气地冲向了戎奴大军。

转眼之间，敌我双方的优劣位置便倒了个。

楚贺潮刀下顷刻间斩杀了不少戎奴士兵，浓重的血腥味让他越来越上头，他四处扫视了一番，忽然一顿，紧紧盯着呼延乌珠。

呼延乌珠似有所觉地转头回望，就对上了一双猛虎似的眼睛。

这目光中的神色呼延乌珠很熟悉，他年轻时就用这种眼神看到过许多人，而被他这么看过的人都已死在他的马蹄之下。那里藏着浓烈的杀意，那是想要他项上人头的目光！

呼延乌珠心里一惊，他奋力喊了几声，让骑兵重新振作起来，但混乱已经让骑兵溃败，他们还被那些震耳欲聋的雷声吓得回不过神，又怎么还能继续和北周军战斗？

他最终只聚集起了几千还能作战的士兵，危急时刻，呼延乌珠当即在亲兵的保护下往外跑去，中途抓到了几只受惊不大的马匹翻身跃上，指派部下道："快，快去找我的长子呼延庭，他就带着两万骑兵驻扎在五十里之外的东方，离我很近，一个时辰就能赶到！快让他带骑兵前来支援我！"

等这个部下离开后，呼延乌珠又觉得还不够，他又派另一个部下前去找自己的二儿子呼延浑屠，让呼延浑屠赶快带着一万骑兵回到他们在草原中的大本营中，他怕如果这一战失败，北周军将会乘胜追击，趁着大本营无人直捣他们后方！

做完这些，呼延乌珠就带着剩下的骑兵不断逃窜着。楚贺潮见他们要逃，立刻又令人放出了霹雳炮。

轰隆隆。

戎奴人的马匹再次将人摔了下来，受了惊到处狂奔。

呼延乌珠也被摔了下来，他差点眼前一黑昏厥过去，关键时刻还是被部下扶起护在士兵中间。

北周军很快追上了戎奴人，这次换他们将戎奴人紧紧包围在了中间。

剩下的戎奴人还在负隅顽抗，但并没有用。

而另一侧，驻扎在五十里外的呼延庭率先接到了消息，他大惊失色，当即带着人赶去支援父亲。但还没接近，他就听到了地动山摇一般的剧烈响动。

霹雳炮还在发挥着作用。

马匹被声响吓得不敢上前，呼延庭也被吓得面色惨白不敢带兵前去。面对着父亲部下的催促，他却在原地犹豫不决，不敢再带兵往前走上一步。

呼延乌珠的部下痛恨其软弱，带着悲凉之心，独自回去了。

呼延乌珠远远就看到了他，以为援兵来到，大喜，连忙提高声音问："我儿可到了？"

部下却面露悲怆，受了重伤仍坚强地破开重围来到呼延乌珠身旁，临死前，痛苦地将呼延庭被霹雳炮吓得不敢前来一事告诉了呼延乌珠。

呼延乌珠一愣，整个人像是苍老了十几岁一样，陡然提不起来刀了。

他苍凉地笑了笑。

他膝下有三个儿子，三儿子是那个胆大包天的小妾给他生的，他已杀了这个儿子。

长子呼延庭是他最为疼爱的儿子，呼延乌珠一向将长子当作下一任的戎奴单于培养。这次南下，他给了长子和他一般多的整整两万骑兵，让他停驻在距离呼延乌珠最近的五十里之外。

却只给二子一万骑兵，令二子驻扎在二百里之外。

因为他忧心呼延庭会出意外，所以想着距离近些可以随时带兵援助。也想着若是大事当真可成，可以令人赶快叫来呼延庭分一份功劳。可是没想到啊，呼延乌珠没想到，他这么疼爱的儿子，却因为害怕而不敢来救他。

呼延乌珠反抗的心陡然一下凉了。

而楚贺潮已经杀出了一条血路，来到了他的面前。

呼延乌珠看着他。

浑身都是鲜血的北周战神犹如呼延乌珠年轻时那般勇不可当，作为一个英雄，败在他的手下，呼延乌珠不甘啊。

楚贺潮冷冷地看着戎奴单于，手中环首刀挥起，即将落在呼延乌珠的脑袋上时，呼延乌珠颓废开口道："我愿同北周讲和。"

戎奴单于投降了。

但楚贺潮却不为所动，他就像是没有听到这句话一般，环首刀没有丝毫犹豫，猛地砍掉了呼延乌珠的头颅。

呼延乌珠头颅上的表情犹带惊愕，在枯草地上滚了几圈。

"讲和？"楚贺潮挥挥刀上的血水，居高临下地看着呼延乌珠的头颅，讽刺地笑了，"再留给你们休养生息的时间，让你们卷土重来吗？"

"单于！"

戎奴人声嘶力竭，双目通红，他们想上来斩杀楚贺潮，却反被楚贺潮的亲兵砍杀了。

呼延乌珠的头颅被高高举起，北周军士气大盛，剩下的戎奴已经无力反抗，很快被屠戮殆尽。

这场战斗，终于结束了。

楚贺潮还没放松警惕，他在等着呼延庭或者呼延浑屠的支援。

呼延庭率领两万骑兵前来援助时，楚贺潮便得到了消息，所以他才用霹雳炮作为威慑，以此拖延呼延庭的脚步，等杀完呼延乌珠后再和呼延庭作战。

但是楚贺潮没有想到，得知呼延乌珠死了之后，呼延庭竟然没有停留片刻，甚至没有要夺取父亲头颅和尸身的意图，直接率领两万骑兵掉头跑了。

不过在得知呼延浑屠率先一步率兵回到王庭后，楚贺潮就知道为什么了。

戎奴有自己的国家，其统治中心被称为"王庭"，也称为"单于庭"。戎奴王庭在漠南，因此被称为漠南王庭。

呼延庭没有他父亲那般英勇善战，目光长远。他在听闻弟弟呼延浑屠带着骑兵回到漠南王庭之后，便迫不及待地带兵打算赶回王庭，他担心王庭政权会被弟弟夺下。

他对自己的掉头就跑的行为并没有什么愧疚的想法，他身边的亲兵也没觉得有什么不对。

父亲，不要怪我。

呼延庭顶着寒风，在心中默默地想。为了给您报仇去和拥有着可怕武器的楚贺潮战斗显然是一件无利可图的事情。不做无利可图的事，这可是您曾经教过我的道理，我会一直将它紧紧记在心中。

身后，面对着呼延庭的离开，楚贺潮却一点办法都没有。

这是一个很现实的问题，楚贺潮没有足够的骑兵追击戎奴，没法深入草原进攻戎奴人的王庭。

草原何其之大，想要追着戎奴将其斩草除根更是难上加难。而五万骑兵并不是戎奴能拿出来的全部，想要打怕戎奴，必须要有一个强大的帝国在身后作为支撑，提供后勤和兵马。

最起码，楚贺潮觉得，他起码要有十万精悍的骑兵，才能将戎奴打得不断北逃，远离中原。

而这，明显是现在做不到的事，所以他除了看着戎奴大军离开外别无他法。

不过这一场胜仗并非没有好处。

呼延乌珠死了，王庭内又会有一番权力争夺。呼延浑屠并不是一个简单的人，他绝不甘心屈居于呼延庭之下。

戎奴内部的势力更迭势必让他们无法前来打扰边境，斩杀呼延乌珠的功绩也能够强势震慑到关外那些人，边境最起码能有三四年的平静了。

作战成功后，士兵打扫战场。

荒草上沾染了深色干涸的血迹，尸体堆积成丘。

己方战死的士兵同样需要收殓，重伤的士兵也需要急救。

士兵很快将战场打扫完毕，他们伤亡很大，但打败了戎奴的两万骑兵，两万匹马逃了五六千匹，损伤了上千，最终获得战马一万三千匹。

这可算是一件大喜事。

这一场战斗可谓是胜得酣畅淋漓，因为虏获的这一万多匹马，军中上上下下都觉得出了一口恶气，到处喜气洋洋。尤其是跟着一起击杀呼延乌珠的人，他们都知道自己立了大功，嘴角压都压不下去。

杀戎奴立功最多的还是邬恺一行人，尤其是元里搞出来的霹雳炮。如果没有霹雳炮，只怕这一仗凶多吉少，击杀戎奴首领的巨大功劳，里面有元里的一大半。

楚贺潮觉得，只凭这一战，元里封侯是绰绰有余了。

战斗结束之后，何琅便将先前元里给他们的肉拿了出来，与众人欢庆宴饮。

酒足饭饱，邬恺便准备走了。

楚贺潮将他叫到身前，半晌没有说话。

邬恺就算再迟钝也明白了过来，他犹豫地问："您有话要我带给主公吗？"

楚贺潮淡淡应了一声。

他想起了元里曾经交代过他的两句话。他没有把戎奴打得北逃，但最起码杀了呼延乌珠。

明明在如今能做到这样已经是最好，但楚贺潮还是有一种丢了脸面的气闷和心虚。

他让人拿来呼延乌珠的头颅，用草木灰裹上防止腐烂，将其交给了邬恺。

特意淡淡地道："将这个交给他，跟他说，是我亲手斩杀了戎奴单于呼延乌珠。"

邬恺接过头颅，点了点头。

楚贺潮又轻描淡写地说道："能斩杀他便已是如今能做到的极限，即便换另一个人来这里，也不会比我做得更好。"

邬恺不明所以，以为楚贺潮是在跟他炫耀功绩，僵硬地顺着夸了楚贺潮两句："将军可还有什么话要带给主公？"

楚贺潮这次沉默了更久，他想说没什么要说的了，话在喉咙里滚了滚，出来时便变成了："年前，我会回幽州过年。"

邬恺一一应下，当天，他便带着这颗头颅，带着五百骑兵回了蓟县。

一路上，戎奴首领被斩杀的消息也从边陲散布到了各郡县。

听到这则消息的人们无不欢喜雀跃，泪流满面。得知是楚贺潮带领军队在幽州刺史元里协助下获得胜利的之后，百姓们更是感念其恩德，两人的名声传得越传越广，尤其是元里的名号，这样元里在北疆也有了威信。

有消息灵通的已经打听到了霹雳炮的事情，迁到幽州内的胡人不免对元里也有了惧怕之情，不敢再对其小觑。尤其是月族，更是吓得蜷缩在自己的地盘之中，动也不敢动。

两天后，元里也收到了前线胜利的消息，并且得知楚贺潮成功斩杀了呼延乌珠。

他大喜过望，"蹭"地从椅子上站起来："当真？"

邬恺回道："当真。主公，将军还将呼延乌珠的头颅让属下给您带来了。"

元里眨眨眼："拿过来看看。"

邬恺将裹住呼延乌珠头颅的包袱打开，露出了呼延乌珠的脑袋。

元里点点头，心情很好地摆摆手："去挂到蓟县城门上，让百姓们也一同高兴高兴。"

郭林接过头颅，满面笑容地领命而去。

元里担心了前线好几日，如今得到了好消息，眉角眼梢全是喜悦的笑意。他笑吟吟地看着邬恺，让邬恺好好讲了一番战场攻打戎奴的事。

邬恺事无巨细一一说了，把元里给听得心潮澎湃，说到激动处，元里直接鼓掌叫好，双眼发亮。

"这么说，军中现在有一万五千匹战马了？"元里咋舌。

邬恺道："没错。"

元里不由欣喜，忽然又叹了口气："只是可惜了战死的骑兵和步兵……"

这次战斗虽杀了戎奴两万人，但两次交锋之中，楚贺潮也损伤了有一万人。尤其是死的人里面还有元里认识的人。

先前的喜悦已经消失，元里在心里又叹了一口气："战死的士兵都应当有抚恤金，邬恺，辛劳你再跑一趟军中，问楚贺潮要来死去战士的名册。"

邬恺毫不犹豫地应是，准备今日便离开蓟县前往军营。元里哭笑不得地道："你带着兄弟们好好歇息一日吧，等后日再去。"

邬恺不好意思地道："多谢主公体恤。"

说完后，元里就让他下去休息了。邬恺告辞的时候总觉得自己有什么忘了说，但他想了半天没想起来，犹犹豫豫地走了。

休息了两日后，邬恺再次带着几个兄弟去了前线，要来了战死士兵的名册。随着他们一同回来的还有杨忠发。

杨忠发此次回来是为了韩进的女儿，他苦笑两声："边陲无事，便和将军告了假回来处理些私事。"

元里明白他的感受，他无声安慰地拍了拍杨忠发的脊背，问道："需要我和你同去吗？"

"那就再好不过了，"杨忠发呼出一口气，"我可从没和小女孩打过交道。"

韩进妻子早在几年前便难产死了，留下的一个女儿独自养在家中让侍女照料，就住在蓟县。

实际上，这些将领的家眷差不多都住在蓟县。

一是蓟县内有楚王府，是楚贺潮的地盘，这里安全。二是可以向楚贺潮表忠心，将家眷放在主公身边是最常见也最有用的方法。

就像是元里的部曲们，他们的家眷绝大多数都在汝阳县之中。当初一起来到幽州还带着家眷的，多是香皂坊里的工匠。

到了韩进家门前，元里并没有进入，只让杨忠发独自走了进去。

过了一刻钟左右，杨忠发便红着眼睛走了出来，他手里牵着一个正默默落泪的七八岁大的小姑娘，小姑娘身后还跟着两个面露不安的侍女。

杨忠发看到元里，扯了扯小姑娘，轻声细语地道："燕儿，这是元公子，你快叫一声叔父。"

韩燕乖乖地叫道："叔父好。"

元里笑着应了一声好，从袖中掏出了一个纸风车给她："这是叔父送给燕儿的见面礼。"

韩燕被吸引了，她小声地道："这是什么？"

"这叫风车。"元里道，"转起来是不是很好看？"

风一吹，风车便转动了起来。韩燕眼睛微微睁大，不由点点头："谢谢叔父。"

杨忠发心里松了一口气，故意开玩笑道："元公子，这等小童玩意可还有多的？我家中还可有一个幼子呢，您再给我一个呗？"

"没了，"元里摊手，又笑道，"杨大人，这可不是简单的小童玩具。"

杨忠发纳闷道："那其中可有什么玄机？"

"这叫风车，"元里道，"大的风车可以研磨谷物。"

杨忠发一愣，细细盯了风车几眼，硬是没瞅出这东西怎么研磨谷物。但元公子说话向来不会哄人，杨忠发只认为是自己眼拙没看出来。

元里仔细跟他解释了一番，用来拉磨的风车是立式风车，底部可以拉磨，减轻人力和畜力负担。

杨忠发恍然大悟，又兴奋地指了指风车道："我觉得这样的风车还有一个用法。"

幽州现在的荒田太多，有的荒田只是地势高一点，但对百姓来说便不好开垦，因为太累了。灌溉一事向来是种田的难点，水往低处流，要是想要灌溉高处的荒田，那就只能人力一趟趟提着木桶打水灌溉，一亩田没浇完，人就得累死。

风车转起来时，不就能把低处的水转到高处吗？

杨忠发越想越觉得自己可真是厉害，他把想法一说："元公子，这样可行吗？"

元里不由一笑:"想法是可行的,但这种风车却无法用在农间。"

韩燕似懂非懂,杨忠发不解地追问:"为何?"

"因为风,"元里耐心地道,"咱们中原的风没有定向,冬日刮西北风,夏日吹西南风,有时候还一天好几个样。若是变了风向,原本想往高处运的水就会回到低处,风车转的方向便乱了。这又该怎么办?"

杨忠发没有想过这个问题,他愣了老半晌,才不好意思地挠挠头:"我还真没想到这一层,让元公子见笑了。"

"杨大人,你的想法其实没错,"元里摇了摇头,"虽然这样的风车无法用在农田中,但有一样东西却能办到你刚刚说的事。"

杨忠发一时激动:"是什么?"

"水车,"元里字正腔圆道,"不用风作为动力,而是用水作为动力,以此灌溉农田。"

杨忠发听得似懂非懂。

元里无奈笑道:"你若是对这些有兴趣,等我做完之后,你可来楚王府看一看。"

杨忠发连忙点头:"好好好。"

但元里还没开始捣鼓风车和水车,蓟县又下了场大雪。这雪大,一连下了两三天。

往外头一看,只见天地间一片银装素裹,一出门便是冷风刀子似的刮着脸。

这次大雪好像宣告着终于进入了过年前天寒地冻的日子一般,元里把炕床给烧了起来,舒舒服服地躺在床上,享受着一个人的安静。

但没休息几天,管理养殖场的赵营便急匆匆来了:"主公,有几头母猪好像要分娩了。"

正悠闲躺着的元里猛地翻身坐了起来,赶紧披上衣服,去翻找《母猪的产后护理》,眼睛发亮,情绪昂扬:"我马上过去!"

他终于可以试试给母猪接生了!

元里喜滋滋地冒着夜色赶到了养殖场。

在刚刚得到《母猪的产后护理》的时候,元里就想实践书里的知识了。

终于从春天等到冬天，他可算是等到机会了。

元里从来没给母猪接生过，又好奇又紧张。

养殖场的猪圈里已经按元里之前的吩咐打扫过了一遍。

脏东西被清理掉了，也用热水尽力消过了毒。地上重新铺了一层干净的稻草，周围点了蜡烛，昏黄的灯光营造出温暖安全的环境，会给即将生产的母猪舒适的感觉。

猪圈建得并不高大，因为是冬季，低矮的猪圈更能保温，防止猪受冻生病。

元里钻进猪圈，就见到大着肚子的母猪难受地蜷缩在墙角，看见人进来后动也不动，只有眼睛转了几圈，看着很是虚弱。

在养猪场工作的伤兵都没有养过猪，也不知道怎么帮母猪接生，知道元里要来给他们做示范后，他们选出了十几个机灵的人来跟元里学着怎么帮母猪下崽。

伤兵们的神色一个比一个认真，恨不得蹲在元里身边观察他每一个动作。

对他们来说，养猪就是他们以后赖以为生的活计，连元公子都会，他们怎么可以不会？难不成以后每次都要劳烦元公子做这种活吗？

实际上也是第一次给猪接生的元里被看得很紧张，他反复在脑海里过了几遍理论知识，转头问道："我要的东西都准备好了吗？"

赵营连忙点点头，解开一个包袱，将里面的东西一样样地拿出来。

麻袋、毛巾、锋利的匕首，东西都被清洗得干干净净，匕首专门用热水烫了许久，摸上去还有温热。

其实除了这些，书里还提到要有消毒液和碘酒。但因为硬件条件跟不上，元里只能在工具的洁净度上多努力努力了。

检查了一遍东西后，元里点了点头，深吸一口气，道："母猪分娩多在夜间，应当要快了。"

等待母猪分娩的时候，元里因为太紧张还去外面透了透气。夜里的雪还在下着，但今夜已经小了许多。

他呼吸了几下冬日冷冽的空气。

别紧张，手别抖。元里，时刻记住你可是专业的。

半个时辰后，母猪开始发力了。

母猪生产时，第一头猪崽最难生产，生的时候只能靠母猪自己努力，等猪崽生出来后，元里立刻双手托起猪崽，给猪崽清理口中和鼻子周围的黏液，这是为了防止小猪崽被黏液堵住口鼻窒息而亡。猪崽身上的黏液也需要用麻袋或者毛巾擦干净，以免冬日寒冷，猪崽受冻。

要说考验技术的地方，只有断脐带这一块。元里小心翼翼地弄完第一只猪崽后，之后就有了经验，处理猪崽的速度越来越快。

大约过了一个半时辰，母猪排出了胎衣，这就彻底完事了。

元里又如法炮制为其他几头要生产的母猪接生，伤兵也看明白了。忙了大半夜，元里热出了一头的汗，看他忙的人也出了一头的汗。

出来洗手后，元里问伤兵们："看清楚了吗？"

伤兵们都点了点头，很有信心地道："元公子放心，我们都看清楚了。"

说完，他们又忍不住心中敬佩，夸了元里好几句。

元里很有大将之风，淡定笑着道："这段时间一直会有母猪到预产期，你们自己试一试能不能上手。这几天我也会在养猪场看着，有不懂的尽管来找我。"

伤兵们感激地连连点头。

第二日，元里起了一个大早，去看他昨晚上亲手接生的猪崽。

三头母猪一共生了有三十二头猪崽。里头有十一头是母猪，二十一头公猪。

元里用欣慰的目光看着这些小公猪，已经想到一个月后该怎么阉割它们了。

之后十来天，八百只母猪陆陆续续到了预产期。

养猪场晚上的蜡烛亮了一夜又一夜，很快，小猪崽的叫声就响彻了整个养猪场。

但也并不是一切顺利，因为天气过于寒冷，有些猪崽刚刚出生一天就会被冻死。还有些则更加离谱，一出生被母猪活生生地咬死。

养猪场的士兵们可心疼死了，各个白天黑夜看得更加严实，生怕哪只小猪又悄无声息没了。在这样的情况下，伤兵们很快适应了母猪和小猪崽的各种突发状况，做得比元里想象中的还要更好。

十二月十日这一天，元里正在巡视养猪场，正微笑着看着嫩嫩的小猪崽时，便得到了一个消息——白米众俘虏当中有异动。

有俘虏闹事杀人了，还有一些俘虏想要趁乱逃跑。

元里皱眉，当即派出亲兵前去镇压，自己也跟着去看了看。

到了地方后，亲兵已经包围了整个场地。但和白米众两万俘虏相比，一千骑兵看着就过于单薄，元里心怕不够，又让人叫来了驻守在蓟县的五千士卒。

闹事的是几十个突然暴起的年轻人，他们不知道什么时候藏了块石头带在身上，顷刻间砸死了几十个俘虏。

元里让亲兵将这些人抓住压在眼前，沉声问："是谁指派你们做这种事的？"

这些时日，元里只让白米众做一些修路的活计，也没缺他们吃喝和住处。可以说在他这里，白米众能过上比造反前更加稳定踏实的平静生活，所以一直到现在，俘虏们心中也很满足，从未想过闹事。

元里不相信这么巧，同一天，同一时刻，这一群人就一起闹事杀死了几十个人，还妄图在混乱的时候逃走。

几十个年轻人低着头咬着牙，一副铁了心不打算开口的样子。还有人狠狠朝元里吐了口唾沫。

亲兵猛地把这些人踹在了地上，又狠狠拽起来，威胁道："对大人恭敬点。"

元里面色平静："我再问一次，是谁指使你们做的这种事？"

这句话问完，这些人还是没有一个人开口。但有人已经感到害怕，身子开始微微瑟缩了。

元里淡淡笑了笑，直接道："来人。"

邬恺、汪二站了出来。

元里道："将他们在这里就地格杀。"

两人抱拳应是，随即便拿着刀上前。

看到他们提刀过来，这些人惊恐地瞪大眼，没有想到元里竟然问了两句没问出来就要杀了他们！

邬恺和汪二毫不废话，动作也不拖泥带水，一一斩杀了这些俘虏。当第一个人倒在地上时,剩下的人猛地叫喊挣扎了起来,甚至怕得尿了裤子,让压着他们的亲兵都有些受不了地皱起了眉。

身后围观的两万白米众被勒令看着这一幕,以此来杀鸡儆猴。

他们虽然害怕,但比起害怕,更加愤怒于这些闹事的人。他们对现在有吃有喝有衣穿的日子很是知足,这些人却非要闹出事情,如果连累他们被迁怒,他们当真是要恨死这些人了。

元里静静地看着闹事的这几十个人一个个死在刀下。

终于,有人扛不住死亡的威胁,涕泪满面地大声道:"是李岩!是李岩让我们杀人闹事,他说可以带我们逃走,给我们荣华富贵!"

李岩?

这个陌生的名字让元里皱起了眉,他又问:"李岩是谁?"

"李岩……"回答的却是身后站着的脸色煞白的詹少宁,"元里,我认识他。"

元里扭头看他,忽然间意识到了什么,胸口快速地跳动了两下。

他快步走到詹少宁面前,没了笑颜的脸上露出几分锋芒,厉声道:"李岩是你带来幽州的那五十部曲之一?"

詹少宁从来没见过元里这么严厉的模样,他心头有些慌,嘴唇翕张几下,使劲点了点头:"没错,就是我带来的旧部之一。但元里,你相信我,我从来没让李岩来干这种事。我没必要让他们挑事啊!你快问问他们究竟是哪个李岩,可能只是同名同姓而已呢?"

"我认识的那个李岩,没道理做出这种事……"

"够了,"元里呼吸都重了起来,他转头看向赵营,冷声,"快回府。"

赵营一愣:"主公?"

"快回府,"元里提高声音,重复道,"去看肖策如今在哪儿!"

他此时的表情太吓人了,赵营问都不敢问,转身就往后跑。因为动作太快,差点一歪滑在地上。

但没跑几步,他就震惊地看着东边的天空。

元里也察觉到了不对,他抬起了头,下一瞬瞳孔紧缩。

浓烟滚滚,火星四溅。东边燃起了大火。

那是楚王府的位置。

不妙。元里眼皮跳了又跳。

下一瞬，路边有人影快速接近。元里定睛一看，原来是林田狼狈地驾马而来。林田浑身黑灰，见到元里便眼前一亮，大声道："主公，不好了，王府后院着火了！"

元里顷刻间有种果然会如此的感觉。

他做了个深呼吸，正要走过去，又有一个人在林田后面急匆匆地赶了过来，正是一脸慌张的郭林。郭林甚至没闲心去看其他人如何，直接飞扑到元里面前跪下，哽咽地道："主公，工坊被烧了，放火的正是咱们坊里三个工匠。等我查到他们时，他们已经不知所终，连同家眷都已消失不见。"

元里喉结滚了滚，想说"你再说一遍"，话没问出口，他却知道无须再问了。

他看着东边的黑烟，看着郭林脸上惶恐的泪水。元里说不出他此刻是什么感觉，但他觉得自己有点狼狈。

重活十八年，样样都掌控于股掌之中，唯独今天狠狠摔了一个跟头。

工匠跑了，香皂配方自然也保不住了。

他闭了闭眼，问道："可有人受伤？"

郭林眼中一热："救火的兄弟们受了一些烫伤，但所幸无人身亡。只是最新做出的那一批香皂，全都……被烧化了。"

元里苦笑："没人伤亡就好。"

如今楚王府最为重要，元里不再停留，当即带着一千亲兵和五千步兵赶回楚王府救火。

楚王府内已经凌乱不堪，刘骥辛染了一鼻子灰地在指挥着仆人扑火，正焦头烂额，瞧见元里来了之后猛地松了一口气，他跑过来低声道："主公，肖策跑了。"

元里一顿："我知道了。"

刘骥辛三言两语向他说明了缘由。

火势是从肖策房间里燃起来的，被元里派去盯着肖策的人看见着火之后便慌了，连忙去通知了林田，等林田反应过来时，肖策已经不见，火势却变得更大。

士兵急忙找一切能盛水的器具救火，滔天大火的火光映在元里的脸上，照亮了元里眼底的茫然、无措和怒火。

这些东西逐渐沉淀下去，凝成冷意。

元里能够想明白肖策在想什么。

楚贺潮杀了戎奴单于，那就意味着边疆会有几年的平静，楚贺潮便会回来蓟县。而一旦楚贺潮回来了，肖策想弄些手脚就更难了。

所以年前，所有人放松警惕的这段时间，便是他最容易动手的时间。

肖策让白米众内发生异动，吸引走元里和兵力，趁机逃走引发大火，并烧了香皂坊带走会造香皂的匠人。

等元里发现他逃走之后，也无法派出兵力阻拦他，因为此刻最重要的是灭火。

天干物燥，楚王府若是灭不了火，甚至可能烧光一整条街。

所以肖策可以堂而皇之地逃走。

元里还是小看了他。

火光下，还未及冠的少年郎面无表情地垂着眼，烈火映在他脸庞上明明暗暗。他以为弄断了肖策的一双腿，只要肖策以后安静地躺在床上，他就可以放肖策一条生路。可他忘了，人心不可测。肖策并不甘心就这么躺在床上度过下半生。

元里想起了刘骥辛曾经跟他说过的话，让他杀了肖策。

他在心中想，我错了吗？是因为我没有提前杀死他，所以导致了这一场灾难吗？

元里沉默地站着。

火星子飞到了他的手上，带来了炙热痛感。许多人将元里护在身后，害怕大火波及了元里。

元里抬眸，看着剧烈燃烧着的火苗。

他想，我没有错。我并不后悔当初没有选择听刘骥辛的话杀死他。我只是后悔为什么在察觉他的危险后，只是让他摔断双腿，而不是杀了他。

明明，明明如果我想的话，有许多种不知不觉就能杀了他的办法。

元里闭了闭眼，呼吸有些急促，难闻的焦煳味充斥在他的鼻腔。

楚王府外面，许多百姓也被大火吸引了出来。因为元里先前所做的杀猪分肉和剿匪一事，他们对元里很是爱戴。瞧见如此大火之后也连忙端出家中仅存的木桶木盆，急匆匆地赶过来一起灭火。

曾经有幸和元里说过话的百姓们大着胆子安慰道："刺史大人，咱们帮你一起灭火，火很快就能灭下去了！"

看着刺史大人年轻得有些像家中子侄辈的模样，其他百姓也连忙插话，"对对对，已经灭了不少了。"

"刺史大人别担心！"

刘骥辛也害怕元里此刻的一言不发，他轻声安慰道："主公，这错不在你。"

元里终于动了，他一言不发地上前，拿起一个木桶灌水往大火上浇去。

元里表现得很冷静。

是啊，这错不在他。仁慈并没有错。但错就错在，不应该对祸患仁慈。

被火烧的王府、香皂坊，逃跑的匠人和白米众中被砸死的几十个人，处死的几十个人，本来这些可以不发生的。可过多的仁慈，便会造成这样的后果。元里抓紧了木桶，眼神幽幽。他好像又想明白一些事了。

蓟县外。

楚贺潮带着几百士兵正往蓟县赶去。

天色已然暗下。

在路上，他们遇见了同样行色匆匆的一批人。

楚贺潮余光随意看了这行人一眼。

这行人乘坐了四辆马车，护卫骑马护在马匹周围。护卫脸上的神色警惕慌张，瞧见楚贺潮众人之后更是立刻低下了头。

马车各个被捂得严严实实，当马车从楚贺潮身边经过时，楚贺潮闻到了淡淡的药味和一股子不算轻的焦味。

他不怎么在意地收回了眼睛，漫不经心地驾马而去。

护在马车旁的护卫李岩不着痕迹地松了口气，额角已经流下了冷汗。

正在此时，楚贺潮却突然勒住马回身看着他们，冷声道："停下。"

李岩心中猛地一跳，和马车一起停了下来。

楚贺潮牵着马再次走到了马车旁，马蹄声让车内的人惴惴不安。忽然，头一辆马车里有人探出头。此人胡子拉碴，面容精瘦却有些憔悴，看着一副重病未愈的模样："敢问大人有何事？"

楚贺潮居高临下地看着这个人，"你们是从蓟县出来的？"

肖策面无异色："是。"

"这么晚了，城门都应当封了，"楚贺潮淡淡道，"你们是怎么出来的？"

肖策背后出了冷汗。

他不认识楚贺潮，但看清了楚贺潮的威势和身后的士卒，笃定这是和楚王府有关的人。他千辛万苦做到这个地步，自然不能被抓回去。

所幸肖策早已有了对策，他从怀中掏出一封书信，恭敬地令人交给楚贺潮："大人，小人乃是幽州刺史大人之友詹少宁詹大人的部下，此番出城正是得了詹大人的指使，去办一些急事。"

楚贺潮接过书信，戴着黑皮手套的手随意将书信甩开看了两眼，这信的留名确实是詹少宁，印章也是詹少宁的印子。楚贺潮看完后就笑了，喜怒不明："詹少宁怕是没人可用了，才让你一个腿断了的人出去办事？"

肖策一愣，不知道他是怎么看出自己断腿的事，更警惕了，更加不敢小觑此人，自谦道："小人腿虽断了，但手却未残，脑子也算是好用，自当不能只吃饭不干活。"

楚贺潮随手将信还给了他："行了，我知道了。"

看样子是不怀疑了，肖策松了一口气。等楚贺潮走了之后，他当即将帘子落下，在马车中擦了擦头上的汗。

正心中开始庆幸时，却忽然听到楚贺潮凉凉地道："来人。"

肖策心中一跳。

下一刻便听到那位将领道："把他们绑了。"

一直安静的另外几辆马车顿时传来了哭号求饶的声音。

肖策目眦尽裂，眼睁睁地看着陌生士兵跳上了他的马车。

楚贺潮嗤笑一声，驾马缓缓走到最前方。

夜深之时匆忙离开，真当我傻？

楚贺潮知道詹少宁的本事有多大，他是不相信詹少宁有什么大事能急到，年前让一个断腿了的人带着四辆马车以及诸多护卫神色匆匆地离开。

就算再急，依元里的性子，也不会让他们连夜就走。

楚贺潮听着哭喊求饶声极为不耐，神色更是冰冷："堵住他们的嘴。"

片刻后，嘈杂声便没了。

人马渐渐接近蓟县，一入蓟县，守城的士卒便立刻派人去通知了楚王府。

元里得知楚贺潮回来时，已经带着人将王府后院的火给灭了。

他下意识回头看了看王府，整个楚王府已经被烧完了大半，高大房屋倒塌，焦味冲鼻，断壁残垣，满目疮痍。

黑灰飘落了方圆一里，在雪地上覆盖了灰蒙蒙一层。

这可怎么办？这可是楚贺潮的王府。元里苦笑，楚贺潮瞧见了必定要大怒。

是他对不起楚贺潮。

说好的为他平定后方，结果毁了人家的半个王府，元里要和他好好道歉。但在楚贺潮过来之前，元里还有其他的事要做。

元里谢过前来救火的百姓，又让百姓和士兵赶紧回去避风寒。救火的士兵和百姓很是狼狈，要么是衣衫被烧，要么身上湿了大半。不少人为了救火受了伤，双手臂膀不仅有烫伤烧伤，还有一次次提水的冻伤。

冬天的水结着冰渣子，摸起来如同被刀刺一般，一次次取水救火，怎么能不冻伤？元里就看到不少人的双手已经冻肿长出冻疮了，包括他自己的手，也已经青紫僵硬，隐隐有些发肿刺痛。

百姓们没有想到刺史大人会和他们道谢，一时间很是受宠若惊。身上的疲惫寒冷和伤口的不适好像一瞬间减轻了许多，连忙摆手说着不敢，但心里却美滋滋的。

他们都没久留，又三三两两赶回了自己的家中。

还有不少百姓心里难受，后悔自己太不小心。衣服湿了倒是没什么，但衣服被烧了，他们可就没衣服穿了。

元里交代林田道："稍后让厨房准备姜汤送给这些百姓和士兵，也让疾医带着草药去给他们看一看，不仅要防止他们得风寒，也要注意他们的冻伤和烫伤。药材都在仓房之中，让疾医自己去拿吧。还有布匹，去看看谁的衣物坏了，给他们补上一身新衣。"

林田应是，匆匆而去。

元里深吸一口气，带着剩下的人快步赶到了府门前，远远看着楚贺潮一行人浩浩荡荡地往这边走来。

以往面对楚贺潮时，元里还能摆出二哥之态。只是现在，他却没什么脸去见楚贺潮。

楚王府烧得太厉害，暂且没法住人了，他们之后只能去庄园中落脚了。

345

元里想了许多,甚至想了楚贺潮的反应。他心中头一次有些局促,等到楚贺潮的马匹刚刚停稳时,他便道:"将军,我……"

楚贺潮看向他的一瞬间,心中火气腾地冒起,脸色陡然沉如水。他从马上翻身而下,大步走到元里面前:"你是怎么回事?"

果然生气了。元里歉疚地想。他自责无比:"将军,因为我看管不严,府里着了火,最终烧了半个王府,我会尽快找人修缮府邸,但如今天寒地冻,只怕要等年后天暖才能开始修缮……是我对不住你。"

"我是在问你,"楚贺潮额角的青筋突起,声音强压着怒火,低呵道,"谁问你王府了?!"

元里惊讶地抬头看他。二哥的模样很是可怜,脸侧是黑烟熏出的烟灰,眼睛也被熏得发红干涩。他的衣摆被地上的火烧焦了,湿漉漉的衣袖几乎结了冰。头发凌乱,整个人狼狈万分。

平日里的元里一向运筹帷幄,便让人忽略了他的年纪。但楚贺潮此刻却无比深刻地意识到,元里才十八,翻过年也才十九而已。

楚贺潮比这个二哥,要大上整整八岁。

一股莫名其妙的情绪堵在楚贺潮的胸口,闷闷地疼。楚贺潮脸色阴晴不定地变化着。

"谁干的?"

他拍了拍元里的肩,却让元里一瞬间有些忍不住的委屈涌上心头。

察觉到这股委屈的瞬间,元里心中大惊,他在心里不停地告诉自己,不就是摔了跟头吗?没必要这样吧。元里,你上辈子摔了多少跟头了?真没必要这辈子身体是十八岁,你就跟着十八岁了啊。

别哭,千万别哭,太丢人了,你可是硬汉。身边都是你的下属,你是他们的依靠,怎么能因为楚贺潮拍你一下就哭出来?

元里使劲憋住,但被熏红的干涩的眼睛红得更是厉害,隐隐有水汽凝结。

为了不丢人,元里很快偏过了脸,闷声闷气道:"你拍得我有些疼。"

楚贺潮看着他这副模样,把"娇气"两个字在口中咽下。

他看向刘骥辛,冷着脸问:"说,怎么回事?"

刘骥辛看了一旁的詹少宁一眼:"半年前,前来投奔主公的一个谋士令人在俘虏营中挑起混乱,又放火烧了王府与香皂坊,趁乱逃走了。"

楚贺潮注意到了刘骥辛这一眼，他看向詹少宁，目光带着怒火："是你的人？"

詹少宁唇色被冻得发青，脸色苍白。他已经猜出来肖策是一切事情的罪魁祸首了，沉默地点点头，艰难地道："是我身边的一个谋士。"

楚贺潮突然想起了来时路上被自己绑了的一行人，神情有些微妙，他再问："此人何样？"

刘骥辛道："此人容貌精瘦，面色稍黄，还断了一双腿……咦，将军，你这表情有些意味深长啊。"

楚贺潮的表情确实意味深长极了。

在来之前，楚贺潮还觉得自己没做到元里交代的话，挺没面子的，在没见到元里前还有些近乡情却的烦躁，但现在，楚贺潮直觉告诉他，他立了一个"大功"。

这个"大功"，或许能够让元里对他刮目相看。楚贺潮瞥了元里一眼，提高声音道："把人带上来。"

人？什么人？

刘骥辛等人心中不解，等看到被士卒们从马车上扯下来的五花大绑的人时，一个个瞪大了眼睛，发出一声声惊呼。

元里被声音吸引，好奇地转头看去，就看到士卒架着肖策等人来到了他们的面前！

这些人看到他时表情变得惊恐惧怕，开始强烈挣扎。元里不敢置信地看着他们，倏地又抬头去看楚贺潮，眼中的光亮得如同藏着火焰："将军！"

楚贺潮嘴角微微勾起，懒洋洋地道："前来蓟县时遇见他们行事鬼祟，便觉有疑，索性将他们绑了带回来。"

这戏剧性的峰回路转几乎让每个人都愣了一会儿，反应过来之后便大喜过望。刘骥辛哈哈大笑，指着肖策眉飞色舞道："肖策，没有想到吧？你是怎么也没有想到这么快就见到我们吧！"

詹少宁复杂地看着肖策。

肖策双腿残废，他被两个士兵架着，看到元里一众人后表情变了又变，最终变得平静："公子，元公子，长越兄，许久未见了。"

刘骥辛皮笑肉不笑地道："是啊，立谋兄。不过能在此刻见到你，我心之甚喜，欣喜非常啊。"

347

元里也很欣喜，除了欣喜，先前压抑在心头的怒火顷刻间燃起，他呼出一口浊气，诚挚地跟楚贺潮道谢："多谢将军将他们带回来。"

　　楚贺潮挑起了眉，忍不住愉悦的心情："不必。"

　　元里笑了笑，又收起笑容："将军，借您腰间大刀一用。"楚贺潮干脆利落地将环首刀拔给了他。

　　元里握着刀，亲自走到肖策面前。

　　肖策神色有细微的波动，从他的眼里，元里看到了他对死亡的恐惧。

　　元里冷冷地看着他，抬手举起了刀。

　　肖策语速很快地道："你不应该亲自动手杀我。你向来仁善，爱护百姓。脏活累活都应该交给别人去干，身为一个贤明的主公，你不应当手染鲜血。"

　　元里掀起眼皮看他，双眼之中一瞬充斥了杀伐果断的锋芒，完全没有因为他的话产生一丝动摇。

　　这样的坚定看得肖策一愣。

　　元里刀子稳稳地停在空中，没有一丝颤抖，他声音平静地道："你烧了我的工坊、王府，在俘房之中造成慌乱，妄图带走匠人夺得香皂配方，我不亲手杀你，别人还道我是个窝囊废。"

　　这一刻，他想要杀死肖策的决心无可动摇，肖策明白他之后准备的所有话都已没了作用。

　　肖策脸色一变，立刻看向詹少宁："公子救我！"

　　可詹少宁已经不是半年前被他摆布的詹少宁了，詹少宁苦笑着道："若不是你做的，你解释清楚便好。若真是你做的，你不顾我的处境做出这种事，哪里来的脸面再向我求救。肖叔……肖策，你当真不懂你做的这些事意味着什么吗？"

　　只一个盗取香皂配方，肖策便是一个忘恩负义的盗贼！

　　哪怕詹少宁和他有诸多情分，他也没脸去求元里饶过肖策这一次。

　　"我只是希望你不要再颓废下去而已！"肖策情绪忽然激动起来，脖子上的青筋暴起，"你看看你！自从到了幽州，你又做过什么事？朝廷杀了詹家全府一事你可还记得！你日日夜夜沉迷在安生快活之间，可做过什么报仇雪恨的事？"

　　詹少宁拳头攥紧，咬牙道："你什么都不知道！"

肖策冷笑一声："躲在别人身后妄图一时安宁的雏鸟永远变不成雄鹰，你我道不同不相为谋。但你问我为何要这么做，我却有话要说，你可知我的双腿就是被你视为恩人的人所弄断的？！"

詹少宁猛地一惊，侧头看向元里。

元里却似乎早有预料他会说这句话一样，甚至还笑了一下："肖策，你做了什么你自己最清楚。我为何弄断了你的双腿，你也最清楚。当年詹少宁侄子之死，当真是意外吗？"

肖策脸色一沉。

詹少宁嘴唇哆嗦着，这是什么意思？

元里勾唇，将刀举得更高："原本，我还想问问你是怎么说服我的工匠投奔你，怎么找到我打散在部曲之中的詹少宁旧部。但我现在并不想要问了。

"我听过你的传闻，知道你极擅笼络人心，这点我已经见识到了。事情已经发生，结果就摆在我的面前，这些过程已经不重要。因为你连同跟你走了的人，我一个都不会放过。"

说完，大刀猛地落下。

"等等！"肖策终于慌张了起来，他不甘心死，将最后的救命稻草匆匆拿出，"我愿效忠于您！此番您应当也看清了我的能力，只要您饶过我这次，策愿视您为主公，对您忠心不二，为您做牛做马在所不辞！"

可下一瞬，大刀还是毫不停留地砍向了他的脖子。

肖策人头飞出的那一刻，听到元里道："可天下人才千千万，我何差你一个。"

三个工匠吓得惊叫不止，屁滚尿流。

血溅了元里一身，殷红的血珠顺着元里的眉骨滑落，元里侧头看向他们，一向温和的面孔陡然之间显现出危险的冷峻之色。他双眼微眯，提刀朝工匠走去。

看在工匠的眼里，他好似比牛鬼蛇神还要恐怖。

楚贺潮静静看着他。

工匠瑟瑟发抖地跪在地上不断求饶，他们知道元里脾气好，心地好，于是不断拿着家中老父老母、幼子幼女博取同情，各个涕泪横流，哭得分外凄惨。

元里下颚紧绷着，就这么听着他们的哭喊，等三个工匠哭得嗓子都哑了，泪都干了再也哭不出来后，元里也垂下眼皮，淡淡问："怎么不继续哭了？"

三个工匠心中发凉，用力磕头道："元公子，元公子，看在我们是从汝阳跟您来到幽州的分上，您就绕过我们这一次吧，我们真的知道错了，我们是被贼子蒙了心，求求您饶我们一命吧！"

元里笑了，他的目光清明："同样的错误，我怎么会再犯第二次？"

很快，三个工匠再也发不出哭声了。

身后，刘骥辛等人看着他的背影。恍惚间，他们觉得自己好像亲眼见证了元里的改变。

元里拉起袍角擦过刀上的鲜血，将大刀还给了楚贺潮，笑道："将军，多谢你的刀。"

楚贺潮看着他扬起的嘴角，抬手接过刀，低沉应了一声。

良久，詹少宁沙哑地问道："元里，什么叫我侄儿之死，不是个意外？"

元里转头看向他，看到了詹少宁脸上的痛苦和恐惧之色后，缓缓将自己曾经的猜测说了出来。

这其实已经不算是猜测了，看肖策刚刚的反应，显然是他的心事被元里猜中了。

得知之后，詹少宁沉默良久，猛地一拳砸向旁边的柱子。他深呼吸了一口气，眼中带着恨意，原来如此……

他咬牙道："元里，肖策的尸首请交给我处理。"

元里道："请。"

詹少宁面无表情地带走了肖策的尸体，王府的仆人屏息着将门前的血迹擦净。

郭林低声道："主公，将军，王府已无法住人，还请移步乡下庄园。"

元里叹了口气："庄园不比王府，辛苦将军了。"

楚贺潮眉峰紧皱："你先去换身衣服。"

元里这才反应过来有些冷，他打了个寒战，怒火退下之后，身上的不适瞬间袭来。元里匆匆点点头，回府去换了一身衣服。

等换好衣服出来一看，马车已经牵到了府门前，仆人来来回回搬着要在庄园里用的东西，不用元里多说，一切都井井有条。

高大的将军站在府外，如同楚王府的一根定海神针。

郭林都忍不住庆幸地道："今日多亏了将军了。"

是啊。元里不由点头，今日多亏有了他。

两人来到庄园后，众人又是一阵忙碌。

庄园里有楚王府的管事专门操持，供他们居住的房间平日里都打扫得干干净净，房间内的摆设虽然比不上楚王府的气派，但也挺别致。

仆从们把被褥铺好，炭盆烧好，等一切弄好之后，一夜已过去了一半。

楚贺潮的房间就在元里的隔壁，夜已深，两个人都没多说什么，各自洗漱后准备休息。

管事知道他们一路赶来，身上寒气重，特意烧了许多热水让他们祛祛寒气。元里洗了个热乎乎的澡，回到房间就困意上头，缩在被子里酝酿睡意。

乡下庄园要比楚王府更冷一些，也没有炕床，但屋子里烧了炭火，热烘烘的，熏得人直打哈欠。

不过元里还没睡着，先前被冻伤了的手却因为泡了热水，在温暖的被窝里开始痒了起来。

元里挠了挠，但手越来越痒，痒得他睡不着觉。

他无奈地把手拿出被子，就着炭火微弱的光一看，双手已经肿了起来，冻伤的地方鼓起了一个个红色的包，想要握成拳都握不起来，像是两只猪蹄。

手背痒得最厉害，元里忍了又忍，实在忍不住了，起床穿衣服准备去弄点花椒盐水洗洗手。

这是民间小偏方，花椒加盐煮开的水具有消炎杀菌、止痛止痒的作用。只要盐足够，花椒盐水没准可以充当古代的消毒水用，可惜的就是破损的皮肤不能用花椒盐水，否则会刺激伤口，影响愈合。

元里披上厚重的披风，小心翼翼地关上了门。

刚一关上门，旁边的门就被打开了，楚贺潮穿着一身单衣站在门前，胸前露出一小片结实肌肉，他眼神锐利，跟没睡一样："大半夜的，你准备去哪儿？"

元里没想到他还没睡，小声道："我吵醒你了？"

楚贺潮看了他一眼，道："先回我的话。"

"我的手太痒了，"元里老实道，"想去厨房弄点花椒盐水洗洗手。"

楚贺潮浓眉皱着："等着。"

说完，他匆匆回到屋里披上了衣服，跟元里一起出了门。

两个人一起朝厨房走去，周围静悄悄的。天上星河万里，月色明亮。

楚贺潮往前走一步，挡住北边吹来的冷风，冷不丁地问："花椒盐水是个什么东西？"

元里把花椒盐水的作用简单地和他说了说。

楚贺潮敏锐地察觉到了花椒盐水的好处，一针见血地问："花椒盐水可否用于伤兵营？"

"不能，"元里叹了一口气，"花椒盐水拿来治疗湿疹、酸痛或者泡脚、痔疮……咳，都挺有用，但破损的伤口不能用花椒盐水清洗。"

楚贺潮觉得有些可惜，他的余光瞥向了元里的手："花椒盐水可以让你的手消肿？"

"应该可以吧。"元里也不确定。

楚贺潮道："给我看看。"

"看什么？"元里疑惑。楚贺潮直接拽起了元里的手。

往日修长的五指已经肿得变了形，摸起来有些冰冷。

元里有些不好意思，抽了抽手："别看了，挺丑的……"

一句话没说完，楚贺潮就说道："小子，还挺爱美。"

元里有些好奇："你比我大多少？"

"谁知道，"楚贺潮漫不经心地道："七八岁。"

七八岁？

那楚贺潮现在才二十五六。

好厉害，二十五六岁秩万石的大将军，做着武将里的最高官职，可以和三公相提并论了。

元里上辈子的年龄也没有楚贺潮大，但是两辈子加在一起，他的年龄直接能做楚贺潮老哥哥了。

元里哼笑，有些莫名地窃喜，低声道："你才是小子。"

就这么一路走到厨房，他在厨房里翻找了一会儿，很快找出了花椒和盐："将军，帮我烧个火。"

楚贺潮没说什么，干脆利落地撩起衣袍蹲下，三两下便熟练地给他燃起了火。

将花椒和盐放进水中，煮开之后倒到木盆里，等到水温稍稍降下，元里便把双手泡在了水里。

泡着的时候，因为热水很烫，产生了轻微的刺痛。元里泡了老半天，等水快要凉了才拿出来，随后惊喜地抬头看向楚贺潮："将军，好像真的很有用，我手不痒了。"

这又不是灵丹妙药，立即就能有效果，现在不痒只是刚从热水里拿出来而已。楚贺潮看着傻傻的元里："你再等一会儿。"

楚贺潮说的是对的，回去的半路上，元里的手又开始痒了起来。但不知道是不是心理作用，他觉得痒意已经比之前轻了一些。元里正想要跟楚贺潮分享这个好消息，却总觉得嗓子有点疼，头也有点沉。

楚贺潮瞥到他泛红的脸，心里一惊，猛地把他拽到身前："元里？"

元里抬头，眼神困乏："嗯？"

楚贺潮心道一声糟了，抬手碰了碰元里的额头，被滚烫的温度吓了一跳。他的脸色陡然间难看起来："你得风寒了。"

元里打了个喷嚏，鼻音浓重，恍然大悟："怪不得我头有点晕。"

楚贺潮猛地扶住元里的肩头，沉着脸大步带着他往卧房走去。

元里昏昏沉沉，不知道过了多久，他被放在了被褥上。

整个屋子里暖气十足，但元里却莫名地全身发寒，他扯过被子，哆哆嗦嗦地盖在了身上。

一双手从他手里扯过被子，脱掉了他的外衣和鞋袜，再给他结结实实地掖好了被子。

元里闭上眼睛，半睡半醒之间，一直有人在身边走动。

"……元公子一直身体康健，每日强加训练，从未得过风寒，一得风寒就有些来势汹汹……"

"无事，我去给元公子熬药……"

嘈杂的声音渐渐消失，元里松了口气，看样子他的病情并没有那么严重。

火盆被人挪近了些,火光映在元里的脸上。元里紧闭的眼中有明明暗暗闪过,他平日里是只有一点光就睡不着的人,但大概是此刻太累了,又或者是火光太温暖,元里反而觉得很舒服,逐渐沉睡于黑暗之中。

在最后一刻,他感觉到有人坐在了床旁,影子遮盖了火光,低声道:"出息。

"平日里那么威风,怎么被欺负成这个模样。"

元里睡着了。

再次醒来时,已经是第二天的下午。他一睁开眼,一直在旁看着的林田便立即将他扶了起来,递上了一杯温热的茶水:"主公,您终于醒了。"

元里喝了一口水,感觉身上缓缓恢复了些力气,他咳嗽着几声,看了看房内:"其他人呢?"

林田道:"杨大人前来拜访您和将军,将军去见他了。郭林在处理王府火灾一事,至于刘先生……"

他无奈地道:"刘先生也得了风寒,疾医正在把脉呢。"

元里关心问道:"他没事吧。"

"疾医说病情不重,只是刘先生体魄不如您,比您稍严重一些,还需要好好调养,不可大意,"林田悔恨地道,"主公,都怪我未曾注意到您的不适,属下有罪。"

元里摇摇头,试着下床站起来走了两步。虽然还有些疲软无力,但身体状况已经比他预想的要好得多了。按照这个速度,估计明后两天就能好全,他的恢复能力很不错。

果然,日常锻炼不能少。

元里忽然想起什么,抬起双手看了看,手上的红肿当真消了一些,也没有什么痒意了:"林田,我手上的红肿是不是消了一些?"

林田看了看,也跟着惊奇地道:"主公,好像真的消了一些!"

元里满意地点点头,决定今晚再用花椒盐水洗一次手。

说话间,楚贺潮和杨忠发一前一后地走了进来。

一看到元里在床下站着,楚贺潮就嘴角向下一压,大步走过来:"谁让你下来的?"

元里转头看向他,脸色还有些苍白。

楚贺潮想教训元里一顿，又忍了下来："上床躺着去。"

元里也知道自己现在受不得寒，乖乖又回到了床上。

杨忠发搓着手讪讪地凑过来，神情愧疚："对不起啊元公子，我昨晚喝多了酒，直接睡死过去了，不知道王府被烧了一事……我这真的该死。"

他这几天一直都在借酒消愁，谁知道一醉，直接醉得错过了楚王府的大火。

元里根本就没在意。

昨日的火灾，就算多杨忠发一个人也改变不了什么，没必要计较这些。

看到他的态度，杨忠发心里也松了口气，又问了问元里这会儿感觉如何。

元里回答还好，他又跟着问了其他问题，一个接一个。楚贺潮眉头越皱越紧，直接拽着杨忠发的后领子把他扔了出去。

杨忠发根本就不知道自己怎么惹到了这尊阎王爷："我又怎么碍着您眼了。将军？"

"你挺能说，"楚贺潮眯着眼看着他，"去找猪圈里猪说去。"

杨忠发目瞪口呆："我跟猪说什么啊我……"

楚贺潮："还不去？"

杨忠发手忙脚乱地跑走了。

楚贺潮回了屋里，让林田也滚了出去。他大马金刀地坐在床边，沉着脸不知道在想什么。

元里闷得无聊，找他说话："你在想什么？"

楚贺潮撩起眼皮："你猜猜？"

元里试探地道："边疆？戎奴？月族？"

楚贺潮一直保持着似笑非笑的神情，元里就知道自己猜错了。他想了想："在想昨晚那场大火？"

楚贺潮勾唇，没什么笑意："在想怎么教训你，才能让你知道着火时不需要你亲自救火。那么多士卒、家仆，难道就缺你一个？又是冻伤又是风寒，元里，你如今可高兴？"

元里叹了口气，坦诚道："可那会儿我要是什么都不做，心中会永远憋着一口郁气。"

楚贺潮还想再说什么，元里忽然掀起被子就要起身。

"你干什么？"楚贺潮皱眉。

元里幽幽地道:"我想去茅房。"

楚贺潮:"……"

元里刚从茅房返回,身后及时响起了林田的声音:"主公,您的药熬好了。"

楚贺潮率先说了一句:"进来。"

林田把药端了进来,一股苦味也跟着飘了过来。

元里直接接过药二话不说一干而尽。

林田接过空碗,又悄无声息地退了下去。

楚贺潮瞧着元里苦到扭曲的表情,倒了杯水递给他,又气又笑:"不能慢点喝?"

元里喝完了一杯水才舒了一口气:"慢点喝苦味更重。"

把杯子还回去后,元里转移话题问道:"将军,你那几百士卒安置好了吗?"

楚贺潮懒懒道:"都安排好了。你派疾医去给百姓士兵问诊一事也安排得井井有条,王府修缮不急,开春再弄也不晚。我派人去查肖策是否还有同党了,有疑点的人已经被我抓起来正在拷问。"

"辛苦将军,"元里不由点头,感叹道,"多亏您昨日来得及时,才没让他们跑掉,否则后果只怕不堪设想。"

楚贺潮皱皱眉:"你的香皂坊被烧了,听说所有香皂都被烧化了?"

元里苦笑了一声:"对。香皂坊里的那批香皂是之前所杀的那两千只猪的猪油所炼,这么一烧,可惜了这些猪油。"

香皂坊不比王府,王府至少是救回来了一半。但香皂坊却全部烧成了灰,值得庆幸的只有无人伤亡。

楚贺潮听他说到一半就开始心疼了,只要想一想一块香皂的价钱,他就想再骂肖策一顿,冷笑一声:"肖策等人死得太过容易了。"

"此人早点死了才好,"元里皱眉,"他有点可怕。腿都断了,一直待在房里静养都能做到这种地步。跟我来到幽州的工匠都是值得信赖的人,即便如此还有人被他蛊惑,他的这一张嘴,是有些可怕。"

他说话的时候,看到楚贺潮扯了扯领口,额头出了点汗。元里停下话头:"将军很热吗?"

"还好，"楚贺潮用脚勾过另一侧的椅子，双腿抬起搭在上面，慢悠悠地道，"我算不算是立了功？"

"当然算，"元里闻弦音而知雅意，豪爽地道，"立功自然有奖赏。将军想要什么东西？只要我能给你弄来，必定全力而为。"

楚贺潮笑了笑："你家中可有哥哥？"

元里摇了摇头："没有，我是家中长子，下面还有两个弟弟。"

楚贺潮背部往后一靠，人摸不透他的心思："族里也没有哥哥？"

说到这个，元里嘴角就抽了抽，他在族里的辈分很低。和他差不多年龄的小子十个里面有八个都是他的长辈："没有，倒是有几个差不多年龄的叔伯。"

楚贺潮嗤了一声："辈分真低。"

元里道："是很低，但我还是你的二哥呢。"

楚贺潮的笑容逐渐消失了。

元里不知道自己哪句话又惹到了他，楚贺潮的心情好像陡然变得不好了起来，眉头皱着，嘴角压着，英俊的脸上覆盖着团黑气。

他莫名其妙地道："你怎么了？我说错话了？"

楚贺潮怕吓着他，收敛了神色，变成平静的表情："没有。"

元里试探："真没有？"

楚贺潮斜眼看他："你是盼着我生气呢？"

元里翻了个白眼："楚贺潮，你这口锅扣得可真够大的。"

楚贺潮忍不住闷闷笑了，突然收回腿直起身子，健壮的身形压迫感十足地立在床边，他低声："元里，还没及冠的小子里面，你是第一个敢当面叫我名字的人。"

"老子比你大上七八岁，"楚贺潮的手指一下下敲着大腿，腰弯得更低，"叫声哥来听听。"

元里表情古怪："我怎么能这么叫你。"

即使楚贺潮比他大，但他们可有认亲这一层关系。元里还想着用"长兄"这个身份管制楚贺潮呢，这可不能乱。

楚贺潮道："叫不叫？"

元里理直气壮地道："这于理不合。"

"真不叫？"楚贺潮问了最后一遍。

元里清了清嗓子："这是你想要的奖赏？"

楚贺潮道："差不多。"

一个威名传遍北周的名将，被一个还没及冠的小子叫作弟弟，确实会不太舒服，从这个角度来讲，楚贺潮想听他叫一声哥也无可厚非。元里挣扎道："你确定只是想听我叫你一声哥？将军，你要是说其他或许会更好。比如军中前不久才得了一万三千匹战马，你不想给它们配备马镫吗？"

楚贺潮反问："如果我不要，你就不给配了？"

元里很想威胁他说对，但这是职责问题，元里抹了把脸，严肃道："即使你不说，我也会给你配上。"

楚贺潮薄唇勾起："我不要你给其他，只是让你叫一声哥而已。又不费钱又不费力，你为何不愿意？"

元里沉吟一声："你真的很想听吗？"

楚贺潮直接道："废话。"

元里叹了一口气，叫一声就叫一声吧，如果没有认亲这一层关系，元里是应该叫他哥的。他上一辈子因为年纪小，见人就叫哥姐，不差这一声。

元里揉揉额头："将军，帮我再倒一杯水来。"

楚贺潮听话地起身去给他倒了杯水，元里抿了一口水，在楚贺潮坐下时猝不及防地道："哥。"

楚贺潮猛地抬头看向他，目光灼灼。

元里被看得浑身都不自在，但又发现楚贺潮好像很喜欢这个称呼，他试探着又说了一句："哥，我手有点痒。"

"嗯，"楚贺潮从喉咙里应了一声，靠在椅背上舒服地闭上眼睛，"痒就忍着。"

没过几日，元里的风寒便好了。

疾医对他能够如此快速地痊愈感到很惊奇，元里觉得这也许和他每日用花椒盐水泡脚驱寒有关系。他还将这个办法告诉了刘骥辛，让刘骥辛也照着这个方法做，刘骥辛的病情果然也好转了很多。

元里找了个时间去看望刘骥辛，还有为他救火而受伤的士兵们。

等元里走了之后，刘骥辛的夫人郑氏将他送来的药材好好整理放到了库房中，不安地去同夫君说道："公子送来了许多的珍贵药材，只怕你风寒好了也用不完。这些药材里有一些实在名贵，我们就这样收下是不是不太好？"

刘骥辛老神在在地躺在床上拿着手帕擤鼻涕："你安心收着吧。主公既然送来了，那就没有收回去的道理。"

看着夫人还是忐忑的模样，刘骥辛安抚地拍了拍她的手："放心吧，主公向来对自己人爱护有加，又礼贤下士，出手大方。你看我自从拜入主公门下，家中又何曾少了吃穿呢？"

郑氏笑着应是。

刘骥辛又道："况且这些药材放着也不是无用。我已写信给了我的好友和你的弟弟，我记得郑荣身体瘦弱，正好可以给他补一补。"

郑氏惊讶地问："弟弟要来幽州吗？"

郑荣是刘骥辛的妻弟，郑家是商户，出身并不好。但刘骥辛的这位妻弟却很是聪明，刘骥辛曾和这位妻弟见过几次，知道他心怀大志。

这位妻弟之前也很是上进，做过官员的门客，但因为没有机会展露自己的才能，所以一直不被主人家看中，他郁结于心，最后索性回到了家中过着闲云野鹤的日子，不再想着能做出什么大事了。

"那就要看他来不来了，"刘骥辛摸着胡子笑了，"郑荣聪慧，主公麾下缺少人才。他若是有心想要出头，那自然会来。"

郑氏却不这么看，她这个弟弟一向喜欢享乐，怎么会跑来幽州呢？郑氏委婉地道："但幽州偏僻，远在千里，远远比不上洛阳繁华……这小子怕是不愿意来。"

刘骥辛笑而不语："那就等着看吧，夫人。"

元里探望完人之后，又去看了猪崽和土豆。

土豆实验基地里的炕已经烧了起来，埋在地里的土豆已经开始发芽，绿芽从泥地里冒出，长势格外喜人。

元里看了之后心情大好，等回到庄园之后，发现庄园的院子里堆积了不少木块。

这些木头是楚王府中未被烧坏却被大火熏黑的一些木头，它们不能再用在楚王府之中，但木料都是好木料，扔了很可惜。郭林记得主公曾想用木料做些什么东西，便给送到了庄园中。

元里看到这些木料，就想起了自己要做的立式风车和水车，正好如今闲着没事，他找来了工具，自己照着图纸打算试着做出缩小版的风车和水车，想看一看这两样农具的效果。

如果效果很好，他再请木匠来做大的立式风车和水车。

元里准备先做立式风车，因为立式风车比水车简单很多，他找出一块差不多能用的木头，量完尺寸之后就开始动手。

制作的过程十分有趣，元里很快便全神贯注地投入了进去，时间不知不觉间飞速流逝。差不多在第三日，元里弄出来的立式风车已经有了雏形。立式风车拥有八个风帆，能够接收各个方向吹来的风，并由风力驱动转轴，转轴下面则会带动磨或者水车，以此来达到研磨谷物或者取水灌溉的目的。

风车中最主要的组件是平齿轮、立轴和风帆。其中最难制作的就是平齿轮和一个小的竖齿轮的啮合，要将木头修成完全可以契合的程度，精细度不必多说。

元里在齿轮上卡了一两天，搞得吃饭都没有多少心情，吃到一半就急匆匆地继续研究齿轮。

这一天，他正继续磨着齿轮，就见楚贺潮从门外走来。

元里有六七天没见到他了，不由朝他挥挥手："将军？"

楚贺潮脚步顿了顿，面色平静地走了过来，低头看着坐在一地碎木屑中的元里："干什么？"

少年郎浑身都是木屑，头发上更似飘了一层雪，活像是个木匠。

"好久没有看到你了，"元里抬头看着男人，好奇，"你最近很忙？"

楚贺潮淡淡"嗯"了一声。

元里"哦"了一声，觉得他今日好像有些冷淡，又问："将军上次抓走了不少人拷问，问出什么了吗？"

"有的问出了一些，有的则没有，但他们身上的疑点却无从解释，"楚贺潮冷漠地道，"为了以防万一，我已下令将这些人全部斩杀。"

这些人或多或少地接触过肖策，即便肖策死了，也不能将他们留在自己的身边。

元里对楚贺潮的处置没有异议，他点了点头，继续处理着手上的木头。

楚贺潮想走，脚却动不了。他低头看了一会儿，漫不经心地问："你弄的是什么？"

"立式风车。"

元里将一旁的图纸递给了他，低头一边小心翼翼地磨着齿轮，一边将立式风车的作用和原理讲给了他听。

立式风车的原理并不难理解，楚贺潮听完之后再看着图上的样子，就知道他要做个什么东西了。他看了会儿："你做得不对。"

元里头疼："我也总感觉做得不对。齿轮啮合不到一块儿。"

楚贺潮突然伸出手："把东西给我。"

元里将信将疑地把东西递给了他："将军，你行不行？不行别乱弄。"

楚贺潮席地而坐："你以为谁都像你那么笨？"

"……"元里顿时呵呵一笑，把东西等着他，等着他这个"聪明人"闹出笑话。

但没想到一上手，楚贺潮还挺有模有样的。他对比了两个齿轮的缝隙，拿着匕首修改着平齿轮上的细节，神色认真，下颚紧绷。

没过多久，凝神聚气而出的汗便凝成了珠子，顺着楚贺潮的下巴滑下。

元里看着看着，忽然想起一件事："将军，何琅跟我求娶两个虞氏美人中的长姐。我问过了这位虞氏美人，她愿意跟着何琅离开。你回头问问何琅，他什么时候把人带回家？"

楚贺潮停下手里的东西想了想，问道："邹恺何时成亲？"

"农历十二月廿八那日，过年前两天，"元里笑道："也快了，就七日后了。"

不知不觉间，还有九日就过年了啊。这一年过得真够快，但又格外精彩。元里感叹一声，又开始想过年的东西自己是否准备齐全了。

米粮肉食，新衣酒水，该有的全都有了。给洛阳的楚王夫妇、汝阳自家爹娘以及欧阳廷送去的年礼早在几个月前便送出去了。

想了一遍，没有什么地方出错，元里放下了心。

楚贺潮一锤定音："那就让何琅明后两日回来，让他同邹恺同一日把人接走。"

元里道："好。"

"那另一个呢？"楚贺潮冷不丁地问，"继续让你养着？"

元里道："她姐姐倒是想将她带走，但她觉得待在王府挺好，希望能继续待在这里，以后也想要回报我为我做事。"

"为你做事？"楚贺潮舌尖品味着这四个字，笑了一声，不知道是什么意思。说完这件事，楚贺潮又不说话了。他今日如此沉默，元里还有些不习惯："将军，你今日的话可真少。"

楚贺潮又淡淡应了一声。

不止话少，楚贺潮好像都没看元里几眼。

元里狐疑地看了楚贺潮好几眼，楚贺潮懒懒道："看我手里的家伙。"

元里低头一看，楚贺潮手里的齿轮越来越清晰，他的注意力被吸引了过去，凑得越来越近，想要近距离看看齿轮。一不小心，他的发丝挡在了楚贺潮的眼前，楚贺潮手一抖，差点削坏了齿轮。关键时刻他及时把匕首拿远，这才没把手里的玩意给弄坏。

楚贺潮手背上青筋暴起，他额头突突地跳着，低声呵道："你离我远点！"

元里茫然地转头看着他。

楚贺潮低头继续看着齿轮，不怎么耐烦地道："你挡着我了。"

元里乖乖地："哦。"

接下来的时间，两个人倒是没怎么说话。元里也在搞立式风车其他的部分。

有了楚贺潮的帮助，立式风车的制造有了突破。

等他弄完齿轮后，元里将信将疑地检查了下平齿轮和竖齿轮是否能啮合，惊讶地发现两个齿轮当真成功地啮合在了一起，而且是高度地契合。难了他一两天的难题，就这么被解决了。

元里惊奇地抬头看着楚贺潮，隐隐有些佩服："将军，你怎么连这个都会？"

楚贺潮拍掉手上的木屑，语气淡淡："年龄大了，什么都会一些。"

"也是，"元里赞同地点了点头，"我爹也就比你大个十来岁。"

楚贺潮："……"

元里扑哧一笑，捧着两个齿轮走到了立式风车的旁边，将这两个东西小心安上去。过程中，他突然手心一痛，皱眉一看，原来是被木头上没磨平的木刺拉出了一道口子。

元里没在意地甩甩手，打算继续做下去，但楚贺潮却走到了他身边，从他手中强硬地夺走了东西，拽着他的领子把他从立式风车前扯开，沉声道："一边去。"

元里被推开，再一看，楚贺潮已经蹲下身占据了他的位置。强壮的脊背弯着，开始鼓弄起立式风车。

他手掌一寸寸地摸过木头，粗糙的手上皮很厚，遇到尖刺就给拔掉。语气粗鲁，但动作却很小心仔细。

元里知道他是在给自己帮忙，有些哭笑不得，觉得有些暖，他站在一旁看了一会儿，注意到了楚贺潮发干的唇，便道："我去拿壶水去。"

元里走后不久，郭林就匆忙赶了过来，看到楚贺潮时还有些惊讶，恭恭敬敬行礼："将军，您可知主公去向？"

"待会就回来了，"楚贺潮余光瞥了他一眼，"你有什么事找他？"

也不是什么不能说的事，郭林便老实说了出来："本家有两位长辈赶到了蓟县，刚刚前去楚王府拜访，小人前来通报主公。"

"长辈？"楚贺潮问，"什么长辈？"

郭林道："是族长之孙元楼、元单两位堂叔。"

楚贺潮没听过这两个人的名号，但这也是正常的。不论楚贺潮是不是传统的士人，他出身于高门，像元家这样小门小户，如果不是因为机缘巧合，一辈子也入不了楚贺潮的眼。

他并不关心这两个人，让郭林在一旁等着元里回来后，便将注意力放回了手中的立式风车上。

这个微型的立式风车，刚刚到他的胸膛。楚贺潮将木头拼起来，突然问道："你跟在元里身边多久了？"

郭林道："等到了明年，我便在主公身边待了十一年了。"

楚贺潮又把一个尖刺弄掉，随口问道："楚明丰和元里是怎么认识的？"

郭林道："是在王府里认识的。"

"见过几面？"楚贺潮又问。

郭林这次回答得慎重了些："这个小人就不知道了。"

楚贺潮笑了："别紧张，闲聊而已。我只是好奇楚明丰和元里怎么那么合得来。"

郭林面上赔笑，心里想了又想。元里确实在他们面前赞叹过楚明丰的才能和性格，可惜过楚明丰的英年早逝，郭林便道："主公很欣赏小阁老，和小阁老每次交谈时都聊个没完。小阁老病重时，主公日日前去探望小阁老，那时曾一度悲伤得食不下咽。"

楚贺潮笑容淡了："现在你们主公还悲伤吗？"

在楚贺潮面前，郭林当然不能说元里没念着楚明丰，他叹了口气，摸了摸眼角："主公常常会想起小阁老，每次想起时都心痛难忍，双眼泛红。也时常会和小人们说，要是小阁老还活着那便好了。"

过了一会儿，楚贺潮说道："人死不能复生。死了的人已经死了，活着的人就好好地活着，他再怎么怀念楚明丰，楚明丰也活不过来，他要是真想让楚明丰放心，就先把自己的日子过好。"

郭林连连点头："您说得是。"

楚贺潮低头看着帕子上逐渐透过来的血："你平日里记得多劝劝他。"

郭林点点头："小人记住了。"

过了片刻，元里提了一壶水回来，郭林远远见着他就飞奔了上去，将本家来人的消息跟元里说了一遍。

元里又惊又喜："这都快过年了，怎么这会儿来了？大冬天还赶这么远的路，家中怎么放心？你快回去，把他们两人带到这里来。"

郭林匆匆而去，元里乐呵呵地把水放在了楚贺潮面前："将军，我本家来了兄弟，你待会儿可要见一见？"

楚贺潮背对着没看他："来的不是你堂叔吗，怎么又变成你兄弟了？"

元里笑容欢喜，嘴角高高扬起，眉角眼梢全是即将见到亲戚的激动，少年郎生机勃勃道："虽说是堂叔，但我们年纪相仿，私下都是以兄弟相处。"

说完，他又问："将军，若是你想要见一见他们，咱们晚上可以一起用饭。"楚贺潮回过头，莫名笑了一声："我为何要与你一同见你家亲戚？"

元里被这一句话给整蒙了："啊？"

楚贺潮端起水，没看到水杯，心烦地干脆拿过水壶就着壶嘴喝了一口："不去。"

他去了，元里和他两个本家亲戚都不会自在。

元里突然有些故意地叹了口气，眉眼藏了些看好戏的狡黠："好吧，那

364

我先去换身衣服了。将军，你也别做风车了，快回去休息休息吧。"等他走了后，楚贺潮站了一会儿，却又拿过立式风车，低头忙了起来。

蓟县。

元楼和元单两个人心怀忐忑地跟着仆人往庄园赶去。

一路走来，他们经历了诸多艰难险阻，这才能有惊无险地到了幽州。

兄弟俩冻得脸上都有了高原红，皮肤皲裂着，看起来不比农田种地的汉子好上多少。他们身后的部曲也是如此，各个脸上面颊通红，神情疲惫，都风尘仆仆。

因为越往北走越冷，他们又对幽州的气候没有经验，走到最后，一行人简直是把所有行囊里能穿在身上的东西都穿在了身上，看起来就像是一队逃难的队伍。

元单爱美，这会儿都不忍心看自己的样子，他有些蔫，跟他哥说道："咱们这个样子去找元里，元里会不会以为咱们是乞丐啊？"

元楼一向沉稳："莫要胡说。"

"不是胡说，"元单崩溃地抓着头，"哥，我都觉得自己身上有虱子在爬。"

元楼不着痕迹地离他远了些。

元单没发现，又叹了口气："哥，你说我们贸然来投靠元里，元里会高兴吗？"

元楼知道他之所以话多，也是因为心中忧虑。元楼同样有此忧虑，除了忧虑，还有点不好意思。

他们身为元里的堂叔，却千里迢迢地前来投奔堂侄，这让元楼属实有些难为情。兄弟俩都想了很多，说话便有些心不在焉。

他们一年多没跟元里见面了，元里拜了名扬天下的大儒欧阳廷为师，又立了军功让元颂成了关内侯。进入幽州之后，他们发现元里的名声在这里也传得很广，很得百姓信服，不仅如此，他们还得知了元里暂任幽州刺史一职。

幽州刺史！

那可是一州刺史啊！

元家以前可只有元颂这么一个县令，本以为元颂能够封侯便是祖坟冒青烟的天大好事，谁知道元里更是争气，还没及冠便能暂掌一州，元楼和元单刚知道这件事时，兴奋激动得走路都同手同脚了。

但一年未见，他们之间身份地位已然天差地别，即便族长爷爷说元里独身在幽州需要本家兄弟帮助，兄弟俩的心中其实也惴惴不安。

刺史大人离他们太遥远了，哪怕幽州刺史是元里，他们还是会感到陌生和害怕，怕元里会不接受他们。

离庄园越近，思想便越是沉重。元单紧张不已地抿着唇，也不说话了。

到了庄园前，仆人毕恭毕敬道："请两位暂且等候片刻，小人这便去通报主人。"

看着仆人走进庄园，元单深吸一口气："哥，我好紧张。"

元楼也紧张得浑身僵硬，舌头都有些打结，他强装镇定地道："没事，我们虽是来投奔元里的，但也是送部曲和东西的，若是元里当真不需用我们，大不了等天气暖和些我们再回去。"

元单沉默了一会："可是我并不想要回去。哥，就像爷爷说的那样，我们只有留在元里身边才有出人头地的机会。我会努力为元里做事，请他把我留下。否则就这么灰头土脸地回去，我真的不甘心。你难道想要回去吗？"

元楼静默片刻，无声摇了摇头。

他们既然愿意冒着寒冬和危险还要赶来幽州，自然就是为了干出一番大事业。

元楼趁着还没见到元里，低声又叮嘱了元单一遍："你要记得我在路上说过的话。元单，即便我们在辈分上是元里的长辈，但我们决定投奔元里的那一刻起，便不能仗着长辈身份在此作威作福，给元里做事便是元里的属下，你我虽都是元里的本族，但绝不能因此肆意妄为。"

元单揉揉耳朵："我记住，哥，你都说过多少遍了。"

他在心里嘟囔着：就算你和我想要仗着辈分做事，你以为元里会袖手旁观吗？元里可不是会因为咱俩是他堂叔就一忍再忍的性格！

他们也没聊多少，就听到有脚步声往这边靠近。

有人来了。

兄弟俩连忙肃容，很快，他们就见到元里亲自出了庄园，快步朝他们走来，高声道："高临、文翰，你们总算到了！"

身着一身靛青长袍、外披狐裘大衣的少年郎英姿飒爽，乍看起来已然是个成年儿郎的模样。他发丝束得整整齐齐，黑发衬得脸庞格外俊秀白皙，唇红齿白，双眼清亮有神，惹人注目。

元里脸上笑意融融，他步伐虽快但却从容，很快便来到了两个人的身前，抬眸笑看着许久未见的兄弟俩。

元楼和元单也被他如今的风采惊了一下，便赶紧从马上下来，行礼道："小民拜见刺史大人。"

元里连忙把他们扶起来，笑骂道："你们是我的堂叔，何须如此？"

元楼被他气势所慑，说话也不由拘束了起来："虽是亲眷，但礼不可废。"

元里无奈地笑了笑，看向了一旁的元单，上下打量了他一番，打趣道："若不是文翰出声，我都要认不出你了。我记得文翰平日里可是自诩美男子的，怎这次见面却如此狼狈？"

元单脸上一红："我可是从汝阳千辛万苦走到幽州的，这还是大冬天，走了整整三个多月还没洗过一回澡，即便我长得再好，也禁不住这一路风尘啊。"况且他自知自身的容貌与元里比不得。

元里笑了，伸手请道："那快赶紧进府吧，你们好好沐浴一番，再休整下，等晚饭时咱们再好好聊一聊。"

见到他这么热情自然的态度，元楼和元单心中一松，先前的不安与忐忑渐渐没了，他们俩相视一笑，跟着元里来到了庄园中。

一整个下午，这些人好好地休整了一番，洗掉一身泥睡了个舒服觉，等到晚饭时被仆人从床上叫起来时，元楼和元单都有些今夕何年的茫然。

他们醒醒神，跟着仆人来到了厅堂。

厅堂中已经摆好了饭菜。

元单一看到饭桌，便稀奇地"咦"了一声："里儿，这是什么？"

元里笑着道："鸳鸯锅。"

"鸳鸯锅？"元单兴趣勃勃地凑过来看了看，绕着鸳鸯锅转了一圈，纳闷，"我怎么瞧不出它哪里像鸳鸯。"

元里好笑："这锅中间的隔板是不是像隔着一对鸳鸯？"

元楼点点头，赞同："确实妙，以往从未见过这种东西，瞧这模样，应当是铁所制？当真是新奇，连洛阳都没有这等东西。"

元里应了声是。

铁锅?

元单睁大眼又看了好一会儿,硬是没看出来什么妙处,他讪讪一笑:"没看出来。"

元楼略微有些尴尬,元里却忍俊不禁,令人送上汤底和菜肴,带头坐了下来。

也是元楼两人来得巧,这锅昨日才做好,元里本想着等过年的时候和楚贺潮尝尝第一锅火锅的味道的,谁知道楚贺潮没有这口福,第一口就让给他这两个堂叔了。

啧啧啧,元里想起白日时楚贺潮干脆利落拒绝一同吃晚饭的样子,心中有些想笑。

不知道将军知道自己错过了什么,会不会想哭?

这会儿没辣椒,鸳鸯锅的两种汤也并非辣汤和原汤。而是一个鸡汤,一个菌汤。

鸡汤和菌汤在元楼两兄弟下午沐浴休息的时候已经熬上,到现在已经熬了两个时辰。随着火烧,乳白色的浓汤滚开,滋味鲜香,令人口齿生津。

兄弟俩直勾勾地看着,忍不住咽了咽口水。

菜和肉摆了满桌子,肉也是最新鲜的牛肉,被厨子片成了薄薄的一片,不比后世的肉卷厚上多少。近日养殖场里的两只公牛相斗,一只直接被另一只用角捅破了肚子,这才被宰了送到了庄园里。元里把这头牛放在户外冻着,就准备着涮锅或者过年的时候吃呢。

冬日吃火锅是一件很惬意的事情,尤其是对没有尝过此等美味的人来说,一口下去,又暖身体又好吃,简直让人上瘾。

一起涮锅最能增进情谊,饭吃到半途,三人感情明显升温了许多。

元楼元单两人已经放下了拘束,诉说着一路以来的见闻,尤其是进入幽州后知道元里暂掌刺史一职后的惊喜骄傲,说得他们满脸通红。

元里一直温和地听着,也从他们嘴里问出了很多老家的事情。父亲封侯后亲人喜极而泣,开宗庙拜祭宗族,父亲被称作汝阳君后迎来许多投奔的门客……元里从他们的描述中,都能想象到汝阳县里欣喜热闹的场面。

他听着听着,心中也很是满足。

除此之外,元楼元单两人还带来了许多东西。

元颂令他们带来了六百名忠心耿耿的部曲,还从投靠他的门客中挑选出来的三十个人才,一并来到了幽州。

听到有元颂送来的门客,元里便精神一振,倍感高兴。

当然,这些门客并非都是刘骥辛那样的人才。元里不需要去看,就知道其中的大多数最多会识字处理公务,脑子灵活些懂得一些知识而已。因为元颂的身份摆在那里,所封的侯爵只是小小一个关内侯,会投奔元颂的门客质量绝对不会很高,因为更为厉害的人不会选择元颂。

但即便如此,也让元里如获至宝。

因为元里实在太缺基层文官人员了。

一州刺史所要处理的政务和公文繁多,光是属官就需要数十位,例如治中从事、别驾从事、功曹、兵曹、主簿等等,这些都需要安排上元里自己的人。

元颂给他送来的这三十人,一定是人品学识尚可的人,否则元颂不会给他送过来。这些人暂且可以帮刘骥辛处理日常的公务,可以稍微缓解一下刘骥辛的压力。

等到元里真正任职幽州刺史后,他便可以全权把控整个幽州官员的升降、任命和撤职,并且完全不需要和朝廷打招呼。

想要彻底地掌控幽州,官员不能少,尤其是基层的官员。

元里还没有正式接过幽州刺史的职位,严格说来,他现在并没有辟官和招揽门客的资格。不过等真正成了幽州刺史之后,元里就有征辟的权力了。

所谓"征辟",就是指皇帝或者州郡高官直接征召名望显赫的人士出来为自己做官。一般来说,征辟对所辟之人的资历并没有限制,为官为民者都可以,而且去留随意。如果说察举制是从下而上的做官方式,那么征辟便是从上而下的另外一种方式。

被征辟的人自然不需要举孝廉出身了,这也是当今人们为何如此在意扬名,并用尽各种手段作秀使得自身具有声望的原因之一。我名声只要够大,就可以待在家里等着皇帝和高官来征辟我为官。只要对仕途有些野心的聪明人,都会主动宣扬自己的名声。

请大儒点评自己,或是作秀,或是世家彼此配合扬名,这些都是士人之间极为正常的事。因为大家都知道,人人都孝顺的时候,我不弄点花样,我怎么能突出重围？

元里先前就这么想过，如果他进不了国子监走不了举孝廉的道路，那么他便会不断为自己扬名，走被征辟的道路。

但如果有别的选择，他其实并不想被人征辟。

因为被征辟的人会成为征辟自己之人的属官，比如要是有郡守征辟了元里，那元里就是这个郡守的属官，他会叫这个郡守为主公，和这个郡守有如"君臣"之间的关系。这样臣服在另一个人之下的感觉，元里并不喜欢，所以一开始他便把这条路当作不得已之后的最后选择。

而拥有"征辟"权力的官员也只有那么一点儿。天子不必多说，内阁、三公、大将军都具有征辟的权力，地方上的郡守和州刺史也有征辟的权力。

说来说去，还是得等及冠啊。

元里叹了口气，又问了元楼兄弟二人除了这些是否还带来了其他东西。

闻言，元楼连忙点头，从身上抽出一封保存很好的信封交给了元里："还有大兄（元颂）托我们给你带来的一封信。"

元里接过，擦擦手展开了里面的信纸，就着火光看着上方的字。

这封信很厚实，足足有十来页，絮絮叨叨地写了汝阳这一年来发生的事情。

前三页皆是陈氏口述，令门客所写，信中问了很多元里在幽州的情况，问他是否冷了，吃不吃得惯幽州的饭菜，是否水土不服，又说了些家中的近况，尤其是元颂封侯后家中的改变。

元里笑着看完了这三张纸，之后的信便是元颂亲笔写的了。

信中内容比陈氏写得更为详细，将元颂封侯后干的事一件件告诉元里，包括招募部曲与门客、建设城墙、挖宽护城河等等，元里边看边点点头。但再往下看时，他嘴角的笑意却缓缓没了，眼中充满了震惊。

元颂在信中告诉他，让他好好对待元楼元单兄弟俩，将他们留在身边做事，这是族长的心愿。

族长病重，命不久矣，死前会留下遗愿，让元里提前一年及冠。元颂让元里做好在开春后及冠的准备。

而这一切，都是为了让元里躲过天子赐字。

元里拿着信的手开始发抖。

元楼元单见到之后，关心问道："元里，你怎么了？信里写了什么不好的事吗？"

元里看着他们无知无觉的面孔，哑声道："你们知道信里写了什么吗？"

元楼神色一正："你且放心，此信由我一路保存至今，在你打开信之前，除了大兄，绝无第二个人看过信中的内容。"

"……"元里久久没说话，他的面上隐隐约约流露出悲伤，又很快垂眸，"那你们在前来幽州之前，族长太公可说过什么？"

"也没说什么，"元单插话道，"就让我们好好跟着你学做事，让我们别闯祸，保护好你。除了这些，好像没其他的了。哥，你还记得爷爷说过什么吗？"

元楼想了想："爷爷让我同里儿你说一句，'寒冬凛冽，多多保重'。"

酸涩猛地从心头涌起，元里差点当场落泪。

族长这是在跟他告别。

而派来送信的元楼元单这两个孙子，还不知道自己的爷爷即将在这个冬日死去。

送信需要时间，这封信到他手里之时，说不定族长太公已然要死了……或者已经死了。

元里甚至没有写信送回去的时间。

他深呼吸一口气，站起身，差点被椅子绊倒。元里强撑摆出平时的样子，对元楼兄弟俩笑道："你们继续吃，我出去做些事。"

兄弟俩没发现不对，都应了一声好。

屋外的天色已经暗了下来。

夜幕沉沉，冷风刀子似的刮着脸，屋里带出来的热气瞬间散了个干净。快要过年的幽州，可谓是滴水成冰。

元里愣愣地看着天边半晌，鼻息之间的气息变为白雾，他抬步，缓缓往人少的地方走去。

脚步沉重。

不知道走了多久，不知不觉中，元里走到了白日做立式风车的地方。

几乎已经成形的立式风车静静立在原地，地上的木屑已经被仆人打扫干净。

元里有些失神地走到风车旁边,轻轻碰着风车的支柱。

风车做好了?是楚贺潮做的吗?

他呼吸略重。

有人在死之前还在为他铺路,这样的感动带来的沉重责任感堪比装满石子的包袱压在肩上。

他身为受益人,应该做的是背着沉重的包袱更坚定地往前走去。只有这样才能不辜负他人为他而做的。

元里绝不会退缩,他只是因为一个幼时疼爱他的老人为他所做的而感动。

他趴在风车上,手握成拳。

心头沉甸甸的,犹如有千钧重负。元里甚至觉得周围的空气变得稀薄,让呼吸开始艰难。

这种痛苦让元里几乎以为自己哭了,但上手一摸才发现他的脸上干干的。

他苦笑两声,使劲抹了把脸,就听到有脚步声靠近。

元里立刻转头一看,就见到楚贺潮往这边走来。

楚贺潮看到他,眼中也闪过惊讶,脚步定在了原地。

元里道:"将军,这么晚了,你怎么还过来这里?"

声音一出口,便带着沙哑。楚贺潮脚步顿了顿,不动声色地走到他面前,低头看了他一会儿,沉声问:"怎么回事?"

这话说得没有头没有尾的,但元里知道他在问自己。

元里装成平常的样子:"我没事。"

楚贺潮冷冷地眯着眼睛:"我再问你最后一遍。"

元里佯装无事地摇了摇头:"真的没事,将军,我还有事,先走了。"

他转头就走,胳膊却被抓住,楚贺潮语气低沉中带着烦躁:"是不是你那两个堂叔让你不开心了?"

"有楚王府和我在背后为你撑腰,你怕什么?"楚贺潮压着脾气,耐心教导,"不喜欢就让他们滚回去,男子汉大丈夫,躲在角落里哭是什么事。"

元里叹了口气:"将军,不是你说的那样。"

楚贺潮把元里转了过来,挑眉,看着元里的眼神像是看在找借口的小孩:"那是哪样?"

刚刚在元楼元单面前不敢吐露一个字的元里,现在竟然有了向楚贺潮倾诉的欲望,他犹豫了片刻,带着楚贺潮走到树下石桌旁坐下,低声将族长要为他做的告诉了楚贺潮。

说这些话,就是一种释放内心痛苦的过程。元里甚至觉得不用楚贺潮和他多说什么,他就已经比先前好了许多。

楚贺潮听完后,面色没有变化,淡淡地道:"他做了一件好事。"

两个人无言对坐着,晚间的风吹得树枝晃荡,在月光下投下歪歪斜斜的影子。

元里盯着桌上的纹路看了一会儿,突然问道:"将军,你是怎么排解熟悉之人死去的痛苦的?"

他发现无论是楚明丰的死亡还是韩进的死亡,只会让楚贺潮短暂地痛苦一段时间,楚贺潮总是很快就能从死去之人带来的悲伤中脱离出来,无论这个人是亲人还是部下士卒。他好像有着钢铁般意志一般,无论是谁的死亡都撼动不了他,理智无比地勇往直前。

"人死不能复生,"说这句话的楚贺潮表情冷漠,甚至有些冷酷,"人早晚都要死,只是早死晚死的区别而已。死了的人已经死了,再如何思念难过也挽救不回来。既然如此,最明智的做法便是尽早抽身,接着好好活下去。"

元里知道他是认真的,楚贺潮本人就是这么做的。

楚明丰死的时候,无人知道楚贺潮是什么样的感觉,元里也并不知道,但他知道,那滋味一定并不好受。

和他这会儿的感觉或许也差不多。

元里呼出一口浊气:"你说得对。"说完,他站起身,"更深露重,将军,回去吧。"

楚贺潮跟着起身。

元里没有心情也没有胃口再回去继续吃火锅了,然而他半路跑出来,突然不再回去,恐怕元楼元单会心中奇怪。

元里得收拾好心情,佯装无事一般继续回去陪元楼元单。

族长一事暂且还不能被这兄弟俩知道，一是因为信中族长便是如此要求，让元里不要将这件事告诉两个孙子；二是这终究是欺瞒君主之事，多一个人知道就多一份暴露的风险。

楚贺潮暂且与他同路，两人沉默无语。

路上，楚贺潮闻着从他身上传来的香味，皱眉："你身上是什么味道？"

元里有些出神，反应得有些缓慢。等过了一会儿才道："应当是火锅的味道。"

"火锅？"从没听过这个名字，楚贺潮古怪问道，"这是什么？"

元里这才想起来他还没有尝过火锅的味道，勉强提起精神道："是一种适合在冬日里吃的美食。将军闻到我身上的味道，是不是觉得饿了？"

闻着确实会使人的胃口大开，楚贺潮又闻了闻，肚子突然咕咕叫了两声。

声音响起来的一瞬间，元里下意识朝楚贺潮看去。楚贺潮的耳朵连着后脖颈一烫，面上却镇定极了："怎么，我不能饿？"

元里颔首，淡淡一笑："能，当然能。容我问一句，将军，您吃晚饭了吗？"

楚贺潮顿了顿："没有。"

"都这么晚了还不吃饭，怎么会不饿，"元里略显责备地看了楚贺潮一眼，"将军同我一起吧，我带你去尝尝火锅的味道。"

楚贺潮跟上元里的脚步："好。"

未完待续……

图书在版编目（CIP）数据

与将行/望三山著.—武汉：长江出版社,2024.
9,—ISBN 978-7-5492-9521-0
　Ⅰ.247.5
中国国家版本馆CIP数据核字2024E1S483号

与将行/望三山 著
YU JIANG XING

出　　版	长江出版社
	（武汉市解放大道1863号 邮政编码：430010）
策　　划	力潮文创-白鲸工作室
市场发行	长江出版社发行部
网　　址	http://www.cjpress.cn
责任编辑	李剑月
特约编辑	唐　婷　赵　雯
封面设计	吴思龙　Semerl
封面绘制	长　阳
插图绘制	栋33栋　长　阳
赠品设计	Semerl
印　　刷	北京盛通印刷股份有限公司
版　　次	2024年9月第1版
印　　次	2024年9月第1次印刷
开　　本	880mm×1230mm　1/32
印　　张	12
字　　数	405千字
书　　号	ISBN 978-7-5492-9521-0
定　　价	49.80元

版权所有，侵权必究。如有质量问题，请与本社联系退换。
电话：027-82926557（总编室）027-82926806（市场营销部）